아시아

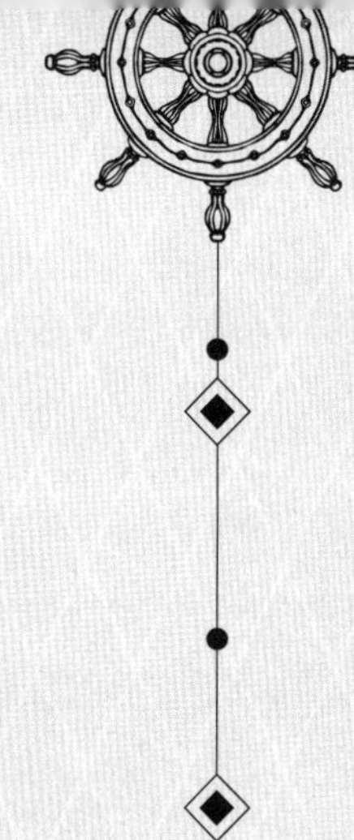

차례

35
다시, 다른 봄

아르테 백작이 마조람 저택에 불을 질렀다. 창고를 가득 채우던 기름을 다 쏟아부은 터라 불은 쉽게 꺼지지 않고 제법 오랫동안 건물을 불태웠다. 때마침 장대비가 쏟아지지 않았다면 불이 바람을 타고 근처 숲으로 번질 수도 있었다.

국왕은 황당해했다. 귀족들도 마찬가지였다. 그들은 율리아가 미친 게 아닌가 의심했다. 마조람 저택은 고풍스럽고 아름다웠으며, 돈으로 환산할 수 없는 가치를 지닌 건물이었다.

하지만 율리아는 그 모든 걸 쓰레기 취급하며 한 줌 재로 만들어버렸다. 그러고도 모자라 새집을 짓긴커녕 그곳을 폐쇄하고 방치했다.

아르테 백작은 눈에 뵈는 게 없는 사람인 것 같다.

사람들이 수군거렸다. 국왕이 준다고 했던 작위를 한 번 거절한 전력이 있는 데다, 오르테가에서 가장 큰 저택을 줬더니 냅다 불태워버린 여자.

그녀는 요즘 왕자궁의 수석 시녀라는 직함이 무색하게 궁을 떠나 있는 시간이 많았다.

"여긴 또 왜…… 오셨어요?"

보육원 원장이 잔뜩 겁을 먹고 물었다.

율리아가 하루아침에 다른 사람처럼 변한 것도 무서운데, 마조람 후작가에 복수하고 귀족이 된 지금은 감히 눈을 마주치기 어려웠다.

"아직도 아이들을 배에 파세요?"

"예? 아니, 아니요! 절대 안 그래요. 저기, 백작님……."

"협박하려고 온 거 아니에요. 물어볼 게 있어서 왔어요."

보육원은 율리아가 있던 때보다 사정이 많이 나아 보였다. 아이들의 숫자도 늘었고, 표정도 밝았다.

이 시간에 구걸하러 다니지 않는다는 건 먹을 게 부족하지 않다는 뜻이라, 율리아는 한결 편한 마음으로 입을 열었다.

"제 아버지를 기억하세요?"

"백작님의…… 아버지요?"

원장은 하도 오래된 일이라 제대로 기억나지 않는다고 말했다. 그래도 율리아가 맡겨졌을 당시의 기록은 남아 있어서, 날짜와 서명 정도는 확인할 수 있었다.

"그럼 이건 기억하세요? 제가 처형당한 해적의 주머니를 털던 시절에, 엄지손톱만 한 파란색 보석을 삼켰잖아요."

"네, 네. 기억해요."

"그때 그 보석을 지니고 있던 자가 누군지 아세요?"

"그건…… 그때는 처형이 하도 잦아서, 어떤 해적이었는지는 잘

……."

"날짜는요?"

"네?"

"날짜만 알면 처형 기록을 뒤져서 찾아볼 수 있을 것 같아서요. 대략적으로라도 날짜를 알고 싶어요. 저는 너무 어릴 때라 계절 정도밖에 기억이 안 나네요."

율리아의 말에 원장이 머리를 쥐어짜기 시작했다. 그녀는 한참 망설인 뒤에야 자신 없는 말투로 대략적인 날짜를 알려주었다.

보육원을 등지고 나온 율리아가 마차에 올랐다. 고급스러운 외양에 우아한 장식을 두른 마차였다. 마부 석엔 제복을 입은 젊은 남자가 고삐를 쥐고 있었다.

"백작님, 어디로 갈까요?"

"치안대로 가죠."

"예!"

마부가 힘차게 마차를 몰았다. 율리아를 태운 마차가 멀어지자, 보육원 아이들이 우르르 몰려나와 마차를 구경했다.

치안대에서 처형 기록까지 모두 뒤져본 율리아는 보석의 주인이었던 자가 꽤 이름 높은 해적 선장이었을 수도 있다는 걸 알아냈다.

"이럴 줄 알았으면 산도발을 살려두는 건데."

한숨이 나왔다. 상인연합을 부술 때 만났던 노예상인 산도발을 살려두었다면 그에게 물어볼 수도 있었을 것이다. 선장급의 해적이라면 산도발이 모를 리가 없었으니까.

"백작님, 이번에는 어디로 가십니까?"

마부가 다시 물었다. 경쾌하기까지 한 그의 목소리에 미소 지은 율리아가 마차 의자에 몸을 기대고 말했다.

"집으로 가요."

"오늘은 일찍 쉬시네요!"

마차가 다시 출발했다. 율리아는 마차 창문을 반쯤 열고 빠르게 지나치는 바깥 풍경을 바라보았다.

봄이 한창이었다. 달콤한 바람이 불 때마다 작은 꽃잎이 여기저기 흩날렸다. 코끝이 간질간질해 자꾸만 콧잔등을 찡그리게 되었다.

조만간 뚜껑 없는 마차를 사주겠다던 코코의 말이 떠올랐다. 코코는 사치스러운 사람이라, 어쩌면 오르테가에서 가장 비싼 마차가 배달될지도 몰랐다.

"백작님, 오셨습니까!"

집에 도착하니 경비병이 힘차게 인사하며 문을 열어주었다.

커다란 정문을 지나쳐 봄꽃 만발한 정원을 지나자, 바닷가를 향해 길게 늘어진 새하얀 건물이 나타났다.

율리아 아르테 백작의 저택이었다.

마조람 저택이 있던 땅을 황무지로 만들어버린 뒤, 샤트린 공주가 율리아를 찾아왔다. 공주는 율리아에게 반역자들로부터 빼앗은 영지 중 하나와 오르테가 동부 해안가에 있는 저택의 소유권을 넘겨주었다.

심지어 이 저택은 한때 왕비의 소유였던 것으로, 귀족들도 탐내는 아름다운 건물이었다.

지나치게 후한 보상이었다. 율리아는 샤트린이 왕비 때문에 자신에게 부채감을 느끼고 있다는 사실을 깨달았다.

저택 앞에 다다르자, 맥스웰이 나타나 마차 문을 열어주었다.

"일찍 돌아오셨네요. 원하던 정보는 찾으셨습니까?"

"맥스웰? 여기서 뭐 해요?"

"집사 노릇이요."

"그러니까 그걸 맥스웰이 왜……."

율리아가 당황해서 머뭇거리자, 맥스웰이 그녀의 손을 잡아채고 마차에서 내리도록 이끌었다. 그러곤 저택 응접실을 눈짓으로 가리키며 말했다.

"일단 들어가서 얘기할까요?"

진짜 집사처럼 문을 열어주는 맥스웰을 따라 안으로 들어가니 중앙 홀 왼쪽의 넓은 응접실에 카루스가 있었다.

1년 동안 길어진 머리카락을 깔끔하게 정리한 그는 전보다 조금 더 날카로워진 인상이었다. 남부의 햇살 때문인지 그의 피부색도 한결 짙어졌다.

"카루스 님, 백작님이 오셨습니다."

"아, 왔어?"

카루스가 의자에서 일어나 율리아에게 손을 내밀었다.

맥스웰의 안내를 받아 응접실까지 온 율리아는 이번에는 그의 손을 잡고 응접실 중앙으로 걸어가 의자에 앉았다.

그녀가 웃음을 터뜨리며 말했다.

"지금 제가 귀족이 됐다고 이러시는 거예요?"

"코델리아 시녀장이 이렇게 해야 제대로 된 예의라고 가르쳐주던데. 오르테가는 전통을 중시하는 왕국이라면서."

"말도 안 돼. 한 일백 년 전에나 그랬겠죠. 지금은 왕족도 이러지 않아요. 코코가 이상한 걸 가르쳐줬네요."

"이상한 거라면 아주 잘 배우고 있지."

카루스가 피식 웃으며 율리아의 맞은편에 앉았다.

"할 말이 있어서 왔어."

"말씀하세요."

"얼마 전, 데네브라의 병력이 움직였다는 첩보를 입수했어."

카루스는 대수롭지 않게 말했지만, 율리아는 금세 심각한 얼굴이 되었다.

데네브라는 율리아가 삶을 반복할 때마다 언제나 카루스의 손에 죽었던 여자였다. 바이칸에서 황제 다음가는 권력가라고 손꼽히고 있지만, 반미치광이나 다름없는 성정 때문에 안 좋은 소문이 많았다.

"황비의 병력이 어느 정도인데요?"

"전력을 다하면 오르테가를 싸 먹을 정도는 되지. 움직이는 방향을 조사해보니, 전부 남하하고 있는 모양이고."

남하. 오르테가를 향하고 있다는 소리였다.

그나마 다행인 건 황비의 병력에는 해군이 없다는 거였다. 산맥을 넘어오려면 시간도, 힘도, 물자도 많이 필요하니 시일이 제법 걸릴 것이다.

"이유는요?"

"예상되는 게 하도 많아서……."

카루스가 골치 아프다는 듯 눈매를 찡그렸다.

데네브라는 그의 상식으로 이해할 수 없는 여자였다. 그 불같은 성미와 변덕, 자기 파괴적인 욕구는 황제마저 손을 뗄 만큼 맹목적인 구석이 있었다.

"그래도 한 가지 안심되는 점은 있지."

"뭔데요?"

"황제가 그걸 두고 보지 않을 거라는 거야."

카루스가 소파 팔걸이에 올려져 있는 율리아의 손을 잡았다. 그러곤 그녀의 손등을 부드럽게 쓰다듬으며 말했다.

"황제는 통제광이야. 변수를 혐오하지."

그가 무시무시한 소리를 아무렇지도 않게 했다.

"데네브라는 그가 함부로 죽일 수 없는 변수이고."

황비의 가문은 바이칸에서도 알아주는 곳이었다. 황제는 바이칸 최고의 권력자였으나, 그렇다고 황비를 기분 내키는 대로 죽일 수는 없었다.

그들은 묘하게 서로를 증오하면서 사랑하고, 적대하면서 공존해 왔다.

카루스가 율리아를 바라보며 물었다.

"어떻게 생각해?"

"카루스 님."

"아르테 백작, 데네브라가 오르테가를 점령하기 위해선 어떤 명분이 필요할 것 같아?"

율리아가 고개를 들었다.

"불허한다."

그놈의 불허. 불허! 그놈의 불허!

데네브라가 붉은 테이블보를 한 손으로 움켜쥐었다. 맹수처럼 길게 자란 손톱이 테이블을 할퀴듯 긁었다. 그곳엔 먹지도 않을 음식과 술이 가득 올려져 있었다.

툭. 데굴데굴. 술잔이 쓰러지며 독한 술이 흘러내렸다. 긴 테이블을 가로지르며 흐른 술이 기둥을 타고 빠르게 바닥으로 떨어졌다.

황비의 곁엔 수십 명의 시녀와 시종들이 머리를 조아린 채 대기하고 있었다.

"미친 크세노, 이 빌어먹을 작자!"

데네브라의 입에서 호랑이 같은 고함이 터져 나왔다. 화를 참지 못한 그녀가 결국 테이블보를 확 잡아당기며 내팽개쳤다. 음식과 술이 우르르 쏟아져 엉망이 되었다.

"황비 전하, 부디 고정하시고……."

"닥쳐라. 누가 감히 내 앞에서 먼저 말을 걸라 가르쳤느냐!"

"죽을죄를 지었습니다!"

데네브라의 몸에서 긴 머리카락이 흘러내렸다. 엉덩이를 넘어 무릎에 닿을 정도로 길고 탐스러운 머리카락이었다. 하지만 지나치게 인위적인 흑발이라, 혈색 없이 희기만 한 그녀의 피부와 어우러지자 불길하게 아름다웠다.

데네브라는 지난겨울 블라이스에게 보냈던 심복으로부터 믿을 수 없는 소식을 들었다.

카루스 란케아가 어떤 여자 때문에 제국을 배신하고 남부에 머무를 것이란 이야기였다.

여자. 어떤 여자. 이 반지의 주인.

데네브라의 손가락에 율리아의 반지가 있었다. 그녀의 취향과는 거리가 먼, 아주 사랑스러운 반지였다.

"다시 전령을 보내라. 황제 폐하를 대신해 내 직접 남부를 점령하고 올 것이라고 전해. 카루스가 황제를 배신할 거라지 않느냐! 미친 황제가 북부 따위에 신경 쓰느라 남부를 소홀히 하니까 이런 일이 생기는 거야!"

"하오나 전하, 이 일을 다시 거론하지 말라는 황명이……."

"황제가 허락할 때까지 계속 보내라. 둘 중 하나를 택하라고 해. 나를 놓아주든지, 아니면 카루스의 시체를 내 앞에 가져다주든지."

황제는 황비의 방종을 묵과하지 않고 분노할 것이다. 당연한 일이었다. 황제가 황성을 비우고 없는 틈을 타 사이 나쁜 아내가 멋대로 병력을 일으키겠다는데, 그걸 허락해줄 리가 없었다.

그래도 시종들은 데네브라의 명령을 거부하지 못했다. 그들은 익숙한 얼굴로 전령을 보내 황비의 말을 황제에게 전달케 했다.

"전령이 북부까지 다녀오려면 시간이 걸릴 것입니다. 악사들과 안마사를 불렀으니 이만 내궁으로 드시지요."

테이블을 뒤엎으며 소리를 지르던 데네브라가 갑자기 소름 끼치게 무표정한 얼굴로 몸을 일으켰다.

"연회를 열어라."

"누구를 불러들이리까."

"아무나 불러. 황성을 시끄럽게 만들어라. 조용한 건 질색이야."

"알겠사옵니다."

"머리카락이 검은 자들을 데려와."

데네브라가 움직이자 수십 명의 시녀와 시종들이 물 흐르듯 그녀를 따라 걸었다. 길을 비켜서고 문을 열어주고, 이내 적당한 거리를 유지하며 뒤를 따랐다.

연회는 금세 준비되었다. 데네브라는 높은 자리에 누워 네 명의 안마사에게 몸을 맡겼다. 그러곤 머리카락이 검은 남자들을 데려다 곁에 세워 놓고 감상하듯 바라보았다.

뱀처럼 끈적한 그녀의 눈동자에 한 젊은 귀족 영애가 들어왔다. 나이는 대충 20대 중반, 밝은 금발에 순하고 사랑스러운 인상이었다. 하지만 그 해맑은 얼굴로 어찌나 많은 남자를 유혹하고 다니는지, 연회장 안에 그녀와 술을 나누지 않은 자가 거의 없었다.

데네브라가 손가락에 끼워놓은 율리아의 반지를 천천히 만지작거렸다.

저런 얼굴이려나, 저와 비슷한 나이이려나. 어쩌면 저보다 더 아름답고, 더 매력적인 여자일지도.

카루스는 지금까지 그 어떤 여자와도 깊은 관계를 맺은 일이 없었다. 그에게 인간이란 그저 타인일 뿐이며, 데네브라 역시 귀찮은 상대에 불과했다.

그런 남자가 운명을 걸 정도로 깊이 빠졌다는 여자.

누굴까.

"저 아이를 이리 데려오너라."

데네브라가 손가락으로 여자를 가리켰다. 시녀들이 발 빠르게 움직여 여자를 그녀 앞에 데려다 놓았다.

"존귀하신 황비 전하를……."

"이걸 껴보아라."

"예?"

"이 반지를 네 번째 손가락에 껴보라고 말했느니라."

여자는 슬금슬금 눈치를 보면서도 황비가 내민 율리아의 반지를 받아 손가락에 껴보았다. 운이 좋은 건지 나쁜 건지, 그 반지는 여자의 손가락에 맞춘 듯이 잘 맞았다.

"아주 딱 맞아요, 황비 전하!"

"그렇구나."

"예, 정말 어여쁜 반지이옵니다. 역시 전하의 물건은 제국에서 제일……."

"오늘부터 내궁으로 들어와 시녀가 되어라."

"예?"

여자가 놀라 되물었다. 황비가 내키는 대로 주위 사람을 죽이거나 바꾼다는 사실은 바이칸에서도 유명한 이야기였다.

황비의 시녀가 되는 건 영광스러운 일이었으나, 언제 죽을지 모른다는 점에서 위험한 외줄타기를 하는 것과 같았다.

여자가 겁먹은 얼굴로 반지를 뺐다. 끼울 때는 잘만 들어가더니, 뺄 때는 잘 빠지지 않아 애를 먹었다. 그래도 어떻게든 반지를 빼낸 여자가 데네브라에게 그걸 내밀며 머리를 조아렸다.

"저, 저는 존귀하신 황비 전하를 모시기엔 턱없이 부족하고 어리석은 자입니다. 감히 그런 자리에 오른다는 건 상상도 해보지 못했습니다."

"그러니 되어라."

"예?"

"감히 그런 자리에 올라보라고 하지 않느냐. 야망이 없는 자는 재미가 없어. 거절하면 이 자리에서 죽일 것이다."

"하, 하겠습니다!"

"그 반지는 내가 됐다고 할 때까지 끼고 있어라."

데네브라가 붉은 입술을 크게 휘어 웃었다. 새카맣게 칠한 눈매와 긴 속눈썹, 피처럼 붉은 입술이 여자를 먹잇감 보듯 훑어보았다.

데네브라가 연회에서 율리아의 대용품을 고르고 있을 때, 황제 크세노는 북부 평원에서 전면전을 앞두고 있었다.

회의실이 시끄러웠다. 각 부대의 사령관들이 모여 작전 회의를 한답시고 이득 싸움을 하고 있었다. 자신의 부대를 피해가 적은 곳에 배치하면서 공은 많이 차지하려는 속셈이었다.

크세노 황제는 그런 사령관들을 재미있다는 얼굴로 바라보았다. 어쩌면 이렇게 하나같이 똑같은지, 봐도 봐도 질리지 않았다.

예측 가능한 자들은 편안하다. 어설프게 머리를 굴리는 자들도 마찬가지였다. 그의 상식선에서 행동하기만 한다면 건방지게 굴어도 귀엽게 봐줄 의향이 있었다.

그런 의미에서 이번 데네브라의 행동은 그를 몹시 불쾌하게 했다.

황제가 북부로 친정을 떠난 사이 멋대로 병력을 움직여놓고, 뒤늦게 허락을 구한답시고 통보해오다니. 데네브라의 자유분방함이야 익히 알고 있었으나 병력을 움직이는 건 차원이 다른 문제였다.

하물며 그 이유가 카루스 란케아의 변심이라니.

"멍청한 것도 늘 똑같구나."

"폐하, 뭐라고 하셨습니까?"

"멍청해서 어여쁘다고 하였다."

크세노는 웃고 있었다. 그는 나이에 반해 무척 젊은 외모를 하고 있었는데, 목소리만은 거칠게 가라앉아 쇠 긁는 소리를 떠올리게 했다.

"변심이라."

그 녀석의 변심을 알아챈 게 언제였더라. 너무 오래돼서 정확하게 기억이 나지 않았다.

카루스는 어쩌면 처음부터 그런 녀석이었을지도 모른다. 순종적인 척, 충성스러운 척했으나 그의 검은 눈은 언제나 위험한 반항심을 머금고 있었다.

그래도 이미 알고 있는 사실은 통제할 수 있다. 크세노 황제는 카루스의 남부행을 변수로 분류하지 않았다. 어차피 시작은 그의 명령이었기에, 굳이 철수하라는 지시도 내리지 않았다.

"데네브라가 화를 많이 내겠지?"

"황비 전하의 변덕이야 워낙 유명하지 않습니까."

"블라이스 백작을 오르테가로 보낸 게 이유였나. 잘 가지고 놀던 장난감을 빼앗았으니 화가 날 법도 하지."

"붉은 산의 다이아몬드에 관해서는 추궁하지 않으실 작정입니까?"

황제를 보좌하던 귀족이 물었다. 그는 얼마 전 붉은 산의 다이아몬드가 암거래 시장을 통해 황제의 손에 돌아왔다는 사실을 알고 있었다.

도대체 어찌 된 노릇인지, 정복 전쟁의 상징적 전리품이었던 보석이 황비의 손을 떠나 북부로 흘러들었다. 그리고 암거래 시장에서 역대 최고가로 낙찰되며 북부 패전국 연합의 전쟁 자금으로 쓰였다.

그 사실만으로도 황제는 황비를 감옥에 가두고 추궁할 수 있었다.

하지만 그는 그러지 않았다.

암거래 시장에서 거액을 주고 붉은 산의 다이아몬드를 사들인 작자가 그걸 뇌물로 바쳤을 때, 황제 크세노는 보석을 손에 쥔 채 광소를 터뜨렸다.

그때 황제는 미친 사람처럼 웃었다. 불길하게 번쩍거리는 보석을 손에 쥐고, 한참을 들여다보며 웃었다. 황제를 오래 보좌해온 자들도 오금이 저릴 만큼 무서워 감히 고개를 들지 못했다.

"폐하! 북부 패전국 연합이 전면전을 포기하고 퇴거하고 있습니다!"

"뭐라고? 그게 무슨 소리냐!"

"영문을 모를 일입니다. 평원을 차지하려 전면전을 벌일 것처럼 굴더니, 갑자기 전선을 포기하고 산지로 물러난다는 첩보입니다."

전령과 귀족들의 대화를 들으며, 크세노 황제가 흐린 하늘을 바라보았다.

높은 하늘에서 그가 기르는 새들이 큰 원을 그리며 날고 있었다.

북부가 물러난다. 이건 또 다른 변수였다. 전쟁 자금도 마련했겠다, 황제가 직접 눈앞에 나타나기까지 했는데 물러난다니. 이렇게 되면 전쟁이 길어질 텐데.

누굴까.

누가 이 멍청해서 어여쁜 자들에게 다른 길을 제시하고 있나.

데네브라는 왜 여태 살아 있는 걸까.

"맥스웰과 알렉사 시녀를 바이칸으로 보내려고 해."

카루스의 말에 놀란 율리아가 맥스웰을 바라보았다.

그는 두 사람에게서 조금 떨어진 곳에 삐딱하게 서 있었는데, 율리아가 자신을 바라보자 그녀를 향해 한쪽 눈을 찡긋했다.

"최근에 사로잡은 해적들은 저주에 관해 아는 게 그리 많지 않았어. 나이가 많으면서 선장급인, 혹은 마지막 해적왕에 대해 잘 아는 자를 잡아야 하는데…… 그런 놈들은 먼바다에서 도무지 얼굴을 내밀지 않으니까."

"제국에서 다른 하나의 저주를 찾으려고 하시는 거예요?"

"바이칸일 거야. 북부 산지에서 발생했을 확률이 높겠지. 주술사들로부터 내려오는 전설 중에 유사한 것들이 있다고 했으니까."

할 수 있는 건 다 해보려고 한다고, 카루스가 웃으며 말했다.

"마침 황제가 북부에 있다고 들었어. 전쟁중이라 위험하겠지만, 또 전쟁중이라 많은 것이 가능해지지."

율리아가 물었다.

"알렉사가 가겠다고 했어요?"

알렉사는 성인이 되기도 전부터 바이칸에서 용병 생활을 해왔다. 그녀는 오르테가에서 10년 넘게 지내온 맥스웰보다 자신이 더 적임자일 거라 판단했다.

"자기가 아니면 안 된다고 하더군."

알렉사는 율리아의 저주에 대해 알게 된 뒤, 처음으로 자신의 과거를 부끄러워하지 않게 됐다는 말을 했다.

그녀는 한때 바이칸을 떠돌아다니며 돈을 받기 위해 폭력을 팔고, 또 그 돈을 강도나 다름없는 사기꾼들에게 바쳤다. 그때의 경험으로 율리아를 도울 수 있다면 자신의 과거에도 의미가 깃들지 않겠냐고 물었다.

카루스는 알렉사의 의견을 존중하기로 했다. 위험한 여정이었으나 알렉사의 실력을 믿었다.

"기뻐하더군."

"알렉사가요?"

"과거의 자신이 너를 구하고 죽었다는 걸 알아서, 기뻤대."

"왜……."

"그것 때문에 네가 구하러 와줬으니까."

알렉사는 율리아가 자신을 구하러 왔던 그 순간을 평생 잊을 수 없을 거라고 했다.

어릴 때는 누군가 마음이 선하고 강한 사람이 나타나 그 지옥 같은 현실에서 자신을 구해줄 거라고 상상하곤 했지만, 어느 정도 나이가 든 뒤에는 그마저도 포기하게 됐다고 말했다.

나는 이렇게 살다가 죽겠구나, 차라리 내 손으로 끝내는 게 낫지 않을까. 그런 충동에 사로잡히기도 했다고.

"선하고 강한 사람이라니, 말도 안 돼요. 저는 그냥 마음의 빚을 남겨두고 싶지 않았을 뿐이에요."

"그게 그거 아닌가."

카루스가 웃었다.

응접실 한쪽에 서 있던 맥스웰이 조심스레 끼어들었다.

"외람된 말씀이지만 저도 알렉사 시녀님이 함께 가겠다고 해서 얼마나 안심했는지 모릅니다. 바이칸은 무섭단 말이에요. 율리아 시녀님을 괴롭히는 저주에 대해서는 아무한테나 의뢰해서 조사를 맡길 수도 없고요."

"알렉사는 도대체 얼마나 강한 거예요?"

"카루스 님하고 비슷하지 않을까요?"

맥스웰이 카루스를 바라보았다.

"흠."

그도 그게 내심 궁금했던지, 팔짱을 낀 채 고민에 빠져 있었다. 알렉사가 전력을 다해 싸우는 장면을 가까이에서 목격한 적이 없으니 둘 중 누가 더 강한지 아무도 모를 일이었다.

왕자궁의 모든 사람이 바쁜 나날을 보내고 있었다.

레위시아는 마조람 후작 파벌 귀족들의 재판을 마무리하기 위해 매일 국왕의 집무실에서 논쟁을 벌였고, 샤트린 공주의 견제를 극복하면서 자신의 세력을 착실하게 구축해나갔다.

바깥에선 정원사들이 영차 소리를 내며 나무를 옮겨 심고 있었다. 사철 푸른 나무를 좋아하는 율리아는 방풍림으로 가시나무를 선택했고, 정원 가꾸기에 일가견이 있는 힌치 백작가의 집사가 좋은 나무를 골라 보냈다.

"코델리아 시녀장은 레위시아 왕자 전하의 새 영지를 관리할 대리인을 뽑으러 갔습니다. 전쟁 경험이 있는 노련한 기사 중에서 뽑을 거라더니, 아무래도 바이칸 제국과의 신경전을 염두에 둔 것 같습니다."

국왕이 레위시아에게 준 건 오르테가 북부 국경 지역이었다. 그곳은 산맥 아래 광활하고 아름다운 땅이었으나, 데네브라 황비의 병력이 산맥을 넘는다면 가장 먼저 마주치게 되는 곳이기도 했다.

잠시 생각에 빠져 있던 율리아가 모자를 벗어 테이블 위에 올려놓았다. 그러곤 카루스를 똑바로 바라보며 물었다.

"데네브라 황비가 황제에게 허락을 받아낸다면, 정말로 전쟁이 시작될까요?"

"그러고도 남을 사람이지."

"황제가 허락하지 않으면요?"

"병력을 움직이진 못하겠지만 그보다 더 멋대로 굴 수 있어."

"어떻게요?"

카루스가 눈썹을 찌푸렸다. 그는 바이칸에서 지겹도록 자신을 쫓아다니던 데네브라를 떠올렸다.

"우리가 처음 만났던 날, 그 산맥 중턱에서 나와 내 부하들을 습격하려던 놈들을 기억해?"

"황비의 병력이었죠."

"데네브라가 왜 그렇게까지 화가 났는지, 그때는 전혀 이해하지 못했는데……."

그냥 그 미친 여자가 드디어 자신을 포기하고 죽이기로 한 모양이라고, 카루스는 그때 그렇게 생각했다.

"내가 바이칸을 떠나기 전에 어떤 말을 했는데, 그것 때문인 것 같더라고."

"어떤 말이요?"

"'다시 태어나도 황비 당신의 손을 잡는 일은 없을 것이다.'"

카루스가 날카롭게 웃었다.

데네브라는 그때 카루스를 죽이겠다고 결심했을 것이다. 손에 넣을 수 없다면 죽여서라도, 그의 죽음이라도 갖고야 말겠다고 다짐했겠지.

율리아를 만나지 못했다면 영원히 몰랐을 일이었다. 카루스는 얼마 전에야 그 사실이 떠올랐다며, 무거운 한숨을 내쉬었다.

율리아는 데네브라를 직접 본 일이 없었다. 그녀에 대해선 잘 알지도 못했다. 전해지는 거라곤 죄다 부풀려진 소문뿐인 데다, 1년이 되기 전에 카루스의 손에 죽었으니까.

그래서 추측하고 상상할 수밖에 없었다.

"지금쯤 북부는 물러났겠죠."

"남부가 뒤에서 은밀하게 돕겠다는데, 머리가 있는 놈들이라면 장기전이 유리하다는 걸 모를 리 없겠지."

"황제는 발이 묶일 거고요."

"한동안은."

"황제는 그 멀리서도 명령만으로 황비를 강제로 억류할 수 있나요? 황비는 황제의 명령을 무시하고 독단적으로 움직일 수 있나요?"

카루스는 율리아의 질문에 대답하지 못했다. 그럴 리 없다고 생각하면서도 상대가 데네브라니까 속단할 수 없었다.

그가 쉽게 결론을 내리지 못하자, 율리아가 살짝 웃으며 말했다.

"그럼 이렇게 물어볼게요. 카루스 님이 보기에 황비는 원하는 걸 얻기 위해 자기 자신까지 아무렇지도 않게 내던질 만큼 충동적이고 무모한 사람인가요?"

그걸 알아야 대비할 수 있다.

율리아는 데네브라가 어떤 사람인지 미리 파악해둘 필요가 있다고 판단했다.

카루스와 맥스웰이 관저로 돌아가고 밤이 되었다. 율리아는 자신의 저택에서 느긋하게 저녁을 먹고 있었다. 부엌 쪽에서 요리사와 담소를 나누는 트루디의 목소리가 들렸다.

"우리 백작님은 안 그렇게 생기셔서는 의외로 달콤한 걸 좋아하시거든요? 주전부리는 떨어지지 않게 해주시는 게 좋아요. 술은 잘 드시지 않지만, 음료수는 좋아하시고……."

바닷가에 있는 저택이라 그런가, 창문을 열면 멀리서 파도치는 소리가 들렸다. 코코는 바람이 축축해서 싫다며 바닷가에 살길 거부했지만 율리아는 꽤 괜찮은 집을 얻었다고 생각했다.

조용한 외곽인데도 도로가 잘 되어 있고, 왕궁과의 거리도 가까웠다. 조만간 집사도 구하고, 경비 인력도 충원할 것이다. 하기 싫어도 해야 했다. 율리아 아르테는 레위시아 왕자의 측근이자 오르테가 왕국의 고귀한 귀족이 되었으니까.

코코는 율리아에게 가문의 문양부터 정해야 한다고 충고했다. 그녀가 처리하고 사용하는 모든 곳에 가문의 문양이 들어갈 거라며, 힌치 가문의 화가를 닦달해 몇 가지 표본을 만들어 가져다주기까지 했다.

"하여간 오지랖은……."

율리아는 그중 하나를 손에 들고 이리저리 살펴보았다.

다른 건 대충 그린 티가 역력한데, 그중 하나에만 유독 정성이 들어가 있었다.

검은 하늘을 배경으로 날아오르는, 불꽃의 날개를 펼친 새.

코코의 마음이 전해지는 듯했다. 율리아는 오래 고민할 것도 없이 그 그림을 골라 제일 위에 올려놓았다.

그때 밖에서 누군가 조심스레 노크했다.

"백작님, 누가 찾아왔습니다."

"이 시간에?"

"약속이 되어 있다고 하는데 전해 들은 바가 없어서요."

아직 집사가 없어 대신 말을 전하러 온 경비병이 어떻게 하느냐며 율리아를 바라보았다.

"이름은?"

"블라이스라고 했습니다."

경비병은 블라이스 백작이 누군지 몰랐다. 그가 수행원 하나 없이 혼자 찾아왔기 때문에 더욱 그랬다.

율리아는 경비병에게 괜찮다는 뜻으로 살짝 웃어 보인 뒤, 그를 만나기 위해 직접 정원으로 나갔다.

새카만 밤하늘에 별들이 무리를 이루고 있었다. 멀리서 철썩철썩 파도치는 소리가 들리고, 짠맛이 날 것 같은 바람이 불었다.

정원 한가운데 서서 정원사들이 심어놓은 가시나무를 바라보는 율리아에게 블라이스가 다가왔다.

"아르테 백작."

"오랜만이에요."

"내 축하 선물은 잘 받았어?"

블라이스가 물었다. 그는 율리아에게 줄 꽃을 한 손에 쥐고 있었다. 이름을 알 수 없는 붉은색의 야생화였다.

율리아는 그가 내민 꽃을 받아 가시나무에 걸었다.

"그게 축하 선물이었어요? 엿 먹으라는 뜻인 줄 알았는데."

블라이스가 율리아에게 귀족이 된 걸 축하한다며 보낸 선물은 한 장의 편지였다.

그는 크리스틴 마조람이 소중하게 품고 간 소개장과 똑같은 내용의 편지를 한 장 더 써서 율리아에게 보냈다.

"그럴 리가 없잖아. 난 그걸 네가 알아야 할 일이라고 생각했을 뿐이야."

"크리스틴은 성공하지 못할 거예요."

율리아가 단정 짓듯 말했다.

크리스틴은 바이칸의 병력을 오르테가로 끌어들여 전쟁을 일으키려는 속셈이겠지만, 황제는 한동안 북부에 발이 묶여 움직이지 못할 것이다.

"데네브라 황비가 아무리 대단한 사람이라도 황제의 허락 없이 전쟁을 일으키진 못해요."

"그렇지. 맞아."

율리아가 물었다.

"블라이스, 당신 속셈은 뭐죠?"

그는 기뻐 보였다. 율리아가 복수에 성공하고 귀족이 되어서 진심으로 기뻐하는 것처럼 보였다. 반달 모양으로 휘어진 눈에 담겨 있는 것은 애절함에 가까운 호의였다.

"난 네가 승리하길 원해."

"누구로부터?"

"적으로부터."

선문답이었다. 율리아가 그를 날카롭게 비웃었다.

갑작스레 칼바람이 불었다. 따스한 남부에 어울리지 않는 바람이라고, 블라이스는 생각했다. 율리아에게서 느껴지는 섬뜩한 광기에 취한 그가 떨리는 한숨을 내뱉었다.

"블라이스."

목소리마저 달았다. 율리아가 자신의 이름을 부를 때마다, 블라이스는 가슴에 뻐근한 통증을 느꼈다.

"착각하지 마요."

"내가?"

"난 당신을 위해서 데네브라와 싸우려는 게 아니니까."

블라이스가 웃었다.

"나를 위해서는 아니겠지. 하지만 카루스 란케아를 위해서는 싸워야 할걸."

"데네브라가 승리해서 카루스를 차지하면, 패배한 내가 당신의 손아귀에 떨어지기라도 할 것 같아요?"

"아니."

천만에. 그런 생각은 단 한 번도 한 적 없었다. 말도 안 된다며 웃음을 터뜨린 블라이스가 율리아에게 한 걸음 더 가까이 다가와 말했다.

"네가 이기길 바라."

"내가?"

"그러면 너는 완벽해질 거야."

데네브라는 무서운 여자니까. 교활한 블라이스마저 복종시켜 무릎 꿇렸을 정도로 잔혹한 여자니까. 심지어 그 여자가 손에 쥐고 있는 건 제국의 황비라는 대단한 권력이다.

평민의 신분으로 오르테가 최고의 권력자를 쓰러뜨린 율리아 아르테는 바이칸의 황비 데네브라를 어떻게 상대할 것인가.

상상만으로도 짜릿해서 미칠 것 같다고, 블라이스가 속삭였다.

"블라이스."

율리아가 그에게서 한 걸음 물러나 말했다.

"잘 들어요."

가시나무에 걸어두었던 꽃이 바람에 흔들려 툭 떨어졌다. 율리아가 블라이스의 눈을 똑바로 응시하며 말했다.

"당신을 지배해줄 폭군을 원한다면, 먼저 그만한 가치를 보여요."

"뭐?"

"말했잖아. 무가치하다고."

블라이스가 할 말을 잃고 웃었다. 그의 머릿속에서 데네브라의 모습이 율리아와 겹쳐지고 있었다.

"야망이 있구나. 재미있어."

"데네브라 님, 저는……."

"분노도 있고 야망도 있는데, 자아가 없다니. 정말 재미있어. 너는 아마 죽을 때까지 노예에서 벗어나지 못할 거야. 폭군이 없으면 존재할 수 없는 도구라니."

"저는……."

"내 것이 되어라. 내가 너의 폭군이 되어주마."

바이칸의 황성은 거대한 도시와도 같았다. 크리스틴은 산맥을 넘고 국경을 지나, 대륙을 가로지르는 긴 여정 끝에 데네브라의 궁에 도착했다.

뾰족뾰족한 첨탑과 화려한 조각들, 경비 삼엄한 정원을 지나자 거대한 연회장이 나타났다.

크리스틴은 그곳을 걷는 동안 자신에게 쏟아지는 제국 귀족들의 시선에 어찌할 바를 몰랐다.

크리스틴을 안내하는 남자는 연회가 한창인 홀을 아무렇지도 않게 걸어 황비 데네브라에게 다가갔다.

"인사할 때는 무릎을 꿇되 고개를 숙이지는 마십시오. 눈을 피하는 걸 싫어하시니."

"네."

"큰 소리로 또박또박 말하는 게 좋습니다. 우물거리면 답답하다고 싫어하십니다."

"네."

"용건부터 빠르게 전달하십시오. 군더더기가 많은 자를 싫어하십니다."

오르테가를 떠나올 땐 될 대로 되라는 심정이었다. 어차피 가족들도 다 죽거나 사라져, 무서울 게 없었다. 복수만 할 수 있다면 황비가 아니라 황제 앞에 엎드릴 수도 있었다.

그런데 이런 건 상상해보지 못했다. 화려한 차림새의 귀족들이 미친 듯이 웃고 떠들어대고 있었다. 음악은 정신을 차릴 수 없을 만큼 시끄럽고, 술에 취하지 않은 자를 찾기가 어려웠다.

"존귀하신 황비 전하, 오르테가의 마조람 후작 영애입니다."

크리스틴을 안내한 자가 데네브라 앞에 먼저 무릎을 꿇었다. 크리스틴도 서둘러 무릎을 구부렸다.

"무릎 꿇지 마라. 작은 게 더 작아져서 아예 안 보이려는 거냐?"

데네브라가 크리스틴을 보고 짜증을 내며 말했다. 장신인 그녀는 크리스틴이 어린애처럼 작아서 무릎을 꿇으면 시선이 맞지 않는다고 말했다.

"존귀하신 황비 전하, 제 이름은 크리스틴 마조람입니다. 제가 여기까지 온 까닭은……."

"사족이 길구나. 편지나 내놓아라."

데네브라가 한 손을 내밀었다.

크리스틴은 엉거주춤 서서 품속에 고이 간직하고 있던 블라이스의 소개장을 꺼내 내밀었다. 데네브라는 그걸 찢어발기듯 펼쳐 읽어보았다.

"나를 놀리는구나."

데네브라는 기분이 나빠 보이기도 하고, 그렇지 않은 것 같기도 했다. 아름다운 사람인데도 호감을 느끼기 어려웠다.

크리스틴은 편지의 내용에 더해 오르테가의 상황을 좀 더 상세히 고발하려 했으나, 데네브라가 먼저 말을 꺼냈다.

"내가 왜 너를 도와야 하지?"

"예?"

"마조람? 이미 사라진 가문이 아니냐. 크리스틴 마조람이 아니라 '크리스틴입니다.' 이렇게 말을 해야 옳지."

크리스틴의 말문이 막혔다.

"고작 그 작은 왕국 하나 반역으로 쓰러뜨리지 못하고, 아무 능력 없는 후계자가 가문의 이름까지 잃고 찾아오면, 내가 너희를 대신해서 복수해줄 거라고 누가 그랬어?"

"저희는……."

보다 못한 일행이 크리스틴을 대신해 나서려던 때였다. 데네브라가 그를 노려보며 말했다.

"함부로 끼어들지 마라. 내가 너희 멋대로 찾아와 떼를 써도 되는 사람인 줄 아느냐? 한마디라도 더 하면 전부 죽일 것이다."

연회장의 소음이 잦아들고 있었다. 데네브라의 기분이 좋지 않다는 걸 눈치챈 사람들이 알아서 몸을 사렸다.

"크리스틴."

데네브라가 물었다.

"내가 너 대신 그 작은 왕국에 복수하면 어떤 대가를 받을 수 있지?"

"그것은……."

"정복은 황제의 방식이지, 나의 것이 아니다. 남부는 골치 아픈 곳이야. 육로는 산맥으로 막혀 있고 바닷길은 해적이 득실거려. 가진 걸 다 잃은 네가 나에게 무엇을 주려느냐? 말해보아라."

아무것도 없었다. 크리스틴은 대답하지 못했다.

"무능하고 하찮구나. 여기가 어디라고 징징거려. 고자질하면 대신 혼내주는 부모 밑에서 자라, 혼자서는 아무것도 이루지 못한 어린애가 아닌가."

반박하고 싶은데 입이 잘 떨어지지 않았다. 아무것도 모르면서 함부로 말하지 말라고 외치고 싶은데, 저 여자의 힘을 빌려야만 복수를 이룰 수 있기에 그저 머리를 조아릴 수밖에 없었다.

"크리스틴."

데네브라가 다시 물었다.

"카루스 란케아를 아느냐? 그를 보았어?"

예상치 못했던 질문이었다. 대화의 방향을 종잡을 수 없어 헤매던 크리스틴이 뒤늦게 입을 열었다.

"그가 누군지 압니다."

"오르테가에 그의 여자가 있어?"

"네?"

크리스틴은 데네브라의 의도를 이해하진 못했다. 하지만 그녀의 말 한마디에 자신의 운명이 달려 있음을 알기에 서둘러 대답했다.

"가까이 지내는 시녀가 있습니다."

"시녀?"

"율리아 아르테라고……."

입 밖으로 율리아의 이름을 꺼내는 순간, 크리스틴의 머릿속에 어떤 장면이 떠올랐다.

해방군 수뇌부의 처형장이었다. 배신자를 직접 벌하려는 해방군 급진파의 습격이 있었고, 광장은 아수라장이 되었다. 크리스틴은 그때 충동적으로 율리아를 밀어 넘어뜨렸다.

율리아가 밟혀 죽었으면 좋겠다고 생각했다. 저 사람들 틈에서 누구의 짓인지도 모르게, 그렇게 죽어 사라졌으면.

차마 그 자리에 버티고 서 있을 수는 없어서 가문의 병사들과 함께 달아나던 크리스틴은 어느 순간 뒤를 돌아보았고, 무혈 제독 카루스 란케아가 온몸으로 율리아를 감싸안고 지켜내는 모습을 보았다.

그때 그는 절박해 보였다. 비키지 않으면 죽여버리겠다며 고함을 지르고, 더러운 바닥에 엎드려 율리아를 품에 안았다.

"무혈 제독은……."

크리스틴이 말했다.

"위험에 빠진 율리아 아르테를 위해 목숨을 걸 정도로, 둘의 관계는 깊어 보였습니다."

"목숨을 걸어……?"

데네브라가 들고 있던 편지를 와락 구겨 쥐었다.

황비는 시선을 맞추고 대화하는 자를 좋아한다던 안내인의 충고에도 겁에 질려 계속 고개를 숙이고 있던 크리스틴은, 그제야 비로소 눈을 크게 뜨고 데네브라를 바라보았다.

"율리아 아르테는 저희 가문의 원수입니다."

"네 원수가 카루스의 여자라고?"

"도와주세요, 황비 전하!"

크리스틴은 진심을 담아 외쳤다.

그녀의 일행이 원하는 건 바이칸의 힘으로 오르테가를 정복해서 마조람 후작가와 자신들의 권리를 복원하는 것이었다.

하지만 크리스틴은 꼭 그 모든 걸 외면한 채 율리아만을 죽여달라는 것처럼 말했다.

"그래."

데네브라가 웃음을 터뜨렸다.

"네 소원을 들어주마."

율리아 아르테. 그 이름이 데네브라의 머릿속에 각인되었다.

됐다. 성공했다. 긴장으로 굳어 있던 크리스틴의 얼굴에 화색이 돌았다. 일이 조금 이상하게 흘러가는 것 같았지만 황비의 입에서 긍정적인 답변이 나왔다는 사실에, 크리스틴과 함께 온 일행도 안심하며 서로를 바라보았다.

그런데 데네브라가 손가락으로 크리스틴의 미간을 가리키며 말했다.

"대가는 네 목숨이다."

내놓을 게 없으면 네 목숨이라도 바쳐라.

데네브라가 손짓했다.

기사들이 움직였다. 황비의 개인 호위들이었다. 그들은 비명을 지르며 매달리는 크리스틴과 그녀의 일행에게 한 치의 동정심도 내보이지 않았다. 익숙한 일이었고, 당연한 대가였다.

믿을 수가 없었다. 크리스틴의 눈동자에 초점이 사라졌다. 마지막 동아줄인 양 품에 안고 다니던 후작 부인의 유골함이 바닥에 떨어져 산산조각이 났다.

크리스틴은 함께 산맥을 넘어 제국까지 온 일행의 목이 하나씩 잘려나가는 걸 보면서 정신을 놓았다.

"약속해주세요. 율리아를 죽여주겠다고! 내 목숨을 바치면, 그 애에게 복수해주겠다고! 약속을……."

"죽여라."

자신을 향해 날아드는 칼날을 바라보며, 크리스틴은 마지막으로 율리아를 생각했다.

율리아, 나는.

어느새 텅 빈 연회장에 붉은 피가 흘렀다.

밤이 되자 새 우는 소리가 들렸다. 연회장을 청소하던 하인들이 소름 돋는다며 팔뚝을 벅벅 문질렀다.

"안 그래도 분위기 뒤숭숭해 죽겠는데, 저 새소리는 도대체 왜 계속 들리는 거야."

"쉿, 입조심해. 그러다 네 시체 청소하게 될라."

하인들이 쉬쉬하며 서로에게 입단속을 시켰다. 처참했던 연회장이 눈에 띄게 깨끗해졌다. 마치 아무 일도 없었던 것처럼 바닥에 쏟아진 피와 유골함까지 흔적도 없이 사라졌다.

문 앞에서 그들을 감시하던 황비궁의 시종이 이제 됐으니 물러가라고 손짓했다.

시종은 하인들을 모두 내보낸 뒤 문단속을 마치고 자신의 숙소로 돌아갔다. 그러곤 창문을 활짝 열어젖혔다.

그가 손바닥만 한 종이에 빠른 속도로 무언가를 휘갈겨 썼다. 열린 창문 밖에서 푸드덕 새 소리가 들렸다.

독수리를 닮은 새였다. 새가 창틀에 날아와 앉았다. 시종은 새의 발목에 매달린 통에 서찰을 넣었다.

"황제 폐하께."

36

죽지 않는 여자와 살 수가 없는 남자

새가 가져온 서찰 속엔 데네브라가 오르테가에서 온 귀족을 무참히 죽였다는 내용이 기재되어 있었다.

크세노 황제는 서찰을 이리저리 돌려보다가 웃음을 터뜨렸다.

"카루스에게 여자가 생겼다고?"

참 요즘은 예상치 못했던 일투성이였다. 데네브라의 방종에 이어 북부 패전국 연합이 전선에서 물러난 것도 참을 수 없이 거슬리는데, 그 카루스 란케아가 사랑에 빠졌다니.

"믿을 수 있는 이야긴가, 이게?"

황제가 묻자, 그의 곁을 지키던 심복 호르헤가 부정하며 말했다.

"직접 눈으로 보기 전에는 믿을 수 없을 것 같습니다. 무혈 제독은 부모와의 사이에서도 정이 없던 사내입니다."

"그렇지?"

"오르테가에 사람을 보내보겠습니다."

"잠깐, 잠깐만 기다려라."

황제는 요새 꼭대기에 올라 북부 전선을 바라보고 있었다. 막상 덤비지는 않으면서 살벌하게 대치 중인 북부 패전국 연합의 움직임을 관찰하기 위해서였다.

일촉즉발의 상황이었다. 서로의 경계가 조금만 느슨해져도 공격 명령이 내려질 수 있었다. 그런데 황제는 북부로부터 미련 없이 시선을 돌려 남쪽을 바라보았다.

"호르헤."

"예, 폐하."

"마지막 해적왕의 유서를 남부에 흘려라."

"유서…… 말씀입니까."

"그래, 이왕이면 해적들의 손을 거쳐서 카루스에게 들어가도록 조치해."

"알겠습니다."

심복 호르헤가 깊이 고개를 숙였다. 그러곤 황제의 명령을 이행하기 위해 빠르게 요새 아래로 내려갔다.

황제의 시선은 이제 아예 남쪽을 향해 있었다. 그가 상념에 잠긴 사이 각 부대의 지휘관들이 달려와 긴급한 보고를 올렸으나, 황제는 그들의 말을 들어 주지 않았다.

"폐하, 이러다 북부 전선이 무너지면 큰일입니다! 놈들이 전면전을 포기하고 물러난 것은 방향을 돌려 기습 작전을 펼치기 위한 것으로……."

"알았으니까 물러나라."

"출전 명령을 내려주십시오. 저의 부대와 가문이, 폐하께 승리를 안겨다 드릴 것입니다!"

"비켜라. 지금은 그보다 더 중요한 일이 있으니."

아무리 호소해도 소용없었다. 지휘관들은 전쟁보다 더 중요한 일이 무엇인지 몰랐다. 황제는 그들을 설득하긴커녕 알아서 하라는 명령만 내려놓고 요새 아래로 내려가버렸다.

"폐하께서 왜 저러시는 건가! 북부를 빼앗기면 지금까지 정복했던 국가들이 모두 자립을 외치며 들고 일어날 것인데!"

"그러고 보니 얼마 전에 폐하의 성격이 조금 변했다는 이야기를 들었습니다만."

"변했다고?"

"자세히는 모르겠으나……."

지휘관들이 목소리를 낮춰 수군거렸다.

크세노 이베르트 바이칸.

바이칸 제국의 16번째 황제인 그는 평생 대륙 통일을 목표로 해왔다. 아버지의 아버지로부터 이어진 통일 제국에 관한 꿈은 그의 존재 이유와도 같았다. 젊은 시절부터 그의 행보는 온통 전쟁뿐이었다.

폭군, 전쟁광, 학살자. 그를 따라다니던 별명은 곧 바이칸 제국의 역사가 되었으며, 어느 순간부터는 대륙을 통틀어 그에게 대적할만한 자가 하나도 남지 않게 되었다.

세상 모든 것이 너무나 쉬웠다. 손가락 하나만 까딱해도 지도가 바뀌고, 그의 일거수일투족이 역사에 기록되었다.

그래서였는지도 모른다.

크세노가 자신에게 돌아온 붉은 산의 다이아몬드를 손에 쥐고 깊이 들여다보았다. 요사스러운 붉은 빛이 그의 시선을 빼앗았다.

몇 번째인가. 이 불길한 보석이 자신에게 돌아온 것이.

이번 삶은 지금까지와는 다른 점이 너무 많았다. 그중 가장 큰 의문은 데네브라가 살아남아 남부 오르테가를 치려고 한다는 점이었다. 언제나 카루스의 손에 죽었던 그 여자는 1년이 지나도록 살아남아 크세노의 주의를 끌고 있었다.

카루스 란케아가 원인이었다.

1년 전 티타니아에서 데네브라가 녀석을 죽이려 했다는 건 알고 있었다. 하지만 카루스는 언제나 살아남았으니까, 이번에도 크게 다르지 않을 거라고 여겼다.

착각이었다. 카루스가 아니라, 그의 부하들이 문제였다.

카루스는 부하들의 복수를 하기 위해 데네브라를 죽여왔다. 이번 삶에서는 그의 부하들이 모두 살아남았기에 얌전히 남부로 내려가 지금까지와는 다른 길을 걸었다.

황제는 그를 주시했다.

카루스는 남부로 내려간 뒤에도 황제의 명령을 충실하게 이행했다. 불법 비자금 문제를 일으킨 전임 사령관을 색출한 것도 모자라, 드추바 섬에 주둔지를 세우기까지 했다. 최근엔 그 주범인 한 귀족 가문을 오르테가에서 도려냈다는 보고를 받았다.

그들이 친제국파이건, 반제국파이건 황제에게 그런 건 중요하지 않았다. 오르테가의 국왕은 토끼처럼 겁이 많아 절대 제국에 반기를 들지 못한다.

"전쟁은 중요한 게 아니야."

크세노가 중얼거렸다.

그가 손가락으로 붉은 산의 다이아몬드를 만지작거렸다.

"도대체 누굴까."

궁금해 미칠 노릇이었다. 삶을 반복하면서 정처 없이 찾아 헤매었으나, 그림자조차 볼 수 없었던 그의 대적자.

어쩌면 지금 카루스의 곁에 있는 건 아닐까.

⸻ • ◆ • ⸻

율리아는 아무렇지 않은 듯 보였다.

알렉사와 맥스웰이 바이칸으로 떠난 이후 그녀는 담담한 태도로 일상을 지켰다. 귀족이 되었으니 마땅히 해야 할 영지 관리와 저택 보수에 힘쓰고, 왕자궁의 수석 시녀로서 레위시아의 일을 도왔다.

그러면서도 때때로 그녀는 혼자 생각에 빠져 있는 일이 많았다.

율리아가 무슨 생각을 하는지는 몰랐다. 레위시아가 농담조로 가볍게 물어도, 코코가 짜증을 내면서 물어도, 그녀는 언제나 아무것도 아니라는 말만 반복했다.

반역을 저지른 마조람 후작에 대한 재판이 겨울과 봄에 걸쳐 마침내 끝났다. 사형이었다.

후작과 몇몇 측근의 처형일이 정해지고, 나머지 파벌 귀족들은 작위를 잃거나 막대한 양의 벌금을 내는 등 무거운 처벌을 받았다.

긴 재판을 끝낸 레위시아가 반쪽이 된 얼굴로 왕자궁에 돌아온 날이었다. 하녀들이 그를 위해 만찬을 준비해두고 있었다.

율리아와 카루스, 레위시아와 코코가 커다란 테이블을 가운데 두고 둘러앉았다.

"열흘 뒤야. 교수형이고, 공개 처형될 거야. 후작 부인이 그런 식으로 죽어버려서 누군가는 백성들 앞에서 대역 죄인 역할을 해야만 한다더군."

"중앙 광장에서요?"

"그렇겠지. 성벽에 매달지 않는 게 어디야. 생각만 해도 끔찍하잖아. 난 왕족이니까 의무적으로 참석해야 하는데…… 너희는 따라오지 마."

레위시아가 율리아와 코코를 번갈아 보면서 말했다.

코코는 어차피 갈 생각도 없었다며 콧방귀를 뀌었으나, 율리아는 그의 말에 수긍하지 않았다.

"갈 거예요."

"율리아, 그걸 봐서 뭐해. 괜히 잠자리만 뒤숭숭하지."

"그래도 제 눈으로 보고 싶어요."

"이번에는 지난번보다 더 사람이 많을 거야. 자그마치 마조람 후작이라고."

레위시아는 율리아가 광장에서 죽을 뻔했던 일까지 거론하며 그녀를 말렸으나 별 효과는 없었다.

코코가 율리아의 편을 들어주며 말했다.

"내버려두세요. 눈으로 봐야만 확인되는 것들이 있으니까."

"위험할 수도 있어. 살아남은 후작의 측근들이 율리아를 공격할 가능성도 염두에 둬야지."

"그럴 정신은 없을 거다."

카루스가 끼어들었다. 빠른 속도로 음식을 해치운 그가 냅킨으로 입을 닦으며 말했다.

"크리스틴 마조람이 죽었다는군."

"뭐라고?"

"뭐라고요?"

레위시아와 코코가 동시에 물었다. 율리아도 두 눈을 크게 뜬 채 그를 바라보았다.

카루스는 최대한 짧게, 사실만을 말했다.

"여기 오기 바로 전에 상인들을 통해 들은 얘기야. 이쪽에도 곧 소식이 닿겠지. 크리스틴 마조람과 후작가의 가신들이 데네브라 황비에게 무참히 살해당했다고 한다."

"세상에……."

레위시아가 무거운 신음을 내뱉었다. 코코도 그와 비슷한 표정이었다.

"도대체 왜죠?"

"그날 기분이 좋지 않았겠지."

"블라이스 백작이 써줬다던 그 소개장, 황비가 그걸 받았을까요? 병력을 이끌고 오르테가를 침략하려고 할까요?"

"그건 아직 몰라. 하지만 기습은 불가능해."

바닷길은 카루스의 손바닥 안에 있고, 육로로 오려면 티타니아를 넘어야 한다.

"데네브라는 덩치가 크고 힘도 세지만 경험이나 기술은 부족한 아이와도 같아. 물자와 병력이 충분해도 황제가 아닌 이상 명분 없는 전쟁을 일으킬 수도 없고."

카루스의 말은 타당했다. 하지만 그것만으론 안심할 수 없었다.

레위시아가 입맛이 떨어졌다며 포크를 내려놓고 중얼거렸다.

"마조람 후작을 물리쳤는데 왜 아무것도 끝난 것 같지가 않을까. 왕국 밖에서는 바이칸의 병력이 내려올까 봐 눈치가 보이고, 왕국 안에서는 마조람 후작의 잔당들이 반란을 일으킬까 봐 조마조마해야 하고."

"레위시아 님."

율리아가 뒤늦게 입을 열었다. 그녀는 이미 제 몫의 음식을 다 먹고, 트루디가 가져온 디저트에 손을 대고 있었다.

"크리스틴이 죽었다는 사실이 알려지면 반란은 일어나지 않을 거예요."

"그럴까? 고작 후계자 하나 때문에?"

"그게 아니라…… 크리스틴을 죽인 게 데네브라 황비이기 때문이에요."

마조람 후작의 잔당들은 친제국파이며, 오르테가 국왕보다 바이칸의 황제를 더 두려워하는 자들이었다. 그러니 크리스틴이 데네브라 황비의 손에 살해당한 이상, 그들은 기댈 데 없는 외톨이가 되었다고 봐야 했다.

"반란도 희망이 있어야 일으킬 수 있잖아요."

"황비가 뜻밖의 도움을 주었네."

"의도한 건 아니겠지만요."

레위시아가 다시 입맛이 돌아왔다며 포크를 들어 올렸다.

겨울이 지나 봄이 한창인데도 여태 병치레 중인 국왕 때문에 샤트린과 레위시아는 한동안 일에 치여 살았다. 특히 왕위 후계자인 샤트린은 반역죄에 가담한 귀족들의 영지와 재산을 왕가에 귀속시키느라 문서에 파묻혀 얼굴을 보기가 어려울 정도였다.

레위시아의 야윈 얼굴을 노려보던 코코가 그를 향해 비아냥거렸다.

"편식하지 말고 잘 좀 드세요. 볼 거라곤 얼굴뿐인 사람이 그렇게 비쩍 말라서 어쩌려는 거예요?"

"볼품없어지면 좋지, 왜?"

"그게 왜 좋아요? 제정신이에요?"

"지난번엔 내가 그 미친 황비의 첩으로 팔려 가다가 죽었다잖아! 넌 그 얘길 듣고도 그런 말이……."

코코에게 버럭 화를 내던 레위시아가 아차 싶었는지 갑자기 목소리를 줄였다. 그러곤 눈동자를 굴리며 율리아의 눈치를 보았다.

"미안."

"괜찮아요."

"네 과거 얘기를 꺼내려던 게 아니었는데."

"아뇨. 정말 괜찮아요. 그런 것 때문에 상처받지 않는다고 몇 번이나 말씀드렸잖아요."

그리고 이 이야기에서 상처받아야 할 사람은 율리아가 아니라 레위시아였다. 그는 율리아의 지난 삶에서 데네브라의 첩으로 팔려 가다가 티타니아 산맥에서 죽었다.

"코코, 넌 도대체 뭐 한 거야. 날 지켜줬어야지."

"말을 더럽게 안 들었나 보죠."

"말 잘 들으면 지켜줄 거야?"

"이제 다 컸으면 제발 좀 지켜달라는 말 말고, 지켜준다는 말을 좀 해보시면 안 돼요?"

"내가 널 어떻게 지켜! 누가 봐도 이쪽이 약자인데!"

"율리아, 다음 삶으로 가게 되거든 절대 왕궁으로 들어오지 마. 차라리 날 데리고 여기서 나가."

코코가 신경질을 내며 말했다. 레위시아는 율리아가 상처받을까 걱정됐는지 코코에게 마구 눈치를 주었지만, 그녀는 그걸 전부 무시했다.

"이번엔 안 죽을 거니까 괜찮아요. 평범하게 늙는 결말도 있잖아요."

"코코!"

"나 어릴 때 점쟁이가 그랬단 말이에요. 장수할 상이라고. 내가 봤을 땐, 얘도 크게 다르지 않을걸요. 그 짜증 나는 저주만 아니었으면 지겹게 오래 살았을 거예요."

그런 뒤에도 다시 살게 된다면 그때는 이렇게 하자고, 코코가 진지하게 계획을 짰다.

"일단 오르테가로 와. 브레웨 훈장까지는 받아도 괜찮아. 그런 뒤엔 곧바로 남부 함대 전임 사령관의 비자금을 빼앗고, 상인연합의 비밀 금고까지 털어. 그 돈이면 우리끼리 평생 놀고먹고도 남잖아."

레위시아가 헛웃음을 흘리며 물었다.

"뭐? 마조람 후작은?"

"알 게 뭐예요. 왕국이고 나발이고, 다 같이 공멸하라지."

"와…… 나쁜 사람."

그들의 이야기에는 다음 삶으로 가면 모두가 율리아를 기억하지 못할 거란 사실이 빠져 있었다. 하지만 아무도 그 사실을 지적하지 않았다.

율리아는 코코와 레위시아가 토닥거리며 다투는 모습을 물끄러미 바라보다가 가볍게 웃음을 터뜨렸다. 그러곤 부드럽게 말했다.

"제가 어떻게 죽어도 다음 삶에선 아무도 만나지 않을 거예요."

늦은 밤이 되었다. 식사를 마치고도 한참 동안 함께 술을 마시던 레위시아와 코코가 먼저 방으로 돌아가 잠들었다. 일이 많아 피로가 겹친 탓이 컸다. 윰리아는 두 사람을 들여보낸 뒤에야 카루스와 함께 왕자궁 밖으로 나왔다.

"오늘도 밖에서 잘 건가?"

"밖이라뇨. 이제 거기가 안이에요. 왕궁 시녀는 왕궁에서 살아야 한다는 법도 같은 건 없거든요."

"코델리아 시녀장은 왕궁에서 살잖아."

"그건 오래전에 코코가 힌치 백작님이랑 하도 싸워서 집을 나오는 바람에 그렇게 된 거고요."

"그렇군."

카루스가 알만하다며 웃음을 터뜨렸다. 그는 요즘 윰리아를 괴롭히는 저주를 조사하면서 코코와 제법 친해진 상태였다.

마차를 타고 돌아가는 길은 평화로웠다. 반역자의 처형을 앞두고 반란이 일어날지도 모른다는 것도 왕궁 밖의 사람들에겐 그저 하나의 사건에 불과했다.

"알렉사는 어디쯤 가고 있을까요."

윰리아는 알렉사에게 가지 말라고 말했다. 저주 같은 건 내가 알아서 할 테니, 위험을 자초하지 말라고도 말했다.

하지만 알렉사는 완고했다. 그녀는 배를 타고 바이칸으로 넘어가, 카루스의 부하들과 함께 북부를 뒤져보겠다고 약속했다.

"지금쯤이면 오르테가 해역을 벗어났겠지."

"같이 가고 싶었는데."

세 번째였던가, 네 번째였던가. 골치 아픈 저주에 걸렸다는 걸 깨달았을 때, 율리아는 자신에게 두 가지 선택지가 있다고 생각했다.

첫째는 복수에 매달리는 삶을 사는 것이고, 두 번째는 저주의 정체를 파헤쳐 그 속박에서 벗어나는 것이었다.

둘 다 이루려면 몸이 몇 개라도 모자랐다. 율리아는 매번 최선을 다해 살았으나 혼자 힘으로 복수를 이루기란 불가능에 가까웠다.

그렇다고 저주를 파헤치는 데 매달려 살 수도 없었다. 마조람은 언제나 그녀를 죽이려 혈안이 되어 있었고, 그들을 저지하지 않고서는 아무것도 시도할 수 없었다.

처음이었다. 복수에 성공한 것도, 저주에 대해 본격적으로 조사하기 시작한 것도.

율리아는 점점 더 깊은 생각에 빠져들었다. 그녀의 얼굴에서 가면 같은 미소가 사라지고 있었다.

카루스가 그런 그녀를 응시하다 말을 걸었다.

"나도 만나지 않을 건가?"

"네?"

"어떤 삶을 살다가 죽게 되더라도, 아무도 만나지 않을 거라고 했잖아."

"카루스 님은 매번 제 목숨을 구해주시니 만나기야 하겠죠."

"그 후엔?"

잊히고 싶지 않다. 카루스는 율리아가 했던 말을 기억하고 있었다. 그래도 묻지 않을 수 없었다. 만약 다음이 있다면 율리아가 모든 걸 포기한 채 혼자가 되게끔 내버려둘 수 없었다.

율리아가 카루스의 눈을 바라보았다.

"바바슬로프를 살려야죠. 기사님들도 마찬가지고."

"그런 뒤엔?"

"모르겠어요."

"모르겠다고?"

"진짜 모르겠어요. 카루스 님, 저도 제가 이런 말을 하게 될 줄은 몰랐는데……."

머뭇거리던 율리아가 조심스레 그에게 말했다.

"다시 살게 될 것 같지가 않아요."

"뭐?"

"이번이 진짜 마지막인 것만 같은 느낌이에요. 왜인지는 모르겠는데, 그냥…… 그런 기분이 들어요."

그래서일까. 율리아는 삶을 반복하게 된 이후 처음으로 시간이 너무 빨라 하루하루가 아깝게 느껴진다고 말했다.

마조람 후작의 사형 집행일이 되었다. 이번엔 처형장이 아니라 중앙 광장이었다. 광장 한복판에 반역자를 처벌하기 위한 임시 처형대가 세워지고, 왕국 전체에 왕명이 공표되었다.

사람들이 구름처럼 모여들었다. 마조람 후작은 오르테가에서 가장 유명하고 가장 악명 높은 귀족이었다. 그와 함께 처형되는 측근들의 숫자도 10명이 훌쩍 넘었다.

국왕은 마조람 후작이 저지른 범죄를 낱낱이 기록한 게시문을 왕국 곳곳에 걸어두도록 했다.

"죽여라!"

"반역자를 죽여라! 제국의 개는 지옥으로 꺼져라!"

한때는 마조람 후작과 친제국파가 있어 왕국이 제국의 침략을 당하지 않는 거라 여기던 자들도 모두 모여 그를 비난했다. 후작의 처형을 바라는 백성들의 목소리가 높았다.

"왕은 왕이군."

카루스가 냉소적인 미소를 지었다.

"부패한 귀족을 향한 백성들의 분노는 왕에겐 양분 같은 거지."

"꼭 다른 사람 같네요."

율리아가 후작을 보며 말했다. 그녀는 레위시아와 조금 떨어진 곳에서 카루스와 함께 서 있었다. 공식적으로는 카루스가 레위시아의 손님이었기에, 수석 시녀인 그녀가 보좌하는 모양새였다.

마조람 후작은 다른 사람처럼 변한 모습이었다. 풀어헤친 머리카락은 회백색이고, 비쩍 마른 몸은 상처투성이였다. 비틀거리는 꼴이 군이 처형대에 세우지 않아도 며칠만 내버려두면 알아서 죽을 것 같았다.

"고문을 많이 당했나 봐요."

"왕이 그동안 맺힌 게 많았겠지."

"우습네요. 어차피 공범인데."

이번에는 율리아가 냉소적인 웃음을 터뜨렸다.

그녀는 국왕의 태도가 우스웠다. 이간질로 둘의 사이를 갈라놓은 건 그녀였으나, 왕이 후작을 적으로 여기고 자신을 피해자라 여기는 건 어처구니없었다.

"시작이군."

노쇠한 국왕 대신 레위시아가 마조람 후작의 죄명을 발표했다. 발표가 끝나자 사형 집행인이 교수대에 죄인을 나란히 세웠다.

후작의 목에 밧줄이 걸리고, 그의 곁에 선 자들에게서 흐느낌이 새어 나왔다.

율리아는 눈도 깜박이지 않은 채 그 장면을 바라보았다.

그건 그녀의 의무이자 권리였다. 후작에게 죽임당했던 과거를 하나씩 떠올리며, 그의 생명이 떠나는 순간을 머릿속에 새겼다.

"사형을 집행하라!"

레위시아가 우렁차게 외쳤다.

마조람 후작은 모든 걸 포기한 모습이었다.

율리아는 그가 무슨 생각을 하고 있는지 궁금했다. 후회할까, 억울해할까. 아니면 슬퍼하고 있을까. 아내와 딸을 먼저 떠나보낸 남편이자 아버지로서, 죄책감을 느끼긴 할까.

알 수 없었다. 교수대 바닥이 열리고, 죄수들의 몸이 툭 떨어졌다.

생명이 떠나는 순간은 이토록 짧고, 허무하다. 누구에게나 마찬가지였다.

"카루스 님!"

그때 누군가 카루스를 찾았다. 다급한 목소리였다. 인파를 헤치고 달려온 바바슬로프가 카루스와 율리아에게 다가왔다.

"카루스 님."

마조람 후작의 생명이 완전히 이 땅을 떠나던 순간, 율리아는 바바슬로프에게서 믿을 수 없는 소식을 들었다.

"마지막 해적왕의 유서를 가진 자를 찾았습니다. 거기 저주받은 돌에 관한 내용이 적혀 있다고 합니다."

"유서?"

카루스가 바바슬로프에게 몸을 바짝 기울였다. 율리아도 마조람 후작에게서 시선을 돌려 바바슬로프를 바라보았다.

그가 잔뜩 상기된 얼굴로 율리아를 보며 말했다.

"단서를 찾았어."

마지막 해적왕은 지금으로부터 백여 년 전 죽었다고 알려진 사내였다.

무혈 제독이 바이칸 서부를 청소하기 전까지, 그곳은 해적들의 천국이었다. 남부보다 더 많은 해적이 그곳 바다를 점령하고 살았다.

그러니 백여 년 전 그곳에서 해적왕이 탄생한 건 당연한 일인지도 몰랐다. 뿔뿔이 흩어져 저들끼리 싸우던 해적들을 규합해 해상 왕국을 세우려 했던 사내.

그는 해적 최초로 역사에 남을만한 위업을 이룰 뻔했으나, 어느 날 갑자기 죽었다고 알려졌다.

바바슬로프가 말했다.

"만취한 상태로 갑판 위에서 춤추다가 바다에 빠져 죽었다고 들었는데."

이번에는 카루스였다.

"그건 헛소문이다. 그는 갑판장에게 배신을 당했어. 그가 타던 배를 차지하려는 속셈이었겠지."

"예? 술 때문에 죽었다던 해적왕의 노래 모릅니까? 선배들이 배 위에서 술 마시면 죽는다고 겁줄 때마다 하던 얘긴데."

"배 위에선 모자 쓴 놈이 왕이라는 말은 어디서 나왔다고 생각하냐?"

두 사람이 티격태격하는 동안, 율리아는 바닷바람에 휘날리는 머리카락을 배배 꼬아 고정하고 있었다. 트루디가 잘 묶어주긴 했는데, 자꾸 바람에 날려서 아예 모자 속으로 넣어버렸다.

"제가 들은 얘기는 또 다른데요."

"뭐? 달라?"

바바슬로프가 이번에는 또 뭐냐고 물었다. 율리아는 그에게 살짝 웃어 보이고는 멀어지는 드추바 섬을 가리키며 말했다.

"섬들을 차지하고 왕국을 세우려고 했잖아요. 당시 바이칸의 황제가 괘씸하게 여긴 나머지, 거액의 현상금을 걸었다고 들었어요. 그리고 그 돈을 노린 해적들이 다 같이 선장을 배신했다고."

해적들에게 왕국이라니 말도 안 되는 이야기라고, 카루스가 중얼거렸다.

"놈들에겐 규칙이 없어. 규율도 없고, 법도나 정의도 없지. 그저 금화와 술, 여자. 그리고 미신뿐이다."

"아직도 그들이 믿는 게 전부 미신이라고 생각하세요?"

"얼마 전까진 그렇게 생각했는데……."

카루스가 율리아를 흘깃하곤 피식 웃었다.

"내가 해적 놈들이 하는 말에 귀를 기울이는 날이 오게 될 줄이야."

카루스 란케아는 서쪽 바다의 지배자였다. 해적들의 원수이기도 했다.

동부는 섬이 없고 해안선이 짧으며, 수심이 깊고 암초가 많았다. 게 다가 북쪽으로 조금만 올라가면 거대한 사막으로 이어지는 터라, 해상 무역은 풍요로운 서부를 중심으로 발달해왔다. 그러다 보니 해적들도 죄다 서부에 둥지를 틀게 된 것이다.

"리바이어던 함대가 정박하고 있는 곳은 어디예요?"

율리아가 물었다. 카루스는 무슨 꿍꿍이인지, 흉흉한 미소를 머금고 말했다.

"북서부 기지. 황제가 날 견제하기 시작한 이후부터 내 함대는 해안에서 가장 먼 기지로 쫓겨나 움직이지 않고 있어."

"기사단은요?"

"내 영지에서 침묵 시위하는 중이지."

카루스의 영지는 바이칸 동부에 있었다. 그가 웃으며 설명했다.

"영지는 동쪽에 있는 걸 쥐여주고, 함대는 서쪽 바다에 띄우게 했어. 그래야 함대와 기사단의 거리가 멀어지니까. 그런 뒤에 나는 단출하게 서른 명만 데리고 남부로 내려가게끔 한 거야."

"진짜 싫었나 봐요."

"나도 싫어."

카루스가 얼굴을 찡그리며 말했다.

그들이 타고 있는 건 남부 함대에서 가장 큰 배였다. 주로 사령관이 타고 움직이는 기함이었는데, 카루스의 명령 한마디에 바짝 긴장해서 움직이는 해군 병사들을 보며 율리아가 의아한 얼굴로 물었다.

"왜 저렇게 겁을 먹고 있어요? 해적선을 만날까 봐 무서워서 그러는 건가요?"

"아니."

"그럼 왜……."

"나도 몰라."

카루스가 별거 아니라는 듯 율리아를 데리고 자리를 옮겼다.

뒤에서 바바슬로프가 뭔가 심한 욕을 중얼거리고 있었다. 화가 날 때마다 사람을 하나씩 바다에 집어 던져놓고는 모른다니 말도 안 된다면서.

"내일 아침이면 도착할 거야."

마지막 해적왕의 유서를 가진 자는 꽤 나이를 먹은 해적이었다. 해적질하면서 모은 돈은 이미 다 탕진하고 없고, 노후에 비렁뱅이가 될 처지가 되자 그가 가진 가장 값진 것을 팔려고 몰래 내놨다가 걸렸다는 것이다.

율리아와 카루스는 그를 찾으러 드추바 섬에서 하루 거리에 있는 작은 섬으로 향했다.

"악명 높은 해적이면 이참에 사로잡아서 레위시아한테 갖다줘. 놈이 공을 세울수록 왕이 될 확률이 높아지잖아."

"그래야겠어요."

"놈이 빨리 왕이 되어야 일이 좀 편해지지."

"지금 레위시아 전하를 걱정해주시는 거예요? 둘이 언제 그렇게 친해졌어요?"

"답답해서 그래."

"착해서 그래요."

"왕좌를 차지하려는 놈이 착해서 얻다 쓰게."

그 점이 좋아서 곁에 있는 거라고, 율리아가 속삭였다. 카루스가 그럼 나는 나쁜 놈인 것 같냐고 물었다.

율리아는 대답하지 않고 의뭉스레 웃기만 했다.

배는 빠르게 나아갔다. 드추바 섬에서 하루 거리에 있다더니, 하루가 다 지나기도 전에 항해사가 달려와 섬이 보인다고 알려주었다.

"정박해."

카루스가 명령했다.

그곳은 해적들의 섬이라기엔 무척 볼품없는 곳이었다. 그저 작은 어촌 마을에 가까웠다. 집은 많았는데 사람은 거의 없었다. 아무래도 오르테가와 가까운 위치에 있다 보니 겁 많은 해적들이 카루스의 함대를 피해 섬을 버리고 죄다 달아난 모양이었다.

마지막 해적왕의 유서를 가지고 있다는 해적은 어쩌면 이곳에서 여생을 보낼 작정이었으리라.

율리아와 카루스는 그가 살고 있다는 한 허름한 집으로 향했다.

"이 집입니다."

바바슬로프가 다짜고짜 문을 열었다.

우지끈하는 소리가 나며 낡은 문이 열렸다. 만약에 대비해 카루스가 앞에 서고, 율리아는 그의 등 뒤에서 최대한 차분하려 애썼다.

그런데 문이 열리자마자 밀려오는 끔찍한 악취에, 그녀는 저도 모르게 뒷걸음질을 치고 말았다.

"이게 뭐야……."

바바슬로프가 소매로 코를 막고 집 안을 들여다보았다. 카루스도 율리아를 물러나게 하곤 혼자서 안으로 들어갔다.

"카루스 님!"

"들어오지 마."

카루스의 목소리가 낮았다.

율리아는 안에서 무슨 일이 일어났다는 사실을 알아챘다. 바바슬로프가 입구를 막은 채 손을 휘저어 율리아를 밀어내더니, 재빨리 안으로 들어가 창문이란 창문은 모조리 열어 환기를 시켰다.

모르려야 모를 수가 없었다. 율리아는 들썩이는 마음을 가라앉혔다. 이건 사람이 죽었을 때 나는 냄새였다. 처형당한 해적들의 주머니를 털며 살았던 그녀에게 너무나 익숙한 냄새.

율리아는 마음을 다 가라앉힌 뒤에 안으로 들어갔다.

"야, 복덩이. 들어오지 말라니까……."

작은 집 안엔 빈 술병과 낡은 무기, 오래된 항해 용품이 너저분하게 장식되어 있었다. 집의 주인은 응접실 한쪽 소파에 앉은 채로 죽은 상태였다.

상처는 없어 보였다. 냄새는 지독한데, 시체는 깨끗했다.

"바바슬로프, 의사를 데려와."

"알겠습니다."

카루스가 죽은 해적의 시신을 조사할 의사를 불렀다. 율리아는 그와 함께 집 안을 살피기 시작했다.

"누가 유서를 훔쳐간 걸까요? 그래서 죽은 걸까요?"

"그게 그렇게까지 귀한 물건인 줄은 몰랐는데."

"팔려고 내놨을 정도니까 누군가에겐 값비싼 수집품일 수 있겠죠."

"그렇다고 하기엔 너무 깨끗하게 죽었어. 싸운 흔적도 없고, 물건을 뒤진 흔적도 없고."

카루스의 말이 옳았다. 해적의 집은 너저분했지만, 누군가 일부러 망가뜨린 것 같진 않았다.

그가 유서를 찾아 집 안을 뒤지는 동안, 율리아는 해적의 시체 앞에서서 그를 물끄러미 바라보았다.

늙은 남자였다. 한때는 위세 높은 해적이었을지 모르나 이제는 죽은 노인에 불과했다.

율리아의 시선이 남자의 팔뚝에 가서 닿았다. 한때 해적들 사이에서 유행했던 문신이 새겨져 있었다.

열 명을 죽일 때마다 한 송이씩 새긴다던 덩굴장미가 무성했다.

율리아가 손을 뻗었다. 그녀는 망설임 없이 죽은 해적의 재킷을 열어젖히고, 그 안에 입고 있는 조끼를 더듬었다.

"율리아!"

카루스가 기겁하며 그녀를 말렸다. 하지만 율리아는 기어이 그 조끼 안에 가죽을 덧대 만든 주머니를 발견했다. 안에 무언가 있었다.

마지막 해적왕의 유서였다.

[나의 대적자, 너에게 꼭 하고 싶은 말이 있다.]

유서는 누군가에게 보내는 편지였다. 율리아는 그 자리에 선 채 아주 빠른 속도로 편지를 읽었다.

편지를 쥔 그녀의 두 손이 바들바들 떨렸다. 짙은 초록색 눈동자에 격렬한 파문이 일었다.

차분하려 애쓰던 것이 무용하게, 율리아가 꽉 잠긴 목소리로 중얼거렸다.

"내가 죽을 때마다 죽었어……?"

"뭐라고?"

"내가 죽을 때마다, 같이 죽었어. 아무 이유도 없이 그냥…… 죽어버렸어……? 도대체 누가?"

그녀의 눈동자가 정처 없이 흔들렸다. 카루스는 율리아의 손에서 해적왕의 유서를 빼앗았다. 그러곤 다급하게 읽기 시작했다.

[네가 광산 노예로 태어났다는 것을 안다. 삶을 반복한 끝에 그 굴레를 벗어던지고 높은 자리에 올랐다는 것도. 우리는 죽음의 순간을 공유하며 서로를 찾아 헤매게 되는 존재이니까.]

믿을 수 없는 이야기였다. 카루스가 낡은 종이를 손에 쥔 채 낮은 신음을 내뱉었다.

[너 때문에 몇 번이나 죽었는지 모른다. 행복했던 순간에도, 목숨 건 투쟁 끝에 해적왕이 되었을 때도, 네가 죽는 순간 내 삶이 끝난다는 걸 알았다. 무엇을 이루어도 물거품처럼 사라지는 삶. 내가 얼마나 분노했는지, 얼마나 울부짖었는지 아무도 모른다.]

긴 편지였다. 해적왕은 대적자라 부르는 상대를 증오하고 원망했으며, 저주의 굴레에서 벗어나려 안 해본 일이 없었다.

그는 해적질을 하다가 발견한 파란색 보석의 주인이었다. 그리고 그걸 '푸른 바다의 환초'라고 불렀다.

[그러나 삶을 거듭하는 동안 깨달은 게 하나 있다면, 이 미칠 것 같은 고통을 이해하는 존재 역시 이 세상에 오직 너 하나뿐이라는 것이다.]

해적왕은 이 편지가 유서가 될 것이란 걸 알고 있는 것 같았다. 자신이 죽은 뒤 누군가 이 편지를 발견한다면 태워 없애달라는 부탁이 쓰여 있었다.

[나는 마침내 너를 찾을 것이다.]

카루스가 율리아를 바라보았다. 그녀의 입에서 나지막한 혼잣말이 흘러나왔다.

"나와 같은……."

그녀는 짙은 동질감을 느끼고 있었다.

오래전에 죽은 해적왕에게, 해적왕의 대적자에게, 그리고 그녀가 아홉 번째를 사는 동안 똑같이 삶을 반복하며 고통받았을 자신의 대적자에게.

의사가 시신을 조사하는 사이, 율리아는 해적왕의 유서를 손에 쥔 채 집 밖으로 나와 서 있었다.

기분이 이상했다. 익숙할 대로 익숙해진 바닷바람이 낯설게 느껴졌다.

피부를 스치고 머리카락을 흐트러뜨리는, 옷자락을 툭 치고 지나는 바람.

바람뿐만이 아니었다. 규칙적으로 밀려오는 파도 소리도, 비린내 섞인 짠 내음도 모두 낯설었다.

그건 자신과 이 세상 사이의 괴리감 때문이었다.

나는 살아 있는 게 맞나. 어쩌면 오래전에 죽어서 삶도 죽음도 아닌 상태를 이어가고 있는 건 아닌가. 이 세상은 진짜가 맞나. 나만 진짜고, 모두가 가짜인가. 아니면 이건 진짜 세상이고 나만 가짜인가.

복수를 이뤘다. 아홉 번째를 사는 동안 집착하며 매달렸던 복수를 마침내 이루고 마음의 평화를 찾았다.

후작 부인과 후작의 죽음을 확인했다. 바실리에게 똑같은 고통을 안겨주고, 크리스틴이 절망 속에서 헤매다 죽었다는 소식도 들었다.

앞으로 이어질 오르테가 역사에서 마조람이라는 이름을 지워버렸다. 이제 이 땅에 마조람의 이름으로 살아가는 자는 한 사람도 없을 것이다.

후작가와의 원한을 풀어야만 이 지독한 굴레에서 벗어날 수 있을 것 같았다. 영원히 삶을 반복하게 되더라도 복수하겠다는 결심은 변함없었으리라.

하지만 이후에 밀려올 공허함에 대해선 대비하지 못했다.

'복수가 끝이 아니라면…….'

아무렇지 않은 척 일상을 지켰으나 율리아의 마음은 현실로부터 멀어져 붕 떠 있는 상태였다.

온갖 색채와 소음, 냄새와 촉감으로 선명하던 세상이 텅 빈 채 아득했다. 아무것도 없었다. 고요하고, 무의미했다.

평민이라고 천시하더니 백작이 된 걸 축하한다며 선물을 건네는 위선적인 귀족들을 마주하면서도, 율리아는 웃었다. 그들을 미워하지 않았다. 미워지지 않았다.

그 모든 게 정해진 일처럼 느껴졌다. 내면의 진실도 알고 싶지 않았다. 그들에 대해 궁금하지 않았다. 세상에 존재하는 모든 것이 종이 위에 그려진 그림 같았다.

붉은 물감을 풀면 붉어지고 푸른 물감을 풀면 푸른색이 되는 물처럼, 그녀의 영혼은 한없이 수용적이었다. 낮아지면 흐르고, 높아지면 고이는.

율리아는 복수를 이룬 뒤 삶과 죽음의 경계에서 길을 잃고 헤매었다.

한데 또 있었다. 그녀가 모르는 미래가.

'내가 모르는 다른 결말이 있어. 다른 가능성이 있어.'

낯설기 그지없던 바람이 옷깃을 벌리고 훅 밀려들어 왔다. 따스한 봄볕과는 달리, 뼛속까지 스며들 듯한 서늘함이었다.

한적한 어촌의 비린내, 집 안에서부터 풍겨 나오는 악취, 바람을 타고 스미는 짠 내음. 갑자기 코가 찡하도록 이 모든 냄새가 현실적으로 느껴졌다.

머리 위에서 들리는 바닷새 우는 소리, 집 안에서 의사와 대화를 나누는 바바슬로프의 목소리, 그리고 등 뒤에서 느껴지는 카루스의 존재감.

현실이었다. 살아 있었다.

이 세상은 진짜였고, 그녀 역시 진짜였다. 그래야만 했다. 저주는 살아 있는 자만을 노리는 신의 장난질이다.

삶에 대한 갈망으로 똘똘 뭉친 희대의 악바리.

푸른 바다의 환초는 율리아 아르테를 선택했다. 이 세상에 오직 그녀만이 그 끔찍한 저주를 품고도 삶을 포기하지 않을 것이기에.

"율리아."

카루스가 자신을 불렀다.

율리아가 그를 돌아보았다.

"카루스 님."

그녀의 시선이 카루스의 등 뒤로 펼쳐진 작은 어촌 마을을 느리게 훑었다.

"이 섬을 봉쇄해주세요."

카루스는 이유를 묻지 않았다. 그저 속을 알 수 없는 눈으로 율리아를 응시하더니, 가볍게 고개를 끄덕였다.

다 떠난 줄로만 알았던 마을에서 인기척이 느껴졌다. 몰래 숨어 이쪽을 훔쳐보던 마을 사람들이 어깨를 흠칫 떨었다.

율리아가 속삭였다.

"저들 중에 살인자가 있어요."

동시에, 집 안에서 의사와 대화를 나누던 바바슬로프가 뛰쳐나와 해적이 누군가에게 살해당한 것 같다고 외쳤다.

죽은 해적의 몸엔 베이거나 찔린 상처가 없었다. 하지만 율리아는 일찍이 그가 살해당했다는 걸 알아챘다. 냄새와 자국, 자세 때문이었다.

의사는 누군가 아주 힘이 센 남자가 해적의 목에 두꺼운 천을 감아 뒤에서 당겨 죽였을 거라고 말했다. 술독에 빠져 죽은 사람처럼 꾸며 놓긴 했으나, 그 흔적을 다 지우진 못했다고.

"사령관님, 섬을 봉쇄했습니다."

군함에서 내린 병사들이 섬을 봉쇄하고 마을을 감시했다. 카루스는 숨어 있는 자들까지 모두 찾아내라고 명령했다.

바바슬로프가 해적의 집에서 나와 말했다.

"빚더미에 올라 있는 자였습니다. 모아놓은 돈은 한 푼도 없는데 술과 도박을 끊지 못했어요. 정체를 숨기고 어부인 척 오르테가 부두로 나와 이 집 저 집에 외상값을 달아놓았죠."

카루스가 물었다.

"어떻게 찾았지?"

"해적왕의 유서를 장물로 내놓으려 한다는 건 맥스웰의 전당포를 통해 알았습니다. 녀석이 바이칸으로 떠나면서 괜찮은 정보원을 남겨두고 갔는데, 다행히 누구보다 빨리 그 사실을 알려주었고요."

그의 이야기를 묵묵히 듣던 율리아가 초록색 눈을 빛내며 물었다.

"얼마에 내놓았어요?"

"얼마인지 몰라서 되레 물었다고 하던데. 얼마까지 받을 수 있겠냐고, 아주 신이 나서 떠벌렸대."

"혼자 왔대요?"

"전당포 안에 들어온 건 혼자였는데, 바깥에 누가 있었던 것 같다고 했어."

"이름이나 주소 같은 것도 속임수 없이 적었나요?"

"응."

그렇구나. 율리아가 고개를 끄덕였다.

"해적왕의 유서를 어떻게 구하게 되었는지는 말 안 했나요? 누군가에게 훔쳤다거나, 혹은 빼앗았다거나……."

"주웠다고 했대."

바바슬로프가 허허 웃으며 말했다.

"말년에 행운이 찾아왔다고, 바다에서 주웠다고 했다던데."

그렇구나. 율리아가 다시 고개를 끄덕였다. 그러곤 팔짱을 낀 채 조용히 그녀를 바라보는 카루스에게 다가가 말했다.

"카루스 님."

"말해."

"저는 세상에 진짜 우연이란 건 없다고 생각해요."

일어나야 할 일은 일어나기 마련이고, 모든 일에는 다 그만한 이유가 있다. 율리아는 한 손에 유서를 쥔 채 그렇게 말했다.

"우리가 저주에 관해 본격적으로 조사하기 시작하니까, 우연에 우연이 겹쳐서 갑자기 해적왕의 유서가 나타났어요. 마치 때가 되기만을 기다렸다는 듯."

"그래."

"저는 이런 걸 본 적이 없어요."

아홉 번을 사는 동안 단 한 번도 본 적 없었다. 마지막 해적왕의 유서라니. 그가 율리아보다 먼저 선택됐던 저주의 숙주라니.

"유서를 팔려던 자는 때마침 죽어 있는데, 이게 장물로써 제법 가치 있는 물건이라면 저 사람들이 왜 여태 가만히 내버려뒀을까요."

군함이 오는데도 달아나지 않고, 집 안에 들어가지도 않고, 끈질기게 숨어서 이쪽을 훔쳐보았다.

제대로 된 어선 하나 없는 어촌. 말린 물고기는커녕 그물조차 보이지 않았다. 그런데도 집은 많아 한때 사람이 꽤 많이 살았다는 걸 알 수 있었다.

어부가 없는 섬이라.

"이보다 더 가치 있는 대가를 받을 예정이니까."

이놈들, 해적이었군. 카루스가 입술 끝을 쓱 들어 올리며 웃었다.

남부 함대 병사들은 카루스의 명령을 충실하게 따랐다. 멀리 숨어서 이쪽을 힐끔거리던 마을 사람들을 양 떼처럼 몰아서 데려온 것이다.

율리아는 그들의 태도와 행색을 빈틈없이 관찰했다. 그녀의 입에서 차가운 목소리가 흘러나왔다.

"나는 오르테가의 귀족, 아르테 백작이다."

마을 사람들이 슬그머니 눈치를 보았다.

"오르테가 국법상, 해적은 죄의 경중에 상관없이 무조건 사형이다. 알고 있겠지?"

"그럼요. 알고 있습니다."

"이 남자는 해적인가?"

율리아가 죽은 남자를 가리키며 물었다. 그러자 마을 사람들이 너나 할 것 없이 소리쳤다.

"그놈은 술에 취할 때마다 자기가 얼마나 무시무시한 해적이었는지 떠벌리고 다녔습니다. 그게 사실이라면 죽어 마땅한 놈이죠!"

"해적일 거예요! 성질머리가 아주 고약했거든요."

"그놈 그거, 질 나쁜 놈입니다!"

소란스러웠다. 율리아는 그 소란이 다 가라앉기를 기다렸다가 별안간 물었다.

"그래서 죽였어?"

"……예?"

"이 남자가 죽고 나서 누군가 찾아와 뭔가를 찾으면, 그 사람이 누군지를 기억하고 있다가 알려달라고…… 누가 그랬어? 얼마를 약속받았어?"

"예? 그게 무슨 소리입니까? 우리가 왜 사람을 죽여요?"

"해적이잖아."

율리아가 웃으며 말했다.

마을 사람들은 그녀가 말한 해적이 죽은 남자를 가리키는 줄 알고, 아무리 못된 해적이라도 옆집 살던 사람을 죽이겠느냐고 손사래를 쳤다.

하지만 율리아가 말한 해적은 바로 그들을 가리키는 말이었다.

"다들 소매 걷어."

"예?"

"소매 걷고, 웃통 벗어. 명령이야."

더 협박할 필요도 없었다. 카루스가 손짓하자 병사들이 달려들어 마을 사람들의 윗옷을 거칠게 벗겼다. 그들은 반항했으나 카루스의 병사들을 당해낼 수는 없었다.

바바슬로프가 한숨과 함께 웃음을 터뜨렸다.

"뭐야, 죄다 해적이었냐?"

팔뚝과 등, 가슴에 문신이 많았다. 남부의 해적을 상징하는 덩굴장미와 세이렌, 그리고 뱀을 삼킨 해골.

율리아가 카루스에게 물었다.

"남부 함대 제독은 해적을 즉결 처형할 수 있나요?"

"물론이다."

"그럼 여기서 이 자들을 다 죽여도 상관없겠네요."

"그렇지."

카루스가 허리춤에 차고 있던 칼을 뽑았다. 푸르스름하게 빛나는 날이 햇빛을 받아 쨍하게 빛났다.

순박한 마을 사람인 척 연기하던 해적들은 모두 즉결 처형하겠다는 율리아의 협박에도 쉽게 굴하지 않았다.

"무슨 소립니까! 우리는 해적이 아니에요! 이, 이건…… 젊었을 때 철이 없어서 저지른 실수요!"

그들은 어떻게든 거짓말로 이 상황을 벗어나려 애썼으나, 상대가 너무 나빴다.

"닥쳐라."

카루스가 칼을 들고 해적들 앞에 섰다.

"내가 왜 바이칸 서부에서 무혈 제독이라 불리게 됐는지 알려 주지."

피도 눈물도 없는 냉혈한이라서인가, 아니면 적 앞에서 피 한 방울 흘리지 않았기 때문인가.

작은 마을에 비명이 가득했다. 끔찍하게 느껴질 법도 한데, 율리아는 무덤덤한 얼굴로 걸음을 재촉했다.

그녀는 가장 가까운 곳부터 차례대로 사람이 사는 흔적이 있는 집들을 뒤졌다. 바바슬로프가 그녀와 함께 다니며 해적들이 감춰 놓은 귀중품을 찾았다.

대체로 가난한 자들이었다. 왜 도망가지 않고 이 작은 어촌에 머물러 있나 했더니, 죄다 버림받은 모양이었다.

죽은 해적처럼 술과 도박에 찌들어 빚만 잔뜩 짊어진 자들. 할 줄 아는 거라곤 사기 치고 폭력을 쓰는 일뿐이라, 어촌에 살면서 그물질 한 번 해본 적 없는 자들.

그렇게 이 집 저 집 뒤지고 다닌 끝에 율리아는 어느 해적의 집에서 박제한 철갑상어를 발견했다.

“이 집 주인을 데려와주세요. 아마 이 사람이 죽은 해적에게 해적왕의 유서를 흘렸을 거예요.”

“뭐? 그걸 어떻게 알아?”

“바이칸 제국에서 뱃사람들 사이에 유행하던 거예요. 강에 사는 물고기인데, 바다에서 잡으면 행운이 온다는 미신이 있거든요.”

오르테가 남부, 이 작은 외딴 섬에 바이칸의 물건이라.

율리아가 제국의 바다를 떠돌아다니던 어린 시절을 떠올리며 말했다. 바바슬로프가 크게 고개를 끄덕이곤 카루스에게 달려갔다.

그사이 율리아는 집을 더 뒤져서 바이칸에서 가져온 것으로 보이는 물건을 몇 개 더 찾았다.

편지나 보고서 같은 건 보이지 않았으나, 은밀한 곳에 감춰둔 금화 상자를 찾았다. 때가 되면 달아날 생각이었는지 간단하게 짐을 꾸려 놓은 가방도 있었다.

“이거 놓으십시오! 저는 진짜 아무것도 모릅니다!”

집주인이 끌려오며 몸부림을 쳤다. 카루스에게 얻어맞았는지 입에서 피를 흘리고 있었다. 율리아가 그에게 다가가 물었다.

“누가 줬어?”

“도대체 무슨 말인지…….”

“해적왕의 유서. 누가 줬냐고.”

“저는 아무것도 모릅니다. 몇 번을 말합니까!”

“전당포까지 따라왔던 것도 당신이지? 죽은 해적이 운 좋게 주웠다던 것도…… 당신이 그렇게 만든 거겠지.”

“나는 진짜 아무것도 모른다고!”

"솔직하게 털어놓으면 무사히 제국으로 달아나게 도와주지. 저 안에 모아 둔 금화도 가져가게 해줄 거야. 네 의뢰인에게 뭐라고 해야 하는지도 알려주고."

"뭐라고요? 무슨 말인지 통 모르겠네."

"하지만 자꾸 그렇게 나온다면 너와 이 마을 사람을 데리고 오르테가로 가서 처형장에 세울 거야. 해적의 처형식은 오랜만이라 사람들이 아주 좋아하겠지."

"아니, 백작님……."

해적은 끝까지 율리아의 말을 못 알아듣는 척하려고 했다. 하지만 그녀가 마지막으로 내뱉은 말에는 고개를 끄덕이지 않을 수가 없었다.

"하나를 골라 죽여놓고 다 같이 내빼는 걸 보니까 돈을 나눠 갖기로 한 모양인데……. 내 말대로 한다면 마을 사람들은 모두 처형장으로 끌고 가고, 당신만 달아나게 해줄게."

"……정말입니까?"

"그래."

"제가 가서 뭐라고 전해야 하는데요?"

"'해적왕의 유서를 가져간 사람은 주벤 아르테라고.'"

율리아가 아버지의 이름을 말했다.

"주벤 아르테가 누굽니까?"

"너와 같은 해적."

"그자의 이름을 대기만 하면 됩니까? 다른 건 뭐…… 그냥 대충 지어낼까요?"

"전당포에 장물로 내놓고 기다렸더니 주벤 아르테라는 남자가 사람을 보내 미끼를 죽이고 유서를 가져갔다고 해."

해적은 그렇게 하겠다고 말했다. 율리아가 시키는 대로 해적왕의 유서를 건넨 자에게 돌아가서 그녀가 알려준 이름을 대겠다고.

그러나 율리아는 해적이란 자들을 믿지 않았다. 그녀가 특별히 해적을 증오하기 때문이 아니라, 아버지가 해적이었기 때문이었다.

아버지는 어린 율리아를 보육원에 맡길 때 금방 데리러 오겠다고 약속해놓고 끝까지 돌아오지 않았다. 해적이란 거짓말이 입에 배어 있는 자들이다.

약속은 무의미하고, 믿음은 허상이다. 율리아가 그를 보며 웃었다.

"넌 의뢰인에게 돌아가면 십중팔구 죽어."

"예? 왜요?"

"원하는 정보만 얻고 나면 죽여 없애는 게 이 바닥 규칙이거든. 비밀이란 건 아는 사람이 적을수록 좋은데, 죽이는 것보다 더 확실한 방법이 어디 있겠어."

해적은 긴가민가한 얼굴이었다. 그 표정을 본 율리아는 그가 의뢰인에 대해 잘 알지 못하는 자라고 확신했다.

"내가 시키는 대로 말하면 안 죽을 거고."

"그걸 어떻게 압니까?"

"주벤 아르테는 이 세상에 있을지 없을지 모르는 사람이거든."

의뢰인은 혼란에 빠질 것이다. 해적이 가져온 정보가 사실인지 아닌지 파악해야 하는데, 그걸 알 수가 없을 테니까.

율리아는 아버지가 오래전에 죽었을 거라고 확신하고 있었다. 그게 아니면 여태 그녀를 데리러 오지 않았을 리가 없었다.

"바로 출발해."

바바슬로프가 해적에게 금화와 여행 가방을 내밀었다.

⸻ • ◆ • ⸻

바이칸 용병계에는 전설처럼 내려오는 이야기가 하나 있었다.

바로 일당백이라 불리는 은발의 천재 소녀에 관한 것이었는데, 의뢰가 있을 때마다 매번 다른 이름으로 나타났다가 최단 시간 내에 일을 해결하고 홀연히 사라진다는 이야기였다.

무슨 사연이 있는 건지 빚이 많아 돈에 집착한다던 소문도 있었고, 나이는 어린데 세상 다 산 노인처럼 초연하다던 소문도 있었다.

나타났다 하면 아무리 어려운 의뢰도 순식간에 해결해버리고 돌아간다는 용병계의 전설.

지난 한 해 동안 소식이 들려오지 않아 어디서 죽었거나 혹은 빚을 다 갚고 은퇴한 건가 하는 소문만 무성하던 그때, 그녀가 바이칸 서부의 항구 도시 무스빌리에 나타났다.

"트리스탄을 만나러 왔는데."

짧게 자른 은발을 한 손으로 쓸어 올리며, 여자가 말했다.

술집을 가득 메우고 있던 사나운 인상의 용병들이 헛웃음을 터뜨리며 그녀를 바라보았다.

술집 주인이 물었다.

"네가 누군데?"

"알렉사라고 전해."

"그러니까 그게 누군데?"

"전하면 알 거야."

술집 주인이 하하 웃었다. 그러곤 손때 묻은 바 테이블을 검지로 문지르며 말했다.

"그냥 여기다 금화 열 개쯤 올려놓고, '제발 부탁인데 트리스탄을 만나게 해주세요.'라고 말해. 그러면 관대한 우리가 그 부탁을 들어줄지 말지 맥주 한 잔 마시면서 생각해볼게."

용병들이 왁자지껄 웃었다.

알렉사가 눈동자를 스르륵 굴려 술집 주인과 그가 허리춤에 차고 있는 칼, 그리고 가장 가까이에 있는 용병과의 거리를 쟀다.

그녀는 길게 말할 생각이 없었다. 용병들은 말보다 돈을 좋아하고, 그보다는 실력이 우선이었다.

한 손을 뻗어 술집 주인의 멱살을 잡은 알렉사가 그를 잡아당겨 바 테이블 위에 엎드리게 했다. 그러곤 다른 쪽 손으로 그가 차고 있던 칼을 뽑아 뒷덜미에 갖다 댔다.

눈 깜짝할 새에 일어난 일이었다. 놀란 용병들이 술잔을 내려놓고 각자의 무기에 손을 갖다 댔다.

알렉사가 조용히 말했다.

"트리스탄한테 한마디만 전하면 돼. 알렉사가 찾는다고."

다른 건 바라지 않는다. 여기서 말썽을 일으킬 생각도 없다.

술집 주인은 그녀의 말을 알아들었다는 뜻으로 두 손을 활짝 펴서 항복하는 자세를 취했다.

알렉사가 그를 금세 놓아주었다.

용병들이 술집 주인을 향해 야유를 퍼부었다. 젊은 여자라고 너무 무력하게 당해준 게 아니냐며 그를 손가락질했다.

2층으로 향하던 술집 주인이 손님들에게 걸쭉한 욕설을 퍼부으며 말했다.

"무슨 황소가 잡아끈 줄 알았어! 네놈들도 당해보라고!"

물론 그의 말을 믿는 사람은 아무도 없었다. 방심하다 당해놓고 쪽팔리니까 저러는 거라고 힐난을 퍼부었다.

알렉사는 태연했다. 수십 명의 용병이 힐긋거리는데도 아무 상관없다는 듯 무심한 태도로 바 테이블에 기대 서 있었다.

맥스웰이 슬그머니 다가와 물었다.

"진짜 이렇게 하면 이 도시의 용병 대장을 만날 수 있습니까?"

"만날 수 있습니다."

"진짜요?"

"네, 제가 두 번이나 그의 목숨을 살려줬거든요."

용병계에선 목숨 빚을 제대로 갚지 않으면 비명횡사한다는 속설이 있다. 트리스탄은 악명 높은 용병이지만 거래에 있어선 믿을만한 남자였다.

알렉사가 2층 계단을 바라보며 중얼거렸다.

"죽기 싫으면 나올 겁니다."

그때였다. 2층 복도가 무너질 듯 쿵쿵거리는 소리가 나더니 진짜 황소처럼 덩치 큰 용병이 튀어나왔다.

"알렉사!"

매번 이름을 바꾸고 의뢰금만 받으면 홀연히 사라진다던 전설 속 천재 소녀가 유일하게 자신의 본명을 알려준 사내, 용병 대장 트리스탄이 생명의 은인을 향해 함박웃음을 터뜨리며 두 팔을 벌렸다.

트리스탄은 바이칸 서부와 북부를 나누는 항구 도시 무스빌리에서 용병들의 대장이라 불리는 사내였다. 커다란 덩치만큼이나 힘이 세고 코가 커서 코뿔소라는 별명으로도 불렸다.

"난 알렉사 네가 뒈진 줄 알았어."

"내가?"

"어느 날 갑자기 사라졌잖아. 어디서 눈먼 화살이라도 처맞은 줄 알았지. 그래서 너한테 진 목숨 빚 못 갚을까 봐 일 년 동안 잠자리가 뒤숭숭했다고! 제기랄!"

트리스탄은 알렉사를 껴안고 술집이 떠나가도록 큰 소리로 웃었다. 그러곤 술집에 있던 모든 용병에게 공짜 술을 돌린 뒤에 2층으로 그녀를 데리고 왔다.

트리스탄이 물었다.

"이름을 말하면 안 되는 사정이 있다더니, 그건 해결된 거야?"

"은혜를 입었거든."

"너도 목숨 빚을 졌구나."

"그래. 그런데 그걸 갚으려면 네가 나한테 빚을 갚아야 해."

"이거 뭔…… 사채의 사채인가."

트리스탄이 하하 웃으며 자리를 권했다. 알렉사가 그의 맞은편에 앉고, 맥스웰이 그녀의 뒤쪽에 섰다.

"그새 부하도 생겼어?"

"내 부하는 아니지만."

"내가 뭘 해줘야 하는데?"

"빌어먹게 어려운 일."

알렉사가 트리스탄의 방에 있는 대륙 지도를 가리켰다.

바이칸 북부에서 한동안 산발적인 반란이 일어나 인근에 이런저런 표식이 많았다. 최근엔 북부 패전국 연합이 평원을 사이에 두고 황제와 대치 중인 터라, 중간에 빨간 줄이 일직선으로 그어져 있기도 했다.

알렉사가 그곳을 손가락으로 가리키며 말했다.

"나와 내 일행이 은밀하고 자유롭게 북부를 돌아다닐 수 있게 해 줘. 패전국 연합의 진영은 물론이거니와 황제의 군대와 만나도 상관없어야 해."

"뭐어?"

트리스탄이 아주 험한 욕설을 입에 담았다. 그러곤 골치 아프다는 얼굴로 알렉사를 바라보았다.

"너 지금 네가 말도 안 되는 걸 요구하고 있다는 건 알고 있냐?"

"전쟁터에서 널 노리고 날아드는 화살을 한 번 막아줬고, 다른 전쟁터에선 네 뒤를 노리는 배신자의 칼을 막아줬지."

"알렉사!"

"트리스탄, 빚을 갚아."

알렉사는 믿고 있었다. 트리스탄이라면 할 수 있다고.

트리스탄의 커다란 덩치와 호쾌한 무용담에 반한 사람들은 그가 싸움에 미친 단순무식한 사내일 거라고 여겼다. 하지만 그건 틀린 생각이었다. 트리스탄은 힘보다 잔머리가 좋은 사내였다.

그가 무스빌리의 용병 대장이 된 건 여우처럼 약삭빠른 일 처리 능력 덕분이었다.

말없이 눈치를 살피던 맥스웰이 조심스레 끼어들었다.

"원한다면 대가를 치를 의향도 있습니다. 우린 돈이 아주 많거든요."

"그럴 순 없어. 이건 목숨 빚이니까."

트리스탄이 깊은 시름을 삼켰다. 그는 알렉사를 노려보다가 욕을 하고, 다시 그녀를 노려보고 욕을 하면서 고민을 거듭했다.

"내 목숨을 두 번이나 살려줬으니, 내 몸값의 두 배라고 치고."

"괜찮네."

"자유 용병 신분패와 전쟁 용병 신분패, 그리고 패전국 연합 내의 연줄과 바이칸 정복군 내의 연줄. 이렇게 만들어주면 되나?"

"이왕이면 안내인도 붙여줘."

"빌어먹을."

트리스탄이 의뢰서를 꺼내 뭔가를 휘갈겨 쓰기 시작했다. 그러곤 똑같은 내용의 의뢰서를 한 장 더 쓰더니, 알렉사에게 건네며 말했다.

"한 장은 패전국 연합에, 한 장은 바이칸 정복군에."

"좋아."

"신분패는 만들려면 사흘은 걸려. 여기서 쉬면서 기다려."

"알았어."

"그리고 여기다 서명해."

트리스탄이 한 장의 종이를 더 꺼냈다. 그의 이름이 크게 적혀 있는, 용병 트리스탄을 안내인으로 고용하겠다는 서류였다.

알렉사가 웃으며 물었다.

"너까지 고용할 생각은 없었는데?"

"보통 의뢰가 아닌 건 알겠는데, 네 옆에 있으면 죽지는 않을 거 아냐. 게다가 네 의뢰인…… 돈이 아주 많다며."

"무슨 일인지 물어보지도 않고 덜컥 계약하겠다고?"

"비싸게 쳐주겠지."

트리스탄이 굵은 팔뚝을 실룩이며 웃었다. 목숨 빚은 어려운 부탁을 들어주는 걸로 갚았으니, 그를 고용하는 건 제대로 값을 치르라는 이야기였다. 빚도 갚고, 돈도 벌고. 과연 계산이 빠른 작자였다.

알렉사가 맥스웰을 한 번 바라보곤 그가 내민 서류에 서명했다.

"네가 받는 돈의 두 배."

"좋아!"

"성공 시엔 세 배."

"화끈하군!"

트리스탄이 자신만만하게 웃었다. 그 돈이면 패전국 연합으로 쳐들어가 수장의 목이라도 따야겠다며 우스갯소리를 하기도 했다.

이 일이 그의 인생을 통틀어 가장 어려운 의뢰가 될 줄도 모르고.

37
사랑은 미친 새

만약 아버지가 살아 있다면 어떻게 할까. 오르테가로 돌아온 율리아는 자신의 아버지 주벤을 떠올렸다.

"다정하고 낭만적인 사람이었어요. 그리 대단한 해적은 아니었던 것 같지만, 넉살은 좋았던 것 같아요. 그러니까 그렇게 여러 번 배를 옮겨 다니면서도 딸을 키울 수 있었겠죠."

율리아는 자신의 저택 응접실에 있었다. 날씨가 좋아 활짝 열어 놓은 창문에서 흰 커튼이 우아하게 휘날렸다.

코코가 그녀의 맞은편에 앉아 물었다.

"네 아버지가 아직도 살아 있을 거라고 생각해?"

"아뇨."

율리아는 단호했다.

"저는 제 대적자가 누군지 몰라요. 아직은 그쪽도 마찬가지인 것 같고요. 그런데…… 해적왕의 유서가 이런 식으로나마 우리 쪽에 흘러들어 왔다는 건, 그쪽이 꽤 근접한 곳까지 접근했다는 뜻이겠죠."

"그래서 아버지 이름을 댄 거구나."

죽었는지 살았는지 모르는 사람을 언급해 상대를 혼란에 빠뜨리면서, 자신과의 연결고리를 남겨놓아 역으로 추적할 수 있게끔.

율리아는 오르테가로 돌아오자마자 편지를 썼다. 바이칸으로 떠난 알렉사와 맥스웰에게 보내는 편지였다. 그 안엔 주벤 아르테를 찾는 자를 찾으라는 내용이 쓰여 있었다.

"코코."

"왜."

"만약 이 저주에서 벗어날 수만 있다면, 저는 무엇이든 할 거예요."

"그래야지."

"그 대가가 죽음이라고 해도 기꺼이 치를 거고요."

당연하다며 연신 고개를 끄덕이던 코코가 얼굴을 일그러뜨렸다. 화를 내고 싶은데 그럴 수가 없어서 참는 표정이 역력했다.

율리아가 그런 코코를 보면서 웃었다.

"카루스 님하고 똑같은 얼굴이네."

"야!"

"그렇다고 덜컥 죽겠다는 말은 아니에요. 제 마음의 각오가 그 정도라는 뜻이지."

"죽는다는 소리 좀 하지 마. 너 때문에 진짜 내 수명이 줄겠어! 요즘 레위시아 님이 날이 갈수록 비련의 주인공처럼 청초해져서 가뜩이나 신경 쓰여 죽겠는데, 너까지 이럴 거야?"

"레위시아 님은 원래 비련의 주인공처럼 청초한 얼굴이었는데

……."

"이제 아예 연기까지 한다고! 부모의 사랑을 받지 못한 채 무시무시한 왕궁에서 혼자 커야 했던 가엾은 어린 왕자 역할에 흠뻑 빠져서는, 귀족들 앞에서 틈만 나면 눈물을 글썽이는데……. 내가 진짜 속이 뒤집혀서! 토할 것 같았단 말이야."

"잘하고 계시네요."

율리아가 웃음을 터뜨렸다. 비련의 주인공처럼 사람의 심금을 울리는 역할이 어디 있느냐며, 가짜 눈물로라도 귀족들의 마음을 얻을 수 있다면 그건 남는 장사라고 말했다.

코코가 한 손으로 머리를 짚었다.

"너흰 정말 못된 것만 닮았구나."

"다 코코한테 배운 거예요."

"지난 삶의 나는 얼마나 개새끼였던 거야."

율리아는 지난 삶의 코코가 얼마나 다정한 사람이었는지 말하지 않았다. 대신 그녀를 보면서 내내 참았던 한마디를 했다.

"나 때문에 죽었어요."

"……."

"다음 삶의 나를 위해서 위험한 선택을 했거든요."

"잘했네."

"뭐라고요?"

"잘했다고. 가장 효율적이고 성공 가능성 많은 쪽에 전 재산을 걸었다는 거 아냐. 상인의 딸답네."

코코가 당황하는 율리아를 보면서 코웃음을 쳤다.

"너는 내가 너 때문에 죽었다고 생각해서 죄책감에 빠져 있었겠지만, 내가 보기엔 그때의 나도 비슷한 생각을 했던 걸 거야. 패배한 채 모두를 잃고 혼자 살아남아봤자 아무 의미 없는 삶인데, 당연히 조금이라도 희망이 있는 쪽에 걸어야지."

"혼자 살아남아봤자 아무 의미 없는 삶이라고요?"

"나한텐 내 사람들이 전부야. 재산이나 권력도 그 사람들을 위해 모으는 거고. 넌 내가 대단히 야망이 큰 사람인 줄 알았겠지만, 틀렸어. 나는 내가 안고 있는 사람들만 행복하면 족해. 하필이면 그 사람들이 왕족이거나 그만큼 대단한 사람들이라 더 큰 권력과 재산이 필요했을 뿐이야."

지극히 이기적이지. 코코가 그렇게 말하며 웃었다.

"아홉 번째라고 했지? 백 살까지 살라는 말은 안 해. 머리카락이 하얘지고 꼬부랑 할머니가 되도록 같이 살자는 말도 안 할 거야. 대신 이거 하나만 약속해."

"뭔데요."

"나보다 먼저 죽지 마."

"코코!"

"그 꼴은 죽어도 못 볼 것 같거든."

율리아는 코코의 말에 대답하지 못했다. 지난 삶의 당신도 똑같은 말을 했다고, 그렇게도 말하지 못했다.

"알았어? 나 죽을 때 네가 내 눈 감겨. 내 장례식은 세계 최고로 호화롭게 치르고, 나 죽은 뒤엔 유언 집행도 네가 해. 내가 어느 날 갑자기 미쳐서 결혼하고 애라도 낳거든, 그 애도 네가 키워!"

"아니……."

"내 무덤은 바다에서 먼 데가 좋겠어. 시끄러운 건 딱 질색이니까 공동묘지는 절대 안 돼. 죽어서도 유령들 틈에 치여서 살고 싶진 않아. 그리고 묘비엔 꼭 이렇게 새겨."

"뭐라고요."

"'있을 때 잘하지 그랬냐.'"

그게 뭐야, 진짜 이상해. 율리아가 질색하며 고개를 저었다.

코코가 흥 콧방귀를 뀌더니 큰 소리로 트루디를 불렀다. 내일 아침 일찍 예비 집사가 면접을 보러 올 테니 준비하라며, 집사가 머물 방을 치워두라고 지시했다.

저택을 지키는 경비병은 맥스웰의 정보원들이 믿을만한 자를 소개해주었다. 영지 관리는 어차피 대리인을 통하기에 문제 될 게 없었다.

율리아는 자신의 집을 제집인 양 자연스럽게 돌아다니는 코코를 바라보았다.

"네가 잡아온 해적들은 한꺼번에 처형될 거야. 드추바에서 꽤 가까운 곳이던데, 아직도 해적이 남아 있을 줄은 몰랐어. 왕궁에서도 꽤 화제가 됐더라고."

"한동안 해적으로부터 위협이 없었던 탓이겠죠."

"그것도 있고, 기본적으로 오르테가의 귀족들은 안일한 편이야. 남부 해적 세력이 얼마나 큰 규모를 갖추고 있는지도 모르고 그들을 오합지졸 무뢰배 취급하거든. 국왕이 일찍이 항복하는 바람에 바이칸을 상대로 전쟁을 치른 적도 없지."

"그래서 제 이전 삶의 카루스 님은 남부 연합을 만들려고 했어요."

"남부 연합?"

"오르테가를 중심으로 남부 함대와 해적 세력을 규합하고, 북부 패전국 연합처럼 남부에도 비슷한 저항 세력을 구축하려고 했죠."

"해적 세력과 규합이라……. 그게 가능할지는 차치하고서라도, 그런 생각을 했다는 것 자체가 놀랍네."

거기까지 말하던 코코가 다시 자리에 앉았다.

코코의 붉은 눈이 햇빛을 받아 밝은 주홍색이 되었다. 머리카락도 마찬가지였다.

율리아는 홀린 듯이 그 모습을 바라보았다.

색이 옅어지면 인상이 부드러워질 법도 한데, 코코는 오히려 더욱 날카롭고 사나워 보였다. 눈동자를 한번 깜박일 때마다 숨을 고르는 맹수처럼 그녀의 숨이 잦아들었다.

"미안하지만…… 난 낙천적인 사람도 아니고, 낭만적인 사람도 아니야."

"알아요."

"네 대적자가 너를 찾기 위해 그 유서를 일부러 흘린 거라고 가정해보자고. 난 너희 둘이 만나서 손을 잡고 왈츠를 추거나, 함께 저주에 대항하는 아름다운 그림 같은 건 절대 나오지 않으리라고 생각해."

"저도 그래요."

"율리아, 우리는 언제나 최악의 상황을 가정하고 대비해야 하잖아."

구구절절 옳은 말이었다.

역시 나의 코코. 율리아가 웃으며 고개를 끄덕였다.

"싸울 준비를 해야죠."

“주벤 아르테.”

크세노 황제가 심복 호르헤의 입을 통해 그 이름을 알게 되었을 때, 그는 북부 전선에서 꽤 멀리 떨어진 도시에 와 있었다.

“심부름꾼으로 이용한 자는 해적이라 죽이지 않고 살려두었습니다. 해적을 찾으려면 해적에게 맡겨야 하니까요.”

“사람을 더 풀어. 해적이 아니라 해적의 조상이라 해도 찾아. 없으면 소문, 기록이라도 샅샅이. 썩은 시체라도 상관없으니까.”

“명을 받듭니다.”

“주벤 아르테……. 연령대나 인상착의 같은 것도 알지 못한다고?”

“사람을 시켜서 전달자를 죽이고 유서만 갈취했다고 합니다. 이름을 알아낸 것도 우연에 가까웠다고 들었습니다.”

“그냥 풀어주지 말고 감시인을 붙여. 조금이라도 수상한 낌새를 보이면 팔다리라도 하나씩 잘라서 진실인지 확인하고.”

“확실하게 처리하겠습니다.”

호르헤가 깊이 머리를 숙였다. 크세노는 그를 신뢰했기에 더는 캐묻거나 닦달하지 않았다.

호르헤가 물러난 후, 크세노는 자신을 위해 마련된 방으로 들어갔다. 거대한 침대와 사방으로 트인 둥근 창문, 종탑처럼 높이 솟은 천장이 보였다. 식탁을 가득 메운 술과 음식, 하인을 부르는 종과 여흥을 돋우는 데 쓰이는 다양한 노예 명패가 있었다.

도시의 영주는 데네브라 황비의 외척 가문이었다. 그는 기별도 없이 갑자기 쳐들어온 황제에게 성에서 가장 높고 큰 방을 내어주고, 자신은 가장 낮은 곳으로 달아나 명령을 기다렸다.

"하."

건방진 작자였다. 애처로운 작자이기도 했다.

데네브라를 통해 분에 넘치는 권력을 손에 넣었으면서, 황제 크세노가 두려워 감히 눈조차 마주치지 못했다. 심지어 그를 위해 준비했다는 방에는 데네브라의 처녀 시절 초상화가 걸려 있었다.

크세노가 냉소를 터뜨리며 그림 앞에 섰다.

그와 결혼하기 전, 데네브라는 화려한 금발의 전형적인 북부 여인이었다. 골격이 크고 눈매는 깊었다. 처음 만났을 때는 그 모습이 꽤 호감이었던 것으로 기억한다.

초상화 속의 데네브라는 딱 그때의 모습을 하고 있었다.

낯설었다. 지금의 모습을 떠올리면 과연 같은 사람인가 의문이 들 정도였다.

카루스를 만난 뒤부터 데네브라는 긴 금발을 잉크처럼 새카맣게 염색하고 입술만 새빨갛게 칠해, 본래의 이목구비를 떠올리기 어려웠다.

"사랑하는 데네브라……."

내가 이 여자를 사랑했던가. 그게 언제 적이더라. 처음 한 번뿐이었나. 아니면 두 번째? 혹은 세 번째까지였나?

기억이 잘 나지 않았다. 데네브라에 대한 감정은 너무나 복잡하고 불분명해서 애정인지 미움인지, 경멸인지 우애인지 알 수가 없었다.

그건 그녀가 카루스 란케아를 사랑한다고 선언했을 때도 마찬가지였다.

"카루스 란케아를 내게 주세요."

"데네브라, 드디어 미쳤구나."

"당신은 황제잖아. 나를 황비로 만들 때, 당신은 분명히 약속했어요. 원하는 건 뭐든지 이 손에 쥐여주겠다고 신께 맹세했잖아!"

"그 말도 안 되는 성혼 맹세를 지키는 남자는 세상에 한 명도 없어. 황제도 마찬가지지."

"그럼 이혼해요."

"데네브라."

"이혼하고 날 놔줘요! 내가 당신의 아내이기 때문에 그를 가질 수 없는 거라면, 황비의 권좌 따위 버리면 그만이에요!"

"거짓말하지 마. 누구보다 황비가 되고 싶어했잖아. 내가 왜 널 선택했는지 알면서."

높은 곳이 어울리는 여자. 크세노는 데네브라를 그렇게 평가했다. 수많은 황비 후보 중에서 그녀를 고른 것도 그런 이유였다.

권력을 좇는 여자가 아니라, 권력이 따르는 여자가 되라는 뜻에서.

"그를 사랑해요. 미친 듯이! 미칠 듯이!"

"그럼 유혹해봐. 그가 널 사랑하게 만들면 되잖아."

이혼하자던 데네브라의 말이 진심이었는지는 몰랐다. 반쯤은 진심이고, 반쯤은 거짓이었다고 짐작만 하고 있을 뿐이다.

그때 데네브라는 그녀를 거들떠보지도 않는 카루스에게 거의 매달리다시피 하고 있었다. 그가 나타나는 곳마다 가서 기다리고, 그가 수도를 떠날 때면 누구보다 먼 곳까지 배웅했다.

저 고약하고 끔찍한 여자에게 그런 순애보가 있을 줄이야.

크세노는 그 모습을 흥미롭게 지켜보았다. 신기한 느낌이었다. 배가 뒤틀리는데 심장은 차가워 기분이 좋았다.

카루스가 데네브라를 거절하고 내치고 무시할 때마다, 데네브라가 미친 듯이 화를 내며 자신에게 돌아와 이혼하자고 매달릴 때마다, 크세노는 두 사람의 관계가 이대로 오래도록 이어지길 바랐다.

카루스가 영웅이 되는 꼴은 보기 싫었다. 데네브라가 행복해지는 꼴도 보기 싫었다.

그러니까 너희는 영원히 쫓고 쫓기는 사이가 되어 맴맴 돌아라.

하나는 주군의 아내를 탐한 배덕자라 손가락질 받고, 하나는 남편의 부하에게 자신을 내던진 눈먼 아내가 되어서 나를 기쁘게 해 다오.

"데네브라."

크세노가 그림을 향해 말했다.

"이번엔 네 부탁을 들어줘야겠다."

해적왕의 유서가 카루스의 손에 들어가도록 조치했더니 주벤 아르테라는 이름이 튀어나왔다. 당분간은 그 이름의 주인을 찾을 테지만, 그렇다고 카루스를 이대로 내버려둘 수는 없었다.

어쨌거나 그의 대적자는 카루스의 주위에 있을 것이기에.

처음엔 카루스가 자신의 대적자인 줄 알았다. 그는 바이칸의 영웅이면서 늘 자신을 배신했으니까. 그에 대한 의심을 푸는 데만 해도 몇 번의 삶이 필요했다.

아홉 번째 만에 드디어 대적자의 흔적을 찾았다. 그런데 그 연결점이 하필 그 녀석이었다니.

크세노는 데네브라가 자신의 눈이 되어주길 바랐다. 그녀는 아마 잘 해낼 것이다.

황제의 아내이면서 다른 남자를 미친 듯이 사랑한다는 그 여자는 이 세상에 오직 하나, 카루스 란케아만을 집요하게 바라보는 존재이니까.

황제의 전령이 나타나 황명을 전했다.

“황제 폐하께서 데네브라 님의 남부행을 허락하셨습니다.”

크세노는 데네브라의 남부행을 허락하되, 병력은 2백 이하만 데려갈 수 있게 했다. 대 바이칸 제국의 황비를 수호하는 병력으로는 초라한 수준이었으나, 데네브라는 아무 상관하지 않았다.

“헛소리하지 말고 꺼져라. 나는 내 다리와 의지로 어디든 갈 수 있다. 아무리 황제라도 내 발걸음을 강제하지는 못해! 허락 따윈 필요 없으니 돌아가 이렇게 전하거라.”

데네브라는 이미 출발 준비를 마친 상태였다. 애초에 그녀는 황제에게 허락받을 생각 같은 건 하지도 않았다.

노예의 등을 밟고 거대한 마차에 오르면서, 데네브라가 전령에게 말했다.

“남부에 무슨 일이 일어나더라도 간섭하지 말고 북부에나 신경 쓰라고.”

◆ ◆ ◆

남부의 뜨거운 여름이 시작되었다. 사람들은 불볕 같은 한낮의 햇살을 피해 그늘을 찾아다녔다. 왕궁에서도 비슷한 광경이 펼쳐졌다.

거대한 아름드리나무 아래, 한 무리의 귀족들이 산책하듯 여유롭게 걸음을 옮기고 있었다. 레위시아와 힌치 백작, 그리고 그들과 한배를 탄 귀족들이었다.

바람이 불어 레위시아의 긴 머리카락이 가볍게 휘날렸다. 이마에 배어 나온 땀을 소매로 훔쳐낸 그가 바람을 향해 얼굴을 내밀었다.

힌치 백작이 손수건을 건네며 말했다.

"결혼하십시오."

"예?"

"하루빨리 유력 귀족 가문의 여식을 간택해서 결혼식을 올리라고 조언드리는 것입니다."

힌치 백작의 말에는 힘이 있었다. 그와 함께 레위시아의 곁을 지키던 귀족들이 한마음이 되어 고개를 끄덕였다.

"반드시 우리 편이어야 하는 것은 아닙니다. 적의 편이어도 도움이 됩니다. 전하께서는 이미 티타니아 인근 국경지대의 주인이시니, 미래가 불안하다는 이유로 성혼을 꺼리지도 않을 것입니다."

"백작."

"샤트린 전하는 물러섬을 모르는 분입니다. 어릴 때부터 그랬습니다. 그분은 싸움을 즐기는 게 아니라, 승리를 좋아하는 것일 뿐입니다."

레위시아는 반박하지 못했다. 무슨 말로 거부해야 하는지 알 수가 없었다. 결혼이라니. 머리가 터질 듯해 절로 인상이 찡그려졌다.

"국왕 전하의 병세가 생각보다 깊다는 소문이 돌고 있습니다."

"저도 알고는 있습니다. 하지만……."

"만약 이대로 국왕 전하께서 돌아가신다면 전하께서는 후계자와 왕좌를 놓고 경쟁하는 게 아니라, 이미 왕이 된 자를 왕좌에서 끌어내려야 하는 처지가 됩니다."

누군가는 그걸 찬탈이라 부를 것이다.

힌치 백작이 한마디 할 때마다 레위시아의 가슴에 바위가 자라났다. 묵직하고 단단한 것들이 갈비뼈 안쪽을 가득 메우고 있었다.

답답했던 나머지, 레위시아가 힌치 백작에게 물었다.

"제가 코델리아 시녀장과 결혼하겠다고 하면, 그때도 허락하실 겁니까?"

"물론입니다."

힌치 백작은 망설임 없이 대답했다.

자기가 물어봐놓고 되레 기겁한 레위시아가 자신의 팔뚝을 벅벅 문지르는 사이, 힌치 백작이 눈썹을 꿈틀거리며 말했다.

"전하를 모시겠다고 맹세했을 때는 저와 제 가문의 명운을 모두 건다는 의미도 있었습니다. 제 딸이 도움이 된다면 그 아이도 당연히 그렇게 하겠다고 할……."

"그럴 리가 없습니다! 지금 우리가 나눈 대화를 코코가 듣게 된다면 백작은 절연당할 것이고, 저는 새 시녀장을 뽑게 될걸요."

레위시아가 단호하게 말했다. 그는 확신하고 있었다.

"농담이었습니다. 백작, 제발 비밀로 하죠."

"알겠습니다."

힌치 백작도 절연이란 말에 움찔했는지 더는 코코의 이름을 입에 올리지 않았다.

하지만 국왕이 쓰러지기 전에 샤트린을 끌어내리고 후계자가 되어야만 하는 레위시아는 혼인 동맹에 대해 진지하게 생각해봐야만 했다.

"우스갯소리가 아닙니다. 만약 샤트린 전하께서 우리 중 하나를 포섭해 그 가문의 남자와 성혼이라도 한다면 어쩌시겠습니까."

"배신자라고 욕하고 화낼 겁니다."

"전하!"

"일이 급하게 됐다는 건 알겠습니다. 그래도 갑자기 아무 여자나 골라서 결혼을 하라는 건 좀 아니지 않습니까. 저는…… 아내를 불행하게 만드는 왕이 되기는 싫습니다."

아버지처럼은 되지 않겠다. 레위시아의 말은 꼭 자신에게 하는 맹세 같았다.

그를 뚫어지게 바라보던 힌치 백작이 가까이 다가와 물었다.

"전하께서 결혼하면 왕비가 불행해진다는 건, 전하께서 이미 마음을 준 상대가 있다는 말입니까?"

"예?"

"그 여자가 누굽니까. 귀족입니까, 평민입니까. 몇 살입니까. 기혼자입니까? 설마 남자는 아니겠지요?"

"백작!"

"저는 진지하게 묻고 있습니다."

"그런 사람 없습니다. 오늘은 이만 돌아가겠습니다. 이 이야기는 다시는 꺼내지 않기로 하죠."

레위시아가 빠른 걸음으로 자리를 벗어났다.
왕자궁으로 향하는 그의 뒷모습을 바라보며, 힌치 백작이 긴 한숨을 내쉬었다.

도망치다시피 서둘러서 왕자궁으로 돌아왔더니 율리아가 코코와 함께 그를 기다리고 있었다.
"전하, 늦어서 죄송합니다."
영지 관리인과 약속이 있어 늦었다며, 율리아가 살짝 고개를 숙였다. 빗물 머금은 하늘처럼 차분한 푸른색의 드레스에 흰 허리띠를 두른 율리아는 무척 귀족적으로 보였다. 긴 목에 어울리는 우아한 목걸이와 진주 귀걸이, 그리고 굽이 있는 신발까지.
레위시아가 웃음과 한숨을 동시에 내뱉으며 말했다.
"한 이백 년쯤 이어진 가문에서 자란 여자 같네."
"네?"
"오래된 귀족들보다 더 귀족적으로 보인단 얘기야."
"고맙습……."
"요즘 오르테가에서 귀족적이란 말은 욕이에요."
코코가 참지 않고 끼어들었다. 톡 쏘듯 한마디를 건넨 그녀가 레위시아에게 다가와 물었다.
"전하, 국왕 전하께 들어가는 약의 종류가 늘었어요. 궁내부 기록에조차 남기지 않고 극비리에 처리하라는 명령이었대요. 마약으로 유통되는 진통제까지 섞여 있어요."
"그건 어떻게 알았어?"
"사람을 심어뒀죠."

레위시아는 힌치 백작보다 딸인 코코의 정보력이 한 수 위라는 사실에 한번 놀라고, 왕자궁의 시녀장이 국왕을 보살피는 의사 중 하나를 포섭했다는 사실에 두 번 놀랐다.

"부왕께선 엄살이 심한 편이야. 예전부터 그랬어. 연세가 있으시니 기력이 떨어지는 것도 당연하지."

"세상의 모든 사람이 늙음을 핑계로 마약을 쓰진 않아요."

"뭐…… 어디 불편한 곳이 있으신가."

레위시아의 반응이 시원찮았다.

의아해진 율리아가 대놓고 물었다.

"전하, 왜 그러세요?"

"아니…… 그렇잖아. 나는 네가 지난 삶에서 겪은 일에 대해 들었다고. 그땐 부왕께서 제법 오래 살아 계셨다는 것도 알고 있고."

"그래서요?"

"뭐 이런저런 이유로 꾀병을 부리시는 건가, 의심하고 있는 거지."

그 이런저런 이유라는 게 뭐냐고 코코가 꼬치꼬치 캐물었다.

레위시아는 대답하지 않으려고 했으나, 율리아와 코코가 양쪽에서서 그를 물끄러미 바라보자 어쩔 수 없이 입을 열었다.

"감당할 수 없는 일이 터지면 일단 회피하시는 분이니까."

크리스틴 마조람이 데네브라 황비의 손에 죽은 뒤, 한동안 괴소문이 돌았다. 황비가 황제를 대신해 병력을 이끌고 남부를 정벌하러 내려온다는 이야기였다.

반은 맞고, 반은 틀린 이야기였다. 황비의 병력이 남하했다는 첩보는 사실이었으나, 황제가 북부와 전쟁 중인 시기에 굳이 오르테가를 정벌할 이유는 없었다.

그래도 국왕은 온 신경을 그곳에 쏟았다. 수십 명의 정찰병을 국경 너머로 보내 제국의 동향을 살피게 했다.

왕의 병은 마음의 병이었다. 레위시아는 그렇게 생각했다.

코코가 시녀장의 일을 처리하러 자리를 뜬 뒤, 레위시아는 율리아와 함께 저녁을 먹고 산책을 나섰다.

해가 져서 그런가 힌치 백작과 함께 걸었을 때보다 공기가 쾌적해 기분이 좋았다. 가슴은 시원하고, 얼굴에 닿는 습한 바닷바람도 촉촉해서 불쾌하지 않게 느껴졌다.

사막처럼 건조한 것보다는 낫지, 레위시아는 그런 생각을 하면서 혼자 웃었다.

율리아가 그에게 말을 걸었다.

"기분이 좋아 보여요."

"내가?"

"네, 아깐 계속 얼굴을 찡그리고 계셨는데."

"지금은?"

"웃고 계시잖아요?"

내가 웃었나. 레위시아가 손가락으로 자신의 얼굴을 더듬었다. 그러다가 문득 그러는 자신의 모습이 우스워 또 한 번 웃음을 터뜨렸다.

"나는 네가 웃고 있는 거라고 생각했는데."

"제가요?"

이번엔 율리아가 손가락으로 자신의 얼굴을 더듬었다.

한데 이상한 일이었다. 그녀는 웃고 있지 않았다. 그저 평소처럼 담담한 얼굴로 레위시아의 곁에서 걷고 있을 뿐이었다.

"제가 웃고 있었다고요?"

"나한테는 그랬다고."

"그게 무슨 말씀이세요?"

"아무것도 아니야. 가자."

레위시아가 자신의 말을 대충 얼버무리며 한쪽 팔을 내밀었다. 율리아는 굳이 더 캐묻지 않고 그의 팔에 한쪽 손을 올렸다.

조만간 비가 올 것 같았다. 습기를 가득 머금은 구름이 머리 위까지 내려온 기분이었다.

부스스한 머리카락이 신경 쓰여 대충 쓸어 넘긴 레위시아는 왕궁 정원 저편에서 본궁을 향해 걸어가는 샤트린의 뒷모습을 보았다.

"샤트린은 또 부왕을 만나러 가는 모양이네."

"사이가 좋은 편이니까요."

"오늘 힌치 백작이 내게 유력 귀족 가문의 여식과 결혼하는 게 어떠냐는 말을 하던데."

"그러셨어요?"

"너는 어떻게 생각해?"

율리아가 두 눈을 느리게 깜박이더니 걸음을 멈추고 레위시아를 바라보았다.

"전하께 이득인 일이에요. 우리 쪽이어도 적의 편이어도 마찬가지고, 심지어는 백성들의 지지를 받을 때도 유리하죠. 사람들은 배우자가 없는 왕보다는 배우자가 있어 후계를 기대하게 하는 왕을 좋아하거든요."

"그렇지?"

"한데 전하께서 그런 선택을 하지는 않을 것 같아요."

"왜 그렇게 생각하는데?"

"어머님의 처지를 슬퍼하시니까요."

레위시아가 부드럽게 고개를 끄덕였다. 그는 얼마 전 코코가 말했던, 비련의 주인공처럼 청초해서 신경 쓰인다던 그 얼굴로 율리아에게 속삭였다.

"부탁이 있어."

"말씀하세요."

"내가 독신이어도 왕좌에 앉을 수 있게 도와줘."

"전하, 평생 결혼하지 않을 생각이세요?"

"응."

"전하의 마음은 이해하지만…… 그래도 언젠가는 좋은 분이 나타나거나 생각이 바뀔 수도 있는데."

"난 나를 잘 알아. 아마 난 평생 고독하게 혼자 살 거야."

"어째서요?"

"미친 듯이 사랑하는 사람이 있거든."

사랑은 새와 같아서 좁은 곳에 가두거나 억압하고 길들이면 불행해진다. 그저 저 높은 하늘을 멋대로 날아다니게 두어야만 그걸 사랑이라고 부를 자격이 있다.

바라만 보아도 족한 사랑.

"율리아."

"네?"

"나는 왕이 될 테니까, 너는 꼭 네 아홉 번째를 살아. 끝까지."

그래서 오래도록 바라보면서 살 수 있게. 레위시아가 떨어진 깃털처럼 웃었다.

⸻ • ◆ • ⸻

데네브라 황비가 오르테가로 향하고 있다.

이는 오르테가 국왕에게는 재난과도 같은 일이었다. 심지어 황비는 그들에게 상의는커녕 통보조차 하지 않았다. 더 큰 문제는 데네브라가 왜 오르테가까지 오는지, 그 이유를 아무도 알지 못한다는 점이었다.

국왕의 걱정이 깊어지면서 왕궁 안에 불안한 기운이 맴돌았다. 샤트린은 귀족들과 함께 대책을 논의했다.

레위시아는 처음엔 회의장에 매일같이 출석했으나 그 안에서 제대로 된 대책이라곤 아무것도 나오지 않을 것이라며 자신의 측근들과 함께 따로 움직였다.

그러던 중, 그는 왕위 후계자 샤트린 공주로부터 데네브라 황비를 직접 마중 나가라는 명령을 받게 되었다.

"마중이라니."

레위시아가 기가 막힌다는 듯 웃음을 터뜨렸다.

"마중이 아니라 제물 아닌가."

샤트린은 마음을 굳게 먹은 것 같았다. 한때 남부 최고의 미인이라 불리던 어미를 닮아 아름다운 외모를 가진 레위시아를, 데네브라 황비에게 먹잇감으로 내어주고 환심을 사려는 것이다.

"빌어먹을……. 이렇게 나온다고?"

왕자님이 머리끝까지 화가 났다는 걸 눈치챈 하녀들이 조용히 복도로 나갔다. 평소에 매일 웃고 다니는 사람이 진짜 화가 나면 무섭다. 하녀들은 이 일이 그저 무사히, 조용히 지나가기만을 빌었다.

코코가 작게 헛기침하며 목소리를 가다듬었다.

“누가 제안했는지 몰라도 좋은 생각이네요. 데네브라 황비에게 전하를 제물로 바치면서 호감을 유도하고, 호시탐탐 후계자의 자리를 노리는 왕자님께는 주제 파악하라는 경고도 주고.”

“코코!”

“제가 샤트린 공주였어도 그렇게 명령했을 거예요.”

코코의 냉정한 평가에도 레위시아는 화를 쉽게 가라앉히지 못했다. 그는 공주궁으로 달려가 확 다 뒤집어엎고 싶다는 말을 열 번쯤 한 뒤에야 간신히 들썩이는 어깨를 가라앉혔다.

아무도 먼저 말을 꺼내지 않았다. 응접실 분위기가 무겁게 가라앉았다.

코코는 무슨 생각을 하는 건지 테이블 위에 놓인 찻잔을 뚫어지게 쳐다보고 있고, 레위시아는 의자 등받이에 기대 눈을 감은 채 한쪽 팔로 얼굴을 가리고 있었다.

율리아는 그런 두 사람 사이에서 가만히 호흡을 가다듬었다. 그러곤 청천벽력 같은 말을 내뱉었다.

“제가 갈게요.”

짧은 정적 후에, 레위시아가 대경실색하며 율리아를 바라보았다. 코코도 뒤늦게 인상을 찡그리며 그녀를 나무랐다.

“네가 거길 왜 가.”

“제가 상대할 수 있을 것 같아요.”

“야, 잘 들어. 샤트린 공주가 제물로 바치려는 건 레위시아 왕자님이야. 왕족 정도는 되어야 마중하는 자와 마중받는 자의 격이 대충이라도 맞는 거야. 그런 자리에 일개 시녀를 내보냈다간 상대를 무시하는 처사라며 역풍을 맞는다고."

"그래, 코코의 말이 옳아. 내가 가기 싫다는 이유로 너를 보낸다는 건 비겁하고 치졸한 짓이야. 율리아, 도대체 왜 그런 말을 하는 거야?"

"저는……."

율리아가 뭐라고 설명을 덧붙이려던 찰나였다. 코코가 한 손을 들어 휘휘 젓더니 레위시아에게 말했다.

"말 길게 할 거 없어. 전하, 얘한테 이유를 묻지 마세요. 얘가 길게 말하기 시작하면 우리 둘 다 그 말에 홀려서 말도 안 되는 일에 고개를 끄덕이게 된다고요."

"코코의 말이 옳아. 율리아, 그냥 가만히 있어."

"아니, 두 분 잠시만요."

"그만 말하라니까? 전하, 뭐 하세요! 얘한테 닥치라고 명령하라고요!"

"코코, 닥치라니……. 무슨 말을 그렇게 해? 가족 같은 사이에 말을 꼭 그렇게 해야 해? 율리아도 이제 백작인데 서로 존중하면서 곱고 아름다운 말로 배려하고……."

"곱고 아름다운 말 찾다가 전하는 황비의 첩이 되고, 율리아는 그 여자랑 대면하자마자 머리채를 잡힐 것 같으니까 그렇죠!"

"머리채를 왜 잡혀! 무섭게!"

"데네브라인지 뭔지 그 여자가 율리아 머리채를 잡으면 내가 그걸 가만히 구경만 하고 있을 것 같아요? 분명 앞뒤 안 재고 달려들어서 그 여자 머리채를 휘어잡고 흔들겠죠!"

"미쳤어? 그럼 당장 전쟁이야!"

"그러니까 좀 말리라고요! 왕자님이잖아요!"

"내가 무슨 수로 말려! 너희가 언제부터 그렇게 내 말을 잘 들었다고! 누누이 말하지만, 이 궁에서 약자는 나야!"

어째 점점 이야기가 두 사람의 싸움으로 번지고 있었다. 둘 사이에 앉아 이러지도 저러지도 못하던 율리아가 작게 한숨을 내쉬었다.

복잡한 일일수록 단순하게 생각하라. 율리아는 요즘 그런 생각을 자주 했다.

일을 꾸밀 때는 복잡하고 섬세하게, 적이 달아날 수 없도록 치밀한 덫을 놓는 게 중요하다. 하지만 일을 해결할 때는 최대한 단순하게 접근하는 편이 좋았다.

특히 데네브라처럼 감정적이고 충동적인 사람을 상대할 때는 혼자 차분하고 이성적으로 굴어봤자 아무 소용이 없다.

상대는 이쪽의 말을 들어주지 않을뿐더러 이쪽의 처지를 이해하려고도 하지 않는데, 왜 굳이 이성을 찾고 배려를 해야 한단 말인가.

율리아는 자신 있었다.

미친 짓을 해야 한다면, 이 세상 누구보다 잘 해낼 자신이.

생각을 마친 율리아가 통보하듯 입을 열었다.

"제가 갈 거예요."

"야!"

"율리아!"

코코와 레위시아가 동시에 버럭 화를 냈다. 그러나 그들은 비범한 총기로 반짝거리는 율리아의 눈동자를 보면서, 이번에도 그녀를 말릴 수 없다는 사실을 깨달았다.

코코가 의자 등받이에 몸을 기대고 중얼거렸다.

"수명이 줄 것 같아……."

"난 줄었어. 확실해."

레위시아도 그녀를 따라 의자에 몸을 기댔다. 그러면서도 율리아를 향한 시선을 거두지는 않았다. 어디 한번 말해보라는 듯한 두 사람의 태도에, 율리아가 생긋 웃음 지었다.

"데네브라 황비는 카루스 님을 사랑해요. 그래서 황제에게 여러 번 이혼을 요구했다고 들었어요. 하지만 황제는 그걸 들어주지 않고 방관했어요. 카루스 님의 명성에 상처를 내기 위해 황비의 감정을 이용한 거죠."

"미친……."

레위시아가 낮게 신음했다. 코코는 입을 다문 채 아무 말도 하지 않았다.

율리아가 마저 말을 이었다.

"데네브라 황비의 남부행에는 그 어떤 정치적인 목적도 없어요. 황비는 정말, 진심으로 카루스 님 때문에 여기까지 오는 거예요."

그러니 생각을 달리해야 한다.

"크리스틴이 거기까지 가서 무슨 말을 했는지는 모르지만, 그 애는 실패했어요. 데네브라 황비는 마조람 후작 세력의 재건 같은 일엔 아무 관심도 없을걸요. 황제도 그걸 알기 때문에 황비의 남부행을 허락했을 거예요."

"너무 무섭다."

레위시아가 중얼거렸다. 이성도 없고 자존심도 없는 황족이라니.

"그렇게 막무가내인 사람이 대륙에서 제일가는 권력자 중에 하나라니. 이보다 무서운 일이 어디 있어."

그가 동의를 구하는 뜻에서 코코를 바라보았다. 그런데 코코가 입가에 기묘한 미소를 띤 채 율리아를 응시하고 있었다.

“뭐야, 너희. 또 나만 모르지. 뭔데?”

아무래도 이 못된 시녀들이 또 자기들끼리 눈빛으로 대화를 하는 모양이라며, 레위시아가 투덜거렸다.

이번에는 코코가 율리아를 대신해서 말을 꺼냈다.

“데네브라 황비가 카루스 란케아를 그렇게 사랑한다면, 그 여자가 마중 나오길 원하는 사람은 누구일까요?”

“그야…….”

레위시아가 당황한 얼굴로 율리아를 보았다.

율리아가 그에게 고개를 끄덕여주었다.

“카루스 님이 함께 가주실 거예요.”

“너희 미쳤구나.”

무혈 제독을 그런 식으로 이용하다니.

그런데 율리아가 그보다 더한 말을 내뱉었다.

“카루스 님의 마중은 데네브라 황비를 기쁘게 할 테니, 저는 그분의 곁에 서서 그 여자를 화나게 해야겠죠. 상대가 어떤 사람인지 파악하는 데 그보다 더 효과적이고 빠른 방법은 없을 것 같아요.”

“뭐?”

“그러니 전하께서는 샤트린 공주님께 가서 도저히 그렇게는 못 하겠다고 화를 내세요. 그쪽에서 말도 안 되는 소리 하지 말라며 똑같이 화를 내거든, 배 째라고 드러누우셔도 괜찮아요.”

“나더러 공주궁에 드러누우라고?”

“그런 거 잘하시잖아요.”

“두말하면 입 아프지.”

레위시아가 팔짱을 끼더니 입꼬리를 씰룩이며 웃었다. 그 얼굴이 코코와 너무 닮아서, 율리아는 그만 웃음을 터뜨리고 말았다.

레위시아가 공주궁에 드러누웠다.

분노한 샤트린이 기사들을 불러 그를 끌어내라고 소리쳤지만, 레위시아가 감히 왕족의 몸에 손을 대려 하다니 무엄하다고 고래고래 소리를 지르자 그들은 이러지도 저러지도 못한 채 전전긍긍했다.

샤트린은 네가 그러고도 왕국을 위하는 왕족이냐며 화를 냈다.

레위시아는 네가 그러고도 형제냐며, 나를 제물로 바칠 생각을 하면서 잠이 오고 밥이 넘어가냐고 언성을 높였다.

두 명의 왕족이 매일매일 싸우기 시작했다. 본래도 성격이 급하고 화를 잘 내는 샤트린은 그렇다 쳐도, 친절하고 부드러운 성격이라 늘 웃는 얼굴로 사람을 대하는 레위시아의 그런 모습은 모두에게 의외였다.

두 사람의 싸움은 처음엔 많은 사람에게 걱정거리였다. 두 왕족이 똘똘 뭉쳐 힘을 합쳐도 상대하기 어려운 게 제국의 황족인데, 매일 서로를 원망하기 바쁘니 나라가 제대로 굴러가겠냐고 수군거렸다.

그런데 시간이 갈수록 분위기가 이상해졌다.

"어째…… 왕궁에 활기가 도네요."

율리아가 마차 창문을 열었다.

왕궁 정원에서 정면으로 마주친 레위시아와 샤트린이 각자 마차 창문을 활짝 열어놓고 삿대질을 하면서 싸우고 있었다. 두 왕족의 싸움에 마부와 시녀, 기사들이 어쩔 줄을 몰라 발을 동동 굴렀다.

그들의 싸움은 가까이에서 모시는 자들에겐 크나큰 골칫거리였다. 그러나 한 걸음만 멀리서 그 모습을 바라보면 이보다 재밌는 일이 있을 수가 없었다.

마조람 파벌의 숙청 이후, 왕이 병상에 드러누운 기간이 길어지면서 왕궁에 오래된 우울감이 자리 잡았다. 왕궁 전체가 비극적인 소식에 만성이 되어 한없이 침울했다.

그런 와중에 레위시아와 샤트린이 사춘기 어린애들처럼 꽥꽥 소리를 지르며 싸우기 시작한 것이다.

"어디 볼까."

율리아와 함께 마차를 타고 있던 코코가 손수건으로 입을 가린 채 마차 창문 밖으로 머리를 쑥 내밀었다. 위험하다고 말려도 소용없었다.

그러더니 이상한 소리를 내면서 웃었다.

"으흐흐흣……!"

"뭐가 그렇게 재미있어요?"

"네 눈으로 좀 봐."

코코가 율리아를 창가로 끌어당겼다. 두 사람의 얼굴이 작은 창문에 나란히 붙었다. 그들은 저만치 앞서가던 레위시아의 마차와 그 앞을 가로막은 샤트린의 마차를 바라보았다.

레위시아가 마차 창틀에 한쪽 팔을 걸친 채 다른 한쪽 손으로 삿대질을 하고 있었다.

"야, 이 천하의 똥고집아! 너는 그 못된 성질머리 때문에 친구가 하나도 없는 거야! 생각을 좀 해봐라. 너 같은 애랑 누가 친구가 되고 싶겠냐! 어? 돈 주고 사는 친구가 진짜 친구인 줄 알아?"

"네까짓 게 어디서 친구 타령이야! 시녀들 치마폭에 싸여서 칭얼거리는 애새끼 주제에!"

"그 애새끼를 제물로 바치려던 폭군이 누구더라?"

샤트린이 마차에서 몸을 일으켜 창밖으로 상체를 내밀었다. 그러곤 레위시아를 향해 있는 힘껏 짜증을 냈다.

"레위시아, 넌 애정 결핍에 피해 의식 덩어리야! 질투하려거든 좀 왕족답게 하시지! 네가 그러고도 왕족이야? 사춘기가 너처럼 뒤늦게 오면 골치 아파진다는 걸 일찍 깨달았어야 했는데!"

"뭐야? 또 자기소개 하냐?"

"야, 이 개……!"

"개 뭐? 말해! 개 뭐? 뭐냐고! 더 말해보라니까? 샤트린 공주가 욕한다! 나한테 욕한다고! 다들 잘 들어라!"

레위시아가 언성을 높일수록 샤트린의 얼굴이 벌겋게 달아올랐다. 공주는 말로는 그를 이길 수 없다는 사실을 깨닫고는 마차 안으로 쑥 들어가 악을 쓰며 비명을 질렀다.

율리아가 창가에서 물러나며 중얼거렸다.

"못 말려……."

그런데 코코는 굉장히 흡족해하는 얼굴이었다. 입을 가리고 있던 손수건을 떼자 코코 특유의 못된 고양이 같은 얼굴이 튀어나왔다.

"좋아요?"

"뭐가."

"레위시아 님이 이겨서 좋냐고요."

"이기는 건 당연한 거고."

코코가 창문을 탁 소리가 나도록 닫았다.

"10년을 가르쳤는데 저 정도도 못 하면 어떡해. 난 내가 키운 애가 밖에서 지고 들어오는 꼴은 못 봐."

"가정 교육이 이래서 중요해."

"너도 마찬가지야."

"네?"

율리아가 그게 무슨 소리냐며 눈을 깜박였다.

코코가 웃는 얼굴 그대로 율리아를 응시하더니 한 손을 내밀었다. 그러곤 율리아의 얼굴에 흘러내린 머리카락을 쓸어 귀에 꽂아주며 말했다.

"내가 가르쳤다고 했지."

"그건……."

"그럼 내가 얼마나 악랄한 사람인지 잘 알겠네."

"알죠."

"율리아, 너보다 강한 상대를 쓰러뜨릴 때는 정공법 같은 건 쓰지 마. 정의와 명분 같은 것도 굳이 챙기려고 하지 마. 역사는 승자의 기록이야."

"명심할게요."

"하고 싶은 대로 해. 수습은 우리가 할 테니까."

지금 너한테 가장 중요한 건, 이 삶에 후회를 남기지 않는 거야. 코코가 툭 던진 말이 율리아의 가슴에 새겨졌다.

레위시아는 격렬하게 반발한 끝에 데네브라 황비의 마중 인원 명단에서 제외되었다.

샤트린이 며칠간 자신의 궁에 틀어박혀 온갖 패악을 부렸다는 소문이 돌자, 그는 오히려 상쾌한 얼굴로 공주를 찾아가 '아프다며? 문병 왔어.'라는 말로 한 번 더 시비를 걸었다.

물론 그 후에는 카루스 란케아와 율리아 아르테가 직접 데네브라를 마중할 거라는 말로 샤트린을 진정시켰다. 바이칸에서 황족이 오는데, 바이칸의 제독이 마중을 나가는 건 당연한 처사였다.

왕족은 아니지만, 무혈 제독이라면 믿을 수 있었다. 와병중인 국왕이 기어 나가는 것보다 훨씬 더 괜찮은 환대였다.

한결 마음을 놓은 샤트린이 레위시아를 쫓아내며 물었다.

"넌 그래도 괜찮아?"

"뭐가."

"넌 내가 진짜 바보인 줄 알지."

샤트린이 한 손으로 긴 머리카락을 헝클어뜨렸다. 시녀들이 애써 땋아놓은 머리카락이 엉망이 되었다.

"데네브라 황비가 카루스 란케아를 사랑해서 집요하게 쫓아다닌다는 소문은 대륙 전체에 퍼져 있어. 그런 상황에 카루스 란케아가 율리아를 대동한 채 마중을 나가면 황비의 눈에 그 장면이 어떻게 비치겠냐고."

"두 사람이 연인인 줄 알겠지."

"넌 그래도 괜찮아?"

샤트린이 또 한 번 물었다. 레위시아는 그게 뭐 어떻냐는 얼굴이었다.

"샤트린, 너야말로 내가 바보인 줄 알지."

"뭐?"

"왕좌에 도전하겠다고 결심했을 때, 내가 제일 먼저 포기해야 했던 게 뭔지 알아?"

"레위시아."

"난 왕이 될 거야. 아버지 같은 왕이 아니라, 오직 이 나라 오르테가에 헌신하고 집착하는 왕. 그러니까 오르테가는 잘되어야만 해. 내가 꿈에 이어 사랑까지 포기하고 선택한 놈이니까, 이 나라는 나한테 아주 잘해야 한다고."

"꼭 네가 진짜 왕이 될 것처럼 말하네."

"둘 중 하나야."

레위시아가 샤트린을 향해 미소 지었다. 지난 며칠간 보여줬던 얄미운 비웃음이 아니라, 부드럽고 친근한 미소였다.

"왕좌에 앉기 위해 꿈을 포기해야 했던 나와, 왕좌에 앉는 것이 오랜 꿈이었던 너. 오르테가는 우리 둘 중 누구를 선택할까?"

"내 꿈은 강해."

샤트린은 물러서지 않았다. 그녀는 아래턱에 힘을 잔뜩 준 채로 계단 위에 서서 레위시아를 내려다보았다.

레위시아가 물었다.

"내 사랑은 약해 보여?"

"넌 노력조차 안 하잖아. 율리아를 차지하기 위해 카루스 란케아와 싸워볼 생각조차 안 하잖아. 저 많은 거리의 백성들도 사랑하는 여자 앞에선 무모해지기 마련이야. 그런데 너는……!"

"샤트린, 알지도 못하면서 함부로 말하지 마."

다른 건 몰라도 그것만은 용서 못 한다. 레위시아의 눈빛이 서늘하게 가라앉았다.

"미치도록 사랑하는데, 아니…… 이미 미쳐 있는 것 같은데. 손에 넣고 싶어서 발악하는 게 쉽지, 포기하고 바라보는 게 쉬울 리가 없잖아."

사랑이란 게 그렇게 마음먹은 대로 될 리가 없다.

"매일 심장을 도려내는 기분으로 살 거야."

레위시아는 맹세했다.

"난 아버지와 달라."

⟶•◆•⟵

높이 새가 날았다. 배에서 내린 데네브라의 시선이 새를 따라 움직였다.

그녀는 티타니아를 넘지 않고 해로를 통해 오르테가에 왔다. 3척의 거대한 배가 황비와 그녀의 일행을 태우고 움직였다.

그녀를 마중 나온 건 카루스 란케아와 남부 함대 기사단, 그리고 오르테가의 귀족 아르테 백작이었다.

데네브라는 카루스를 발견하자마자 오직 그만을 바라보았다. 그녀의 얼굴에 선명한 희열이 떠올랐다. 몸을 움트는 바다처럼 온갖 감정이 싹을 틔웠다. 그중엔 사랑과 기쁨도 있었지만, 증오와 원망도 있었다.

율리아가 데네브라에게 다가가 깊이 허리를 숙였다.

"위대한 제국의 여인, 데네브라 황비 전하를 환영합니다."

카루스를 먼저 보고 싶었는데 웬 젊은 계집이 나와 인사말을 건넸다. 데네브라는 시선으로 그를 쫓다가 율리아에게 물었다.

"네가 율리아 아르테구나."

"제 이름을 알고 계셨습니까."

"크리스틴 마조람이 원수를 갚아달라고 하였지."

그때 데네브라가 뭐라 대답했는지 궁금할 법도 한데, 율리아는 아무것도 묻지 않고 그녀에게 손을 내밀었다.

"마차를 대기시켜두었습니다. 국왕 전하께서 위독하시어, 샤트린 공주님과 레위시아 왕자님이 황비 전하를 맞이할 것입니다."

"내가 널 죽일지도 모르는데, 손을 내미는구나."

"저는 황비 전하를 죽이지 않을 테니까요."

오만한 대꾸였다. 데네브라가 신경질적으로 웃었다.

"네가 감히?"

"제 손을 잡으세요. 마차에 오르는 걸 도와드리겠습니다."

"나는 노예의 등을 밟고 오른단다. 오르테가엔 노예가 없지?"

"노예가 필요하시다면 블라이스 백작이라도 불러다 드릴까요?"

오만이 지나쳐 무모해 보였다. 데네브라는 그제야 카루스를 쫓던 시선을 움직여 율리아를 똑바로 바라보았다.

데네브라의 눈동자는 밝은 갈색이었다. 햇빛을 받으면 노란색에 가까웠다.

아름다웠지만 소름 끼치는 여자. 율리아는 그녀를 바라보며 담담히 웃었다.

"율리아 아르테."

"말씀하세요, 황비 전하."

"입을 찢어버리기 전에 말조심하는 게 좋을 것이다."

데네브라가 율리아의 손을 덥석 잡았다. 긴 손톱이 할퀴듯 율리아의 손을 긁었다. 황비의 손목에서 절그럭거리는 소리가 났다. 여러 겹으로 두른 팔찌가 부딪치는 소리였다.

"네 입을 찢어버린다는 게 아니야. 네가 나를 기분 나쁘게 할 때마다, 이 나라의 가여운 자들이 그 대가를 치르게 된다는 말이다."

데네브라가 율리아의 손을 잡고 앞서 걸었다.

황비의 기사들이 오르테가의 병사들을 거칠게 밀치고 마차를 살폈다. 그러곤 마차를 앞뒤로 포위하듯 지켰다. 그들에게서 정복 국가의 흉포한 기운이 느껴졌다.

데네브라가 먼저 마차에 오르고 율리아가 뒤를 이었다. 먼저 손을 내민 건 율리아였으나, 그 손을 거칠게 잡아끈 건 데네브라였다.

카루스가 짙게 가라앉은 눈으로 마차를 바라보았다. 그의 몸에서 느껴지는 선명한 살기에, 바바슬로프가 떨리는 가슴을 쓸어내렸다.

38

천적이란

율리아는 두렵지 않았다. 이상한 일이었다. 두려운데, 두렵지 않았다. 이 마음을 어떻게 정의해야 할지 몰랐다.

이번 삶이 마지막이라고 생각할 때면 흘러가는 시간이 너무 빨라 마음이 조급해졌다. 하고 싶었던 일을 다 하지 못할까 봐 두려웠다. 저주에서 벗어나지 못할까 봐 불안했다.

하지만 상대가 누구건 싸우는 건 두렵지 않았다. 아무리 힘세고 교활한 자가 나타난다고 해도 이길 자신이 있었다.

율리아는 자신의 과거를 믿었다. 여덟 번의 죽음과 아홉 번의 삶. 그녀는 매번 최선을 다해 그 삶을 살았고, 시도했고, 부딪쳤다.

아무것도 예상하지 못한 채 별안간 죽어야만 했던 대적자에게는 미안한 일이지만, 오히려 그렇기에 그녀의 과거가 더 값졌다.

데네브라가 아무리 무서운 여자라고 해도 아홉 번째의 율리아 아르테에게 비할 바는 아니다.

율리아는 스스로 다짐했다.

데네브라는 마차가 흔들릴 때마다 감았던 눈을 떴다. 황비의 곁에는 젊은 시녀가 다소곳이 앉아 그녀의 시중을 들고 있었다.

데네브라가 율리아에게 물었다.

"너도 시녀라고 들었는데."

"레위시아 왕자 전하의 수석 시녀입니다."

"손을 내밀어."

데네브라가 자신의 시녀에게 명령했다. 그게 저를 향한 명령인 줄 몰라 우물쭈물하던 시녀가 뒤늦게 눈치를 채고 재빨리 손을 내밀었다.

"봐라."

율리아의 시선이 시녀의 손에 닿았다.

익숙한 반지가 눈에 띄었다. 잊으려야 잊을 수 없는, 첫 번째의 율리아 아르테에게 보물이었던 반지.

저게 왜 저기에 있나.

율리아가 빠르게 머리를 굴렸다. 마지막으로 봤을 때는 분명 블라이스 백작의 새끼손가락에 끼워져 있었는데.

"블라이스 백작이 크리스틴보다 먼저 제 존재를 알렸나 보네요."

"블라이스와 가까이 지냈더냐?"

"그럴 리가 있나요."

율리아가 반지로부터 시선을 거두었다. 그녀는 미련이라곤 한 톨도 남아 있지 않은 눈으로 데네브라를 바라보았다.

"저는 남의 것은 탐내지 않는 주의라서요."

데네브라가 또 한 번 신경질적으로 웃었다.

가까이서 마주하고 보니 황비는 제대로 웃을 줄을 모르는 사람이었다. 어쩌면 진심으로 웃는 법을 잊어버렸는지도 모른다.

자신의 얼굴을 살필 마음의 여유가 없어, 웃음이 웃음이 아니게 된 줄도 모르는 사람.

"블라이스가 내 것이니까 탐내지 않겠다는 말은 놈이 내 것이 아닌 경우엔 냉큼 주워 가겠다는 말이렷다."

"글쎄요. 제가 나서서 줍지 않아도 눈뜨면 발아래 엎드려 있을 것 같은데요."

"하!"

데네브라의 눈에 비친 율리아 아르테는 목숨이 여러 개인 양 막돼먹기가 이루 말할 수 없는 계집이었다.

데네브라가 율리아를 잡아먹을 듯 사납게 노려보았다. 시녀도 똑같은 생각을 했는지, 그녀를 정신 나간 사람 보듯 바라보았다.

그러나 그들은 율리아 아르테의 얼굴에서 아무것도 읽어낼 수 없었다.

그녀의 진심이 무엇인지 알 수 없었다. 하는 말은 도발에 가까운데 행동은 예의 바르기 그지없고, 말투는 다정한데 눈빛은 흉흉하기 짝이 없었다.

오르테가의 평민 백작. 데네브라는 남부로 향하는 배 안에서 율리아 아르테에 관한 소문에 대해 들었다.

어떤 여자인지, 어떤 과거를 가졌는지, 누구에게 충성하고 있는지.

카루스와는 왜 엮이게 되었는지.

"율리아 아르테."

데네브라가 물었다.

"카루스가 네게는 다정하더냐?"

많은 의미가 함축된 질문이었다. 황비의 시녀가 손끝을 오므리고 시선을 떨구었다. 마차에서 탈출하고 싶어하는 시녀의 마음이 고스란히 전달되었다.

율리아는 데네브라를 똑바로 바라보며 대답했다.

"그렇지는 않았습니다."

"그자는 세상 모든 인간을 벽걸이 촛대나 의자 손잡이처럼 보는 이다. 때로는 지나가는 오리 떼를 보듯 보기도 하고, 내게는 미소 한 번 지어준 적이 없어."

"처음엔 저에게도 그러셨습니다."

"이제는 아니란 말이구나."

"카루스 님은……."

율리아가 말을 고르는 동안 데네브라의 시선에 초조함이 묻어났다. 황비는 율리아를 사납게 노려보면서도 자기 안에 깃든 열망을 감추려고 하지 않았다.

데네브라는 수치를 모르는 여자였다. 황제를 남편으로 맞이한 아내이면서, 그의 부하를 사랑한다는 걸 아무에게나 스스럼없이 드러내었다.

율리아는 그 점을 눈여겨보았다.

"가여운 자에게 가여운 분입니다."

"뭐?"

"사나운 자에게는 사납고, 가여운 자에게는 가여운 분이에요."

"네 말은, 내가 그의 관심을 받을 만큼 가엾지 않았다는 뜻이냐?"

"아니요. 황비 전하, 당신의 사랑이 가짜라는 뜻이었습니다."

데네브라의 눈동자가 찢어질 듯 커졌다. 그녀는 화를 내는 것도 잊은 채 율리아를 노려보았다.

아무도 그렇게 말하지 않았다. 감히, 누구도 그녀에게 이딴 식으로 말하지 않았다.

가짜라니. 방식은 잘못되었을망정, 데네브라의 사랑은 진짜였다. 그녀는 만인지상의 권좌마저도 버리려 했을 만큼 카루스 란케아를 원했다.

그런데 이 건방진 계집이 데네브라의 사랑이 가짜라고 말했다.

데네브라가 율리아에게 손을 뻗었다. 긴 손톱과 손가락이 거미 다리처럼 율리아의 긴 머리카락을 휘감았다. 두 여자가 서로를 노려보며 짧게 숨을 삼켰다.

"내 마음이 가짜라서 그가 관심을 주지 않는 거라고?"

"당신은 그분을 사랑하는 게 아니에요."

"네가 그걸 어찌 알지?"

"솔직하게 말해보세요. 소유하고 괴롭히고 싶잖아요. 서로에게 고통뿐인 감정이 어떻게 사랑일 수 있겠어요. 사랑은 쟁취하는 게 아니에요. 카루스 님은 전리품이 아니고요."

"그 입을 찢어야겠구나."

"제 입을 찢는다고 해도 달라지는 건 아무것도 없어요."

데네브라가 율리아의 머리카락을 꽉 쥐었다가 천천히 놓았다. 가늘고 긴 머리카락이 그녀의 손가락 사이사이에 달라붙었다가 떨어졌다.

"하면 네 마음은 나와 달리 진짜라서 그가 네게 진심이라는 말이냐?"

"아니요."

"말장난은 그만두어라."

"뭔가 착각하고 계시네요. 구애하는 쪽은 제가 아니에요."

율리아가 빙그레 웃었다. 단정한 외모에 어울리지 않게 악의 어린 미소였다.

데네브라 황비를 태운 마차가 오르테가 왕궁을 향해 달리고 있을 때, 카루스는 그 마차와 적당한 거리를 유지한 채 말을 달리고 있었다.

오르테가의 병사들에겐 고압적인 태도를 보이던 바이칸의 기사들도 무혈 제독 앞에선 순한 양처럼 굴었다.

카루스는 자꾸만 마차로 향하려는 신경을 애써 붙들었다. 마음 같아서는 마차 문을 잡아 뜯어서라도 저 안에 있는 율리아와 데네브라를 떼어놓고 싶은데 그럴 수가 없다는 게 화가 났다.

해적선을 나포할 때도, 전쟁터에서 사투를 벌일 때도, 황제와 심리전을 벌이면서도 한 번도 겪어본 적 없는 기분이 들었다. 불쾌하고 불안했다. 심장이 거꾸로 뒤집혀 피가 역류하는 느낌이었다.

율리아는 그에게 자신을 믿고 기다리라고 말했다. 데네브라 황비가 어떤 사람인지 나름대로 파악할 시간을 달라는 뜻이었다.

카루스는 그녀의 말대로 했다. 바다까지 마중을 나왔고, 황비의 집요한 시선을 받으면서도 한껏 태연하게 굴었다. 데네브라가 율리아를 향해 표독스러운 눈빛을 쏘아 보내도 애써 못 본 척했다.

광장을 지나 왕궁 입구에 들어섰을 때였다. 미리 나와 있던 샤트린 공주와 레위시아 왕자가 황비의 행렬을 향해 머리를 숙였다.

나팔수가 길게 나팔을 불었다. 걸음을 멈춘 말들이 투레질하는 사이, 마차 문이 열리며 데네브라가 모습을 드러냈다.

그녀는 새카만 머리카락을 장식처럼 늘어뜨린 채 마차에서 내려 똑바로 섰다. 함께 있던 젊은 시녀가 도망치듯 황비의 뒤편으로 사라졌다.

율리아는 마지막으로 발을 내렸다.

미묘하게 헝클어진 머리카락 같은 건 눈에 들어오지 않았다. 카루스의 시선은 오직 율리아의 얼굴에 머물렀다.

그녀는 데네브라의 곁에서 마치 황비의 벗이라도 되는 양 가까이 붙어서 귓속말을 주고받았다.

데네브라는 율리아가 내민 손을 기꺼이 잡았다.

본래는 왕위 후계자인 샤트린과 인사를 나눈 후 레위시아의 손을 잡고 입궁할 예정이었으나, 그런 과정 따위엔 아무 관심 없다는 얼굴로 율리아의 손을 잡고 왕궁 안으로 들어섰다.

바바슬로프가 슬그머니 다가와 카루스에게 물었다.

"이게 무슨 일입니까?"

"나도 몰라."

"복덩이가 마차 안에서 무슨 마법이라도 쓴 거 아닙니까? 푸른 바다의 환초가 주인으로 선택한 사람은 어느 날 갑자기 마법이라도 쓸 수 있대요? 저 미친…… 황비가 왜 우리 복덩이의 손을 저렇게 덥석 덥석 잡고 다니냐고요?"

"나도 모른다니까?"

카루스도 답답했는지 말투가 사나웠다. 그는 찰나의 순간도 놓치지 않겠다는 듯 율리아와 데네브라의 모든 행동을 지켜보았다.

그러다 어느 순간 깨닫고 말았다.

율리아는 웃고 있었다. 담담해 보이는 그녀의 얼굴에 어떤 미소가 스치듯 지나갔다.

초조해하는 건 오히려 데네브라였다. 율리아의 손을 잡고 억지로 당당한 척하고 있었으나, 황비에게 오랫동안 시달렸던 카루스는 그 미세한 차이를 알아챌 수 있었다.

마차 안에서 무슨 대화를 나누었는지, 그 짧은 사이에 율리아는 데네브라가 카루스가 아닌 자신에게 집중하도록 만들어놓았다.

잡힌 손이 아팠다. 할퀴듯 손바닥을 긁는 황비의 긴 손톱 때문이었다. 작은 손톱에도 뭔가 장식물이 많았다. 그 무겁고 복잡한 장식 때문에 손가락의 움직임이 부자연스럽고 무거웠다.

샤트린과 지루하고 긴 인사말을 나눈 데네브라가 레위시아의 환영 인사를 받아 줄 때였다.

율리아는 왕궁 안에서 데네브라를 마중 나온 블라이스를 보았다.

그가 상당히 충격받은 얼굴로 이쪽을 보고 있었다. 그의 시선이 데네브라가 꽉 잡은 율리아의 손에, 그리고 두 사람의 가까운 거리에 머물렀다.

데네브라도 뒤늦게 블라이스를 발견하곤 크고 깊게 심호흡했다.

마침 잘됐다는 생각이 들었다. 율리아가 블라이스를 똑바로 노려보며, 황비의 귓가에 속삭였다.

"그는 당신의 노예가 아니에요. 황제의 것이죠. 가서 확인해보세요."

율리아의 말이 뱀처럼 데네브라를 휘감았다. 그녀는 블라이스가 했던 것처럼 똑같이, 적과 아군 사이에서 교묘하게 줄타기를 하고 있었다.

⬌ • ◆ • ⬌

"당신은 카루스 님을 사랑한다고 말하지만, 실은 그분을 블라이스 백작처럼 수집해놓고 지배하며 자랑하고 싶은 게 아닌가요?"

"어디 한번 계속 지껄여보아라."

"전형적인 폭군의 방식이잖아요. 우리가 흔히 아는 이야기 속에서 등장하는 폭군과 그에게 사로잡힌 포로. 집착과 폭력을 사랑이라고 포장하곤 되레 피해자인 척, 가증스럽게 선전하죠."

"너 지금 나를 화나게 하려는 거냐?"

"아니요."

"이상하게 구는구나. 나를 화나게 해서 네가 얻을 수 있는 게 뭐지? 난 지금 당장이라도 크세노에게 사람을 보내 오르테가를 식민지로 만들어야 한다고 설득할 수도 있어."

"그건 블라이스 백작이 이미 했을걸요. 황제가 정한 황비 전하의 역할은 그게 아닐 거예요."

"뭐?"

"설마 블라이스 백작이 진심으로 황비 전하께 충성한다고 믿고 계신 건 아니겠죠."

"놈은 내 것이다. 네 말대로, 내가 수집하고 지배하며 자랑으로 삼았지."

"아뇨. 그는 기회주의자예요. 누구보다 전하께서 잘 아시잖아요. 그런 사람이, 통일 대륙을 눈앞에 둔 위대한 황제를 놓고 고작 불륜을 꿈꾸며 황족의 권위를 버리겠다는 전하에게 충성할 리가 없잖아요."

블라이스의 뺨에 긴 상처가 생겼다. 데네브라의 팔찌에 긁힌 자국이었다. 쓰라린 통증과 함께 붉은 핏물이 배어 나와, 블라이스가 살짝 얼굴을 찡그렸다.

"데네브라 님, 왜 이렇게 화가 나셨습니까."

다짜고짜 그에게 손을 휘두른 데네브라가 던지듯 몸을 움직여 의자에 앉았다.

그녀가 있는 곳은 오르테가의 왕비가 머물던 왕비궁이었다.

데네브라가 손가락으로 바닥을 가리켰다.

"네 자리로 와."

블라이스가 곧장 움직였다. 그는 황비의 발아래 발끝이 머무는 그 자리에 두 무릎을 꿇고 앉아 개처럼 엎드렸다.

"블라이스."

"말씀하십시오, 데네브라 님."

"율리아 아르테에게 놀아났느냐?"

"예?"

"그 계집의 수작질에 빠져 등신처럼 놀아났느냐고 묻는 거다. 말해 봐라. 뭐라고 속살거리더냐. 황비 데네브라는 크세노 황제와 비교하면 아무것도 아닌 존재이니, 빨리 정신 차리라고 말하더냐?"

"그런 적 없습니다. 저는 지금 데네브라 님이 무슨 말씀을 하시는지 전혀 모르겠는……."

"닥쳐라!"

데네브라가 한 번 더 손을 휘둘렀다. 블라이스를 때린다기보다는 분노를 표출하기 위해 몸부림을 치는 느낌이었다.

"그런데 어찌 그 계집이 네가 나 모르는 사이에 주인을 바꾸었다고 지껄이는 거야! 내가 그깟 빤히 보이는 이간질 따위에 넘어갈 사람이라고, 어찌 함부로 여기느냐는 말이다! 네놈이 얼마나 얕보였으면! 얼마나 등신처럼 굴었으면!"

블라이스는 바닥에 이마를 댄 채 공손히 엎드려 있었다. 언젠가 그가 오르테가의 국왕에게 요구했던 그 자세 그대로였다.

그는 머리 위로 쏟아지는 데네브라의 고함을 들으면서, 율리아를 생각했다.

악마 같은 여자. 악담도 이런 악담이 없었다.

율리아가 데네브라와 이야기를 나눌 수 있던 건 부두에서 왕궁으로 오는 마차 안이 전부였을 것이다. 한데 그 안에서 그 짧은 사이에 둘이 무슨 대화를 나눈 건지, 데네브라가 블라이스의 배신을 입에 담고 있었다.

"네놈은 내가 잘 알아. 너는 절대로 나를 배신하지 못하지."

"데네브라 님, 당신은 제 모든 것입니다."

"그래, 내가 네게 생명을 주었어. 복수할 기회를 주고, 권력을 주었어. 네 모든 건 전부 나로 인해 존재하는 거야."

데네브라의 목소리엔 감출 수 없는 노여움이 깃들어 있었다. 갑작스러운 상황에 당황한 나머지 잠시 평정심을 잃었던 블라이스가 애써 마음을 다잡았다.

"크세노 황제는 제게 아무런 의미가 되지 못합니다. 저는 당신을 사랑합니다. 데네브라 님, 저를 의심치 마세요."

"그래, 너는 나를 사랑하지."

데네브라가 길고 깊게 심호흡했다. 블라이스를 후려치다 반쯤 부러진 손톱에서 욱신거리는 통증이 느껴졌다. 그녀는 손톱 끝에 달린 둥근 고리 모양의 장식을 이리저리 비틀어 빼냈다.

그러곤 블라이스에게 물었다.

"붉은 산의 다이아몬드는 어디에 있느냐."

"예?"

"돌이킬 수 없는 사랑 말이다. 네게 선물로 주었던 그 브로치, 그걸 가져오너라."

"전하, 그것은……."

"율리아 아르테가 말하였다. 네가 그 보석을 크세노에게 돌려주었다고. 그래서 황제가 나를 의심한 나머지, 남부로 보내놓고 첩자를 붙여 감시하고 있다고!"

"아닙니다!"

"뭐가 아니라는 거야! 당장 가져와라! 결백을 증명하려거든 보석을 가져와!"

블라이스가 머뭇거리자 데네브라의 목소리가 갈수록 커졌다. 변덕스럽게 휘몰아치는 그녀의 분노에 결국엔 블라이스도 다급한 변명을 쏟아낼 수밖에 없었다.

"그건 황제가 아니라 율리아 아르테에게 주었습니다!"

"……뭐?"

데네브라가 조용해졌다. 사납게 쏟아지던 말들도 우뚝 멈추었다. 심호흡하는 것조차 잊은 그녀가 책을 읽듯 딱딱하게 물었다.

"율리아 아르테에게 주었어?"

"전하."

"돌이킬 수 없는 사랑을? 네가 날 사랑한다면서 모든 걸 바치겠다고 맹세하기에 어여뻐 상으로 주었던 그 귀한 것을, 그 계집에게 냉큼 주었어?"

"그것이 크세노 황제의 손아귀에 들어갔다면, 그건 필시 저와 전하를 농락하려는 율리아 아르테의 계략일 것입니다. 전하, 분노를 가라앉히고 제 말을……."

"그 계집을 사랑해?"

"전하, 아닙니다!"

"그 계집이 탐나느냐? 내가 네 품에 그 계집을 안겨주길 바라? 그랬으면 좋겠어?"

"오해이십니다. 제게는 오직 당신뿐입니다."

"이제 알겠다."

데네브라가 의자에서 몸을 일으켰다. 그러곤 몸을 숙여 블라이스의 눈앞에 자신의 얼굴을 들이밀었다. 그녀에게서 망가진 웃음이 터져 나왔다.

"너는 크세노의 것이 된 게 아니라, 율리아 아르테의 것이 되려 하는구나."

"그렇지 않습니다. 저는 데네브라 님의 충실한 번견입니다."

"아직은 그렇지."

붉은 입술에 비틀린 미소가 맺혔다. 데네브라는 블라이스를 향해 연민을 가득 담아 말했다.

"블라이스, 너는 나를 닮았어. 내가 카루스 란케아를 손에 넣을 수 없어 미쳐가듯, 너도 그 계집을 손에 넣을 수 없어 미쳐가는 거야."

"데네브라 님!"

"영악한 계집이구나. 우리 둘 사이에 분란을 만들어봤자 무슨 소용인가 했더니, 미끼를 마구 던져놓고 구경하려는 셈이었나."

"조심하셔야 합니다. 영리한 여자입니다."

"영리한 건 그리 대단한 장기가 아니란다. 블라이스, 이 세상엔 남들보다 영리하다는 이유로 고통스럽게 사는 사람들이 아주 많아. 그 계집 역시 마찬가지일 것이다."

빠르게 몸을 일으킨 데네브라가 손을 흔들어 시종을 불러들였다.

"오르테가의 왕위 후계자에게 가서 전해라. 오늘 저녁, 왕궁에서 가장 큰 연회장에서 환영 연회를 열어야 할 것이라고."

"알겠습니다."

"나는 바이칸의 황비다. 오르테가는 정성을 다해야 할 것이다."

데네브라가 쉬겠다며 준비된 방으로 들어간 뒤, 바닥에 네 발로 엎드려 있던 블라이스가 서서히 몸을 일으켰다.

그가 손가락으로 뺨에 난 상처를 훑었다. 쓰라린 통증마저 반갑게 느껴질 만큼, 그는 몹시 들뜬 상태였다.

"후……."

블라이스가 길게 숨을 내뱉었다. 자칫 잘못하면 웃음이 터져 나올 것 같아, 숨을 고른 뒤엔 입술을 꽉 깨물어야만 했다.

블라이스는 율리아를 생각했다.

마차 안에서 도대체 무슨 대화를 나누었는지는 모르나, 율리아는 데네브라를 잔뜩 뒤흔들어놓는 데에 성공했다.

황비는 평소와 같아 보였지만, 평소와 같지 않았다.

바이칸 황궁 안에서 데네브라는 무소불위의 권력자였다. 제국의 모든 것이 황비의 손아귀에 있었다. 그녀는 짜증이 난다는 이유로 아무나 죽일 수 있었고, 매일 연회를 열어 수많은 사람 속에 있을 수 있었다.

그러나 이곳은 오르테가였다.

"누가 이길까."

데네브라와 율리아의 싸움. 생각만 해도 두근두근 가슴이 뛰었다.

데네브라는 충동적이고 감정적이었으나 크리스틴 마조람 같은 미숙아는 아니었다. 그래서 블라이스는 율리아의 천적은 데네브라처럼 종잡을 수 없는 광인일 거라 믿었다.

어쩌면 율리아는 좌절할지도 모른다. 데네브라는 수치를 모르기에 솔직하고, 때로는 순수하기까지 한 사람이었다. 그런 사람을 상대로 율리아의 방식이 힘을 발휘할 수 있을까.

나의 여신, 나는 당신이 승리하길 바란다.

블라이스가 데네브라와 율리아, 두 사람 중 누구에게 하는 건지 모를 말을 중얼거렸다.

⸻ • ◆ • ⸻

세상엔 자신 안에 자신이 없어서 그 빈 자리를 타인으로 채워야 하는 사람들이 있다.

관심이나 사랑, 그게 안 되면 동정이나 미움으로라도. 타인을 통해 끊임없이 자신의 존재를 확인받고 싶어하는 자.

율리아는 데네브라가 그런 사람이라고 생각했다.

반면 율리아는 자신 안에 자신밖에 없어서 타인에게 내어줄 빈자리가 없던 사람이었다. 그녀 마음의 감옥 안엔 오래도록 율리아 아르테뿐이었다.

어쩌면 그들은 천적이 될 수도 있었다.

“여덟 번째의 제가 데네브라 황비를 만났다면 필패했을 거예요. 저는 적에 대한 이해가 승리의 필수 조건이라고 생각하거든요. 제가 죽은 후작 부인을 이해했듯이.”

카루스가 고개를 끄덕였다.

“이전의 너였다면 데네브라를 이해할 수 없었을 거란 말이군.”

“네, 그런데 지금은 달라요.”

아홉 번째의 율리아는 이제 데네브라마저 이해할 수 있었다.

“저는 데네브라 황비를 고립시킬 거예요.”

그리하여 그녀가 타인의 관심을 모두 잃고 외로움과 슬픔의 바다에 빠져 허우적거리도록 하겠다. 강해 보이려고 미친 척하는 사람이 얼마나 추하고 애처로운지 온몸으로 느낄 수 있게, 그렇게 만들고야 말겠다.

“황비는 진짜 사랑이 뭔지 몰라요.”

율리아는 확신했다.

“그걸 깨닫기엔 이미 너무 늦었고요.”

—•◆•—

왕궁이 부산스러웠다. 갑작스레 연회를 요구한 데네브라 황비 때문이었다.

병상에 누워 있는 국왕을 생각해 2, 3일 뒤에나 환영 연회를 열려고 했던 샤트린은 반항 한마디 하지 못한 채 끌려 나와 연회 준비를 시작했다.

율리아 역시 명령과도 같은 초대를 받았다.

“무혈 제독 카루스 란케아 님과 동행하라는 명령이셨습니다.”

“황비께서 직접 말씀하셨나요?”

“그렇습니다.”

“꼭 참석하겠습니다. 초대에 감사드린다고 전해주세요.”

황비의 시녀가 물러간 뒤, 율리아가 방으로 돌아와 말했다.

“제가 마음에 들었나 봐요.”

카루스가 얼굴을 찡그리며 고개를 저었다.

“진심인가?”

“그럼요.”

“데네브라가 네 입을 찢어버리겠다고 했다며? 그게 마음에 드는 상대에게 할 소리라고 생각해?”

“마음에 안 드는 상대에게 아끼는 시녀까지 보내서 연회에 초대하는 사람이 어디 있어요.”

“특별히 마음에 안 드니까 그러는 거겠지.”

“사랑의 저편에 있는 건 미움이 아니라 무관심이라는 말이 있잖아요. 저한테 관심이 아주 많아 보이는데 잘됐네요.”

율리아가 드레스 룸의 문을 열었다.

"힘센 어린애가 놀아달라니까, 관대한 어른은 놀아줘야죠."

물론 그게 그녀가 원하는 관심은 아니겠지만.

연회장엔 꽤 많은 사람이 자리를 잡고 있었다. 바이칸의 권력자에 대한 호기심을 채우려는 귀족들과 어떻게든 황비의 눈에 들어 몰락한 파벌을 일으키려는 자들, 그리고 샤트린과 그녀의 측근이 모두 자리하고 있었다.

어쩌면 이건 기회였다. 샤트린은 며칠 전부터 측근들에게 귀에 딱지가 앉도록 들어왔던 말을 떠올렸다.

> "전하, 최근 레위시아 왕자의 기세가 심상치 않습니다. 마조람 파벌의 숙청 이후, 그 모든 게 왕자의 공이라는 소문이 돌고 있습니다. 오르테가엔 새로운 사상과 신념을 가진 왕이 필요하다는 의견이 갈수록 힘을 얻고 있습니다."
>
> "이럴 때일수록 바이칸의 도움이 필요합니다. 반제국파는 모두 왕자에게 빌붙었으니, 우리는 남아 있는 자들을 모두 흡수해 저들이 공주 전하의 후계권에 도전하지 못하게 쐐기를 박아야 합니다."
>
> "데네브라 황비의 마음을 손에 넣으십시오. 황비가 공주 전하를 지지한다면, 병상에 누워 계신 국왕 전하의 지지보다 더 큰 힘이 될 것입니다."

지긋지긋했지만 반박할 수 없었다. 오르테가는 크나큰 혼란의 시기를 겪고 있었다. 누가 적이고 아군인지 몰라 왕국의 명운을 하늘에 맡기자는 우스갯소리까지 나돌았다.

왕위 후계자라곤 하나 자신의 위치가 불안하기 짝이 없다는 사실을, 샤트린은 알았다.

무혈 제독 때문이었다. 카루스 란케아가 노골적으로 레위시아의 편을 들면서 여론이 눈에 띄게 바뀌고 있었다.

만약 샤트린이 데네브라 황비의 마음을 얻지 못한다면 그녀는 지지 기반이 부족해 아무 힘도 없는 반쪽짜리 왕이 될 수도 있었다.

오르테가는 너무 약했다. 약해서 강한 왕이 필요했다.

"황비 전하."

샤트린이 데네브라의 곁에 다가가 말을 걸었다.

"연회는 마음에 드세요?"

"난잡하고 지루해."

"하면 원하는 것을 말씀하세요. 오르테가는 바이칸의 벗이니, 황비 전하를 성심껏 모시도록……."

"그런 식으로 애쓸 것 없다. 오르테가가 왜 바이칸의 벗이라는 거야, 잠재적 원수지. 너희는 언젠가 반드시 크세노의 뒤통수에 칼을 꽂으려 할 텐데, 내 앞에서 가증스럽게 굴어봤자 아무 소용없어."

"저희는 절대 바이칸을 배신하지 않습니다."

"'절대로'라는 말을 함부로 쓰지 말렴. 내가 비록 오래 살지는 않았지만, 절대 아니라고 말하는 자들을 믿으면 안 된다는 것쯤은 알지."

"크리스틴 마조람이 전하께 어떤 잘못된 정보를 전달했는지는 모르나, 반역자의 딸입니다. 황비께서 오해하는 바가 있다면 마땅히 풀어드려야 한다고 생각해요."

"넌 내가 여기 왜 왔는지도 모르는구나."

데네브라는 샤트린이 자꾸 말을 걸어서 짜증이 나 있었다. 연회장을 한 바퀴 휘 둘러본 황비가 샤트린에게 물었다.

"왕이 되고 싶으냐?"

"저는…… 부왕께서 선택한 왕위 후계자입니다."

"후계자가 왜 후계자인 줄 아니? 왕이 되지 못했으니까 후계자인 거야."

데네브라가 웃으면서 손톱을 만지작거렸다.

"남부의 왕이 될 수 있는 가장 쉬운 방법을 하나 알려줄까."

"그게 무엇입니까?"

"왕을 죽이고 내 남편과 결혼해."

샤트린의 몸이 고장 난 마차 바퀴처럼 덜컥 멈추었다. 그녀는 데네브라가 내뱉은 말을 이해하지 못해 한동안 아무 반응도 하지 못했다.

왕을 죽이고 황제와 결혼하라니.

데네브라가 뭘 그렇게 놀라느냐며 샤트린을 비웃었다.

"공주 네가 크세노와 결혼하기만 하면 아무것도 하지 않아도 자연스레 남부의 왕이라 불리게 될 거야. 내가 내 고향 땅에서 왕이라 불리는 것처럼. 황제에게 결혼은 전략적 동맹의 계약서 같은 거니까."

"그 말씀은…… 못 들은 것으로 하겠습니다."

"도와달라 애걸하고 싶어서 이렇게 내 곁에 거머리처럼 붙어 있는 주제에, 그 정도 강단도 없어서 무슨 왕이 되겠다고."

샤트린은 데네브라의 조롱을 견딜 수 없었다. 왕족인 그녀는 이렇듯 노골적으로 천박한 자가 저보다 훨씬 고귀한 황족이라는 걸 믿을 수가 없었다.

데네브라는 손가락으로 과일을 집어 먹다가 그 손을 술에 씻고, 노예를 불러 그걸 마시게 했다. 그녀에겐 그 모든 게 일상이었다.

"너무 애쓰지 말렴."

데네브라가 술에 젖은 손가락으로 샤트린의 얼굴을 쓰다듬었다.

"너희 작은 나라는 조만간 바이칸의 식민지가 될 거란다."

"왜……."

"그런 곳에 왕이 무슨 소용이야. 너무 애쓰다가 꽃다운 나이에 죽어 썩지 말고, 그냥 인생을 즐겨. 너도 왕족이니까 알잖아? 정복 국가의 백성들이 얼마나 비참해지는지."

안다. 너무 잘 알고 있어서 문제였다.

"같이 나락으로 떨어지지 말란 소리야. 왕족이 왜 왕족인 줄 알아? 백성이 다 죽고 불에 탄 땅만 남아도 그곳을 국가라 부를 수 있는 선택받은 존재이기 때문이잖아."

"저는 오르테가를 사랑해요."

"웃기네. 오르테가가 아니라, 오르테가의 왕족인 너 자신을 사랑하는 거겠지."

"저는……."

"됐어. 재미없구나. 꺼져라."

연회가 길어질수록 샤트린의 얼굴에서 표정이 사라졌다. 그녀는 이 자리가 불편하고 꺼림칙해 어쩔 줄을 모르는 상태였다. 그렇다고 연회를 등지고 자신의 궁으로 돌아갈 수도 없었다. 그녀는 국빈을 맞이할 의무가 있는 왕족이었다.

율리아는 그때 나타났다.

남부의 바다를 떠올리게 하는 짙푸른 드레스에 새카만 허리띠.

율리아는 연회장에 들어오자마자 데네브라와 시선을 맞추었다.

"율리아 아르테."

데네브라가 그녀를 불러들였다.

연회장에 있던 귀족들의 시선이 율리아의 모든 것을 샅샅이 헤집었다. 드레스와 구두, 장신구와 걸음걸이에 이르기까지. 그들 중 일부는 평민 출신 귀족을 어떻게든 흠잡으려 혈안이 되어 있었다.

데네브라가 웃음을 터뜨렸다.

"신기한 일이지 않으냐. 저 계집이 나타나자마자 이 난잡하고 지루한 연회장이 재미있어졌다."

"율리아…… 말씀이신가요?"

"그래, 카루스 란케아의 연인이라지?"

샤트린은 어찌 대답해야 할지 몰라 머뭇거렸다. 데네브라를 화나게 하지 않으려면 아니라고 부정해야 하는데, 그러면 거짓말을 한다고 더 화를 낼 것 같았다.

율리아가 이쪽으로 걸어오고 있었다. 샤트린은 율리아가 조금이라도 더 빨리 와주기를 바랐다.

"그래, 공주. 이건 어떠냐."

그때 데네브라가 샤트린의 귓가에 속삭였다.

"저 계집을 지금 내 앞에서 죽여라. 그러면 내일 아침에 너를 왕으로 만들어주마."

데네브라는 이상했다. 목소리는 낮은데 비음이 섞여 있고, 말투는 권위 있으면서도 어린애 같았다. 그러니 황비의 말이 진심인지 농담인지, 샤트린은 알 수 없었다.

다만 그녀가 단호하게 말할 수 있는 건 황비의 미친 요구를 들어줄 수 없다는 것이었다.

전보다 조금 단단해진 목소리가 샤트린의 입에서 흘러나왔다.

"못 들은 것으로 하겠습니다."

율리아는 연회장의 문을 열자마자 데네브라와 눈을 마주쳤고, 그 옆에서 화를 꾹꾹 눌러 담고 있는 샤트린의 얼굴을 보았다.

샤트린의 불같은 성미도 데네브라 황비 앞에선 인내 가능한 것이었나. 그녀는 속으로 그런 생각을 하면서 앞으로 나아갔다.

귀족들의 시선이 따라붙었지만, 율리아는 전혀 신경 쓰지 않았다. 보육원 평민 출신 왕궁 시녀가 공신 백작이란 지위까지 손에 넣었으니, 좋은 쪽으로든 나쁜 쪽으로든 화제에 오르는 건 당연한 일이었다.

연회장은 화려했다. 샤트린이 데네브라의 환심을 사려 그 짧은 시간 동안 무척 노력했음을 알 수 있을 정도였다. 연회장을 채우고 있는 오르테가의 귀족들은 들뜬 얼굴로 한껏 치장을 뽐내고 있었다. 긴장하고 불안해하는 건 오히려 바이칸에서부터 황비를 따라온 사람들이었다.

독한 술이 풍기는 알싸한 향과 무르익은 과일의 달콤한 냄새. 율리아는 그 사이를 유유히 걸었다.

그렇게 걸어 황비와 공주 앞에 도착한 율리아가 허리를 숙여 인사했다.

"황비 전하와 공주님께 인사드립니다."

샤트린은 짧게 고개를 끄덕였고, 데네브라는 의미를 알 수 없는 웃음을 터뜨렸다.

"율리아."

데네브라가 말을 꺼냈다.

"내가 방금 공주에게 너를 이 자리에서 죽이면 왕으로 만들어준다고 했는데, 어떻게 생각하느냐?"

"저를 죽이고 싶으세요?"

"너라면 열 번, 스무 번도 더 그렇게 하고 싶지 않겠어?"

"괜찮습니다. 샤트린 공주 전하는 절대 그러실 분이 아니거든요."

"그걸 어찌 아느냐."

"저희 공주 전하께서는 긍지 있는 왕족이십니다."

율리아의 말투는 가벼웠다. 그러나 그걸 받아들이는 샤트린의 마음은 그렇지 않았다. 공주는 흔들리는 시선으로 율리아를 바라보다, 질끈 눈을 감았다.

긍지가 있는 왕족. 샤트린이 좁은 가슴에 긴 숨을 불어넣었다.

그때였다.

데네브라가 율리아에게 왜 카루스와 함께 오지 않았는지 캐묻고, 귀족들은 세 사람의 대화가 궁금해 춤을 추면서도 귀를 기울이던 그 순간, 여름밤이 무색하게 오싹한 기운이 연회장을 덮쳤다.

샤트린의 팔뚝에 오소소 소름이 돋았다. 율리아가 연회장 문을 향해 시선을 돌렸다.

이상했다. 아주 이상한 기분이었다. 갑자기 온 세상이 축축한 안개로 뒤덮인 것만 같았다.

멀리서 비명이 들렸다. 비명은 점점 가까워지더니 이내 연회장 앞에 다다랐고, 곧 울음이 되었다.

활짝 열린 문밖에서 병사들이 절규하고 있었다.

"국왕 전하께서 서거하셨습니다—!"

39
때로는 죽은 왕이 낫다

율리아가 가장 먼저 달리기 시작했다. 그녀는 거침없이 치맛자락을 걷어 올리고 전속력으로 달렸다.

샤트린이 그 뒤를 쫓았다. 병사들이, 시녀들이 달리고 있었다.

왕이 죽었다.

너무 갑작스러운 죽음이었다.

근래 국왕의 병이 깊어 침대를 벗어나지 못한다는 소문이 돌긴 했으나, 그게 죽음으로 이어질 줄은 몰랐다.

율리아는 머릿속을 뒤져 왕이 이토록 빨리 죽었던 과거가 있었는지 떠올려 보았다.

없었다. 왕은 대체로 계속 살아 있는 편이었다. 율리아가 음지에서 활동할 때는 왕궁에 관심이 없어 그의 건강에 대한 정보를 수집하지 않았고, 코코와 가까워진 뒤에는 멀리에서 소문을 접하기만 했다.

어쨌거나 왕은 그때도 살아 있었다. 여덟 번째의 율리아에게 사형 선고를 내렸던 것도 지금의 왕이었다.

"샤트린!"

율리아는 본궁 앞에서 레위시아와 코코를 만났다.

샤트린이 바들바들 떨리는 목소리로 물었다.

"아버지…… 아버지는?"

레위시아도 지금 막 도착했는지 모르겠다며 고개를 저었다. 그들은 누가 먼저랄 것도 없이 궁 안으로 들어가 왕의 침실로 달려갔다.

그 안에는 울며 소리치는 레위시아의 어미가 있었다.

평생 불행했으나 서로를 놓지 못해 집착하던 연인.

레위시아의 어미는 죽은 왕을 향해 온갖 원망과 애원의 말을 늘어놓았다. 그녀의 울음은 죽음 직전의 짐승을 닮아 있었다. 늙은 시녀가 매달리다시피 끌어안고 달래었으나 아무 소용없었다.

의사들이 모두 엎드려 있었다. 침대에 모로 누운 채 죽은 왕과 왕의 시신을 끌어안고 절규하는 애첩, 그리고 바닥에 이마를 댄 채 엎드려 왕을 부르는 시중인들.

샤트린과 레위시아는 그 앞에서 움직이지 못했다.

율리아는 그들 바로 뒤에 서 있었다. 코코가 율리아의 손을 잡고 들어가지 말라는 뜻으로 살짝 고개를 저었다.

"네가 연회장으로 가자마자 본궁에서 사람이 나와 왕께서 위독하다는 소식을 전했어. 레위시아 님은 혼자 늦게 저녁을 먹고 있었는데……."

"코코."

율리아가 코코에게 속삭였다.

"병으로 죽은 게 확실해요?"

"쉿."

코코가 작게 경고하더니 눈동자를 굴려 주위를 살폈다. 레위시아의 어미가 워낙 큰 소리로 울고 있어, 두 사람의 대화에 귀 기울이는 자는 아무도 없었다.

안심한 코코가 율리아에게 말했다.

"몰래 심어둔 의사한테 물어봤어. 누군가 왕을 해치고 싶어 했을 수도 있으니까. 그런데 아니래. 나도 믿기지 않지만…… 병으로 죽은 게 확실한 모양이야."

"정말요?"

"1왕자가 죽은 뒤부터 지독한 무기력증에 시달렸대. 식사는 거의 하지 않고 술로 배를 채우고, 매일 밤 악몽과 통증에 시달려 갈수록 독한 약을 찾았고."

"마음의 병이라고 했잖아요."

"마음의 병이 깊어져 몸의 병이 된 거지. 마조람 후작을 숙청하는 과정에선 그가 정말 반역이라도 일으킬까 봐 노심초사해서 재판하는 내내 잠을 못 잤다고 하더라고."

의사들은 마약성 진통제까지 몰래 들여가며 왕의 병을 숨기려고 했다. 아마도 왕의 명령이었을 것이다. 그렇게 말한 코코가 염려 가득한 시선으로 레위시아의 뒷모습을 바라보았다.

율리아도 그를 바라보았다. 레위시아는 석상처럼 굳어 그저 서 있기만 했다.

"전하께서 충격이 크겠네요."

"아무리 미운 사람이라고 해도 아버지니까. 게다가 평생 미워하기만 하다가 제대로 된 대화 한 번 나누지 못했어. 차라리 다 포기하고 미워할 수 있는 악인이면 모르겠는데, 늘 이도 저도 아닌 태도였으니."

레위시아가 마침내 굳은 몸을 움직였다. 곁에 멍하니 서서 말도 안 된다고 중얼거리는 샤트린의 어깨를 감싸안은 그는, 그녀를 왕의 침대로 이끌었다. 그러곤 아버지의 죽음을 마주하게 했다.

"샤트린, 아버지께 마지막 인사를 드려."

"아…… 아버지……."

샤트린이 그 자리에 무릎을 꿇었다. 그러곤 죽은 왕의 손에 얼굴을 묻고 울음을 터뜨렸다.

레위시아는 우두커니 선 채 그 모습을 바라만 보았다.

그의 어머니는 미친 사람처럼 몸을 가누지도 못하고 울었다. 그렇게 울면 왕이 죽었다는 현실에서 달아날 수 있다는 듯이.

"들어라."

레위시아가 말했다.

"국왕께서 서거하셨다. 종탑에 사람을 보내 비보를 알리고, 원로들을 불러 왕의 장례식을 준비케 하라."

이후엔 며칠 동안 정신없이 보냈다. 율리아는 레위시아의 수석 시녀였기에 왕의 장례식을 준비하는 내내 많은 업무에 시달렸다.

후작 부인을 살해한 죄로 감금당한 왕비를 대신해 원로들이 달려나와 왕의 시신에 기도하고 왕가의 무덤을 열었다.

샤트린은 무너지고 있었다.

왕비를 감싸고 그녀의 비밀을 지키는 것만으로도 벅찼던 샤트린은 이 모든 비극을 씩씩하게 이겨낼 힘이 없었다. 치열한 왕위 경쟁에 더불어 바이칸 제국의 눈치를 보느라 한동안 살벌한 긴장 속에 살아야 했던 탓도 컸다.

왕의 장례식을 이끌어야 할 후계자가 공주궁에 틀어박혀 온종일 울기만 하자, 장례식을 준비하는 자들은 절로 레위시아를 찾게 되었다.

"시녀님!"

장례식 당일 아침이었다. 율리아는 아무 장식 없는 검은 원피스에 베일을 눌러쓰고, 검은 장갑을 끼고 있었다.

왕궁 기사 하나가 다급한 얼굴로 율리아를 찾았다.

"시녀님, 큰일 났습니다."

"또 무슨 일이 있나요?"

"데네브라 황비가 남부 함대 기지 앞으로 뱃놀이를 간다면서 몇몇 귀족들을 초대했다고 합니다."

"……네?"

되물어볼 수밖에 없었다. 율리아가 기사에게 다가갔다.

"뱃놀이? 오늘이 무슨 날인지 알면서 뱃놀이를 가겠다고요?"

"그게…… 본 적도 없는 신하가 죽을 때마다 왕이 장례를 핑계로 걸음을 멈추면 나라가 돌아가겠냐면서, 자신은 왕의 죽음과 아무 관련이 없으니 너희는 너희 의무나 다하라고 말했다고 합니다."

미쳤구나. 율리아가 중얼거렸다.

"장례식이 끝날 때까지 그걸 비밀에 부칠 수는 없나요?"

"이미 공주궁과 본궁, 원로원까지 소식이 전해진 것으로 압니다."

안 돼. 율리아가 입술을 깨물었다.

레위시아는 괜찮았다. 그는 철없어 보이지만 누구보다 책임감이 강하고 이성적인 사람이었다. 하지만 샤트린은 아니었다. 공주는 지금 너무 불안한 상태였다.

"당장 공주궁에 사람을 보내서 샤트린 전하가 데네브라 황비에게 가지 못하도록 조치하세요. 이 일은 되도록 왕궁 내 비밀로 묻되, 뱃놀이에 동참하는 귀족 가문은 반드시 숙청당할 거라고 경고하시고요."

빠르게 지시하는 율리아에게, 코코가 다가와 말했다.

"늦었어."

그녀의 얼굴이 창백했다.

"샤트린 공주가 데네브라 황비의 머리채를 잡았어."

샤트린이 데네브라를 폭행했다. 머리채를 잡은 것으로도 모자라 뺨을 때리고 욕설까지 퍼부은 것으로 전해졌다.

뱃놀이를 간다면서 외출을 준비하던 데네브라는 샤트린에게 한차례 얻어맞은 후, 크게 노하며 공주를 감옥에 가두라고 명령했다.

이날은 왕의 죽음을 기리는 엄숙한 날이었다. 그러나 왕궁 어디에서도 그런 분위기를 찾아볼 수는 없었다.

"샤트린 공주 때문에 전쟁이 일어날 거야. 저 황비가 보통 황비인가? 우린 이제 다 죽었어!"

"그럼 왕좌엔 누가 앉게 되는 거야?"

"알 게 뭐야. 다 죽을 텐데. 애꿎은 백성들이 제일 먼저 죽어 나가겠지."

"황비 정도 되는 사람을 쥐어 팼으니, 샤트린 전하도 벌을 받게 되는 건가? 황족 모독죄로?"

술렁거리는 소리가 무덤까지 이어졌다. 왕가의 무덤에 왕의 시신을 안치한 뒤, 레위시아는 남은 행사를 원로들에게 맡기고 데네브라를 찾아갔다.

그러곤 그녀에게 깊이 머리를 숙였다.

"용서해주십시오."

데네브라의 몰골이 엉망이었다. 손이 맵기로 유명한 샤트린이 전력을 다해 두들겨 팼는지, 황비는 아예 침대에 누워 있었다.

"나가라."

"간곡히 부탁드립니다. 원하는 건 뭐든 다 해드릴 터이니, 샤트린 공주를 용서해주십시오."

"나가라고 하였다. 나가라, 나가!"

"오르테가에 하나뿐인 공주입니다. 한 번만 눈감아주시면 반드시 보은하겠습니다. 이런 일로 전쟁을 할 수도 없는 노릇 아닙니까."

"네 진정 오르테가가 불에 타 지도에서 사라지는 꼴을 보고 싶은 것이냐?"

데네브라는 화를 풀 생각이 없었다. 감히 약소국의 공주가 황제의 아내에게 손찌검하다니. 이곳이 만약 바이칸이었다면 샤트린은 이미 처형당해 죽은 시신이 되어 있을 것이다.

레위시아는 고민하지 않고 무릎을 꿇었다. 그러곤 두 손을 바닥에 대고 머리를 조아렸다.

"용서를 청합니다."

이날, 레위시아가 샤트린을 위해 황비에게 무릎을 꿇고 빌었다는 소식이 은밀히 퍼져 나갔다. 코코는 혀를 차면서도 잘했다며 그를 칭찬했고, 율리아는 이 상황을 타개하려 머리를 싸맸다.

방법이 없을까. 코코는 샤트린이 황비의 눈 밖에 나서 이대로 죽는다면 레위시아가 저절로 왕이 되니 이득이라고 말했다. 하지만 그렇게 말하는 코코의 표정도 좋지만은 않았다.

레위시아는 샤트린을 이대로 내버려둘 수 없다고 말했다.

어떻게든 방법을 생각해내야 했다. 율리아의 머리가 빠르게 굴러갔다.

“샤트린 전하.”

샤트린은 감옥에 갇혀 있었다. 그녀의 몰골도 엉망이었다.

율리아는 감옥으로 내려와 창살 앞에 섰다. 그러곤 간수에게 눈짓해 문을 열게 시켰다.

율리아가 가져온 건 간단한 식사와 웬 문서였다.

“공주궁의 시녀들이 걱정합니다. 식사라도 좀 하세요.”

“할 말 없으니까 나가.”

“샤트린 전하.”

율리아가 다시 말을 걸었다. 작고 낮은데, 귀에 착 달라붙도록 선명한 목소리였다.

“레위시아 전하께 양위하세요.”

양위하세요.

율리아의 말이 샤트린의 어깨 위에 내려앉았다. 도저히 무시할 수 없는 제안이었다. 어깨가 무거웠다.

샤트린은 두 눈을 질끈 감았다가 떴다.

싫다고 말하면 어떻게 되나. 왕이 되는 건 샤트린의 오랜 꿈이었다. 1왕자가 살아 있을 때조차 왕이 아니게 되는 자신의 모습은 상상하기 싫어 나쁜 생각이 들 때마다 애써 부정하곤 했었다.

하물며 그녀는 지금 왕위 후계자였다. 돌아가신 부왕께서 직접 선택한, 정당한 후계자.

샤트린이 빠르게 눈을 깜박였다.

"율리아."

이를 악다물고 눈물을 참아내는 공주의 모습에 율리아가 조금 더 그녀에게 가까이 다가갔다.

"말씀하세요."

"거절하면 날 어떻게 할 건지 냉정하게 말해줘."

"아무것도 안 할 거예요."

율리아가 냉정하게 말했다.

"데네브라 황비는 샤트린 전하를 용서할 생각이 없어요. 그 여자가 무슨 짓을 할지 아무도 몰라요. 전쟁이란 게 그리 쉽게 일어나는 일이 아니라는 것쯤은 알지만, 절대 아니라고 말하기도 어려우니까요."

"내가 이대로 왕이 되면 전쟁이 일어날지도 모른다는 거야?"

"모르겠어요."

"하…… 네가 모르는 일도 있어?"

"제가 황제라면 안 해요. 제가 황비라도 안 해요. 하지만 그들은 제가 아니잖아요. 황제에 대해선 아무것도 모르고, 황비는 종잡을 수가 없어요."

우리는 언제나 최악의 상황을 가정해 대비해야 한다. 율리아는 코코가 했던 말을 샤트린에게 그대로 들려주었다.

샤트린이 발작적인 웃음을 터뜨렸다.

"난 참을 수 없었어. 시간을 돌린다 해도 똑같이 행동할 거야. 데네브라, 그 미친년의 머리카락을 죄다 뽑아버렸어야 했는데! 그 입을 찢어버렸어야 했어!"

샤트린은 아직도 화가 풀리지 않았다고 말했다. 데네브라의 머리채를 잡은 채 계속해서 뺨을 후려갈기고, 온갖 상스러운 욕을 퍼부었지만 그래도 속이 시원하지 않다고 했다.

"약소국이라고 해도…… 한 나라의 왕이 죽었어! 내 아버지의 장례식이었다고! 어떻게 황비라는 인간이…… 바이칸이란 거대 국가를 대표하는 여자가 그렇게까지 파렴치할 수가 있어!"

샤트린이 고래고래 소리를 질렀다. 목소리에 울음이 섞여 있었다. 그래도 공주는 울지 않고 독하게 눈물을 참았다.

"공주님."

율리아가 샤트린에게 말했다.

"제 눈엔 다 똑같았어요."

"뭐?"

"제가 아는 오르테가의 권력자들도 다 똑같았어요."

마조람 후작 부부와 바실리, 그리고 크리스틴. 마조람을 필두로 더럽게 얽혀 있는 수많은 귀족과 눈먼 왕.

법은 해적을 증오하는데 귀족은 그들의 금화를 사랑하고, 평민은 빵 하나만 훔쳐도 손가락이 잘리는데 왕족은 사람을 죽여도 칭찬받았다.

"너 지금……."

"다르다고 생각한 사람은 레위시아 님뿐이에요."

"착각하지 마. 그 녀석이라고 뭐가 다를 것 같아? 왕족으로 태어나 왕족으로 자란 건 그 녀석이나 나나 마찬가지야. 우린 너 같은 사람들에 대해 아무것도 몰라. 그것도 마찬가지야!"

"맞아요."

율리아가 고개를 끄덕였다. 그러곤 살짝 고개를 숙이고 말했다.

"그래도 그분은 멀게 느껴지지 않아요."

레위시아는 다르다. 그에 대해 어떻게 설명해야 할지 고민하던 율리아가 이렇게 말했다.

"벽이 높은 사람에게는 먼저 다가와주고, 미움이나 복수심 같은 부정적인 감정에도 공감해줘요. 몰이해를 부끄러워하고, 먼저 사과할 줄도 알아요. 결핍이 많은 만큼 풍요의 소중함을 알아요."

"나는 아니었어?"

"전하는 긍지 높은 왕족이세요."

샤트린이 또 한 번 웃음을 터뜨렸다. 괘씸하기가 이루 말할 수 없었다. 칭찬은 칭찬이 아니고, 허물은 허물이 아니었다.

율리아는 불과 며칠 전에 샤트린의 마음을 단단하게 했던 칭찬으로 그녀를 질책했다.

양위하세요.

율리아의 말이 자꾸만 어깨 위에 짊어진 짐처럼 느껴졌다. 이제는 무거워서 더는 짊어지고 있을 수 없는, 너무 무거운 짐.

샤트린이 시선을 떨구었다.

율리아가 둥근 쟁반을 샤트린에게 밀었다.

황금색 테두리에 반짝이는 유리 장식, 접시 끝엔 색색의 꽃잎이 그려져 있고, 그 위에 온갖 모양의 과일과 디저트가 예쁘게 놓여 있었다. 빵은 버터가 잔뜩 들어가 부드러웠고, 얇은 햄과 두툼한 치즈가 보였다.

포크와 나이프마저 예쁘게, 흰 레이스 냅킨 위에 나비 모양의 리본으로 묶어서.

"……내 시녀들이네."

샤트린은 누가 이 음식을 준비했는지 한눈에 알아보았다. 음식을 만든 건 요리사겠지만, 이걸 하나하나 고르고 장식한 건 공주궁의 시녀들일 터였다.

샤트린이 사랑하고, 샤트린을 사랑하는 시녀들.

율리아가 빵을 잘라 샤트린에게 건네었다.

"끼니를 거르면 변덕이 심해지는 분이니까 꼭 하나라도 입에 넣는 걸 확인해달라고 부탁했어요. 이왕이면 배가 부를 때까지 드시라고."

"……."

"제게 머리를 숙였어요."

율리아의 목소리가 조금 작아졌다. 왕국의 공주를 앞에 두고서도 한 치도 냉정함을 잃지 않던 그녀의 목소리가 살짝 떨렸다.

공주궁의 시녀들은 샤트린을 닮아 오만하고, 최고의 왕족을 모신다는 긍지로 가득 찬 사람들이었다. 율리아와 사이가 나쁘진 않았으나 그녀를 평민 이상으로 여기지도 않았다.

한데 그 자존심 높은 시녀들이 율리아에게 머리를 숙였다. 다 함께 모여 서서 샤트린 공주님께 이걸 갖다달라고 부탁했다.

"……또 뭐라고 했는데?"

"그냥 그게 다였어요. 굶지 말고, 잠을 푹 주무시라고. 돌아오실 때까지 기다리겠다는 말만 했어요."

제발 샤트린을 살려달라거나 감옥에서 나오게 도와달라는 부탁 같은 건 하지 않았다. 그건 공주궁의 시녀들에게 해서는 안 되는 말이었다. 그것이 그들의 긍지였다.

우리 공주님은 아무것도 잘못하지 않았어요. 율리아는 그들이 그렇게 외치고 있다고 생각했다.

그리고 그건 샤트린도 마찬가지였다.

내내 꾹 눌러 참았던 눈물이 뚝 떨어졌다. 샤트린이 고개를 푹 숙인 채 울고 있었다. 그녀의 평소 성격을 생각해보면 울 때는 크게 소리를 지르면서 엉엉 울 거라 여겼는데, 그렇지 않았다. 소리도 없이 눈물만 뚝뚝 떨어졌다.

율리아는 샤트린의 손에 냅킨을 쥐여주고, 조용히 몸을 움직여 창가로 가서 섰다.

샤트린은 그리 오래 울지는 않았다. 어떻게든 눈물을 삼키고 시녀들이 보내준 음식을 꾸역꾸역 씹어 삼켰다. 하나도 남기지 않았다.

"율리아."

"말씀하세요."

"넌 지금까지 내 목숨을 두 번이나 살려줬는데, 이번에도 그럴 참이야?"

"레위시아 님이 원하니까요."

"만약 내가 네 제안을 거절한다면…… 내 어머니의 불륜과 4왕자의 출생의 비밀에 대해 떠벌리겠지?"

샤트린이 물었다. 공주를 등지고 서 있던 율리아가 몸을 돌려 그녀를 바라보았다.

"아니요."

"왜?"

"그건 샤트린 전하의 잘못이 아니니까요."

담백한 대꾸였다. 샤트린은 그 외에도 묻고 싶은 게 많았지만, 머리를 흔들어 잡념을 털어버리고 가장 중요한 질문을 했다.

"마지막으로 하나만 더 물어볼게."

"네."

"레위시아가 날 살리려고 데네브라 황비에게 무릎을 꿇었다는 게 사실이야?"

"그러셨어요."

"그렇구나."

샤트린이 아주 길고 무거운 한숨을 내쉬었다.

난 왕이 되기 위해 레위시아를 죽이려고 했는데, 그 녀석은 날 살리려고 원수 앞에 무릎을 꿇는구나.

누가 왕이 될 자인가.

결심을 마치자 마음이 가벼워졌다. 어깨를 짓누르던 무거운 짐이 갑자기 사라져 등에 날개가 돋아난 것만 같았다.

나이프와 포크를 감싸고 있던 나비 모양의 매듭을 손가락으로 만지작거리며, 샤트린이 말했다.

"양위하겠어."

오르테가는 너무 약하다. 약한 나라엔 강한 왕이 필요한 게 아니라, 현명하고 다정한 왕이 필요한지도 모른다.

국왕의 죽음 이후, 왕위 후계자인 샤트린 오르테가 공주가 2왕자 레위시아에게 왕좌를 양보했다.

그녀는 사적인 감정으로 바이칸의 황비를 폭행해 양 국가 간의 우호적 관계에 해악을 끼친 죄를 물어, 자신에게 가장 소중하고 커다란 긍지를 내놓겠다고 했다.

데네브라는 인정하지 않았다.

그녀는 샤트린이 갇혀 있는 감옥으로 쳐들어가 공주를 직접 처형하겠다고 난동을 부렸으나, 발 빨리 움직인 레위시아가 샤트린을 용서하고 공주궁으로 보내 근신을 명령함으로써 두 사람의 접촉을 막았다.

그날 밤 코코가 노크도 없이 율리아의 방문을 열었다.

“찾았어.”

“정말요?”

그녀가 피식 웃으며 고개를 끄덕였다.

“데네브라 곁에 크세노 황제의 끄나풀이 적어도 셋 이상, 그것도 황제에게 직접 연락할 수 있는 자들인 것 같아. 데네브라가 머무르고 있는 왕비궁에 카루스 님이 말했던 황제의 새들이 드나들고 있어.”

“이제 됐네요.”

율리아가 환하게 웃었다.

카루스와 코코는 데네브라의 환영 연회가 있던 날부터 왕궁 안에 숨겨둔 첩자들과 함께 은밀하게 움직였다. 데네브라가 묵고 있는 왕비궁은 코코가 심어둔 첩자들로 이미 가득 차 있는 상태였다.

황비의 모든 말과 행동, 바이칸에서 온 황비 일행의 모든 말과 행동이 두 사람에게 보고되었다.

율리아가 예상했던 대로였다. 크세노 황제는 데네브라를 남부로 보내놓고도 완전히 믿지 못해 그녀를 감시하고 억제할 사람을 여럿 붙여놓았다.

"그리고 하나 더."

코코가 팔짱을 끼고 말했다.

"데네브라가 조금 전에 블라이스를 불러들였어."

그렇구나. 율리아의 눈이 반짝 빛났다.

"샤트린 오르테가를 죽여라."

데네브라가 명령했다.

황비는 그리 화가 나 있는 것 같지 않았다. 평소처럼 패악을 부리며 채찍을 휘두르겠거니 하는 생각에 단단히 마음을 먹고 왔는데, 외려 너무 차분해서 낯설기까지 했다.

블라이스가 미간을 살짝 찡그리며 물었다.

"샤트린 오르테가…… 공주 말씀입니까?"

"그래. 죽여라."

"황비 전하께 아무 도움 되지 않는 일입니다."

"네놈이 그 짧은 사이에 남부의 물을 먹더니 이제 내 말에 토를 다는구나. 언제부터 노예에게 그런 권한이 생겼더냐. 너는 내가 죽이라고 하면 죽이고, 죽으라고 하면 죽어야지."

데네브라의 목소리에 잔 떨림이 느껴졌다.

블라이스는 그녀가 화가 나지 않은 게 아니라, 너무 화가 나서 어쩔 줄을 모르는 상태라는 걸 알아챘다.

그가 그 자리에 무릎을 꿇었다. 그러곤 데네브라의 치맛자락을 쥐고 그 끝에 입을 맞추며 말했다.

"당신의 명령을 받듭니다."

"그 건방진 계집을 죽이고 2왕자에게 뒤집어씌워라. 마침 그 계집이 양위니 뭐니 하는 거짓 연극을 하고 있으니 잘되었어. 왕위를 놓고 두 짐승이 다투다가 하나가 하나를 죽인 것으로 하면 되겠지."

"하지만 순서가……."

블라이스가 순서를 지적했다. 샤트린은 이미 양위 선언을 했는데, 이제 와 죽이는 게 무슨 소용이냐는 것이었다.

그러자 데네브라가 블라이스를 하나만 알고 둘은 모르는 놈이라며 웃었다.

"양위니 뭐니 하는 건 전부 거짓말이다. 양위했다고 해서 용서하고 더불어 산다는 것도 다 거짓말이야. 이 대륙의 긴 역사 어디에도 그런 왕족은 존재하지 않아. 결국엔 다 죽이고 배신하기 마련이야."

맞는 말이었다. 블라이스가 고개를 끄덕였다.

"왕자궁에서 보낸 자객이 공주를 죽인 것으로 처리하겠습니다."

"서둘러라."

이게 바로 데네브라의 무서운 점이었다.

만약 율리아나 코코, 혹은 죽은 마조람 후작 부인이었다면 절대 선택하지 않았을 일을 두려움 없이 터뜨리는 것.

일이 잘못될지도 모른다거나 후에 자신에게 돌아올 불이익 같은 건 데네브라에게 아무런 영향을 주지 못했다.

그녀는 바이칸의 황비였다.

자신의 숙소로 돌아온 블라이스가 빠르게 옷을 갈아입었다. 아무런 장식 없이 새카맣고 활동적인 옷이었다. 그는 그 위에 오르테가의 병사들이 입는 가벼운 여름용 갑옷을 걸쳤다.

블라이스와 그의 부하들은 그동안 오르테가 왕궁에 존재하는 모든 샛길과 암행 경로, 각 왕궁에 존재하는 사각지대를 파악해 외웠다.

공주궁에 들어가 샤트린을 죽이는 건 어렵지만, 불가능하지는 않은 일이었다.

어려운 건 샤트린을 죽이고 난 뒤에 아무 흔적 없이 몰래 빠져나오는 일이었다. 공주는 사랑받는 왕족이었다. 지켜보는 눈이 많았다.

그래도 운이 좋다고 해야 할지, 샤트린은 근신 중이었다.

근신 중인 왕족에겐 많은 제약이 있었다. 블라이스는 지금이 아니면 기회가 없으리란 걸 알았다.

그는 인내심을 가지고 새벽이 오길 기다렸다. 풀벌레 우는 소리조차 다 잦아든 깊은 새벽, 그는 부하들과 함께 귀빈궁을 빠져나와 공주궁을 향해 움직였다.

병사들의 눈을 피해 건물 안으로 들어간 뒤엔 하녀들이 다니는 복도를 이용했다. 인기척이 느껴지면 미리 파악해 둔 사각지대로 들어가 숨었고, 잠긴 문은 보육원 시절 배웠던 도둑의 기술로 열었다.

샤트린은 공주궁에서 가장 큰 방을 침실로 쓰고 있었다. 침실 안에 응접실이 하나, 바깥에는 그보다 더 큰 응접실이 있었다.

측근 시녀와 전속 하녀들, 그리고 호위 기사들이 그 앞을 철통같이 지켰다.

블라이스는 복도를 통해 침입하는 걸 포기하고, 공주의 침실 바로 아래에 있는 드레스 룸으로 들어갔다. 그러곤 창문을 열어 바깥벽을 기어올랐다.

기회는 한 번, 샤트린이 비명을 지르기 전에 죽여야 한다.

침실은 캄캄했다. 커튼이 제멋대로 휘날려 달빛마저 어른거렸다. 최대한 기척을 죽인 블라이스가 발코니를 통해 안으로 들어갔다.

방에서 은은한 술 냄새가 났다. 그토록 원하던 왕좌를 포기했으니 공주도 술이 없이는 잠들 수 없었을 거란 생각이 들었다. 그의 뒤를 이어 여섯 명의 암살자가 소리 없이 침실 안으로 들어왔다.

블라이스는 그들에게 수신호를 보내 입구를 차단하고 도주로를 확보하라고 지시했다. 그러곤 품에서 단도보다 조금 긴 칼을 꺼냈다.

공주는 드레스처럼 긴 잠옷을 입은 채 침대에 누워 잠들어 있었다.

반투명한 커튼이 살짝 휘날렸다. 구불거리는 머리카락이 이불 위로 어지럽게 흩어졌다. 블라이스는 발소리를 거의 내지 않고 움직여 공주에게 다가갔다.

그러곤 망설임 없이 칼을 휘둘렀다.

"……!"

"누구냐!"

술에 취해 잠든 줄 알았던 공주가 침대 위에서 빠른 속도로 몸을 굴려 칼을 피했다. 그 후엔 블라이스의 손목을 발로 차 칼을 쳐내기까지 했다.

공주는 딱딱한 굽이 있는 부츠를 신고 있었다. 힘이 세고, 몸도 쓸 줄 알았다. 꼭 잘 훈련된 병사를 보는 것 같았다.

"이런…… 밖으로 나가!"

블라이스는 함정에 빠졌다는 사실을 깨달았다. 부하들과 함께 서둘러 몸을 피하려 했으나 이미 늦은 뒤였다.

"끄아아아아!"

그와 함께 침입한 암살자들이 속수무책으로 쓰러지고 있었다.

검은 옷의 남자가 호위 기사들과 함께 나타나 그들의 팔을 비틀어 부러뜨리고, 목을 움켜쥔 채 벽에 머리를 박았다. 곳곳에서 비명과 함께 고통스러운 신음이 터졌다. 피거품을 물고 정신을 잃은 자도 있었다.

상황은 금세 정리되었다. 암살을 들킨 순간 실패는 기정사실이었다. 블라이스는 달아날 수조차 없었다. 그가 모든 걸 포기하고 팔을 늘어뜨렸다.

그러자 침실에서 응접실로 통하는 문이 열리더니 샤트린이 걸어 들어왔다.

"진짜네."

샤트린은 붉은 가운을 걸치고 있었다.

붉은 가운이라니. 침대 위에서 본 건 흰 잠옷이었는데. 기가 막혔던 나머지, 블라이스가 헛웃음을 터뜨렸다. 그는 자신이 죽이려 했던 흰 잠옷의 여인을 바라보았다.

길고 구불거리는 적갈색 머리카락. 나이보다 성숙해 보이는 이목구비. 어둠 속에선 샤트린과 그를 구별하기 어려울 정도로 비슷한 모습이었다.

"누구지?"

"누굴 거 같냐."

중저음의 남자 목소리였다. 그가 머리카락을 쥐고 확 끌어당겼다. 툭 소리와 함께 작은 핀이 떨어지더니, 가발이 벗겨지면서 길고 옅은 금발이 흘러내렸다.

레위시아였다.

샤트린처럼 화장하고, 샤트린의 잠옷을 입고, 샤트린의 머리카락과 똑같은 가발을 쓴 레위시아가 블라이스를 똑바로 바라보았다.

이 일은 카루스의 입으로부터 시작되었다.

"블라이스를 주시해야 해."

카루스는 이럴 때일수록 놈의 행동을 잘 지켜봐야 한다고 경고했다.

"그놈은 데네브라의 명령이라면 왕족조차 아무렇지도 않게 죽이는 자야."

데네브라가 어떤 미친 명령을 내릴지도 모르거니와, 놈이 그간 오르테가 왕궁에서 얼마나 많은 정보를 빼돌렸는지 이들은 알 방법이 없었다.

율리아는 데네브라가 블라이스를 이용해 샤트린을 죽일지도 모른다고 생각했다.

"공주궁에 암살자를 보내거나, 직접 쳐들어올지도 몰라요."

레위시아가 고개를 설레설레 저었다.

"그럴 리가. 그건 너무 극단적인 추측 아냐?"

"오르테가는 조만간 바이칸의 식민지가 될 거라고 말했다면서요. 그 말이 무슨 뜻이겠어요. 어쩌면 황비는 샤트린 전하와 레위시아 전하를 모두 죽일 마음으로 여기 왔을지도 몰라요."

다들 그럴 리가 없다고 고개를 저었다. 양위 각서에 서명한 이상, 공주는 죽을 이유가 없었다. 만약 데네브라가 이 일을 계속 물고 늘어진다면 무례를 사죄하며 왕좌까지 포기한 가엾은 왕족을 지나치게 핍박한 셈이 된다.

레위시아가 말했다.

"황제가 아무리 무도한 자라 해도 그렇게까지 정신 나간 아내를 가만히 내버려둘 것 같지는 않은데?"

"여긴 바이칸이 아니잖아요."

율리아는 데네브라가 그렇게 합리적인 사고를 하는 사람이 아니란 점에 집중했다.

데네브라는 카루스에게 지나치게 집착해, 그가 주둔중인 오르테가 왕국을 탐낼 수도 있었다.

그러려면 샤트린을 죽이고 그 죄를 레위시아에게 뒤집어씌워 두 명의 왕족을 모두 무너뜨린 뒤에, 보호 동맹국의 황비인 자신이 섭정이 되면 된다.

"오르테가를 차지하고 카루스 님을 자신의 수족으로 만드는 거죠. 제가 만약 데네브라 황비라면 남부로 올 때 그 정도는 목표로 잡았을 것 같은데요."

"그렇군."

카루스가 가장 먼저 율리아의 말에 동의를 표했다. 그는 코코가 데네브라 황비의 측근과 일행을 감시하는 동안, 자신은 그녀와 함께 블라이스의 움직임을 주시하겠다고 말했다.

그런 대화를 나눈 지 고작 하루 만에 코코는 블라이스가 데네브라에게 불려갔다는 사실을 알게 되고, 카루스는 블라이스가 데네브라를 만나고 돌아오자마자 자신의 방에 틀어박혀 몰래 몇 명의 수하를 불러들였다는 사실을 알게 되었다.

그들은 이 일을 곧장 율리아에게 알렸고, 모두 함께 은밀히 공주궁으로 갔다.

샤트린은 어처구니없어 했다.

"그 여자가 날 왜 죽여?"

"그럴지도 모르니까 함정을 파겠다는 거야. 넌 다른 방으로 꺼져. 오늘은 내가 여기서 잘 테니까."

"미쳤어? 레위시아, 네가 왜 내 침대에 누워!"

"설명할 시간 없으니까 빨리 잠옷이나 가져와. 기본적인 보호구 정도는 해야 하니까 발목까지 내려오는 품이 넉넉한 옷으로. 가발은 코코가 최대한 비슷한 걸 준비했으니까 됐고……."

"세상 어떤 멍청이가 너랑 날 헷갈려? 너 미쳤어?"

"야! 가져오라면 좀 가져와!"

레위시아가 버럭 소리를 질렀다.

시간이 별로 없었다. 샤트린은 이러다 네가 죽으면 어떻게 할 거냐고 고래고래 소리를 지르면서도 측근 시녀를 시켜 자신의 잠옷 중에서 가장 치렁치렁하고 품이 큰 것을 챙겨오게 했다.

샤트린의 잠옷으로 갈아입은 레위시아가 자신의 머리카락을 꼼꼼하게 감추고 가발을 뒤집어썼다. 그러곤 코코에게 얼굴을 맡겼다.

"최대한 비슷하게."

"알았으니까 입 좀 그만 움직이세요."

"샤트린은 나보다 못생겼으니까 평소보다 더 진하게 그려야 해. 알았지? 주근깨도 여기랑 여기에 그려 넣고, 걔는 얼굴에 점도 여러 개 있으니까 잊지 말고."

"두 분 사이가 나쁜 건 전하 탓이에요."

"뭔 소리야. 재가 성질이 더러워서 그런 거지!"

평소 같았으면 같이 고함을 지르며 싸웠을 샤트린이 웬일로 조용했다. 그녀가 율리아에게 조용히 물었다.

"율리아."

"네."

"재 저거 처음 아니지?"

"뭐가요?"

"여장하는 거."

대답할까 말까. 망설이던 율리아가 샤트린에에 몸을 기울였다. 그러곤 그간 레위시아가 '티타니아'라는 신원 미상의 귀부인이 되어 귀족들의 은밀한 사교 모임을 들락거리면서 정보를 모으고 비밀을 파헤쳤다는 사실을 알려주었다.

샤트린은 어이없어했다가 기가 막혀 웃고, 다시 어이없어했다.

"어쩐지 너무 자연스럽더라니……."

화장을 마친 레위시아는 언뜻 샤트린과 비슷한 분위기를 풍겼다. 닮은 데라곤 하나도 없는 두 사람인데 묘하게 헷갈리는 구석이 있었다. 키가 비슷해서 그런가, 실루엣에는 그리 큰 차이가 없을 정도였다.

어차피 습격은 캄캄한 밤에 이뤄질 테니 숙련된 암살자라고 해도 달빛만으로 두 사람을 구별하는 건 그리 쉬운 일이 아닐 것이다.

샤트린이 레위시아를 바라보며 중얼거렸다.

"넌 딸로 태어났어야 해."

"닥쳐."

"자매였으면 적어도 지금보단 사이가 좋았을 텐데."

"닥치라고."

레위시아가 단단한 부츠를 신은 채 샤트린의 침대에 누웠다. 샤트린은 그 몰골을 보곤 질끈 눈을 감았다.

율리아와 코코가 공주궁의 시녀들과 함께 침실과 응접실을 최대한 자연스럽게 꾸미기 시작했다.

"왕위를 포기한 공주님께서 실의에 빠져 술 없이는 잠들 수 없었던 것처럼, 그렇게 꾸며주세요. 레위시아 님이 근신 명령을 내렸으니 촛불은 최소한으로, 나머지는 평소와 같아야 해요."

"알겠어요."

"측근 시녀 두 분과 하녀, 호위 기사 분들까지 평소와 똑같이 배치해주세요. 평소에 잠그던 문은 다 잠그고, 열었던 건 다 열고요."

"네, 그런데……."

공주궁의 시녀들이 걱정스러운 얼굴로 레위시아를 바라보았다. 샤트린인 척하다가 왕자가 다치기라도 하면 어떻게 하느냐는 뜻이었다.

레위시아가 침대에 누워 이불을 덮고 말했다.

"걱정하지 마. 카루스 왕자님이 날 지켜 줄 거야."

카루스가 작게 욕설을 내뱉었다.

"하…… 하하하하!"

상황 파악이 끝난 뒤, 블라이스는 자신이 이토록 엉성한 속임수에 당했다는 걸 인정할 수 없었다. 그는 계속해서 웃었다. 레위시아와 샤트린을 보며 웃고, 쓰러진 부하들을 보며 더 크게 웃었다.

그러다 카루스와 눈이 마주치자 별안간 웃음을 멈추고 그에게 물었다.

"날 어떻게 할 생각입니까."

"그건 내가 결정할 일이 아니야."

카루스가 얼굴을 찡그리며 손을 털었다. 숙련된 암살자 여섯을 단번에 쓰러뜨리고도 숨 하나 흐트러지지 않는 그를 보며 레위시아가 안도의 한숨을 내쉬었다.

카루스가 블라이스를 내려다보며 말했다.

"마음 같아서는 당장 죽이고 싶지만."

"그러시겠죠."

"너는 데네브라의 번견이기에 가치가 있다고, 누가 그러더군."

그게 누군지는 묻지 않아도 알 수 있었다.

율리아. 나는 그럼 율리아의 포로가 되는 건가. 블라이스가 녹을 듯 달콤한 미소를 지었다.

그 꼴이 보기 싫었던 카루스가 혀를 쯧 차더니 다시 주먹을 말아 쥐고 블라이스의 얼굴을 후려쳤다.

바이칸의 황비 데네브라가 수족인 블라이스 백작을 시켜 샤트린 공주를 은밀하게 살해하려 했다.

경쟁자였던 레위시아 2왕자에게 왕위까지 양보한 마당에 이런 식의 보복이라니, 이는 오르테가가 바이칸의 속국 취급을 받는 곳이라 해도 도저히 있을 수 없는 일이었다.

레위시아는 이 일을 정식으로 바이칸 제국에 항변하겠다고 공표했다. 오르테가는 신의를 지켰으나 돌아온 건 황비의 만행이었다며,

크세노 황제에게 보낼 길고 긴 항의 서한을 작성했다.

물론 그 서한을 쓴 건 율리아였다.

덕분에 샤트린은 하루 만에 근신이 풀렸다. 한때 왕위 후계자였으나 이제는 2인자가 된 공주가 원로들과 함께 본궁에 나타나 레위시아에게 왕의 관을 건넸다.

즉위식은 임시로 진행되었다. 돌아가신 국왕을 애도하는 기간에 연회를 열 수 없다는 이유를 들며, 레위시아는 연회를 무기한 연기해 버렸다.

최근 거의 매일 큰 사건이 터져 어안이 벙벙해진 귀족들이 본궁에 가득 찼다. 우애 좋은 남매인 양 바짝 붙어 서서 대화하는 레위시아와 샤트린을 보며, 귀족들이 수군거렸다.

"식을 거행하라!"

이날 레위시아는 흰 예복에 은은한 녹색 띠를 두르고 있었다. 그의 청초한 얼굴에 가장 잘 어울리는 차림이었다.

원로들이 차례대로 다가와 그에게 왕관과 망토, 왕의 인장과 두툼한 문서를 건넸다. 그러곤 큰 소리로 선언했다.

"오르테가를 비추는 남부의 별, 레위시아 오르테가 국왕 전하께 충성을 맹세합니다."

"맹세합니다!"

"푸른 산호와 티타니아의 바람, 남부의 풍요와 왕국의 긍지가 새 주인을 맞았습니다!"

"레위시아 국왕 전하, 만세!"

"오르테가여, 영원하라!"

말뿐인 충성이었으나 그들의 목소리는 우렁찼다. 본궁을 가득 채우고도 남을 만큼 우렁차, 레위시아는 제법 훌륭한 가면을 뒤집어쓸 수 있었다.

40
악마여, 한 번만 웃어주면 까짓 영혼쯤은

"블라이스를 어찌하였느냐."

"그가 어찌 되었는지 궁금하긴 하세요?"

율리아가 되물었다. 질문한 건 데네브라였는데, 원하는 걸 듣기도 전에 또 입을 열어야 했다.

"블라이스를 사로잡아봤자 너희는 아무것도 증명할 수 없어. 그는 내 충성스러운 노예이니까 절대 자백하지 않을 거야."

데네브라는 자신만만했다.

황비는 블라이스를 아주 긴 시간 동안 길들였다. 그가 가진 모든 것은 다 그녀가 준 것이었다. 그는 이제 말하고 행동하고, 생각하는 것조차 그녀의 의도에서 벗어날 수 없었다. 그렇게 믿었다.

율리아가 다시 물었다.

"블라이스 백작이 정말 황비 전하의 명령을 수행하려 했다고 생각하세요?"

"그런 식으로 말하지 마라. 네 말버릇은 너무 고약해서 대답하고 싶지 않아. 너는 그냥 네 영리함에 취해 있을 뿐이야. 안타깝게도 나는 너 같은 사기꾼들하곤 길게 대화를 나누지 않는단다."

원하는 대답을 하지 않기 위해 아예 대답 자체를 하지 않겠다는 뜻이었다. 그 말대로, 데네브라는 블라이스가 샤트린을 죽이려다 사로잡혔는데도 불구하고 조금도 당황하거나 걱정하는 것 같지 않았다.

잠시 침묵하던 율리아가 다시 입을 열었다.

"블라이스 백작이 전하께 꽃을 선물한 적이 있나요?"

"글쎄다."

"그가 전하께 여름 복숭아를 바구니째 가져다준 적이 있나요?"

"너 도대체 무슨 말이 하고 싶은 것이냐?"

"블라이스 백작은 샤트린 공주님을 죽일 수 없다는 사실을 어렴풋이 알고 있었어요. 그걸 알면서도 침입한 거예요."

"그가 왜?"

"당신을 외톨이로 만들려고요."

블라이스는 오래 지나지 않아 자백할 것이다. 그리고 당신은 황제가 붙여놓은 끄나풀에 의해, 남부에서 고립된 채 누구의 위로도 받지 못한 채 고립될 것이다.

율리아는 블라이스가 오르테가에서 저지른 짓들을 천천히 나열하기 시작했다.

그가 누구와 손을 잡고 누구를 적으로 삼았으며, 그 일이 어떤 결과를 가져왔는지. 혼란을 부추기려 일으킨 싸움들이 결론적으로 누구에게 도움이 되었는지.

“그건 모두 저를 위한 거였어요. 그는 알면서도 멈추지 않았고요.”

“도대체 무슨 말을 하려는 것이냐?”

“당신에게 길들지 않았거든요.”

블라이스 백작은 데네브라 황비의 노예가 아니다. 그가 충성하는 대상은 원하는 싸움터로 데려가줄 폭군일 뿐, 그게 꼭 데네브라가 아니어도 상관없었다.

“충성스러운 번견이 아니라 여전히 주인 없는 들개라는 말이에요.”

“그래서 어쩌라는 것이냐? 네 말이 모두 사실이라 해도 나에겐 아무렇지 않은 일이야. 내가 부리는 이가 그놈 하나뿐인 줄 아느냐? 권력자의 좋은 점이 뭔지 가르쳐 줄까? 인간을 도구처럼 계속 바꿔 쓸 수 있다는 거란다.”

“맞아요.”

율리아가 고개를 끄덕였다.

블라이스가 감옥에 갇혀 영원히 벌을 받게 된다고 해도 데네브라에겐 그리 큰 손해가 아닐 수 있다.

“당신의 황제도 그렇게 생각하겠죠.”

하지만 그건 황제 역시 마찬가지였다.

“황제에겐 황비 전하 역시 언제든지 바꿔 쓸 수 있는 도구에 불과할 테니까요.”

“너는 상대를 화나게 하는 데에 아주 도가 텄구나.”

데네브라가 벌떡 몸을 일으켰다. 그녀의 손에 잡힌 테이블보가 와락 구겨지며 그 위에 놓인 식기를 와르르 무너뜨렸다.

“돌아가라. 더는 너와 대화할 생각이 없으니.”

“제 말이 틀렸다는 걸 증명하고 싶거든 황비 전하의 곁을 맴도는 황제의 감시인부터 제거하세요."

데네브라가 율리아를 죽일 듯 노려보았다. 그녀의 노란 눈에서 거센 분노가 출렁거렸다. 한마디만 더 하면 달려들어 후려칠 기세였다.

그러나 율리아는 그동안 데네브라와 같은 권력자들을 너무 많이 상대해왔다. 그녀는 자리에서 일어나 최대한 공손한 자세로 인사했다. 그러곤 창밖을 가리키며 말했다.

"당분간 남부 함대 제독인 카루스 란케아 님께서 이곳을 지킬 것입니다. 블라이스 백작에 대한 심문이 끝날 때까지 전하께선 단 한 걸음도 움직일 수 없습니다."

"뭐라고? 누구 맘대로!"

"카루스 란케아 님께서 공언하셨습니다."

국왕 레위시아는 데네브라 황비를 감시하라며 오르테가의 병사들을 보내지 않았다. 그가 도움을 요청한 건 카루스 란케아였다.

카루스는 레위시아의 청을 흔쾌히 수락하며 이렇게 말했다.

"'나를 남부 함대의 제독으로 임명한 황제 폐하께서는 오르테가를 비롯한 남부의 안정과 평화를 원하셨다.'"

율리아는 카루스가 한 말을 데네브라에게 그대로 들려주었다.

"'이 일이 데네브라 황비의 사주로 밝혀진다면, 나는 황제 폐하의 명령을 우선하여 행동할 것이다.'"

황제는 카루스에게는 안정을, 블라이스에게는 혼란을 명령했다. 데네브라는 그 가운데에서 이리저리 휘둘리며 떼쓰는 어린아이에 불과했다. 그러니 황제가 직접 개입하지 않는 이상, 이 싸움의 승자는 정해져 있었다.

율리아가 데네브라에게 물었다.

진짜 '도구'는 누구인지.

—•◆•—

바이칸 북부 산악지대의 점성술사들은 악마에게 선택받은 자들을 가리켜 '날개를 잘린 나비'라는 표현을 쓰곤 했다.

나비의 날개 일부를 잘라내면 그 나비는 한동안 파닥거리다가 죽게 되는데, 악마에게 홀린 자들의 모습이 그와 같다며 붙인 별명이었다.

블라이스는 자신이 그 나비와 같다고 생각했다.

"데네브라 님을 만나고 왔어?"

감옥 안으로 들어오는 율리아의 모습은 어린 시절 그가 상상하던 악마를 떠올리게 했다. 겉모습은 지독하게 인간을 닮았지만, 그 안에 깃든 영혼은 소름 끼치게 낯설어 자꾸만 시선을 빼앗기게 되는.

율리아가 그에게 물었다.

"당신은 황제의 끄나풀인가요?"

"왜 그렇게 생각해?"

"황비의 곁에 황제의 끄나풀이 여럿 기생하고 있다는 걸 알면서 묵인했으니까."

"벌써 그것도 알아냈어?"

블라이스가 웃음을 터뜨렸다. 그는 자신에게서 열 걸음 정도 떨어진 곳에 서 있는 율리아를 보며 의자를 권했다.

"앉아서 얘기해. 금방 보내고 싶지 않으니."

"일어나세요."

"응?"

"대화를 나눌 사람은 제가 아니고, 당신은 그분 앞에서 앉아 있어선 안 돼요."

율리아가 블라이스를 흘깃 쳐다보곤 감옥 앞에서 두어 걸음 옆으로 비켜섰다. 뚜벅뚜벅 발소리가 나더니 누군가 율리아가 서 있던 자리에 멈춰 섰다.

레위시아였다.

율리아가 엄숙하게 말했다.

"블라이스 백작, 오르테가의 국왕 전하께 무릎을 꿇으세요."

복도에서 흘러든 불빛이 레위시아의 그림자를 감옥 안까지 길게 늘어뜨렸다. 블라이스는 천천히 의자에서 일어나 그 그림자에 다가갔다.

"거기서 무릎을 꿇어요."

율리아의 목소리가 선연히 울렸다. 그는 웃을 수밖에 없었다.

그가 멈춰 선 곳은 아슬아슬하게 레위시아의 그림자가 닿지 않는 위치였다.

"두 손을 바닥에 대고, 그 위에 이마를 올려요."

"하하……."

"남부의 별, 오르테가의 새로운 국왕 전하께 인사를 드리세요."

레위시아는 한마디도 하지 않았다. 블라이스의 신경은 온통 율리아에게 쏠려 있었기에, 그는 레위시아가 어떤 눈빛으로 자신을 바라보고 있는지 알지 못했다.

"하기 싫다면?"

"무력을 쓰겠죠."

"그건 너무 수치스럽네."

블라이스는 복종했다. 율리아가 시키는 대로 무릎을 꿇고, 두 손을 바닥에 댔다. 그러곤 깊이 머리를 조아렸다.

어려울 것도 없는 일이라고 생각했다. 데네브라에게 매일 하던 짓이니까. 그 상대가 왕이 아니라 거리의 비렁뱅이였어도 사실 수치심 같은 건 느끼지 않았을 것이다.

레위시아가 감옥 안으로 걸어 들어왔다. 닿을 듯 말 듯했던 그의 그림자가 블라이스를 덮을 기세로 크게 다가왔다.

레위시아가 블라이스를 내려다보며 물었다.

"선왕께서 네 앞에 무릎 꿇었을 때 어떤 기분이었어?"

"재미있었지요."

"샤트린을 죽이려 한 건 데네브라 황비가 시킨 짓인가?"

"무슨 말씀인지 모르겠습니다."

"누구의 명령인지 말해라."

"다 제가 독단적으로 저지른 짓입니다."

블라이스의 목소리엔 여유가 넘쳐 흘렀다. 데네브라가 장담했던 대로였다. 그는 여기서 진실을 말할 생각이 조금도 없었다.

레위시아가 율리아와 시선을 맞추었다. 율리아가 그를 향해 살짝 고개를 끄덕여 보였다.

물론 엎드린 채 머리를 조아린 블라이스는 그 모습을 볼 수 없었다.

"블라이스 백작."

레위시아가 블라이스를 일으켜 세웠다. 그러곤 그에게 바짝 다가가 두 눈을 마주하고 말했다.

"우리는 지난해부터 바이칸의 북부 패전국 연합에 은밀히 전쟁 자금을 지원하고 있었어."

"그게 저랑 무슨 상관인지."

"그 안엔 너의 고향도 포함되어 있지."

"그러니까 그게 저와 무슨 상관이냐는 말입니다."

"북부는 승리할 거다."

레위시아는 단언했다.

블라이스는 웃음을 터뜨릴 수밖에 없었다. 승리라니, 어떻게? 약해빠진 북부가 무슨 수로 정복자인 황제를 물리칠 수 있단 말인가.

북부가 연합이 되었대도 마찬가지였다. 블라이스는 황제의 정복 전쟁을 직접 겪은 자였다. 그의 고향은 불에 타 재만 남았고, 그는 전쟁에 참여했단 이유만으로 사형 선고를 받았다.

그곳은 지옥이었다.

"국왕 전하, 제가 언제 처음으로 남 앞에 무릎을 꿇었는지 아십니까?"

"모른다."

"전쟁터에서…… 항복할 테니 제발 살려달라고, 바이칸 말단 병사의 군화에 매달렸을 때입니다."

블라이스는 그때 살기 위해 고향에 대한 정보를 팔았다.

"죽기 직전까지 맞아도, 죽기 직전까지 굶어도…… 그 전에는 한 번도 무릎 같은 건 꿇어본 적 없습니다. 자존심이 더럽게 강한 애새끼였거든요."

"살기 위해 한 짓이란 걸 안다."

"아뇨. 날 전쟁터에 내보낸 아버지에게 복수하기 위해 꿇은 겁니다."

블라이스는 자신의 선택을 자랑으로 여겼다. 그때 항복하지 않았다면 그가 정복 국가 바이칸의 귀족, 백작이 되는 일은 일어나지 않았을 것이다.

한데 레위시아가 그게 아니라고 말했다.

"너는 살기 위해 어쩔 수 없는 선택을 한 거야. 같은 입장이었다면 나도 너와 똑같은 행동을 했을 거고."

"당신이?"

"그래. 그래서 언젠가 목표했던 자리에 올랐을 때 제국을 배신하고 고향을 위한 선택을 하겠지."

블라이스가 새삼스럽다는 눈으로 레위시아를 바라보았다. 욕심 없고 우유부단한 줄 알았던 왕자가 그런 생각을 하고 있었을 줄은 몰랐다는 얼굴이었다.

"저는 북부 패전국 연합과 아무 상관 없는 자입니다. 오히려 그들에겐 두 번 죽여도 시원찮을 배신자 새끼죠. 북부가 바이칸을 상대로 이길 리도 없거니와, 만에 하나 그렇다 해도 저는 계속 데네브라 님의 노예로 살다 죽을 겁니다."

"아주 대단한 충성심이야."

이번에는 레위시아가 웃음을 터뜨렸다. 그가 어깨를 들썩이며 웃더니 율리아를 한번 보고, 다시 블라이스를 바라보았다.

"그런 사람이 내 시녀를 위해 그런 짓을 벌여? 마조람 후작과 그 파벌이 무너지는 데에 네 영향이 컸다는 걸 우리가 모를 줄 알고? 데네브라 황비에게 충성한다면 너는 마조람 후작을 도왔어야 해."

"그건 그냥 오르테가에 내전이 일어났으면 해서."

"내전을 일으킬 생각이었다면 샤트린과 죽은 1왕자가 서로에게 칼을 겨누도록 만들었어야지. 그게 훨씬 쉬웠을 텐데."

당시 1왕자의 위치가 공고했다고는 하나, 샤트린은 충분히 그의 대항마가 될 수 있었다.

"너는 데네브라의 노예가 아니야."

레위시아는 확신하고 있었다.

"황제의 끄나풀이면 모를까."

"국왕 전하."

"황제가 너를 진심으로 신임하게 되었을 때, 그를 배신하려고 숨을 죽이고 있는 건지도 모르지."

"상상력이 지나치십니다."

"그러니까 율리아에게 그런 제안을 할 수 있었던 거고."

"제가 무슨?"

"함께 바이칸으로 가자고 했다면서."

블라이스가 그런 것까지 털어놓았냐며 율리아를 바라보았다. 그녀가 어깨를 으쓱하자, 그가 한숨을 내쉬며 말했다.

"제가 아르테 백작에게 한눈에 반하는 바람에."

레위시아가 블라이스와 비슷한 표정으로 웃었다. 그러곤 율리아에게 말했다.

"율리아, 우리끼리 할 말이 있으니 밖에서 기다려줘."

"알겠습니다, 전하."

율리아가 감옥 밖으로 걸음을 옮겼다. 블라이스는 그녀의 뒷모습이 완전히 사라질 때까지 시선을 떼지 못했다.

그걸 본 레위시아가 힘없이 의자에 앉아 말했다.

"정신 차려. 율리아가 네 마음에 응답하는 일은 절대 일어나지 않아.”

“그걸 당신이 어떻게 압니까.”

“무혈 제독과 율리아의 관계는 우리가 쉽게 이해할 수 있는 그런 게 아니야. 두 사람은 뭔가 알 수 없는 운명 같은 것으로 강렬하게 묶여 있어.”

“그러니까 그걸 당신이 어떻게 압니까?”

“내가 왕의 자리에 오르고도 율리아를 욕심내지 못하는 이유가 뭐라고 생각해?”

“겁쟁이니까.”

“결과를 빤히 알기 때문이다, 이 멍청한 새끼야. 마음을 고백하면 율리아의 삶이 더 힘들어질 거란 걸 알기 때문이라고.”

레위시아가 의자에 앉아 블라이스를 내려다보았다.

“누구의 사주인지 자백해.”

“독단이었습니다.”

“넌 내가 정의롭고 마음 여린 국왕이라고 생각하지.”

블라이스는 대답하지 않았다. 레위시아가 그를 똑바로 노려보며 웃었다.

“널 고문하거나, 죽이고 나서 자백서를 위조할 수도 있어.”

“저런…… 무서워라.”

“그런데 내 시녀가 더 좋은 생각을 떠올렸지.”

블라이스는 데네브라의 노예가 아니다. 율리아는 그 사실을 깨닫자마자 코코와 카루스를 불러 한동안 대화를 나누었다. 코코의 못된 상상력과 카루스가 가진 정보를 바탕으로, 율리아는 꽤 괜찮은 결론을 내릴 수 있었다.

레위시아가 미소 지었다.

"네 이름으로 북부에 지원금을 보낼 거야. 전쟁 용병도, 바이칸 정복군에 대한 정보까지. 그리고 그걸 황제에게 흘릴 생각이다. 그는 네가 변절했다고 판단하겠지."

"……그게 무슨 소용이라고."

"그런 뒤엔 황비를 찾아가 네가 황제에게 그녀의 일거수일투족을 보고하고 있었다고 말할 거야. 황비도 너를 의심하겠지."

"그런 정도로는 제 입을 열 수 없을 겁니다."

"끝까지 들어."

레위시아의 시선이 감옥 밖 복도를 살피고 다시 돌아왔다. 그의 목소리가 한층 낮아졌다.

"널 몰래 탈출시켜주마."

진심으로 율리아를 사랑한다면, 앞으로 네가 뭘 해야 할지는 말 안 해도 알고 있겠지. 레위시아가 낮게 속삭였다.

"블라이스, 황비를 버려."

블라이스가 번쩍 고개를 들었다. 그의 눈이 크게 흔들리고 있었다.

카루스는 부하들과 함께 데네브라가 머무르고 있는 왕비궁을 지키고 있었다.

그의 부하들은 황제의 아내를 가둬놓고 감시하면서도 전혀 불편해하는 기색이 아니었다. 그와 함께 오르테가로 온 기사들은 물론이거니와, 남부 함대의 병사들도 마찬가지였다.

몰래 빠져나가는 사람이 없도록 왕비궁 여기저기에 철저하게 인원을 배치한 바바슬로프가 카루스에게 다가왔다.

“새들이 오가고 있습니다.”

“아예 대놓고?”

“솜씨 좋은 궁수를 대기시켜두었습니다. 명령하신다면 놈들이 황제에게 어떤 급보를 날리는지 알아오겠습니다.”

“지금은 괜찮아. 뭐라고 써서 보내는지 뻔하니까.”

어차피 데네브라가 블라이스를 시켜 샤트린 공주를 죽이려 했고, 왕위에 오른 레위시아가 블라이스를 감옥에 가두었다는 보고일 것이다.

“중요한 건 황제의 반응이지. 일단 내버려둬.”

“알겠습니다.”

“데네브라는?”

“그 미친…… 황비는 아까부터 저쪽 발코니에서 움직이지 않고 있습니다. 밥도 저기서 먹고, 술도 저기서 먹고, 이제는 낮잠도 저기서 자려는지…….”

보고를 마친 바바슬로프가 험한 말로 데네브라를 욕했다.

그녀가 나와 있는 발코니는 카루스과 그의 부하들이 가장 잘 보이는 위치에 있었다. 그녀는 시위하듯 일부러 그곳에 나와 집요하게 카루스를 노려보았다.

“저것도 내버려둬. 실컷 보라고 해.”

“괜찮으십니까? 저는 카루스 님 옆에 서 있기만 해도 이렇게 소름이 돋는데.”

“노려보는 것밖에 할 줄 모르는 짐승이 뭐가 무섭나. 나야 데네브라가 저렇게 공개된 장소에 나와주면 고맙지. 이쪽은 감시하는 입장이니까."

"긍정적이시네요."

"그렇게 살기로 했어."

"갑자기 왜요?"

카루스가 나무 그늘 밑에서 나뭇잎 사이로 보이는 하늘을 바라보았다.

그가 설핏 웃었다.

"율리아의 저주에 대해 알았잖아. 아무것도 보이지 않던 암흑 속이었는데, 실마리가 나왔단 말이야."

"그렇죠. 그건 희망이죠."

"세상에 불가능한 일은 없다는 생각이 들어. 사람이 하고자 하면 못할 일이 없다는 생각도."

카루스는 지나치게 현실적이고, 때론 염세적인 사람이었다. 그랬던 그가 이제는 뚜렷한 열기를 머금고 희망에 대해 말하고 있었다.

그때 궁 안에서 데네브라의 심부름꾼이 나와 말을 건넸다.

"카루스 님."

"무슨 일이지."

"데네브라 님께서 저녁 만찬에 초대하고 싶다고 말씀하셨습니다."

"거절하지."

"거절하실 경우, 아르테 백작과 동석하시는 건 어떤지 여쭈어보라고 하셨습니다."

카루스가 눈썹을 꿈틀거리며 발코니를 바라보았다. 계속해서 그를 노려보던 데네브라가 눈이 마주치자 의자에서 벌떡 일어나 난간에 손을 짚었다.

"아르테 백작에게 물어보겠다."

"만찬을 준비해두고 기다리겠습니다."

율리아는 고민하지 않고 거절했다.

"안 가요."

"알겠다."

"좀 혼자 있으라고 해요."

그녀는 왕자궁 식당에 차려진 만찬을 앞에 두고 있었다.

거대한 식탁에 빈자리가 거의 없을 만큼 풍요로운 식사였다. 시간 낭비를 싫어하는 코코를 배려해 디저트를 제외한 모든 식사가 한꺼번에 차려졌다. 식당 안에 침이 꿀꺽 넘어가도록 먹음직스러운 냄새가 가득 찼다.

카루스가 피식 웃으며 율리아의 맞은편에 앉았다.

"거창한데? 요리사랑 하녀들 봉급 좀 올려주라고 해."

"코코가 알아서 하겠죠."

율리아는 난처한 얼굴로 웃고 있었다.

레위시아가 왕이 된 이후, 왕자궁의 하녀들은 그를 마주칠 때마다 눈물을 글썽이고 다녔다. 우리 가엾은 왕자님이 왕이 되다니 너무 감격스럽다며, 매일 아침 이게 꿈은 아닌지 뺨을 꼬집어본다고 했다.

레위시아가 코코처럼 냉정하게 아침부터 심란하게 눈물 바람이냐고 호통이라도 쳐주면 금세 멈출 텐데, 그는 하녀들에게 이게 다 너희가 날 잘 보살펴준 덕이라며 함께 눈물을 글썽였다.

식사가 화려해진 건 다 레위시아 때문이었다.

“꼴 보기 싫어. 난 조만간 사표를 쓸 거야.”

코코가 율리아의 옆자리에 앉았다. 왕의 시녀장이 된 그녀는 평소보다 더 치장에 신경을 쓴 모습이었다.

율리아가 웃으며 말했다.

“코코가 그만두면 레위시아 님은 누가 보살펴요?”

“네가 해.”

“수석 시녀와 시녀장이 하는 일은 엄연히 달라요. 게다가 하나뿐인 측근 시녀는 멀리 외국으로 출장을 떠났잖아요.”

“그럼 한 열 명쯤 더 뽑을까. 예전 1왕자의 시녀가 전부 몇 명이었지? 수십 명이었던 걸로 기억하는데.”

“그렇게 많이 뽑으면 레위시아 님이 시녀들 얼굴이랑 이름을 기억이나 할까요.”

“1왕자는 우리가 생각했던 것보다 훨씬 똑똑했었구나.”

레위시아가 왕좌에 앉은 이상 그를 보좌하는 인원을 늘리긴 해야 했다. 선왕이 왕위를 물려주는 절차를 밟지 않고 급사해버렸기에, 지금은 그를 보좌하던 자들이 그대로 남아 레위시아를 돕고 있었다.

코코가 레위시아의 빈자리를 보며 콧잔등을 찡그렸다.

“이제 왕이 됐으니까 시녀가 아니라 시종을 뽑아야 하나? 왕비도 없고 약혼녀도 없으니 시녀를 뽑아도 상관없을 것 같긴 한데. 아니면 보좌관을 따로 두고…….”

코코가 그런 이야길 중얼거릴 때였다. 레위시아가 뒤늦게 식당에 나타나 카루스의 옆자리에 앉았다.

“필요해지면 그때 뽑으면 되지, 벌써 그런 걸 고민하고 있어?”

“아버지가…… 힌치 백작님이 그러는데, 왕의 옆자리는 허전하면 안 된대요. 달고 다니는 사람이 많을수록 좋은 거라고."

"그럼 앞으로 호위 기사를 백 명쯤 달고 다닐까?"

"겁쟁이."

"코코, 난 왕이야. 이제 예전의 내가 아니라고."

"왕 겁쟁이."

코코가 입술을 비틀어 던진 농담에 율리아가 웃음을 터뜨렸다. 카루스는 헛기침으로 웃음을 감추었지만, 눈꼬리에 매달린 미소까지 감추지는 못했다.

울컥한 레위시아가 코코에게 뭐라 소리치려던 순간, 마지막 손님이 식당에 나타났다.

"뭐야, 이러니까 내가 주인공 같잖아."

샤트린이었다.

붉은 드레스를 입은 샤트린이 거만하게 콧대를 올린 채 사뿐사뿐 걸었다. 그녀는 일어나 인사하려던 율리아에게 됐다며 손사래를 친 뒤, 레위시아에게 다가가 무릎을 살짝 굽혀 우아하게 절했다.

"만찬에 초대해주셔서 감사드립니다, 전하."

"왜 이래?"

"제 궁의 시녀장이 이르길, 전하께서 관대하시어 그간 저의 방종을 모두 눈감아주신 것에 감사하라고 했어요. 이제 지엄한 자리에 오르셨으니, 저는 당신의 한낱 신하에 불과하다는 것을……."

"야, 하던 대로 해. 먹기도 전에 토하겠어."

"그, 크흠! 아무튼…… 앞으로는 예법에 맞는 언행으로 전하께 누가 되지 않도록……."

코코와 율리아가 의외라는 얼굴로 샤트린을 보았다. 식당 문밖에서 있던 공주궁의 시녀장이 흡족해하는 얼굴로 고개를 끄덕이고 있었다.

샤트린이 의기양양하게 미소 지었다. 저도 제 행동이 제법 마음에 드는 모양이었다.

그런데 레위시아가 오만상을 찌푸리며 말했다.

“기분 나빠.”

“야! 누군 좋아서 하는 줄 알아?!”

샤트린도 그런 그의 태도에 하던 행동을 그만두고 의자에 털썩 앉았다. 공주궁의 시녀장이 한 손으로 이마를 짚는 모습이 보였다.

율리아는 샤트린을 따라온 공주궁의 시녀들에게 안으로 들어와 함께 식사하자고 말했지만, 그들은 초대받지 않은 식사 자리에서 이미 충분히 실례했다며 공주궁으로 돌아갔다.

식사는 나쁘지 않았다. 코코와 샤트린이 투덜거리고 레위시아가 그런 둘을 꾸준히 놀리긴 했으나, 카루스와 율리아가 번갈아 적당히 중재하자 장난이 싸움으로 번지지는 않았다.

가장 먼저 식사를 마친 샤트린이 냅킨으로 입을 닦으며 말했다.

“전하, 드릴 말씀이 있어요.”

레위시아는 또 아까와 같은 장난인가 싶어 지루하다고 핀잔을 주려 했다. 그런데 샤트린이 그를 똑바로 노려보며 진심을 가득 담아 말했다.

“제 시녀들을 거두어주세요.”

“뭐?”

“왕위를 두고 다투던 두 사람이 왕궁 안에서 함께 살 수는 없어요. 하물며 제 궁엔 시녀들이 아주 많아요. 누가 왕인지, 누가 진짜 권력자인지. 말이 많을 거예요."

"신경 쓰지 마."

"아버지가 전하께 북부 경계의 땅을 줬다고 들었어요. 저를 그곳으로 유배 보내세요. 국경에 왕족이 살고 있으면 백성의 마음이 가벼워져요. 전하는 위협이 되는 형제를 쫓아내는 것으로 왕권을 공고히 하고, 부족한 시중인은 제 시녀들로 채우세요."

"샤트린, 그만해."

"왕궁을 나간 왕족은 시녀를 거느리고 다녀선 안 돼요."

"그만하라고."

"나한테는 가족처럼 중요한 아이들이에요. 내가 어릴 때부터 왕궁에서 나만 보고 살았다고요! 우리가 졌으니까 이제 너희 가문으로 돌아가라고 하면, 누가 저 애들을 환영해주겠어요?"

샤트린의 목소리가 갈수록 커졌다. 느릿느릿 식사를 이어가던 코코가 포크를 내려놓고 레위시아를 바라보았다. 율리아도 이번 일만은 아무런 조언도 건네지 않고 침묵을 지켰다.

레위시아가 골치 아프다는 얼굴로 샤트린을 바라보았다.

"선조들이 그렇게 살았다고 해서 우리도 그렇게 살아야 한다는 법이 어디 있어? 그건 그냥 전례일 뿐이야. 법이나 정의가 아니라고."

"다른 사람들은 그렇게 생각 안 해요. 제가 왕궁에서 저 많은 시녀를 거느린 채 숨만 쉬어도 전하의 자리를 위협하고 있다고 여길 거예요."

"다른 사람들이 뭐라고 떠들든 그게 무슨 상관이야."

"상관있어야죠. 이제 네가 왕이잖아요."

샤트린은 고집을 부릴 셈이었다. 하지만 레위시아도 만만치는 않았다. 양보할 생각이 없는 두 사람이 서로를 향해 두 눈을 부릅떴다.

그때 혼자서 꾸역꾸역 식사를 이어가던 카루스가 슬쩍 끼어들었다.

"그걸 왜 두 사람이 정합니까."

"네?"

"그쪽 시녀들이 정해야지."

카루스는 아무렇지도 않게 건넨 말이었는데, 샤트린의 말문이 막혔다. 레위시아가 씩 웃더니 카루스의 어깨에 한 손을 올리고 말했다.

"옳은 말이야. 가서 물어봐야겠다."

다음 날 데네브라가 자신을 감시하던 카루스에게 또 사람을 보냈다. 만찬을 준비해놓고 기다렸는데 나타나지 않은 그와 율리아를 거세게 비난하며, 오늘 저녁에도 오지 않으면 크게 경을 칠 거라는 경고였다.

율리아는 이번에도 차갑게 거절했다.

"그분은 좀 혼자 있어야 해요."

다음 날도 마찬가지였다. 두 번이나 거절당한 데네브라가 직접 정원까지 나와 카루스를 불러들였으나, 그는 율리아의 말을 떠올리며 그녀를 상대해주지 않았다.

오히려 사건의 진상이 밝혀질 때까지 경거망동하지 않는 게 좋을 거라는 말로 데네브라를 화나게 했다.

블라이스는 여전히 침묵하고 있고, 데네브라는 날이 갈수록 험한 말로 카루스와 율리아를 비난했다.

그렇게 또 며칠이 지난 어느 날, 바쁜 일과 중에 시간을 낸 레위시아가 공주궁을 찾았다.

"국왕 전하를 뵙습니다."

샤트린의 시녀들이 우르르 달려 나와 레위시아를 맞았다. 모두 우아하고 화려한 차림새였다.

그들은 힘깨나 쓰는 가문에서 전략적으로 샤트린에게 보냈으나, 공주가 왕이 되지 못해 처지가 곤란해진 이들이었다.

그래도 집으로 돌아간 시녀는 단 한 사람도 없었다. 그들은 샤트린의 곁에 남아 지금까지와 똑같이 공주궁을 지켰다.

"오랜만이야."

레위시아가 시녀들의 인사를 받아주었다.

샤트린의 시녀는 수십에 이르는데, 그를 따르는 건 율리아 하나뿐이었다.

레위시아가 어깨너머로 율리아를 힐긋 바라보며 물었다.

"마음에 들어?"

"네."

"내 시녀가 되어도 괜찮겠지?"

"물론입니다. 공주궁의 시녀들은 모든 면에서 출중해요. 지금 당장 전하께서 거두셔도 절대 왕의 기품에 누가 되지는 않으리라 생각합니다."

"그렇다는군."

레위시아가 고개를 끄덕였다.

그와 율리아의 대화를 듣고, 공주궁의 시녀들이 당황해서 어쩔 줄을 모르며 서로를 바라보았다.

"전하, 저희가 왜…… 전하의 시녀가 되어야 하는지 여쭈어도 되겠습니까."

"샤트린은 왕궁을 나갈 생각이라는데."

"예?"

"왕이 되지 못한 왕족은 왕궁에 남아 있어선 안 되고, 왕궁에 살지 않는 왕족에겐 시녀가 필요 없다고. 너희가 가문으로 돌아가지 않아도 되도록 내 시녀로 받아달라고 부탁했어."

레위시아의 말이 길어질수록 시녀들의 얼굴이 점점 굳었다. 작게 수군거리다가 눈물을 글썽이는 이들도 있었다. 그들은 입술을 꽉 깨물고 레위시아를 바라보더니, 수석 시녀와 측근 시녀를 시작으로 그 자리에 무릎을 꿇기 시작했다.

넓은 치마가 뒤집힌 연잎처럼 펼쳐졌다. 처음엔 수석 시녀가, 그를 따라 측근 시녀가, 나중에는 막내와 전속 하녀들까지 모두 무릎을 꿇었다.

레위시아가 그들과 대화를 나누던 곳은 공주궁 앞 정원이었다.

푸른 잔디 위에 시녀들의 치마가 동그랗게 피었다. 키 작은 풀에 치맛단이 스치는 소리가 들릴 정도로, 주위가 고요했다.

공주궁의 수석 시녀가 말했다.

"국왕 전하, 저희는 성인이 되기도 전에 처음 왕궁에 들어와 지금까지 공주님을 위해 살았습니다."

"알아."

"그리고 왕궁 시녀는 두 명의 왕족을 섬기지 않는다고 배웠습니다."

"그것도 알지."

"저희는 공주님의 시녀입니다. 그렇게 살았고…… 앞으로도 그렇게 살고 싶습니다."

그러니 당신이 왕이라 해도 어쩔 수가 없다. 수석 시녀가 고개를 숙였다. 레위시아가 화를 내며 그들을 당장 왕궁에서 쫓아낸다고 해도 어쩔 수 없었다.

레위시아가 곤란하다고 중얼거리며 율리아를 바라보았다. 그러자 그의 뒤에 서 있던 율리아가 한 걸음 앞으로 걸어 나와 공주궁의 수석 시녀에게 물었다.

"여러분이 왕궁에 남아 계속해서 샤트린 전하를 모신다면 귀족들은 쓸데없는 기대를 하게 될 거예요."

누군가는 또 다른 반역을 꿈꿀 수도 있다. 율리아의 말에 시녀들의 얼굴이 창백해졌다.

"그래도 공주님을 모시겠어요?"

"네."

"공주께서 왕족의 지위를 버리고 귀족이 된다 하여도?"

"그래도 따를 거예요."

수석 시녀는 가문을 버릴 각오였다. 쫓겨난 왕족을 따라 국경으로 가겠다고 하면, 그녀는 가문에서도 버림받을 게 뻔했다.

율리아가 레위시아에게 말했다.

"어쩔 수 없네요."

"그렇지?"

레위시아가 시선을 돌려 공주궁을 훑어보았다.

샤트린이 자랑으로 여기는 아름다운 정원과 넓은 연회장, 활짝 열린 창틀엔 시녀들이 매일 부지런히 가꾼다던 화병이 올려져 있었다.

그가 툭 가볍게 명령했다.

"그냥 다 같이 살자."

쫓겨나게 될 걸 각오하고 마음을 다잡았던 공주궁의 수석 시녀가 멍하니 눈을 깜박였다.

"전하……."

"미안한데, 나는 샤트린이 왕궁 밖으로 나가서 여생을 편하고 게으르게 사는 꼴은 못 보겠거든. 가뜩이나 왕족이라곤 이제 우리 둘뿐인데, 걔가 나가버리면 왕궁 관리는 누가 할 것이며, 또 누군가는 내 옆에 오만하게 버티고 앉아서 귀족들을 견제해야 할 거 아냐."

"전하……! 그럼……."

"샤트린이 시녀 좀 거느린다고 불안해질 왕좌였으면 이렇게 힘들게 앉지도 않았어. 만약 그렇게 된다 해도 그건 내가 무능한 탓이지, 너희 때문은 아닐 거고."

아뿔싸. 이 얘기를 샤트린한테 해야 했는데. 그래야 걔가 날 좀 우러러볼 텐데. 레위시아가 한탄하며 짜증을 냈다.

"잘 들어. 앞으론 많이 바빠질 거야. 공주궁은 물론이거니와, 당분간은 귀빈궁과 별궁까지 전부 너희가 관리해."

"왕명을 받듭니다!"

"나중에 샤트린이 결혼하면 아예 그 남편 놈도 왕궁에 들어와서 살라고 해야겠어. 죽도록 부려먹다가 필요 없어지면 그때 한꺼번에 내쫓아야지."

방금 나 진짜 좋은 생각을 한 것 같다고, 레위시아가 거들먹거리며 웃었다. 그러곤 고맙다며 울음을 터뜨리는 시녀들에게 과장된 손짓으로 물러가라고 명령하기도 했다.

그가 쑥스러워하고 있다는 걸 깨달은 율리아가 공주궁의 시녀들에게 다가가 손을 내밀었다.

"일어나세요."

"율리아 시녀님……."

"앞으로 잘 부탁해요."

"저희야말로 잘 부탁드립니다."

두 시녀가 손을 잡았다.

"그런데 샤트린 공주께선 어디에 계신 거죠?"

율리아가 물었다. 그녀의 손을 잡고 몸을 일으킨 공주궁의 수석 시녀가 손수건으로 눈물을 찍어내며 말했다.

"공주 전하께서는 조금 전 데네브라 황비에게 만찬 초대를 받아 귀빈궁에 가셨습니다."

"네?"

이게 무슨 소리죠. 율리아가 레위시아를 바라보았다. 그가 떨리는 목소리로 물었다.

"미쳤어? 자길 죽이려고 한 여자를 왜 만나러 가?"

설마 이번에는 머리채를 잡는 수준이 아니라, 아예 죄다 뽑아 버리기라도 하려고? 레위시아가 불안해하며 중얼거렸다.

열흘이 지나도록 카루스와 율리아가 자신의 초대에 응하지 않자, 데네브라는 레위시아와 코코, 샤트린에게도 사람을 보내는 지경에 이르렀다.

화가 나 미칠 것 같았다. 블라이스에 대한 소식이 전혀 들려오지 않아 그것도 갑갑해 죽겠는데, 조그만 궁에 갇혀 감시당하고 있으려니

속에서 수시로 불이 났다.

그녀는 하루에도 몇 번씩 발코니로 뛰쳐나와 카루스를 찾았다. 그가 궁 앞에서 자신을 감시할 때에는 그나마 나았는데, 율리아와 함께 어딘가로 사라지면 금세 불안감이 차올랐다.

데네브라는 지금까지 단 한 번도 혼자였던 적이 없는 사람이었다.

그녀는 바이칸에서도 유명한 귀족 가문의 딸이었고, 황제의 아내가 된 뒤에는 수많은 사람과 교류하며 살았다. 물론 일방적인 교류였으나 어쨌든 그녀가 가는 곳엔 언제나 사람으로 가득해 혼자 사색에 잠기거나 외로울 틈이 없었다.

"당장 율리아 아르테를 불러오라니까! 너희는 거기서 뭐 하고 있는 거야!"

"황비 전하, 블라이스 백작의 일로 오르테가의 분위기가 썩 좋지 않습니다. 황제 폐하께 긴급한 전갈을 보내었으니 며칠만 더 기다려 주시면……."

"나는 황제의 명령이 없이는 아무것도 못 한단 말이냐? 네놈은 내 시종인데, 왜 황제의 명령만을 기다리는 거야. 네놈이구나. 그렇지? 네놈이었어!"

"전하, 무슨 말씀이신지……."

"크세노가 나한테 붙인 첩자 말이다! 그게 네놈이냐고 묻고 있질 않으냐!"

"아닙니다, 전하!"

"그런데 왜 내 명령도 없이 멋대로 이 일을 크세노한테 전달해!"

데네브라는 평소처럼 화를 냈고, 시종은 평소처럼 알아서 무릎을 꿇었다. 그는 황비에 대해서 아주 잘 아는 자였다.

"어떻게 하면 전하께 도움이 될까 고민을 거듭하다 폐하의 힘이라도 빌려 저 건방진 오르테가의 젊은 왕을 징벌할 생각이었습니다. 부디 노여움을 푸십시오."

"네 이놈!"

"전하, 샤트린 공주가 만찬장에서 기다리고 있다 들었습니다. 화를 가라앉히시어 바이칸의 황비로서 품위를 보이십시오."

"네가 이제 나를 가르치려 드느냐?"

"전하께 도움이 되기만 한다면 이보다 더한 말도 할 수 있습니다. 그 후에도 화가 풀리지 않는다면 제 목을 치십시오."

데네브라는 가까스로 화를 가라앉혔다. 그녀는 시종을 한참 노려보다 손짓으로 물리쳤다.

도움이 되는 자였다. 그러니 죽이지 말고 살려둬야 했다. 데네브라는 율리아처럼 영리하진 않았으나 누구의 말을 들어야 자신에게 유리한지, 그것만은 본능처럼 알았다.

그래도 한번 피어난 의심의 꽃은 시들지 않고 계속해서 줄기를 뻗었다. 율리아는 분명 데네브라의 곁에 황제의 첩자가 있을 거라 예상했다.

있겠지. 있을 것이다. 데네브라는 크세노 황제를 믿지 않았다. 그 정도로 순진하지도 않았다.

찾아내서 죽여야겠다. 블라이스가 감옥에서 나오는 대로 녀석에게 첩자를 찾아 죽이라고 명령을 내려야겠다. 다른 이에게 시켜도 되는 일이긴 한데, 그들 중 누가 황제의 끄나풀인지 알 수가 없어 꺼려졌다.

블라이스가 필요해. 데네브라에겐 어느 때보다 그가 필요했다.

"만찬에 초대해주셔서 감사합니다."

만찬장으로 가니 샤트린이 데네브라를 기다리고 있었다.

—•◆•—

그 시각 블라이스는 감옥 안에서 혼자 생각에 빠져 있었다.

데네브라는 혼자가 되자 불안증 환자처럼 괴로워하며 안절부절못했으나, 블라이스는 혼자가 되자 그동안 그를 지배하던 혼란과 광기가 거의 사라져 한결 차분해진 모습이었다.

"북부는 승리할 거다."

레위시아가 던져놓고 간 말들이 그를 떠나지 않고 괴롭혔다. 북부의 승리를 예언하면서 그의 이름으로 전쟁 지원금과 용병을 보낼 거라던 이야기.

그리고 황제에게 그의 변절에 대해 알릴 거라던 이야기.

전부 율리아의 생각일 것이다. 악마 같은 여자. 메마른 웃음이 흘러나왔다. 가슴이 버석버석해 모래가 튀어나올 것 같았다.

또각또각 소리가 났다. 감옥 안에 긴 그림자가 졌다.

율리아였다.

어느새 감옥 앞에 나타난 그녀가 소매 안에서 열쇠를 꺼내 문을 열었다. 그러곤 감옥 안으로 걸어 들어와 블라이스 앞에 섰다.

"자백해요."

그녀의 말투는 너무 담담해서 그의 자백을 반드시 받아야 하는 처지가 맞는지 의심스러울 지경이었다.

블라이스가 물었다.

"내가 왜?"

감옥 안은 어두컴컴했다. 복도에서 두 개의 횃불이 타오르고 있었으나 그 빛이 감옥 안까지 환히 밝혀주진 못했다. 덕분에 율리아의 얼굴에도 검은 그늘이 졌다.

블라이스는 그녀의 모습이 진정 악마와 같다고 생각했다.

율리아가 블라이스의 눈동자를 유심히 들여다보았다.

검은 그늘로 가려진 그녀의 얼굴엔 거부할 수 없는 마력이 있었다. 저 안에 감춰져 있는 짙은 녹색 눈동자와 도도하게 솟은 입술 산을 떠올리자, 블라이스의 심장이 움찔 몸을 떨었다.

"당신에 대해서."

율리아가 한 걸음 더 그에게 다가왔다.

"생각을 좀 해봤어요."

"나에 대해?"

"왜 내 주위에서 맴도는 걸까. 나한테 원하는 게 뭘까. 무엇에 의해서, 누구를 위해, 어떤 신념으로 움직이는 걸까."

"신념이라니. 나 같은 놈한테 그런 게 있을 리가 없잖아."

블라이스는 자신이 충동과 쾌락으로 움직이는 사람이라고 말했다. 데네브라에게 충성하는 것도 그녀가 자신에게 권력을 쥐여주었기 때문이며, 오르테가에 와서 저지른 일은 모두 단순 재미였다고.

하지만 율리아는 그의 말을 믿어주지 않았다.

"당신은 노예가 아니에요."

"노예 맞아. 나한텐 자유가 없어."

"카루스 님은 당신이 데네브라 황비의 노예라고 말했어요. 코코는 당신이 황제의 노예일 거라 추측했죠."

"너는 어떻게 생각하는데?"

"노예의 가면을 쓴 전사."

율리아는 블라이스가 해방군을 선동할 때 했던 이야기에 대해 알고 있었다.

맥스웰은 그를 고향의 비극까지 이용하는 나쁜 새끼라고 욕했다. 그때는 맥스웰의 말이 옳다며 고개를 끄덕이기도 했다.

"당신은 친부에게 버림받은 사생아라 보육원에서 궁핍하게 자랐다고 했어요. 이복형제를 대신해 전쟁에 나갔고, 살기 위해 항복했다가, 친부에게 복수하려 데네브라의 발아래 엎드렸다고 했죠."

"그래, 그게 나란 놈이야."

"하지만 북부를 원망한 적은 없었어요."

블라이스는 북부가 약해서, 북부가 방심해서, 북부가 잘못해서 전쟁에 졌다는 말은 한 번도 한 적 없었다.

고향을 배신한 블라이스를 누구보다 학대하며 쓰레기 취급한 건 언제나 그 자신이었다.

"북부는 아름다운 곳이죠."

"율리아."

"일 년 내내 눈이 내리는 산이 있다죠. 북부 산맥을 따라 올라가다 보면 골짜기를 따라 그림처럼 아름다운 마을이 옹기종기 피어 있다고 했어요. 그 모습이 방울꽃을 닮아서 옛사람들은 마을을 '송이'라고 부르기도 했다고."

블라이스의 눈이 점점 커졌다. 횃불의 붉은 빛을 어깨에 두른 율리아가 그를 내려다보고 있었다.

“그걸…… 어떻게 알아?”

“북부에 가본 적이 있거든요.”

“거짓말. 너는 보육원에 맡겨진 후론 단 한 번도 오르테가를 벗어난 적이 없다고 했는데.”

“당신은 나에 대해 아무것도 몰라요.”

율리아가 웃으며 말했다.

“이건 내 아홉 번째 삶이에요. 그동안 계속 죽었거든요. 세 번째인가, 살고 싶어서 북쪽 땅끝까지 도망쳤어요. 춥고 아름다운 곳이었죠. 난 거기서 이름을 바꾸고 모습을 감춘 채 한동안 살았어요.”

“뭐…….”

“그때도 북부는 바이칸 제국의 지배를 받고 있었고, 그걸 참지 못해 황제에게 반기를 들었어요.”

“어떻게 됐는데?”

“그들은 패배하지 않았어요.”

승리해서 독립을 이루진 못했으나, 패배하여 멸망하지도 않았다.

북부는 질겼다. 험한 지형을 무기 삼아 전선을 유지했다. 북부가 선전하자 사람이 모였다. 북부 연합은 그런 곳이었다.

블라이스는 율리아의 말을 믿지 않았다. 그녀가 자신을 놀리려 지어낸 이야기일 거라 여겼다.

율리아도 그에게 더는 길게 말해 주지 않았다.

“율리아.”

블라이스가 물었다.

“내가 자백하면 어떻게 되는데?”

"오늘 밤 이 감옥을 나가게 되겠죠."

"그 뒤엔?"

"국왕 전하께서 말씀하지 않으셨나요? 북부는 승리할 거라고. 전하께서 왜 그렇게 확신에 가득 차 있다고 생각해요?"

"날 흔들려고 지어낸 말이겠지."

"전하께서 왕위에 오른 첫날 가장 먼저 무슨 명령을 내리셨는지 알려줄게요."

율리아가 한쪽 손을 내밀었다. 고운 손바닥 위에 감옥 열쇠가 놓여 있었다.

불빛을 받아 요요히 빛나는 그 작은 금속 조각이 블라이스의 시선을 빼앗았다.

"압수한 공성 병기를 북부 패전국 연합에 선물하셨어요."

율리아의 목소리가 그의 몸에 내려앉았다.

사랑한다는 건 무슨 감정일까. 아니, 사랑이 그저 감정이기는 할까. 사랑이 한순간 나타났다 사라지는 그런 감정이라면, 왜 상처는 그토록 깊이 남아 낫지를 않을까.

이건 어쩌면 신이 인간에게 내린 형벌이 아닐까.

짧은 쾌락과 행복 뒤에 오는 긴 아픔과 외로움, 그 공허함. 사랑은 무엇이든 이겨낼 수 있는 강렬한 힘이지만 무엇으로도 치유할 수 없는 고통이기도 하다.

블라이스는 데네브라를 동경했다. 결핍과 피해 의식으로 가득 찬 자신과는 달리, 그녀는 무엇 하나 부족하지 않은 삶을 살아 저밖에 모르는 폭군이었으니까.

데네브라의 곁에 있으면 자신의 부족한 부분이 채워지는 것 같아서 좋았다. 그녀의 발밑에 엎드려 머리를 조아리고 노예처럼 부려지면서도 그게 싫지 않았다. 적어도 보육원이나 전쟁터보다는 낫다고 여겼다.

그랬던 데네브라가 갑자기 다른 사람처럼 변한 건 카루스 란케아를 사랑한다는 이유로 황제에게 이혼을 요구했을 때였다.

그녀는 블라이스처럼 변해버렸다. 결핍에 매몰되어 자신을 잃어버렸다. 사랑에 매달려 모든 걸 버렸다. 폭군은 곧 노예가 되었다. 추하고 비굴해졌다.

블라이스는 그때 데네브라를 죽이고 싶었다.

"나는 아무래도……."

블라이스가 열쇠를 손에 쥐었다. 열쇠를 쥘 때 그의 손가락 끝이 율리아의 손바닥에 닿았다. 부드럽고 미지근했다.

그 찰나의 온도에 매달려 벌벌 떠는 자신이 우스워, 블라이스가 멈췄던 숨을 터뜨리며 웃었다.

"너를 사랑하는 것 같은데."

율리아는 아무 말도 하지 않았다. 그가 열쇠를 받았으므로, 그녀는 원하던 대답을 들은 것이나 마찬가지였다.

"언제부터였는지는 모르겠어. 첫눈에 반한다는 말 같은 건 믿지 않는데…… 어쩌면 그랬을지도 모르지. 그래도 가만히 생각해보면 말이야. 네가 내 술잔에 적들의 반지를 빠뜨렸을 때인가 싶기도 하고."

블라이스의 목소리는 잔뜩 쉬어 있었다. 카루스처럼 낮지도 않고 레위시아처럼 부드럽지도 않았으나, 거칠게 쉬어 금속성으로 들리는 그의 목소리는 신기할 정도로 매력적이었다.

"아니면 네가 나를 초대했던 그 저녁 식사 때였나 싶기도 하고. 아닌가? 그보다 더 나중이었을까. 어떻게 생각해?"

"알아야 하나요?"

"아니, 그럴 필요 없지."

사랑한다는 고백 앞에서도 율리아의 태도는 변하지 않았다. 그녀의 얼굴에 붉은 그림자가 졌다. 블라이스는 자신의 마음이 불타는 것 같다고 생각했다.

"한 번만 웃어줄래."

그가 말했다. 속삭이듯 연약한 목소리였다. 언제나 그녀를 놀리듯 능글능글하던 말투가 타다 만 심지처럼 연약했다.

율리아가 물었다.

"제가 웃으면 어떻게 되는데요?"

"내가 오늘 밤 이 감옥을 나가게 되겠지."

"그 뒤엔?"

"나도……."

모르겠어. 뒷말은 나오지 않았다.

그래도 율리아는 다 알아들었는지 블라이스에게 되묻지 않고 고개를 끄덕였다.

"당신의 마음은 받아줄 수 없어요."

"레위시아 국왕의 마음도 받아주지 않을 거야?"

"그분의 저의 왕이세요."

"카루스 란케아의 마음은?"

블라이스는 그렇게 물어놓고 대답하지 말라며 고개를 흔들었다. 그러곤 율리아가 건넨 열쇠를 주먹으로 꽉 쥐고 자리에서 일어났다.

율리아 아르테.

시선의 높이가 달라지자 악마는 이내 여인이 되었다. 앳된 얼굴에 깊은 눈, 향기가 느껴질 것 같은 입술.

블라이스는 자조했다. 데네브라에게 실망했던 자신에게 실망했다. 추하고 비굴하다고 했던가. 자신도 그녀와 다르지 않았다.

"웃어줘."

"블라이스."

"한 번만."

그녀의 미소에 무슨 의미가 있는지, 그는 그것조차 알 수가 없었다. 하지만 꼭 보고 싶었다. 달빛 쏟아지는 발코니와 거기 서서 그를 내려다보던 율리아, 그날 이후 밤마다 그녀의 모습이 떠올라 잠을 설칠 때마다 어리석은 상상을 하게 되었다.

내가 만약 네 사람이었다면.

레위시아는 아무것도 모른다. 그는 자신이 얼마나 선택받은 위치에서 율리아를 바라보고 있는지 모른다.

율리아는 레위시아에게 웃어주고, 손을 내밀고, 그의 곁을 지키고 있지 않은가. 그의 외로움을 달래고, 그의 이야기를 들어주고, 그의 하루를 가꿔주기도 할 것이다.

"내 영혼을 줄게."

악마여, 한 번만 웃어주면 까짓 영혼쯤은 얼마든지 내어줄 수 있다. 나는 이 마음이 처음이고, 하나뿐이고, 거절당한 뒤에는 어떻게 회복해야 하는지 모르니까.

이게 우리의 처음이자 마지막 거래라면, 네 미소 한 번에 내 영혼 정도는 내어줘야 하는 거 아닌가.

"좋아요."

율리아가 웃었다.

그를 향한 얼굴에 어둠과 빛을 교묘히 두른 채로 아름답고 오싹하게 웃었다.

그녀의 미소에 블라이스의 날개가 잘렸다. 그는 자신이 다시는 날 수 없으리란 걸 알았다.

샤트린은 데네브라가 무슨 말로 자신을 화나게 하든 평정심을 가지고 대할 자신이 있었다.

아버지가 돌아가셨을 때는 머릿속이 엉망이라 감정을 통제하기 어려웠는데, 레위시아에게 양위하고 나니 갑자기 누가 머릿속에 찬물이라도 끼얹은 것처럼 열기가 확 가라앉았다.

데네브라는 샤트린이 생각했던 것처럼 무시무시한 폭군이 아니었다. 권력을 쥔 어린애라고 그녀를 평가했던 카루스의 말을 떠올리자 한결 더 침착할 수 있었다.

"너는 왜 왕위를 포기했느냐."

데네브라가 자리에 앉자마자 물었다. 인사를 나누기는커녕 받아주지도 않고, 자기 할 말만 내뱉었다.

"그럴만한 상황이었으니까요."

"그냥 뒤집어엎으면 되지. 왕좌에 앉는 게 네 목표였잖으냐?"

"바이칸의 황비께서 저를 죽이려 하는데, 제가 무슨 수로."

"그럴만한 상황이었다."

데네브라가 소리를 내어 웃었다. 샤트린에게 머리채를 잡힌 것으로도 모자라 폭행까지 당해놓고, 그녀는 대수롭지 않게 말했다.

"먹어라."

두 사람이 먹기엔 지나치게 많은 양의 음식이 테이블 위에 차려져 있었다. 데네브라는 한 번 먹은 음식은 두 번 손대지 않았다. 가끔 입맛에 맞지 않는 게 있으면 씹다 말고 뱉어버리기도 했다.

오르테가의 하나뿐인 공주로 누구보다 사치스러운 삶을 살아온 샤트린도 데네브라처럼 오만불손하게 굴지는 않았다.

'그랬던가?'

샤트린은 데네브라를 보며 과거의 자신을 떠올렸다.

"여쭤보고 싶은 게 있어요."

"뭐냐."

"만약 황비께 혼약이 내정된 남자가 있고, 그자가 평민 여자를 사랑하고 있으니 파혼하자며 공개 석상에서 당신을 모욕한다면, 그 평민 여자를 어떻게 하시겠어요?"

"죽여버려야지."

데네브라는 깊이 고민하지 않았다. 그녀는 그렇게 하는 게 당연하다는 듯 술술 대답했다.

샤트린이 입을 벌렸다가 다시 닫았다.

"왜? 너는 어떻게 했기에?"

"때렸습니다."

"죽였어야지."

"잘못한 건 그 남자인데요?"

"평민 계집을 사랑한다고 했다면서. 그러니 여자를 죽이고 남자는 살려둬야지. 그래야 놈이 두고두고 평생 고통 속에 살 것 아니냐."

머리를 한 대 얻어맞은 것 같았다. 데네브라는 샤트린보다 더한 자였다. 입맛이 떨어진 샤트린이 포크와 나이프를 내려놓았다.

율리아는 그때 나를 어떻게 생각했을까.

“나도 하나만 물어보자.”

“그러시죠.”

“내 초대에 응하면서, 여기서 죽을지도 모른다는 생각은 안 해 봤느냐?”

“했어요.”

샤트린도 고민하지 않고 대답했다.

데네브라는 샤트린에게 극도로 화가 나 있었다. 샤트린을 초대해 독살할 수도 있었고, 부하를 시켜 칼로 찌를 수도 있었다. 어쨌거나 지금 왕비궁은 데네브라의 사람들로 가득 차 있었으니까.

그래도 그녀는 초대에 응했다. 당당하게 안으로 들어와 테이블 앞에 앉았다.

샤트린이 내려놓았던 포크와 나이프를 들었다. 그러곤 다시 식사를 시작했다. 그녀는 아무거나 닥치는 대로 먹었다.

데네브라가 물었다.

“했는데 왜 왔어?”

“여기서 죽는다 해도 후회는 안 할 것 같았어요.”

“왜?”

“당신이 블라이스 백작을 시켜 왕위까지 포기한 저를 암살하려 했고, 그걸 들킨 뒤엔 식사에 초대해 독살했다고 소문나겠죠.”

샤트린이 입술을 비틀어 웃었다.

“바이칸은 당신을 버릴 거고, 황제는 보상하려 할 거예요. 어쩌면 이 일로 바이칸에 항복했던 국가들이 다시 일어날 수도 있어요. 오르테가는 충성을 맹세했는데도 저렇게 당했는데, 우리는 더한 꼴을 당할 수도 있겠다고 두려워하면서."

"그 대가가 네 목숨인데?"

"그러니까 비싸게 받아야죠."

샤트린은 긍지 높은 왕족이었다. 그녀는 왕좌에서 밀려났다고 해서 오르테가를 적으로 돌리는 멍청한 선택은 하지 않았다. 오히려 더 용감하고 무모해졌다.

그녀는 왕이 아니기에, 왕이 할 수 없는 일도 할 수 있었다.

"어디 한번 죽여보세요."

샤트린이 말했다.

"당신한테 내 목숨 값을 치를 용기가 있다면."

블라이스 백작이 자백했다.

그는 이 모든 일이 데네브라 황비의 명령이었음을 시인하고 자백서를 작성했다. 그와 함께 공주궁에 침입했던 자들의 명단은 물론이거니와, 그가 오르테가에서 저질렀던 만행에 대해서도 숨김없이 털어놓았다.

해방군을 교란해 마조람 후작 파벌을 공격하고, 그들을 무장시켜 내란을 일으키려던 것까지. 그의 입에서 엄청난 비밀이 쏟아졌다.

"공주를 죽이라고 명령한 건 데네브라 황비였으나, 오르테가에 내전을 일으키라고 한 건 크세노 황제였습니다."

레위시아 국왕은 크게 분노했다. 그는 블라이스의 자백을 낱낱이 기록했고, 황비와 그녀의 보좌들을 불러 모아 그걸 읽게 했다.

"우리는 바이칸의 보호 동맹국으로서 신의를 지키기 위해 그동안 최선을 다해왔는데…… 어찌 이럴 수가 있단 말인가!"

왕국이 술렁거렸다. 데네브라와 제국인들은 하나도 빠짐없이 왕비궁에 감금되었다. 그들은 이제 공식적인 죄인이었다.

황비를 고문하거나 처형할 수는 없었으나, 감금하고 감시할 수는 있었다.

그날 밤, 블라이스가 감옥 문을 열었다.

그는 율리아가 건넨 열쇠로 감옥 문을 열고 바깥으로 걸어 나왔다.

아무도 없었다. 감옥 앞 복도에도, 바깥 입구에도 사람 하나 보이지 않았다.

그는 정처 없이 걸었다. 들키면 다시 잡혀가 처형당할 게 분명한데도 서두르지 않고 숨지도 않았다.

지난 1년간 속속들이 외운 오르테가의 왕궁 지도가 그의 머릿속에 펼쳐졌다. 귀빈궁을 향해 걷던 그가 그곳을 그대로 지나쳐 왕비궁 앞에 섰다.

데네브라가 머무르는 방에 불이 켜져 있었다. 황비는 잘 때도 불을 끄지 않는 습관이 있었다. 그녀는 언제나 방에 시녀를 대기시켜놓고, 불이 꺼지면 크게 화를 냈다.

블라이스는 한때 데네브라의 침실을 지키기도 했다. 그녀의 발밑에 엎드려 머리를 조아리면 때때로 무척 값진 선물을 받기도 했다.

그때는 그녀의 모든 것이 탐났다. 권력, 재산, 탐욕, 광기까지.

그런데 이제는 그 모든 게 너무나 하찮게 느껴졌다.

데네브라는 가짜였다. 그가 섬기고 싶었던 신은 악마였는데, 데네브라는 그처럼 평범한 인간일 뿐이었다.

블라이스가 다시 걸음을 옮겼다. 멀리 레위시아의 왕자궁이 보였다. 경계가 삼엄해 안으로 들어갈 수는 없었다.

블라이스는 한참 떨어진 곳에서 걸음을 멈춘 채 율리아의 방 창문을 바라보았다.

그녀의 방은 캄캄했다. 은은한 촛불 빛조차 느껴지지 않았다.

나의 악마.

> "가치 있는 사람이 되세요. 티타니아를 넘어 북부로 돌아가요. 당신 고향에서 목숨 걸고 싸우는 전사들에게, 이번엔 바이칸의 정보를 팔아넘겨요. 그게 바로 당신 같은 기생충이 해야 할 일이에요."

블라이스가 웃었다. 기쁨에 겨워 참을 수 없이 웃음이 났다.

마침내 찾았다.

그의 결핍을 채워 줄 완벽한 폭군.

41
아칸더스

"당신이 제 말을 믿지 않는다는 건 알고 있어요."

"내게 한 말이 거짓이라면 그 대가로 너는 열 번째 삶으로 가게 되겠지."

율리아를 처음 만났던 날의 꿈을 꿨다.

카루스는 꿈속에서조차 한껏 자신을 비웃었다. 미친놈. 정신을 차릴 수 없을 만큼 빠지게 될 거면서 털을 잔뜩 세운 고양이처럼 경계하는 모습이라니.

어쩌면 그때의 자신은 율리아의 본질을 꿰뚫어 보았는지도 모른다. 그래서 본능적으로 물러섰고, 경계했다. 물론 아무 소용없었지만.

"미친놈."

잠에서 깨자마자 자신을 향해 신랄한 욕설을 퍼부은 카루스가 벌떡 몸을 일으켰다. 거대한 침대 위에 그가 발로 차버린 이불이 엉망으로 구겨져 있었다.

여기가 어디더라.

처음 보는 침실이었다. 잠시 혼란에 빠졌던 그가 제 몸에서 나는 술 냄새에 얼굴을 찡그렸다.

그러고 보니 레위시아와 밤새 술을 마셨던 기억이 났다. 처음엔 코델리아 시녀장과 율리아, 샤트린이 함께였는데 어느 순간부터는 레위시아와 단둘이었다.

"왕자궁이군."

이제는 왕이 되었으니 왕궁이라 불러야 할지도 모른다. 레위시아는 아직도 거처를 옮기지 않고 있었다. 죽은 왕의 침실에는 여전히 그의 어미가 살았다.

레위시아와 함께 밤새 술을 마시고 손님용 귀빈실에서 잠들었던 카루스는 늦은 오전, 정오가 다 된 시각이 되어서야 침대를 벗어났다.

욕실에서 간단히 씻고 거울을 보니 눈이 퀭한 사내가 인상을 쓰고 있었다. 그는 거울 속의 자신을 보며 또 한 번 욕설을 중얼거리곤 꼴도 보기 싫다는 듯 고개를 돌렸다.

욕실에서 나온 카루스가 큰 소리로 바바슬로프를 불렀다.

"바바슬로프!"

"아이고오, 일찍도 일어나셨습니다아."

"데네브라는?"

"아이고오, 일찍도 물어보십니다아."

바바슬로프가 꼬일 대로 꼬인 말투로 그를 나무랐다. 왕자궁의 하녀들이 복도를 오가고 있어 대놓고 비난하지는 못하고, 입술을 부루

퉁하게 내밀어 불만을 표현했다.

카루스가 빠르게 셔츠를 꿰어 입었다.

"뭐가 문제냐."

"지금 때가 어느 때인데 술입니까, 예? 전쟁터에서 대승을 거두고도 사령관은 방심하면 안 되는 법이라면서 맨 정신으로 버티던 분이……."

"잔소리하려거든 나가."

"영지에 있는 기사단 선배님들이 이 꼴을 보면 참 대견하다고 하겠습니다. 란케아의 가신들은 또 어떻고요? 두 분 부모님이야 자식한테 원체 관심이 없으니 그렇다 쳐도, 그분들은 카루스 님을 친자식보다 더 정성스레 보살폈는데……."

"마실 수밖에 없었어."

"왜요."

"레위시아가 율리아를 바이칸으로 데려가면 날 죽여버린다고 했거든."

"예?"

"율리아를 데리고 멀리 도망가도 죽여버린다던데."

"……죽인대요?"

"그래. 술에 취해 지껄이긴 했지만."

"그래서 뭐라고 하셨습니까?"

"내가 뭐라고 했을 거 같냐."

"그야 복덩이…… 아르테 백작의 의사에 맡기겠다고 하셨겠죠."

"바이칸으로 돌아가지 않을 거라고 했는데?"

카루스가 가볍게 웃었다. 그는 어느새 셔츠 위에 재킷까지 걸치고 의자에 앉아 부츠 끈을 조이고 있었다.

바바슬로프가 할 말이 많아 보이는 얼굴로 그를 바라보았다.

"하고 싶은 말이 있으면 해. 그렇게 쳐다보면 기분 나쁘니까."

"진짜 안 돌아가실 겁니까?"

"안 가."

"영지는 어쩌고요. 가신들은요. 기사단은요? 서북부 기지에서 카루스 님이 돌아오기만을 기다리는 함대는 또 어쩌고요."

바바슬로프는 카루스를 탓하지 않았다. 그는 자신이 섬기는 사령관이 그렇게 무책임한 남자가 아니라는 걸 알고 있었으니까.

하지만 이대로 가만히 있을 수도 없었다. 주사위는 던져졌다. 조만간 황제는 데네브라와 카루스, 둘 중 하나를 선택하게 되리라.

"한 번은 돌아가셔야 합니다."

"바바슬로프."

"리바이어던은 황제의 기사단이 아니고, 바이칸의 함대도 아닙니다. 우리가 믿고 따르는 건 카루스 란케아, 무혈 제독 당신입니다. 그러니 결정을 내리셨다면 반드시 그들에게 알려야 합니다."

"오르테가엔 해군이 필요해."

"예?"

"오르테가는 남부에서 가장 풍요로운 바다와 항구를 가졌어. 자원은 풍부하고 사람들은 개방적이지. 심지어 티타니아가 바이칸을 막아주고 있어서 보호 동맹을 맺기 전에는 천혜의 보고라고도 불렸다지."

"그래서요?"

"난 변절자가 될 생각이다."

부츠 끈을 다 묶은 카루스가 몸을 일으켰다. 변절을 말하는 그의 얼굴은 일견 평온하기까지 했다.

잔소리를 쏟아붓던 바바슬로프가 입을 꾹 다물고 주먹을 쥐었다. 그러곤 크게 숨을 들이마셨다가 빠르게 내쉬었다.

"어휴."

바바슬로프의 얼굴에 웃음이 번지고 있었다.

"진작 말씀하시지."

"뭐?"

"전 또…… 이번에도 어쩔 수 없이 황제의 명령에 따르거나 싸움을 회피하려고 하셨다면, 정신 좀 차리라고 한 대 때리려고 했는데."

"네가 날?"

카루스가 웃음을 터뜨렸다.

"때려? 네놈이? 나를?"

카루스가 두 눈을 가늘게 뜨고 바바슬로프를 위아래로 쭉 훑어보았다. 그는 한 손을 허리에 대충 얹고 다른 손은 자연스레 늘어뜨리고 있었다.

어쩐지 그의 태도가 심히 거슬렸던 바바슬로프가 짜증스레 중얼거렸다.

"데네브라 황비가 아침부터 카루스 님을 찾고 있습니다."

이번에는 카루스가 짜증스레 얼굴을 구겼다.

블라이스가 모든 진실을 자백한 후 감옥에서 탈출했다는 소식을 듣고, 데네브라는 며칠간 모습을 보이지 않았다.

레위시아는 황비의 태도가 의외라며 놀라는 모습을 보였다. 길길이 날뛰며 소리를 지르고 난동을 부릴 거라고 예상했는데, 그녀는 왕비궁에 틀어박혀서 모습조차 보이지 않았다.

매일 끈질기게 찾아와 만찬 초대를 전하던 황비의 시종도 조용해졌다.

늦은 아침을 먹던 코코가 입술을 동그랗게 오므리고 말했다.

"상처받았나?"

그렇게 말해놓고도 이건 아니다 싶었는지 표정이 좋지 않았다. 코코는 신경질적으로 빵을 쥐어뜯더니 얼른 입에 넣고 씹었다.

먼저 식사를 마친 율리아는 그녀의 맞은편에 앉아 과일을 먹고 있었다.

"그럴 수도 있죠."

"그 여자가? 상처를 받아? 개처럼 부리던 노예가 배신했다고 엉엉 울고 있을지도 모른다고?"

"그러지야 않겠지만."

"내가 보기엔 다른 부하들을 다 불러놓고, 수단과 방법을 가리지 말고 블라이스를 찾아내서 죽이라고 명령하고 있을 것 같은데."

"아침부터 카루스 님을 찾았다고 하더라고요."

"왜?"

"모르겠어요. 카루스 님이 무시하고 들어주지 않으니까, 이번엔 저한테 사람을 보냈어요."

율리아는 조금 전 데네브라에게서 만나고 싶다는 전갈을 받았다.

"너도 무시해."

코코가 남은 빵을 한입에 욱여넣고 씹었다. 율리아가 그녀에게 물컵을 건넸다.

"천천히 먹어요. 그러다 체해요."

"오늘 바빠."

"무슨 일 있어요?"

"알현 신청이 백 건이 넘어. 무시할 수도 없는 게, 다들 표면적으론 제법 중요한 안건을 들고 찾아올 모양이야."

"표면적으론?"

"그건 다 핑계고, 실은 혼기가 꽉 찬 딸이나 조카, 여동생이 있으니 만나 보면 어떻겠냐 제안하러 오는 거지."

"벌써요?"

"세력이 약했던 왕자잖아. 적당히 구워삶을 수 있다고 생각하는 거야. 마조람 후작이 사라지고 없는 틈을 타서 새로운 파벌을 형성할 수도 있겠지. 겉으론 왕의 혼사를 논하고, 속으론 어떻게 하면 중앙의 권력자가 될 수 있을까 호시탐탐 기회를 노리면서."

율리아가 작게 한숨을 내쉬었다. 죽은 선왕을 애도하는 중이라 즉위식조차 임시로 치른 왕에게 벌써 결혼 압박이라니. 심지어 그게 권력 다툼의 출발점이라니.

그나마 다행인 건 악마 시녀 코코가 이제 본궁 시녀장이 되었다는 점이었다.

"오랜만에 일 좀 해야겠어."

코코가 씩 웃으며 일어났다. 율리아도 자리에서 일어나 그녀를 배웅했다. 바깥에선 공주궁의 시녀장이 정갈한 자세로 코코를 기다리고 있었다.

"함께하게 되어서 영광입니다. 코코 시녀장님."

"입에 발린 소리도 잘하네. 공주궁의 시녀장은."

"진심인데요."

"그럼 갈까?"

코코가 웃으며 앞장섰다.

시녀장과 수석 시녀는 하는 일이 달랐다. 시녀장은 모시는 왕족의 궁을 지키고 보살피며, 그의 주변인을 임명하거나 해고할 수도 있었다.

때로는 부모의 역할을 대신하기도 했다. 그래서 대대로 왕족들은 자신을 키워 준 유모를 시녀장으로 임명하는 일이 잦았다.

수석 시녀는 모시는 왕족의 개인 보좌와도 같았다. 왕족의 일과를 짜는 것부터 시작해 사생활을 관리하기까지. 그렇다 보니 왕궁으로 흘러드는 뇌물의 절반은 각 궁의 수석 시녀에게 보고된다는 말이 있을 정도였다.

율리아도 크게 다르지 않았다. 본궁으로 간 그녀는 자신의 사무실에 높이 쌓인 선물 상자를 보곤 피식 웃고 말았다.

블라이스가 주인을 배신하고 도망쳤다는 소식을 들었을 때, 데네브라는 큰 소리로 웃었다.

그럴 리가 없다고, 그놈은 스스로 생각하고 결정할 줄도 모르는 천생 노예라고 큰소리쳤다. 이 모든 게 블라이스와 자신을 이간질하려는 율리아 아르테의 계략이라며, 자신은 그 계집의 얕은수에 놀아나지 않을 것이라고 호언장담했다.

그런데 블라이스가 정말로 데네브라를 배신하고 버렸다.

그는 데네브라가 암살을 사주했다고 실토한 것도 모자라, 그간 오르테가에서 저질렀던 만행까지 전부 고발했다. 그 안엔 황제 크세노의 잘못도 포함되어 있었다.

오르테가의 국왕은 기다렸다는 듯 크게 분노하며 이 사실을 왕국 전역에 공표하고, 나아가서는 인근 모든 국가에 퍼뜨렸다.

제국으로 보낼 사절단도 결성되었다. 그들은 황제 크세노에게 이번 일을 강력히 항의할 것이라고 밝혔다.

데네브라는 자신이 이 손바닥만 한 나라에 감금되어 있다는 걸 믿을 수가 없었다. 연회는커녕 외출조차 할 수가 없었다. 블라이스가 없으니 누구도 그녀의 말을 귀담아들어주지 않았다.

"카루스를 불러와! 그를 내 앞에 데려오란 말이야!"

카루스는 크세노의 신하였다. 데네브라가 보기에, 카루스는 우직할 정도로 크세노에게 충성하던 기사였다.

아무리 힘든 전장에 내보내도, 말도 안 되는 명령을 내려도, 심지어는 죽이려고까지 했는데도 묵묵히 버텼다.

그런 카루스가 드러내놓고 자신을 핍박하고 있었다.

이쯤 되자 데네브라도 깨달을 수밖에 없었다. 오르테가의 젊은 왕과 그 시녀, 율리아 아르테는 크세노 황제에게 두 가지 선택지를 준 것임을.

데네브라를 버리거나, 카루스를 버리거나.

그런 와중에 데네브라의 측근들이 점점 이상한 행동을 하기 시작했다.

불러도 오지 않는 건 예사였고, 가끔은 저들끼리 모여 심각하게 대화를 나누었다. 무슨 일인가 싶어 가까이 다가가면 바퀴벌레처럼 흩어져 달아났다.

데네브라는 자신이 완전히 고립되었음을 깨달았다. 율리아의 말대로 그녀는 황제의 도구였으며, 그녀에게 충성하는 사람은 아무도 없었다.

"내 말이 들리지 않느냐? 당장 카루스를 불러오라니까!"

손에 잡히는 대로 물건을 집어 던지는 데네브라 때문에 시녀들의 몸에 상처가 늘었다.

율리아의 반지를 끼고 있던 시녀도 마찬가지였다. 얼굴에는 상처가, 팔엔 피멍이 들었다. 며칠 새 창백해진 얼굴엔 웃음이 사라져 공포심만 남았다.

"이 건방진 것들이……."

데네브라가 결국 채찍을 꺼내 들었다.

시녀들이 벌벌 떨며 빌었다. 제발 화를 가라앉히라고, 잘못했다고 빌었다.

율리아는 그때 나타났다.

"그만두세요."

"너……."

"당장 그만두세요."

율리아의 목소리가 차가웠다. 표정은 얼음장 같고, 태도는 뻣뻣하기 그지없었다.

"시녀들을 때리면 당신의 처지가 좀 나아지나요? 바이칸의 귀족들은 아랫사람은 인의로 다스려야 한다고 가르치지 않던가요? 혼자 생각 좀 하라고 시간을 드렸던 건데, 조금도 달라진 데가 없네요."

데네브라는 물론이거니와 그녀의 시녀들까지 전부 기막혀 말을 하지 못했다. 율리아는 대제국의 황비를 눈앞에 두고 어린애 혼내듯 훈계하고 있었다.

"운 좋게 고위 귀족으로 태어나 운 좋게 황제의 아내가 되고, 운 좋게 여기까지 왔으면 겸손하고 감사할 줄도 알아야죠. 만약 당신이 힘없는 귀족의 여식으로 태어나 승냥이처럼 연회장이나 돌아다니다가 운 나쁘게 폭력적인 황비의 시녀가 되었다면, 기분이 어떻겠어요?"

"뭐……? 너 지금 뭐라고 지껄이는 것이냐?"

"말해보세요."

율리아가 데네브라를 엄하게 나무랐다.

"당신은 오르테가의 손님이 아니에요. 감히 오르테가에 내란을 일으키고 왕족을 죽이려 했던 파렴치한 죄인이지. 감옥에 갇히지 않은 걸 다행이라고 생각하세요."

"나는 바이칸의 황비야!"

"아뇨. 당신은 크세노 황제의 아내죠."

황제의 아내일 뿐, 제국의 황비는 아니다. 간결하게 결론지은 율리아가 안으로 들어와 시녀들에게 말했다.

"나가세요."

"하, 하지만……."

"나가요. 끌어내기 전에."

율리아를 따라온 건 카루스의 부하들이었다. 그들이 표정 없는 얼굴로 복도에 서 있었다.

겁먹은 시녀들이 데네브라와 율리아를 번갈아 바라보았다.

데네브라는 말도 안 된다고 생각했다. 바이칸에서 그녀는 누구도 범접할 수 없는 권력자였다. 시녀들을 살리고 죽이는 것도 그녀의 마음이었다.

그런데 데네브라의 시녀들이 주춤거리며 밖으로 나가고 있었다.

그들은 어찌할 바를 모르는 얼굴이었으나, 율리아의 차가운 눈빛에 질려 천천히 뒷걸음질 쳤다.

"거기 서! 다 죽여버리기 전에……!"

"나가라니까!"

데네브라보다 율리아의 목소리가 더 컸다. 화들짝 놀란 시녀들이 도망치듯 달려 나갔다.

"율리아 아르테, 네가 미쳤느냐? 감히 시녀 따위가……. 전쟁이라도 나길 바라는 것이냐? 말해봐!"

"전하야말로 말해보세요. 황제는 전쟁을 불사할 정도로 당신을 사랑하나요?"

"뭐?"

"오르테가엔 남부 함대와 카루스 란케아가 있어요. 우리는 곧 남부 연합을 만들어 인근 해역의 약소국과 연계하고, 해적의 항로를 손에 넣을 거예요."

"그래 봤자 오합지졸이야."

"바이칸을 이길 수는 없겠죠."

율리아가 고개를 끄덕였다. 그러곤 다시 물었다.

"북부에 발이 묶인 황제가 당신을 되찾기 위해 여기까지 달려올 확률은 얼마나 되죠? 두 분은 그 정도로 사랑하는 사이인가요?"

데네브라는 대답할 수 없었다. 크세노가 자신을 얼마나 끔찍하게 싫어하는지, 그건 그녀가 제일 잘 알았기 때문이다.

율리아가 의자를 가리키며 말했다.

"앉으세요. 당신은 앞으로 적어도 십 년 이상 고향으로 돌아가지 못할 것 같으니."

포로란 그런 것이다.

"제가 오르테가의 예법을 가르쳐 드리죠."

그날 이후 율리아는 매일 데네브라를 찾아가 그녀를 괴롭혔다.

처음엔 몇몇 제국 쪽 인사들이 아무리 그래도 황비께 너무하는 것 아니냐며 항의했으나, 그들 모두를 감옥에 처넣겠다는 레위시아의 강경한 태도 앞에선 어쩔 도리가 없었다.

"그게 아니라고 몇 번이나 말씀드렸잖아요."

율리아가 냉정하게 말했다.

"바이칸의 역사 교육이 엉망이라는 건 알고 있었지만, 이렇게까지 심각한 줄은 몰랐네요. 티타니아는 오르테가 건국 이후 단 한 번도 타국에 빼앗긴 적 없는 고유한 우리 영토입니다."

"하지만 바이칸의 역사학자들은 티타니아 산맥에 아칸더스라는 이름을 붙여 놓고 보호 동맹 조약 이후 그중 절반은 제국의 영토가 되었다고 교육하고 있어."

"그건 그쪽 황제께서 오르테가를 힘들이지 않고 빼앗으려고 지어낸 새빨간 거짓말이겠지요. 황제께선 정복자니 야욕이 넘치는 것까진 이해해요. 그런데 학자들은 그러면 안 되는 것 아닌가요?"

"학자들이 왜?"

"진실을 탐구하고 알릴 의무가 있으니까."

그게 아니라면 그들에겐 아무런 가치가 없다. 권력자가 짖으란 대로 짖는 개새끼가 아니고 무엇인가.

율리아의 신랄한 비판에 데네브라의 말문이 막혔다. 황비가 앉아 있는 테이블 위엔 그녀의 팔뚝보다 두툼한 오르테가 역사책이 펼쳐져 있었다.

"난 너희 나라 사람이 아니야. 내가 왜 이딴 걸 배워야 해!"

"그럼 감옥으로 가실래요?"

율리아는 데네브라의 발악에도 눈 하나 꿈쩍하지 않는 철벽이었다. 심지어 그녀는 왕의 수석 시녀라 일분일초가 부족한 와중에도 매일 데네브라를 찾아와 어렵고 복잡한 역사와 예법을 가르쳤다.

"아칸더스 산맥은 영토로서 아무런 가치가 없어. 높고 험준하다는 것 말고는 광산 하나 없는……."

"왜 없어요."

율리아가 데네브라의 눈을 똑바로 바라보며 말했다.

"우리가 북진하지 못하도록 막고 있잖아요."

"헛소리하지 마. 우리가 남하하지 못하도록 막고 있다고 해야지."

"지금이야 그렇죠. 하지만 10년, 20년 뒤에도 과연 그럴까요?"

짧으면 10년, 길면 20년이다. 율리아는 크세노 황제 치하의 바이칸이 지금처럼 강대한 국력을 유지하지는 못하리라고 예상했다.

하지만 이곳은 다르다. 오르테가가 그동안 겁쟁이 토끼 취급을 당했던 건 죽은 선왕과 굴욕적이었던 보호 동맹 조약, 그리고 남부 항로를 오가는 해적 세력 때문이었다.

"레위시아 님은 젊어요."

"애송이지."

"그 애송이한테 붙잡혀 포로가 된 분이 도대체 뭘 믿고 이러시는지 모르겠네요."

"크세노는 바보가 아니야. 날 포기하는 순간 오르테가에 독립의 빌미를 주게 된다는 걸 알 테지."

"그럼 카루스 님을 포기하겠네요. 어느 쪽으로나 우리에겐 이득인 일이에요."

율리아가 피식 웃었다.

처음이었다. 데네브라는 도저히 그녀를 말로 이길 수 없었다. 어떤 말로 반박하고 비아냥거려도 소용없었다.

"그 책은 단순히 건국 이후 오르테가 왕실 역사만을 기록한 책이에요. 문화와 외교, 야사는 따로 기록되어 있죠. 역대 국왕과 명망 높은 선조들의 평전도 물론 별개고요."

"내가 그걸 왜 알아야 해."

"말씀드렸잖아요. 여기서 얼마나 더 계실지 모르는데, 무식한 황비라고 불리는 건 싫을 것 아니에요."

"누가 감히……."

"저는 입이 무거워요. 그리고 황비께 저보다 이 나라 역사를 객관적으로 가르쳐드릴 사람은 없어요."

율리아가 브레웨 훈장에 관해 설명하곤 생긋 웃었다.

"그러니까 이제부터 아칸더스 산맥이란 명칭은 자제하세요. 그곳은 오르테가의 북부 국경 산맥이고, 엄연히 티타니아라는 이름이 있으니까요."

바이칸의 황제가 그곳을 왜 아칸더스라 이름 붙였는지 아는 사람은 많지 않았다. 궁금해하는 사람도 거의 없었다. 당시 황제는 젊었고, 충동적이었다. 정복 전쟁에 매달려 온 대륙을 돌아다니느라 그에 관해 알려진 거라곤 전부 전투에 관한 일뿐이었다.

율리아는 언젠가 레위시아를 가르칠 때 했던 질문을 그대로 데네브라에게 던져보았다.

"20년 전 보호 동맹이 체결되던 당시 크세노 황제가 오르테가를 향해 남하하던 중에 티타니아 산맥에서 일어났던 세 번의 전투와 그가 왜 발길을 돌렸는지, 그 연유를 아세요?"

"난 그때 고작 열다섯 살이었어."

"황비로 내정된 열다섯 살이라면 당연히 배워야 하는 내용 아닌가요?"

"당시 남부 패전국 연합이 비겁하게 지형을 이용해 기습했다고 들었어. 유난히 혹독한 겨울이었고, 크세노는 오르테가에 손을 내밀어 보호 동맹이라는 관대함을 내보였다고."

"황제는 패배할 것 같아서 도망친 거예요."

"뭐?"

"남부 패전국 연합이 기습했죠. 그리고 티타니아엔 전에 없는 한파가 닥쳤어요. 산맥을 오가던 암염 상인들마저 모두 겨우내 등짐을 내려놓았을 만큼, 기록적인 추위였죠."

"자연 앞에 멈춰 선 게 도망친 거라고?"

"세 번의 전투, 바이칸엔 한 번의 패배와 두 번의 승리로 기록되어 있겠죠?"

"당연하지. 그것도 마지막엔 대승을 거두어 끈질겼던 남부 연합을 박살 내고 축제를 벌였다고……."

"두 번의 패배와 한 번의 승리라고 봐야 해요."

데네브라가 말도 안 된다며 주먹을 쥐었다. 황제와 사이가 나쁜 부부이기는 해도, 그녀는 제국인이었다. 율리아의 입을 통해 흘러나오는 진실을 있는 그대로 받아들이기 힘들었다.

율리아가 두툼한 책을 천천히 넘겼다. 금세 찾던 페이지를 발견한 그녀가 손가락으로 어떤 문장을 가리켰다.

"'남부 패전국 연합과 해적 세력의 규합은 그 용맹한 바이칸의 황제조차 두 번이나 무릎 꿇렸을 만큼 대단한 파괴력을 지닌 군사였다.'"

"해적……?"

"'만약 그때 오르테가가 그들에게 합류했다면 이후 바이칸의 역사는 다시 쓰여야 했을 것이다.'"

"말도 안 돼."

데네브라는 인정하려들지 않았다. 그 또한 너희가 바람을 담아 만든 가짜 역사가 아닌가 되물었다.

율리아가 그녀에게 물었다.

"제가 이 이야기를 들려 드렸을 때, 레위시아 전하께서 뭐라고 했는지 아세요?"

"몰라. 내가 알 게 뭐냐."

"'오르테가는 바이칸 제국보다 해적 세력과 싸운 역사가 더 길어, 도저히 손을 잡을 수 없었을 거야. 오랜 해적 세력이 쇠퇴한 데에는 다 이유가 있었구나.'"

그 싸움에서 결국엔 패배했기 때문이다. 레위시아는 진실을 꿰뚫었다.

"크세노 황제는 겁 많은 선왕과 보호 동맹 조약을 체결하면서 아주 강경하게 한 가지 조건을 내걸었어요."

"남부 함대……."

율리아가 빙그레 웃었다.

"맞아요. 오르테가 남부 해상에 제국군 함대를 배치하는 거였죠."

다시는 해적 세력이 땅에 발을 딛지 못하게. 남부가 연합하지 못하게. 그 세 번의 전투는 크세노 황제에게 큰 상처를 남겼던 게 틀림없다. 그래서 남부 함대가 해적과 붙어먹고 있다는 카루스의 보고에 그토록 분노한 것이다.

계속 율리아만 노려보던 데네브라의 시선이 드디어 책으로 향했다. 그녀가 한층 가라앉은 목소리로 물었다.

"마지막 전투는 어떻게 승리할 수 있었던 건데?"

"티타니아의 눈보라는 적과 아군을 가리지 않거든요."

크세노 황제는 산맥을 넘지 않았다. 기습에 두 번이나 당해 많은 군사를 잃었기에 선불리 산맥을 넘을 수도 없었다. 때마침 산맥 전체에 혹한의 추위가 닥쳤고, 험준한 지형을 이용해 승기를 잡았던 남부 연합은 자연의 냉혹함에 무너졌다.

"마지막 전투에서 황제가 승리할 수 있었던 건 순전히 운이었어요."

실력이 아니라.

크세노 황제의 검 손잡이엔 아칸더스 잎이 음각되어 있었다. 제국에선 워낙 오래되고 흔한 문양이라 그것에 어떤 의미가 깃들어 있다고 생각하는 사람은 없었다.

'북부는 교활한 여우들의 땅이요, 남부는 야수들의 나라다.'

크세노는 선조들의 조언을 떠올렸다. 그러곤 하하 웃고 말았다.

"정말 지혜로우신 분들이 아닌가."

금세 끝날 줄 알았던 북부와의 싸움은 지지부진하고, 남부엔 생각지도 못했던 사건이 연달아 터졌다.

데네브라에게 붙여놓은 첩자들은 최선을 다했다. 그들은 그동안 꽤 많은 정보를 황제에게 보냈다.

황제가 원한 건 단 하나였다.

카루스 란케아의 곁에 있는 자. 판을 움직이는 힘이 있으면서, 눈에 띄지 않는 누군가.

처음엔 레위시아 왕자를 의심했다. 그러나 이전의 삶에서 그가 데네브라의 첩으로 팔려 오다 살해당했던 사실을 떠올리곤 목록에서 지웠다.

그 후엔 샤트린 공주를 의심했다. 하지만 공주의 행보는 눈에 띄고 어리숙해 모략가라고 부르기엔 부족한 면이 많았다.

"레위시아 왕자를 왕으로 만든 이들 중에 있어."

그래서 카루스와 함께 레위시아의 곁을 맴도는 이들을 조사하라고 명령하려던 찰나, 그에게 뜻밖의 소식이 날아들었다.

데네브라가 샤트린 공주를 죽이려다 실패하고, 블라이스가 내란을 일으키려다 실패했다는 사실이 모두 탄로 났다는 급보였다.

"정말 도움 안 되는 여자야."

크세노가 길게 한탄했다. 그의 곁을 지키던 심복 호르헤가 깊이 머리를 숙였다.

"무혈 제독이 폐하의 명을 방패 삼아 발목을 잡고 있습니다. 그에게 내렸던 명령을 거두시되, 황비 전하의 편을 들어주지도 마십시오."

"둘 다 버리라는 말이냐?"

"두 분 다 거두기 위해서입니다."

"데네브라와 카루스라……. 너무 빤한 선택지라서 한숨이 나는군."

데네브라가 열 명이라도 카루스 하나와 바꿀 수 없다. 열 명이 아니라 백 명이어도 마찬가지였다.

"그래도 카루스는 나를 배신하겠지."

"폐하."

"호르헤, 새를 보내라."

"뭐라고 하면 좋겠습니까."

"레위시아 왕자를 왕으로 만든 이들 중에, 눈에 띄지 않는 위치에 있으면서 카루스와 가까이 지내는 자를 찾으라고 해."

"명을 받듭니다."

데네브라가 황제의 전갈을 눈이 빠지게 기다리고 있겠지만, 그에게 그런 건 중요하지 않았다.

새를 보낸 지 며칠이 지났다. 크세노가 가진 새 중 특별히 빠른 녀석이 오르테가의 소식을 가져왔다.

그날은 이상한 날이었다. 오랜 전우와도 같았던 그의 검이 훈련 중에 부러져 파편이 튀었다. 다행히 다치진 않았으나 그 검은 이제 쓸 수 없게 되었다.

즉시 황제를 위한 보검들이 나열되었다. 크세노는 이름난 장인들의 보검을 쭉 훑어보다가, 이번에도 손잡이에 아칸더스 문양을 새긴 검을 집어 들었다.

그날의 전투는 승리로 기록되었다. 북부가 또 한 걸음 물러났기 때문이었다. 그러나 크세노는 그들이 지형을 무기 삼아 유리한 전장으로 자신들을 끌어들이고 있다는 걸 알았다.

"폐하, 새가 도착했습니다."

"벌써?"

늦은 시각, 호르헤가 오르테가에서 온 소식을 전했다.

"레위시아 왕자를 왕으로 옹립한 측근 중, 눈에 띄지 않는 위치에 있으면서 무혈 제독과 가까이 지내는 자는……."

크세노의 눈동자가 천천히 확장되었다.

"그의 시녀들이라고 합니다."

"시녀?"

"예, 그렇습니다. 레위시아 왕자에겐 세 명의 시녀가 있는데, 그들 모두가 대단한 인재로서 왕궁 안에서 꽤 많은 영향력을 행사하고 있다고 합니다."

"시녀…… 시녀라고?"

시녀라니. 크세노가 반복적으로 중얼거렸다. 그러곤 이내 큰 소리로 웃음을 터뜨렸다.

"하…… 하하하하하!"

시녀라니.

그가 또 한 번 웃음을 터뜨렸다.

"하하하하!

아무리 생각해도 이해할 수 없었다. 황제의 대적자가 시녀라니. 심지어 자신은 그냥 황제도 아니고, 최초로 대륙 통일을 눈앞에 둔 정복 황제인데.

아마도 잘못된 정보일 것이다. 어딘가에 그 세 명의 시녀를 키운 숨은 능력자가 있을 수도 있다.

혹은 시녀의 가면을 쓴 괴물이거나. 괴물이 쓰기에는 지나치게 다정하고 어여쁜 가면인 것 같지만.

"시녀라……."

"폐하, 조금 더 알아보는 편이 좋겠습니다."

새가 가져오는 정보에는 한계가 있다. 여러 장의 보고서를 들고 날 수는 없기 때문이다.

호르헤는 사람을 보내게 되더라도 조금 더 확실한 정보를 캐내는 편이 나으리라고 조언했다.

하지만 크세노는 신중하게 움직일 생각이 없었다. 그에겐 시간이 없었다.

그의 대적자가 또 언제 죽을지 모르기에, 최대한 큰불을 놓아서 무엇이 어디서 어떻게 튀어나오는지 확인해야 했다. 그래야 대비할 수 있었다.

누군지 특정할 수 없어도 상관없다. 거기 있다는 걸 알았으니까.

"새를 준비해라."

"어디로 보내야 하겠습니까."

"남쪽 국경으로."

크세노가 작은 종이를 꺼내 무언가를 휘갈겨 쓰기 시작했다.

여름도 곧 끝물인가.

오르테가를 떠난 블라이스는 티타니아 산맥 정상에서 가장 가까운 능선을 넘고 있었다.

암염 장수들이 주로 이용하는 길이었는데, 간혹 길에서 만난 상인들이 그에게 먹을거리를 나눠주기도 했다.

"거, 젊은 양반이 봇짐도 없이 산을 넘나. 제국으로 가는 거요? 차라리 배를 타고 가지."

"쫓기고 있어서 그럽니다."

"나쁜 짓이라도 저질렀소?"

"예, 높으신 분을 죽이려고 했거든요."

"왜?"

"어떤 여자를 미친 듯이 사랑해서요. 관심을 받고 싶어서……."

"젊어서 그런가. 무모한 양반이구먼."

상인들은 블라이스가 누군지도 몰랐고, 알려고 하지도 않았다. 그들은 블라이스가 금화를 내밀자 금세 친절을 베풀었다. 밤에는 야영지에서 함께 잠을 자기도 했다.

"요즘 상선들은 신분 확인이니 뭐니 복잡하니까 말이야. 상인연합 대표가 바뀌어서 그런가. 팍팍해졌어. 자네, 오르테가 토박이는 아닌 거지? 옛 부두에서 늙은 어부들만 잘 구슬리면 해적들의 배를 탈 수도 있었을 텐데."

"몰랐습니다. 그런 방법이 있는 줄은."

"우리야 평생 봇짐 메고 오갔으니 괜찮지만…… 이 산맥이 그렇게 빈 몸으로 넘을 수 있을 만큼 호락호락한 놈이 아니야."

블라이스가 하하 웃었다.

그는 율리아를 생각했다. 바실리 마조람에게 버림받고 한겨울 티타니아 중턱 갈림길에서 얼어 죽어갔다던 그녀를.

만약 그때 카루스 란케아가 아니라 자신이 그녀를 발견하고 구해주었다면, 우리 관계가 지금과는 많이 달라지지 않았을까.

상인들은 그를 사연 많은 청년쯤으로 여기는 듯했다. 그들이 나눠준 음식으로 끼니를 때운 블라이스가 모닥불 앞에 앉아 불침번을 자처했다.

해는 생각보다 빨리 떨어졌다. 여름이 지나가고 있어서 그렇다. 모닥불 앞에 앉아 있는데도 어깨가 서늘했다.

밤하늘엔 수없이 많은 별이 떠 있었다. 출발할 땐 날씨가 흐려 비라도 쏟아지면 좋겠다고 생각했는데, 하늘은 그의 마음을 비웃듯 금세 맑아졌다.

누군가의 앞날을 축복하거나 아름다운 밤의 정경을 그릴 때 반드시 등장하는, 그 화려하고도 장엄한 하늘. 땅 위에 발을 딛고 살아가는 자는 그저 엿보는 것밖에 할 수 없는 신화의 세계.

그 아름다운 밤하늘을 한 마리의 새가 가로질렀다.

매, 혹은 독수리처럼 생긴 새였다. 속도가 무척 빨라 발견하자마자 금세 시야에서 사라졌다. 새들도 밤엔 잠을 자는데, 뭐가 그리 급해서 저토록 바쁘게 날아가나.

그렇게 생각하던 블라이스가 번쩍 고개를 들었다.

"황제의 새……?"

새가 날아간 곳은 블라이스의 목적지와는 조금 다른 방향이었다. 그는 신분 검사를 하지 않는 시골 마을로 내려갈 셈이었는데, 새가 날아간 곳은 티타니아를 바라보는 바이칸의 국경 도시였다.

황제의 새인가. 아니, 그럴 가능성은 희박했다. 하지만 등줄기를 타고 오르내리는 이 끔찍한 소름은 무엇인지.

블라이스는 충동적인 사내였으나 그 이면엔 언제나 철저한 계산이 동반되어 있었다. 한데 이번만은 그럴 수가 없었다. 이성적 사고, 득실 계산, 그런 건 다 잊어버리고 그저 감에 기대 몸을 일으켰다.

확인해야 한다.

생각을 마치자 몸은 자연스레 움직였다. 그는 코를 골며 잠든 상인들을 내버려둔 채 자신의 흔적을 지웠다. 그러곤 새가 날아간 방향을 향해 빠르게 달려가기 시작했다.

몸이 만신창이가 되었을 때쯤에야 바이칸 국경 도시에 도착한 블라이스는 그곳에서 믿을 수 없는 광경을 목격했다.

군대가 움직이고 있었다. 데네브라의 병력이었다. 멋대로 오르테가에 간 그녀가 전쟁을 벌이겠다며 국경으로 미리 보내두었던 사병.

사병이라 해도 바이칸 황비의 군대였다. 수천 명의 병사와 기사단이 깃발을 들어 올린 채 티타니아를 향해 진격을 시작하고 있었다.

며칠간 잠도 제대로 못 자고 움직인 탓에 현기증이 났지만, 블라이스는 그들을 못 본 척 지나칠 수 없었다.

"멈춰라!"

블라이스가 지휘관으로 보이는 자에게 다가갔다. 데네브라의 사촌 중 가장 나이가 많은 자였다.

"이게 누구야. 블라이스 백작 아닌가."

지휘관이 두툼한 입술을 옆으로 길게 늘이며 웃었다. 그는 데네브라의 곁에서 기생충처럼 살아가는 블라이스를 몹시 경멸하는 자였다.

"황비 전하의 노예가 이 먼 국경까지 혼자서 무슨 일이지? 드디어 그분께서 제정신을 차리고 네놈을 내다 버리셨나?"

지휘관의 곁을 지키던 기사들이 왁자하게 웃었다. 그들은 제국인도 아니고 기사도 아닌 블라이스가 데네브라의 최측근으로 행세하는 걸 평소 못마땅해하던 자들이었다.

블라이스는 웃었다.

"무슨 소리야. 당신들이 멍청하고 무능력하니까 데네브라 님이 나한테 자꾸 일을 맡기는 거잖아."

산맥을 넘느라 꾀죄죄한 몰골임에도 블라이스의 얼굴에선 마력이 느껴졌다. 그가 입술을 핥으며 웃자, 여러 사람의 시선이 모였다.

"블라이스, 죽고 싶으냐?"

"나는 데네브라 님의 개인데, 날 죽이려면 주인의 허락부터 받아야지."

"이 더러운 노예 새끼가……."

"황비께서 말씀하셨다. 너희가 티타니아를 넘다 전멸하는 꼴은 보고 싶지 않으니, 배를 타고 오라고."

"뭐?"

"황제 폐하의 명으로 오르테가를 치려는 거잖아."

"……."

"오르테가의 새 왕은 여우 같은 놈이라 너희 움직임을 이미 다 파악하고 있어. 그놈이 왜 겁도 없이 데네브라 님을 가뒀겠냐."

지휘관이 눈썹을 꿈틀거렸다. 그들은 며칠 전 오르테가를 향해 진격하라는 크세노의 밀명을 받았다.

오르테가의 젊은 왕이 데네브라를 억류해 인질로 삼았으니, 그녀를 구출하라는 명령이었다.

그런데 블라이스가 지저분한 몰골로 나타나 산맥을 넘지 말고 배를 타라고 말했다.

"우리가 네놈을 어찌 믿고?"

"믿기 싫으면 나야 어쩔 수 없지. 너희가 다 죽어도 알 게 뭐냐. 데네브라 님이 기댈 사람이 나밖에 없어지면 나는 지금보다 더 출세할 텐데."

블라이스가 어깨를 으쓱거리며 웃었다. 그러곤 지휘관이 자랑하듯 어깨에 매단 휘장을 가리키며 말했다.

"그럼 내가 후작이 되려나. 한 10년 뒤에는 공작이 되어 있을지도 모르지. 그 휘장 잃어버리지 말고 잘 간직하고 있어. 네가 죽은 뒤엔 내가 꼭 회수해줄 테니까."

"미친놈! 네놈에게는 노예도 과분하다!"

"어쨌거나 나는 명령에 따랐으니까, 멋대로 해라."

블라이스가 한 번 더 어깨를 으쓱했다. 그가 한 손을 휘휘 저으며 미련 없이 몸을 돌리자, 몇몇 기사들이 지휘관에게 다가와 귓속말을 건넸다.

"다른 건 몰라도 놈이 황비 전하의 밀정이라는 사실엔 변함이 없습니다."

"적어도 확인은 해야……."

그들은 블라이스를 믿는 게 아니라 그의 처지를 알기에 그런 말을 하는 것이었다.

패전국 포로 출신, 사생아, 고향의 정보를 팔아넘긴 변절자.

이 모든 건 바이칸의 기사들에게 블라이스를 혐오할 충분한 근거가 되었다. 그는 데네브라의 그늘이 아닌 곳에선 갈기갈기 찢겨 죽어도 이상하지 않은 자였다.

그러니 블라이스는 데네브라를 배신할 리가 없었다.

지휘관이 마뜩잖은 얼굴로 그를 불러 세웠다.

"블라이스, 우리가 왜 배를 타야 하지?"

"그야 오르테가의 모든 병력이 티타니아를 막고 있으니까."

"그런 이야긴 듣지 못했는데."

"죽은 선왕이 아들에게 국경을 넘겼다는 소식은 들었을 거 아냐. 그 이유까진 생각 안 해봤나 봐?"

"배를 타고 가면 남부 함대와 마주치게 된다. 그들과 손을 잡으란 얘기냐? 무혈 제독은 우리 명령을 듣지 않을 텐데."

"걱정하지 마. 남부 함대는 당분간 움직이지 않을 테니까."

"뭐? 왜?"

지휘관이 말에서 내려 다가왔다. 블라이스가 그에게 가까이 다가가 낮게 속삭였다.

"카루스 란케아가 변절했으니까."

지휘관이 크게 숨을 들이마셨다. 그는 믿을 수 없다는 얼굴로 블라이스를 노려보았다. 그러다 간신히 표정을 갈무리하더니 목소리를 낮추어 물었다.

"그게 사실이냐? 무혈 제독이 변절했다고?"

"이건 극비 사항이야. 데네브라 님은 아직도 결정을 내리지 못했어. 알다시피 그분은 황제 폐하보다 카루스 란케아를 훨씬 깊이 사랑하잖아."

"하……."

"황제가 너희에게 오르테가를 치라고 한 것도 다 이유가 있어 그런 거야. 황제는 북부와 전쟁중인데, 지금 남부와 싸우고 싶을 리가 없잖

아. 그런데 너희가 이렇게 국경까지 내려와 으르렁거리고 있으니, 잘 됐구나 싶었겠지."

"이기면 좋고, 져도 그만인 패였나."

"이기면 정복했으니 좋고, 지면 변절자들을 한 번에 쓸어낼 수 있으니 좋고."

거짓말은 처음이 어렵지, 한 번 물꼬를 트면 술술 잘만 흘러나오기 마련이다. 블라이스는 지휘관이 자신의 말에 휘둘릴 수밖에 없으리라고 판단했다.

무혈 제독이 황제에게 등을 돌릴지도 모른다는 건 바이칸에서도 오래된 이야기였고, 데네브라가 황제보다 그를 더 사랑한다는 건 그보다 더 유명한 진실이었으니까.

게다가 지휘관은 남부 함대 전체가 황제가 아닌 카루스의 명령을 따르게 됐으리라곤 상상조차 하지 못했다.

"바다를 통해 가야 한다고……."

지휘관이 낮게 신음하며 티타니아를 바라보았다.

혼란스러웠다. 데네브라의 입장이 모호하니 황제의 밀명을 무작정 따를 수도 없고, 그렇다고 변절자의 편을 들 수도 없었다.

그래도 황제가 그들을 적지에 떠밀어 소모하기로 했다는 것만은 확실하게 알 수 있었다.

그가 입술을 비틀었다.

"모두 멈춰라!"

그날 산맥을 통해 남하하려던 데네브라의 병력이 서쪽으로 방향을 틀었다.

그들은 가까운 항구에서 최대한 많은 인원을 수용할 수 있는 상선과 군함을 동원해 일단 드추바 섬으로 향하기로 했다.

그곳에서 데네브라의 전갈을 기다리겠다는 것이다. 블라이스의 말에 의하면 데네브라는 감옥에 갇혀 있는 것도 아니라고 하니까, 아직 협상의 여지는 충분히 남아 있었다.

한마디로 무력을 앞세워 저울질하겠다는 소리였다.

블라이스는 그들과 함께 움직이지 않았다.

그는 오르테가에서 아무도 몰래 빠져나온 거라며 빨리 데네브라에게 돌아가야 한다는 핑계를 댔다. 그러곤 왔던 길을 되돌아가기 시작했다.

전쟁을 앞두고도 콧노래를 부르며 여유롭게 걸어가는 그의 뒷모습을 노려보며, 지휘관이 가래침을 탁 뱉었다.

"레인저들을 불러라."

"왜 그러십니까?"

"황비께서 누구를 택하든, 이제 저놈은 없는 편이 나을 것 같다는 생각이 드는군. 어느 쪽에 붙어도 이상할 게 없는 놈은 오래 살려두지 말아야 해."

"죽일까요?"

"몰래 뒤쫓다가 조금이라도 수상한 낌새가 보이면 그 자리에서 없애라."

"알겠습니다."

"죽인 뒤에는 벼랑에서 떨어뜨려버려. 시체조차 찾지 못하게 해라."

"예."

"더러운 노예 새끼."

블라이스가 떠난 자리에 한 무리의 레인저가 모습을 드러냈다. 날렵한 차림새에 검은 가죽 갑옷, 암기로 무장한 그들이 눈짓을 주고받으며 블라이스의 뒤를 쫓기 시작했다.

―•◆•―

율리아는 오랜만에 자신의 저택으로 돌아왔다. 집사와 트루디가 함께 나와 그녀를 맞이했다.

"백작님! 왜 이렇게 오랜만에 돌아오셨어요. 이럴 줄 알았으면 왕궁까지 따라갈 걸 그랬어요. 제가 시중을 들어드렸어야 했는데."

"왕궁에도 전속 하녀는 있어."

"그래도 저처럼 일을 잘하진 못하잖아요."

"잘하니까 저택에 남긴 거야."

율리아가 피식 웃으며 트루디에게 모자와 장갑을 건넸다. 집사가 그녀에게 문을 열어주더니 안으로 따라 들어왔다.

"여기저기에서 선물과 초대장이 쏟아지고 있습니다. 백작님은 왕궁에 계신다는 말로 대부분 돌려보냈으나, 막무가내인 자들이 있어 할 수 없이 전갈만 받아두었습니다."

"여기도 그래요?"

"왕궁에서도 비슷했나 보네요."

집사가 허허 웃으며 집무실 문을 열었다. 율리아는 그에게 고맙다는 뜻으로 고개를 살짝 숙여 보이곤 그 안으로 들어갔다.

책상 위에 수십 통의 편지가 작위와 파벌에 따라 분류되어 있었다.

"이쪽부터 읽으시면 됩니다."

집사가 오른쪽 끝에 있는 편지를 가리키며 말했다. 율리아가 웃으며 그에게 물었다.

"뭐가 기준인데요?"

"백작님께 도움이 될 만한 자들은 오른쪽에, 백작님께 도움을 바라는 자들은 왼쪽으로 분류했습니다. 겹쳐놓은 것 중 가장 위에 있는 것이 작위가 높은 가문이고, 이쪽에 따로 빼놓은 것들은 상인연합과 아카데미 그리고……."

유능한 집사였다. 율리아는 그를 소개해준 코코에게 마음속으로 감사 인사를 하며 가장 오른쪽 위에 있는 편지를 집어 들었다.

그런데 그가 품속에서 또 하나의 편지를 꺼냈다.

"그건 뭐예요?"

"정체불명의 심부름꾼이 몰래 놓고 갔는데, 다른 사람이 보면 안 될 것 같아서 제가 보관하고 있었습니다."

집사가 꼬깃꼬깃 구겨진 편지 봉투를 내밀었다. 율리아는 그걸 받자마자 겉면에 아무렇게나 적힌 글씨를 보고 두 눈을 크게 떴다.

알렉사의 필체였다.

먼저 집었던 편지를 던지듯 내려놓은 율리아가 봉투를 뜯었다.

[당신의 아버지, 주벤 아르테의 흔적을 찾았습니다.]

편지엔 믿을 수 없는 소식이 들어 있었다. 율리아가 떨리는 손으로 입술을 매만졌다. 눈치 빠른 집사와 트루디가 조용히 문을 닫고 집무실 밖으로 나갔다.

알렉사와 맥스웰은 바이칸 서북부의 항구 도시 무스빌리에서 트리스탄이라는 용병을 고용했다.

그 바닥에서 가장 잔뼈 굵은 용병 대장이 합류했으니 앞으로 그들이 북부 전선을 오가는 데는 큰 문제가 없을 터였다.

그렇게 가짜 용병패와 계약서가 만들어지길 기다리는 사이, 용병들과 어울리던 맥스웰이 흥미로운 소식을 하나 물어왔다.

은퇴한 용병 중에 주벤 아르테라는 이름을 아는 자가 있다는 것이었다.

"주벤 아르테라……."

그는 젊은 시절 용병으로 살다가 어느 해상 전투에서 두 눈을 잃어 그때부터 그물 짜는 일을 해왔다고 했다.

"아르테라는 성은 잘 몰라. 하지만 주벤이 누군지는 알지."

"흔한 이름입니까?"

"몇 명 있기야 하겠지. 그런데 그 나잇대의 해적이라면…… 내가 아는 그놈이 맞을 것 같은데."

"어떤 사람이었습니까?"

알렉사가 노인의 곁에 가까이 다가가 앉았다. 맥스웰은 그에게 시원한 술을 한 잔 건네고, 그가 짜던 그물을 한쪽으로 치웠다.

"그놈은 왜 찾는 건데?"

"이거 필요하시죠?"

맥스웰이 그물을 빼앗긴 그의 손에 금화를 쥐여 주었다. 노인이 누런 이를 드러내며 히죽 웃었다.

"돈이면 다 되는 줄 알아?"

"그럼요."

"주벤은 미친놈이었어."

노인이 술을 쭉 들이켜곤 입을 열었다.

"해적 놈들이 다 그렇긴 한데…… 그놈은 특별히 미친놈이었어. 웬 미신을 그렇게까지 맹신하는지. 소원을 이루려면 뭘 찾아야 한다고 그러던데. 그게 있어야만 용서받을 수 있다고."

"그게 뭔데요?"

"기억 안 나."

"아이고, 이 양반…… 욕심이 아주 그득하시네."

맥스웰이 노인의 손에 금화를 하나 더 쥐여주었다. 그러자 그가 히죽 웃으며 다시 입을 열었다.

"푸른 바다의 환초."

알렉사가 잠시 숨을 멈추고 맥스웰을 바라보았다. 그의 얼굴도 딱딱하게 굳어 있었다.

푸른 바다의 환초는 율리아가 삼켰다던 저주의 매개체가 아닌가.

"혹시."

알렉사가 노인에게 얼굴을 조금 더 가까이하고 물었다.

"그 보석에 대해 또 다른 말을 하지는 않았습니까?"

"했지."

"무슨 말이었습니까?"

"저주를 완성하면 시간을 역행할 수 있다는 미친 소리를 했어. 언제든 원하는 과거로 돌아갈 수 있다던가. 그걸 찾아서 아내가 죽기 전으로 돌아가야 한다고 입버릇처럼 말했지. 미친놈."

"시간을 역행할 수 있다고요?"

"나처럼 술을 많이 마시던 놈도 아니고, 나이도 제법 젊은 놈이었는데……. 정신 차리라고 몇 번이나 꾸짖었는데 들은 체도 안 하더라고."

노인이 남은 술을 한입에 털어 넣었다. 그러곤 알렉사에게 물었다.

"그나저나 얼마 전에도 비슷한 걸 물어보는 사람이 있었는데, 자네들은 도대체 누군가?"

"비슷한 걸 물어봤다고요?"

"그래. 하도 수상해서 말 안 하려고 했는데, 금화를 많이 주더라고."

노인은 이미 반쯤 취해 있었다. 알렉사와 맥스웰이 오기 전부터 술을 마시고 있던 모양이었다.

"주벤은 그 보석을 미친 듯이 찾아다녔어. 여러 번 죽을 뻔하기도 했지. 그걸 찾으려고 해적이 되었다는 말을 들었을 때는 나도 모르게 싸대기를 후려쳤다니까?"

"그는 죽었습니까?"

"죽었어."

노인이 후, 한숨을 내쉬었다.

"딸이 하나 있다고 들었는데. 그 딸도 아버지가 말도 안 되는 전설을 쫓아다니다 비명횡사했다는 건 모르는 채 사는 게 나을 거야."

"어떻게 죽었습니까. 혹시 무덤이라거나……."

"해적 놈한테 무덤은 무슨! 놈은 그 보석 때문에 해적선을 이리저리 옮겨 다니다가 배신자로 낙인찍혀서 처형당했어. 해적식으로."

해적식으로. 그게 뭔지 아는 두 사람은 차마 더 묻지 못하고 입을 다물었다.

주벤 아르테는 율리아에게 돌아가지 못하고 산 채로 바다에 던져진 것이다.

알렉사가 마지막으로 물었다.

"비슷한 걸 물어보러 왔던 사람들에 대해선 기억하십니까?"

"앞도 안 보이는 내가 그걸 어떻게 알아. 그냥…… 돈을 많이 줬어. 그리고…… 또 누가 와서 같은 질문을 할 거라고. 그때 뭐라고 했더라……."

연거푸 술을 들이켠 노인이 흐릿한 눈동자를 끔벅거렸다.

알렉사가 눈썹을 찡그리며 맥스웰을 바라보았다. 그도 같은 생각을 했는지 자세를 낮춘 채 무기에 손을 가져가고 있었다.

주벤 아르테의 흔적을 찾는 자. 율리아는 그들에게 그에 대해 경고했다.

알렉사가 몸을 일으키며 말했다.

"제가 먼저 나가겠습니다."

"부탁드립니다."

노인이 그물을 짜던 창고는 부두에서 조금 먼 곳에 있었다. 규칙적인 파도 소리와 함께 낯익은 오싹함이 느껴졌다.

알렉사는 창고 문을 열자마자 재빠르게 자세를 낮추고 검을 휘둘렀다.

"크아아아악!"

정체불명의 사내들이 창고 밖에서 그들을 기다리고 있었다. 수가 제법 많았다. 기척을 감추는 실력이 뛰어난 걸 보니, 분명 소속이 있는 암살자들일 터였다.

그러나 알렉사는 당황하지 않았다. 검을 쥔 그녀는 왕자궁의 앳된 시녀님이 아니었다. 눈앞에 쏟아지는 핏물을 보면서도 표정 하나 변하지 않은 그녀가 순식간에 적들 속으로 파고들었다.

[그들을 보낸 자의 이름까지는 알아낼 수 없었습니다. 심문을 시작하기도 전에 스스로 목숨을 끊었거든요. 한데 그들이 죽기 전에 이런 말을 남겼습니다.]

편지를 쥔 율리아의 손가락이 살짝 떨렸다.

[붉은 산의 다이아몬드가 너를 찾을 것이다.]

42
안녕

아버지는 낭만적인 사람이었다.

아홉 번의 삶을 살면서 율리아는 아버지에 대한 원망이나 그리움을 거의 버렸다. 이제는 그가 밉지 않았고, 간절하지도 않았다.

실패할 때마다 다시 살아야 했던 그녀에게 '만약'이라는 건 그다지 큰 의미가 없었다.

만약 아버지가 그때 날 버리지 않았다면 어땠을까. 버렸다가 금세 다시 찾으러 왔다면. 시간이 흐른 후에라도. 아니면 죽기 전에 편지 한 장이라도 남겼다면.

나는 조금 덜 힘들었을까.

예전엔 그런 생각을 종종 했다. 종종 했다고 기억하고 있지만, 어쩌면 아주 많이 했을지도 모른다.

복수에 도움되는 게 아니라면 쓸모없는 기억으로 분류해 제대로 간직하지 않았으니, 어리고 철없던 첫 번째의 율리아는 아버지뿐만 아니라 자기 자신에게도 버려진 거나 다름없었다.

주벤 아르테는 무책임하지만, 낭만적인 사람이었다.

어린 딸이나 자신의 삶보다도 죽은 아내를 소중히 여겼다. 엄마 얘기를 해달라고 조르는 딸에게조차 아내와의 추억을 말 못 할 만큼 그의 슬픔은 깊었다. 사랑에 잠식돼 자신을 잃었다.

말할 수 없이 이상한 기분이었다. 율리아는 알렉사의 편지를 한 손에 든 채 자신의 집무실을 바라보았다.

규칙적으로 늘어선 책장과 그 안에 가득 찬 책들. 책상은 넓고 창문은 좁았다. 아직도 새 가구 냄새가 다 빠지지 않아 여기저기에 숯이 놓여 있었다.

좁고 긴 창문 밖으론 바다가 보였다. 작은 백사장을 끼고 있는 아름다운 해변이었다. 창문을 열면 이제는 자신의 심장 소리보다 익숙해진 파도 소리가 들릴 것이다.

주벤 아르테는 바다를 좋아했다. 율리아와 함께 바다를 보는 것도, 백사장을 걷거나 조개를 줍고, 파도에 몸을 던지며 노는 것도 좋아했다.

머릿속이 복잡해질 때마다 바다를 찾는 건 어쩌면 그녀가 아버지를 닮았기 때문인지도 모른다.

이 저택을 받았을 때도 그랬다. 자신은 왕궁에서 살 계획이니 필요 없다며 한사코 사양했지만, 막상 바닷가 언덕 위에 낮게 지어진 저택을 보니 아버지와 함께 배를 타고 바다 위를 떠돌던 생각이 났다.

다행이다. 당신이 낭만적인 사람이어서.

당신이 죽었다는 게 내게 기쁜 소식이 아니어서.

율리아가 편지를 한 차례 쓰다듬었다. 알렉사의 마음이 느껴지는 편지였다. 한 문장, 한 글자를 쓸 때마다 율리아가 받을 상처를 염려했을 그녀는 결국 어설픈 위로 한마디 적어 넣지 못하고 담백하게 편지를 끝냈다.

그래서 더 큰 위로가 되었다. 편지를 쓰면서 얼마나 고민했을까.

율리아는 집무실을 박차고 나섰다.

"오자마자 미안해요. 급하게 다녀올 데가 있어서."

"아닙니다. 기다리고 있겠습니다."

들어오자마자 다시 나가려는 율리아에게 집사가 부드럽게 미소 지었다. 어느새 달려온 트루디가 모자와 장갑을 내밀었다.

율리아는 남부 함대 사령관저로 향했다. 마차 안에서도 그녀는 알렉사가 보낸 편지를 몇 번이나 다시 읽었다.

자꾸 얼굴이 굳는 게 느껴졌다. 머릿속은 복잡하고, 마음이 소란해서 그런 것 같았다.

율리아는 가만히 눈을 감고 심호흡했다. 관저에 도착한 뒤에는 급하게 달려 나오는 바바슬로프를 보고 재빨리 표정을 갈무리했다.

"연락도 없이 와서……."

"복덩이, 아니…… 백작님. 무슨 일 있어?"

바바슬로프가 율리아에게 바짝 다가와 머리를 기울였다. 그의 시선이 율리아의 얼굴을 샅샅이 훑고 지나갔다.

"무슨 일 있구나."

"아닌데요."

"멀쩡한 척해봤자 소용없어. 유령은 속여도 나는 못 속이거든."

"어떻게 알아요?"

"자세히 보면 알지. 관심을 기울이면 알고. 신경이 쓰이니까 알고. 그걸 계속하다 보면 자연스레 알게 되고."

율리아가 애써 웃음 지었다.

"바바슬로프는 다정해요."

"그걸 아는 사람이 너밖에 없는 게 문제야. 나…… 언젠가는 장가 갈 수 있겠지?"

"그럼요. 여자들이 곧 줄을 설 거예요."

바바슬로프는 마차에서 내리는 율리아를 보자마자 그녀에게 무슨 일이 있다는 걸 알아챘다. 하지만 꼬치꼬치 캐묻는 대신 실없이 웃음을 주는 편을 택했다.

그와 함께 건물 안으로 들어간 율리아는 곧장 카루스의 방으로 안내되었다. 문을 열고 들어가자 의자에 앉아 있던 그가 벌떡 일어나 율리아에게 다가왔다.

그러곤 눈썹을 찡그리며 물었다.

"무슨 일 있어?"

율리아가 두 눈을 깜박이며 바바슬로프를 쳐다보았다. 그가 입술로 '거 봐.'라고 말하더니 웃으며 밖으로 나갔다.

"어떻게 알아요?"

"뭐가."

"다들 어떻게 내 얼굴을 보자마자 무슨 일이 있다는 걸 알아채는 거예요? 제가 어린애처럼 울면서 나타난 것도 아니고, 표정을 관리하는 데는 나름 도가 텄다고 생각했는데."

"무슨 일인데."

"카루스 님."

"표정을 관리해야 할 정도로 큰일이란 게 도대체 뭔데."

카루스가 율리아의 손을 잡았다. 부드러운 힘에 이끌려 창가로 걸어간 그녀는 그가 앉아 있던 의자에 앉게 되었다.

열린 창문에서 바닷바람이 밀려들어 와 목덜미를 간질였다. 카루스의 집무실에서도 바다가 보였다.

카루스가 책상에 걸터앉아 율리아를 바라보았다. 새까만 머리카락이 흘러내려 그의 이마와 눈을 가렸다. 머리카락 사이로 보이는 그의 눈은 온통 율리아에 대한 걱정으로 가득했다.

율리아가 충동적으로 입을 열었다.

"제가 어느 날 갑자기 죽어버리면."

"율리아."

"어떻게 하실 거예요?"

당신도 우리 아버지처럼 길을 잃고 헤매게 될까. 당신의 마음이 가볍지 않다는 건 알고 있지만, 우리 아버지처럼 낭만적인 사람은 아니니까.

당신은 그와 다르지 않을까. 잠시 슬퍼하다가도 금세 잊고 나를 만나기 이전으로 돌아가 잘 살지 않을까.

율리아는 그게 궁금했다.

그가 그랬으면 좋겠다고 생각하면서도 마음 한구석에는 어린애처럼 비틀린 욕심이 있었다.

"죽는다고?"

카루스의 얼굴이 무시무시하게 굳었다. 율리아는 그에게 대수롭지 않은 질문이라는 걸 이해시키려 했지만, 그 전에 그가 말했다.

"그런 건 없어."

"네?"

"네가 없는 이후의 나라는 건 있을 수 없어."

처음엔 무슨 말인지 이해가 되지 않았는데, 갑자기 목이 확 메었다.

카루스가 손바닥으로 자신의 얼굴을 문질렀다. 그는 그 순간에도 제 얼굴이 지나치게 딱딱하게 굳어 있다는 걸 신경 쓰고 있었다.

"왜 갑자기 그런 걸 물어보는 거야."

"알렉사한테 편지가 왔어요."

율리아가 카루스의 손에 편지를 쥐여주었다. 그가 한숨을 삼키며 편지를 읽었다. 그러곤 한동안 아무 말도 하지 않았다.

율리아는 카루스의 눈동자가 글씨를 따라 움직이는 걸 가만히 바라보았다. 그리고 그의 검은 눈이 묵직한 슬픔으로 침잠하는 것도 지켜보았다.

"네 아버지가……."

"죽었을 거라고 했잖아요."

"율리아."

"괜찮아요."

괜찮다. 정말이었다. 아버지가 죽었을 거라는 건 삶을 반복하기 이전부터 확신했던 일이다.

"아버지는 어머니가 없는 세상에서 살 수가 없었던 거예요. 제가 어릴 때는 딸을 지켜야 한다는 의무감으로 어떻게든 버티긴 했는데, 푸른 바다의 환초에 대해 알게 된 뒤에는 더는 참을 수 없었겠죠."

"시간을 역행하려고 했군."

"어머니가 죽기 전으로 돌아가서, 그분을 살리고 싶었던 거예요."

율리아가 서글피 웃었다.

"아버지는 딸을 버리면서까지 그 보석을 죽어라 찾아다녔는데, 결국엔 제가 그 저주의 주인이 되었어요."

카루스는 무슨 말을 해야 할지 모르겠다는 얼굴이었다. 그가 몇 번이나 입술을 달싹이며 할 말을 찾다가 삼키는 모습을, 율리아는 조용히 지켜보았다.

갑자기 가슴이 찌르르 울리더니 뜨거운 기운이 솟아올랐다.

"저는……."

괜찮다는 말을 수없이 했는데 왜 목소리가 떨리는지도 모를 일이었다.

"돌아가고 싶지 않아요."

"율리아."

"아버지가 찾아 헤매던 저주의 완성이라는 게 어떤 의미인지는 모르지만, 제게 그런 일이 일어난다고 해도…… 저는 과거로 돌아가고 싶지 않아요."

마조람 후작에게 착취당하기 전으로, 아버지가 죽기 전으로, 버려지기 전으로 돌아가고 싶지 않았다. 그 모든 비극을 막을 수 있다고 해도 마찬가지였다.

"이기적이죠. 제가 이렇게 끔찍한 사람인 줄 몰랐어요. 제가 아는 모든 사람의 불행을 막을 수 있다고 해도…… 죽은 사람을 살릴 수 있다고 해도, 절대 돌아가고 싶지 않아요. 저는 그냥 이대로 살고 싶어요. 이번엔 꼭 제대로 죽고 싶어요. 그냥 이렇게 평범하게 살다가……."

남들처럼 죽고 싶다.

"동화처럼."

오래오래 행복하게 살다가 죽고 싶다.

율리아가 웃었다. 고통을 심어 꽃처럼 피워낸 미소였다.

카루스가 손을 내밀었다. 율리아가 그의 손을 잡자, 이번에도 부드러운 힘으로 몸이 일으켜졌다. 신기했다. 이렇게 커다랗고 딱딱한 손인데, 그녀를 당길 때는 모래처럼 힘이 없었다.

그의 가슴이 눈앞에 있었다. 율리아는 자신이 그의 품에 반쯤 안겨 있다는 걸 알았다.

천천히 오르내리는 카루스의 가슴을 보고 있자니 문득 서러워졌다. 왜 하필 나한테 이런 일이 일어난 걸까. 이 세상에 얼마나 많은 사람이 있는데, 왜 하필 나였을까. 혹시 아버지가 그 보석을 찾아 헤맸던 게 원인이었을까.

"나는……."

카루스가 입을 열었다. 그의 낮은 목소리가 머리 위에서 들려, 율리아가 고개를 바짝 들었다.

눈이 마주쳤다.

"네 아버지와 같은 선택을 할 거야."

"네?"

"저주에 매달려서라도 네가 살아 있는 시간으로 가고자 할 거라고."

말문이 막혔다. 자신은 누가 어떻게 되든, 누구에게 어떤 불행이 일어나든 돌아가고 싶지 않다고 말했는데.

"무슨 대가를 치르더라도, 나한테 얼마나 깊은 고통이 있을지라도 네가 있는 곳으로 갈 거야."

"그렇게 말하지 마세요."

"겪어본 적도 없으면서 함부로 말하지 말라고?"

"그런 게 아니라……."

"율리아."

네 아픔은 내게 고통이다. 카루스가 속삭였다.

바람을 닮아 닿자마자 흔적처럼 사라지는 고백이었다. 율리아는 뭐라 대답할 새도 없이 그의 목소리에 휩쓸렸다.

"너는 나쁘지 않아."

그가 큰 손으로 율리아의 어깨를 감싸안았다. 어떻게 위로해야 할지 몰라 뻣뻣하기 그지없는 동작인데도, 율리아는 위로받았다.

"너는 할 만큼 했어. 너무 많이 했어. 네가 구원할 사람은 너야."

"카루스 님."

"시간을 되돌려서 아버지를 구하러 가지 않아도 돼."

아무도 구하지 않아도 된다.

그건 네 탓이 아니고, 네 책임도 아니다.

언제든 원하는 과거로 돌아갈 수 있다는 건 사람이라면 누구나 갖고 싶은 능력일 것이다.

실수했던 때, 실패했던 때, 사랑을 잃거나 사람을 잃었던 때, 혹은 남의 행운을 빼앗아오고 싶을 때.

무엇이든 마음대로 할 수 있으리라. 부귀영화를 가질 수 있고, 권력의 정점에 오를 수도 있었다. 언제든 원하는 과거로 돌아갈 수 있다면, 뜨개질하듯 삶을 엮어나갈 수 있다. 실이 엉키면 풀고, 코가 빠지면 풀어서 다시 뜨면 되니까.

율리아는 어떻게 해야 저주가 완성되는지는 몰랐다. 알렉사와 맥스웰도 거기까지는 아직 알아내지 못했다고 했다.

다만 짐작되는 건 한 가지 있었다.

붉은 산의 다이아몬드.

북부 패전국 연합에 소속된 한 왕국의 광산에서 발견되어 황제의 전리품이 되었다가 황비에게로, 그리고 블라이스의 손을 거쳐 율리아에게, 이후엔 카루스에 의해 황제에게 돌아간 보석.

율리아는 '돌이킬 수 없는 사랑'이라는 이름에서 주목해야 할 부분은 '사랑'이 아니라 '돌이킬 수 없는'이라고 판단했다.

푸른 바다의 환초도 마찬가지였다.

바다에서 온 파란색 보석이기에 붙은 이름이겠으나, '환초'는 뱃사람들에게 일종의 거점이었다. 때로는 항로의 교차로가 되기도 했다.

나는 그 보석을 삼켰는데.

붉은 산의 다이아몬드가 대적자의 것이라면 그 보석은 어째서 아직도 이 세상을 돌아다니고 있는 걸까. 저주는 다르게 작용하는 것인가. 대적자는 나를 찾아서 뭘 어떻게 하려는 건가.

코코는 언제나 최악의 상황을 염두에 두어야 한다고 말했다. 율리아도 그녀의 의견에 전적으로 동의했다.

"카루스 님!"

늦게까지 카루스와 함께 대화를 나누던 율리아가 저택으로 돌아가기 위해 집무실을 나섰을 때였다. 왕궁에서 데네브라와 제국인들을 감시하던 그의 부하가 바바슬로프와 함께 달려왔다.

"보고드릴 게 있습니다."

"뭔데."

"지금까지는 주기를 가지고 규칙적으로 오가던 새가 오늘 한꺼번에 날아들었습니다."

"황제의 새?"

"그렇습니다."

카루스가 바바슬로프를 바라보자 그가 고개를 끄덕였다.

"명령하신 대로 실력 있는 궁수를 배치해두고 조금이라도 수상한 낌새가 보이면 쏘라고 명령했습니다."

바바슬로프가 카루스에게 작은 종이를 내밀었다. 죽은 새에게서 회수한 것이라고 했다. 카루스가 서둘러 종이를 펼쳤다.

그러곤 턱에 힘을 잔뜩 주고 중얼거렸다.

"크세노 이 개새끼가……."

"무슨 일이에요?"

율리아가 물었다. 그녀도 심상치 않은 기운을 감지했는지, 목소리가 단단했다.

카루스가 깊이 심호흡하며 말했다.

"황제가 국경에 있는 데네브라의 병력을 움직였어. 오르테가에 억류된 황비를 구출하라는 명령이야."

"병력…… 군대가 온다고요?"

"그래."

말도 안 된다. 율리아가 중얼거렸다. 이건 악수였다. 황제가 미치지 않은 바에야 이런 선택을 할 리가 없었다. 어떤 누구에게도 도움이 되지 않는 멍청한 선택이었다.

죄를 지은 건 데네브라였다. 이제 주변 모든 국가가 이 사실을 알았다. 황제가 저런 식으로 나오면 남부에 연합이 결성되는 건 시간문제였다.

북부의 약진, 카루스의 변절, 황비는 죄인이 되었고 남부는 급격한 변화의 시기를 맞았다.

"저라면 절대 이러지 않았을 거예요."

율리아가 말했다.

"공적이 되길 자처하다니."

그렇게 말한 뒤, 그녀가 날듯이 달리기 시작했다.

캄캄한 밤이었다. 율리아는 남부 함대 사령관저에서 마차를 타고 왕궁으로 돌아왔다. 그녀의 발걸음에 조급함이 묻어났다.

"율리아 시녀님?"

왕비궁 앞에서 발을 내린 율리아가 빠르게 걸어 안으로 들어갔다. 입구를 지키던 병사들이 그녀의 얼굴을 확인하곤 서둘러 문을 열어 주었다.

"황비 전하!"

데네브라의 시중인들도 율리아를 막지 않았다. 완벽하게 고립된 황비에게 유일하게 말 상대를 해주는 사람이 율리아였기 때문이다.

"미쳤느냐? 지금이 몇 시인데 막무가내로 찾아와! 내가 시도 때도 없이 널 만나주는 사람인 줄 아느냐?"

"여쭤볼 게 있어요."

"요즘 네가 날 아주 우습게 보는 모양인데, 정말로 죽고 싶지 않으면……."

"크세노 황제는 어떤 사람이죠?"

"뭐?"

데네브라가 멍하니 되물었다.

⁂

율리아가 데네브라에게 황제가 어떤 사람인지 묻고 있을 때, 당사자인 크세노는 북부와의 전쟁에서 첫 패배를 맛보고 있었다.

"공성 병기입니다!"

후방 보급부대 지휘관이 희게 질린 얼굴로 달려왔다. 그는 크세노 앞에 부복한 채 절절한 분노를 담아 말했다.

"제국산 공성 병기입니다. 만든 지 얼마 되지 않은 것 같았습니다. 도대체 누가…… 누가 저것을 놈들에게 넘겼는지 알아내야 합니다!"

"공성 병기라고?"

"보급 부대에 타격이 큽니다. 진격하여 앞에서 놈들을 격파하거나, 후퇴하여 재정비해야 합니다."

다른 사람들은 이대로 진격하길 원했다. 통일 대륙을 눈앞에 둔 황제에게 후퇴란 있을 수 없는 일이었다. 특히 북부와의 싸움에선 반드시 압도적인 승리를 거둬야 했다. 그래야 또 다른 반란을 방지할 수 있었다.

회의실을 가득 메운 각 부대의 지휘관들이 언성을 높였다.

크세노는 말없이 그들을 바라보았다.

공성 병기라. 북부 패전국 연합이 바이칸에서도 특별히 취급되는 거대 공성 병기를 어떻게 입수했는지는 불 보듯 뻔했다.

"저건 데네브라의 것이다."

"예?"

다들 할 말을 잃었다. 데네브라의 것이라니. 그렇다면 황비가 남편인 황제를 배신하고 북부에 전쟁 물자를 지원했다는 소리인데.

"황비와 그녀의 측근인 블라이스 백작이 북부에 전쟁 자금을 지원했다는 첩보가 있었다."

"아니, 도대체 왜……!"

"그리고 데네브라는 지금 남부에 있지. 그놈의 사랑에 미쳐서."

황제는 꼭 혼잣말하는 사람 같았다. 당황한 지휘관들이 몇 번이나 되물었지만, 그들에게 대답은 해주지 않고 자기가 하고 싶은 말만 대충 내뱉었다.

그러다 벌떡 일어나며 말했다.

"후퇴한다."

"폐하!"

"평원을 내주고 인근 도시에서 보급을 확충해라."

"안 됩니다! 여기서 우리가 한 걸음이라도 물러났다간 패전국들이 ……."

황제는 뒤돌아보지 않았다. 흡사 고함을 지를 기세로 성토하는 지휘관들을 내버려둔 채, 심복 호르헤와 함께 자신의 거처로 돌아왔다.

"호르헤."

"예, 폐하."

"그러고 보니 카루스가 사랑에 빠졌다고 했던가?"

"그런 이야기가 있었지요. 그래서 데네브라 황비께서 크게 분노하시어 곧장 남부행을 명령하셨다고 했습니다."

"상대가 누구라고 했었지?"

그때는 데네브라의 행태를 조롱하며 가볍게 웃어넘겼던 황제가 다시금 관심을 내보였다. 호르헤는 머릿속을 뒤져 그가 원하는 정보를 찾아냈다.

"황비 전하를 찾아온 오르테가의 귀족이 말하길, 그 상대는 율리아 아르테라고 했습니다."

"율리아 아르테?"

크세노의 눈가에 미약한 경련이 일었다. 그가 웃는 얼굴 그대로 다시 물었다.

"레위시아 오르테가를 왕으로 만든 시녀들의 이름이 뭐라고?"

"코델리아 힌치와 알렉사 콴, 그리고 율리아 아르테입니다."

"하……."

크세노가 버석하게 마른 웃음을 터뜨렸다. 눈가의 경련이 심해지고 있었다.

이를 드러낼 기세로 크게 미소 지은 그가 참을 수 없다는 듯 두 손으로 얼굴을 마구 문질렀다.

그러곤 마지막으로 물었다.

"마지막 해적왕의 유서를 가져간 놈은."

"주벤 아르테라고 했습니다."

얼마 전 황제의 명령으로 주벤 아르테의 흔적을 쫓던 암살자들이 전부 죽은 채로 발견되었다. 대단한 실력자의 솜씨였다. 그들 모두 일류였으나, 반격 한 번 제대로 하지 못하고 당했다.

너로구나.

미칠 듯한 분노와 희열이 동시에 느껴졌다. 아르테, 너로구나. 너도 나를 찾고 있었구나. 의도적으로 정보를 흘리고, 내가 네게 닿기를 기다렸구나. 과연 나의 대적자답다.

푸른 바다의 환초가 그의 대적자로 선택한 자.

율리아 아르테.

◆

데네브라는 크세노를 사랑하지 않았다. 좋아하지도 않았다. 그녀에게 황제는 황금의 성 같은 존재였다.

"권위적이고 자신감이 넘치지. 너 같은 변두리 왕국의 시녀 따위는 상상조차 할 수 없는, 타고난 정복자야."

"그리고요?"

"예전에는 그 자신감 넘치는 모습이 제법 믿음직스러웠지. 황제가 정복 전쟁에 빠져 수시로 황성을 비우는데 단 한 번도 반역이 일어나지 않은 이유가 무엇이겠어. 크세노는 황제의 성, 그 자체야."

"예전에는?"

율리아가 되물었다. 그녀는 데네브라가 저도 모르게 내뱉은 빈틈을 놓치지 않았다.

"예전에 그랬다는 건, 지금은 그렇지 않다는 말이네요?"

데네브라의 눈에서 약간의 흔들림이 느껴졌다. 율리아를 지그시 노려보던 그녀가 잠자리를 준비하던 시녀들에게 문을 가리키며 명령했다.

"나가."

"예, 전하."

시녀들이 발소리도 없이 문밖으로 나갔다. 넓은 침실엔 데네브라와 율리아뿐이었다.

"크세노에 대해 궁금한 게 많은 모양인데."

데네브라가 드레스 가운을 벗고 침대에 앉았다. 커다란 침대가 출렁였다.

"내가 왜 너한테 그걸 말해줘야 하는지, 그 이유 정도는 알려줘야지. 샤트린 공주를 죽이려다 실패했으니 너희가 날 가둬두는 거야 이해하겠는데, 꼭 같은 편이라도 된 것처럼 굴면 곤란해."

"전하."

"난 크세노가 싫어. 그래도 그가 내 남편이자 바이칸의 황제라는 사실은 변하지 않지."

데네브라는 황비답게 말하고 있었다. 아슬아슬한 잠옷 차림으로 그냥 침대에 앉아 있을 뿐인데도 그녀의 눈빛과 태도, 말투 모든 게 권위적이었다.

그런데 율리아는 그런 건 아무래도 상관없다는 태도로 데네브라에게 더욱 가까이 다가왔다.

"황제가 당신의 사병들에게 명령을 내렸어요. 황비 전하가 오르테가에 억류되어 있으니 당장 티타니아를 넘어가서 구출하라고요."

"뭐? 그럴 리가."

데네브라가 웃음을 터뜨렸다. 그녀는 긴 다리를 반대쪽으로 꼬아 앉았다. 그러곤 한쪽 팔을 뻗어 코앞까지 다가온 율리아의 얼굴에 손을 올렸다.

데네브라의 미지근한 손바닥이 율리아의 얼굴을 쓰다듬었다.

의미를 알 수 없는 행동이었다. 다만 폭력을 쓰려는 것 같지는 않아서, 율리아는 그냥 가만히 서 있었다.

"율리아 아르테."

데네브라가 제법 다정하게 그녀의 이름을 불렀다.

"내 남편은 나를 사랑하지 않아."

"그걸 어떻게."

"일 년 전인가, 그보다 조금 더 됐던가. 그 전까지 크세노는 내가 무슨 짓을 해도 적당히 무시하고 넘어가는 편이었어. 통일 대륙의 초대 황제가 되는 것만이 그의 유일한 관심사였지."

율리아의 눈이 스산하게 가라앉았다.

"일 년……."

"어느 정도였냐면, 내가 황실 대연회에서 그의 호위 기사와 첫 춤을 추고 첩으로 삼겠다고 말해도 웃어넘겼지."

그는 카루스 란케아가 아니면 데네브라가 어떤 남자와 무슨 짓을 해도 상관치 않았다.

"카루스에게 경쟁의식을 느꼈던 거야. 너무 잘난 부하는 황제를 불안하게 하니까. 그래서 그렇게 죽이려고 노력했던 거고, 내가 카루스를 쫓아다니는 걸 보면서 은근히 재밌어하기도 했단다."

"그런데요?"

"어느 날부턴가 날 바라보는 눈빛이 달라졌어."

데네브라는 그걸 어떤 말로 설명해야 할지 모르겠다며 웃음을 터뜨렸다.

"가여움? 그런 간지러운 느낌은 아닌 것 같지만…… 비슷하려나. 그 미친 작자가 나를 가여워할 때마다 그 잘난 낯짝에 먹은 걸 전부 게워내고 싶었지."

데네브라는 황제가 그녀를 증오하는 건 괜찮았지만 동정하는 건 참을 수 없었노라고 말했다.

"점령지 관리를 아무에게나 떠넘기고 황성으로 돌아온 것부터가 이상해. 영토에 그토록 집착하던 사람이……."

"그때 어땠는데요."

"미친놈처럼 굴었어."

데네브라는 그때의 일을 똑똑히 기억하고 있었다. 아마 겨울에서 봄으로 넘어가던 시기였을 것이다.

"갑자기 측근 몇을 죽여버리고, 또 어떤 자에겐 아무 이유도 없이 상을 줬어. 누군지도 모르는 병사의 이름을 알려주고 데려오라고 명령하더니, 그에게 높은 작위를 주기도 했지."

다들 황제가 제정신이 아니라고 말했다. 오랜 전쟁으로 몸과 마음에 병이 생긴 건 아닌지 염려하기도 했다.

회의엔 참석조차 하지 않고, 귀족들이 그를 찾아도 만나주지 않았다. 술과 여자에 미친 거라면 이해라도 하겠는데 그것도 아니었다.

"그때부터 전하를 가엾게 여겼다고요?"

"그래."

짐승의 썩은 시체를 보는 것처럼, 혐오와 측은함이 공존하는 시선이었다.

"날 죽이고 싶어했어."

데네브라가 무슨 짓을 해도 재밌어하기만 하던 남자가, 어느 날 갑자기 그녀를 향한 살의를 드러내기 시작했다.

"뭐라고 했는데요?"

"'이상하다. 네가 죽어야 하는데.'"

그러니까 크세노가 아내를 너무 사랑해서 그녀를 구하고자 병력을 움직였다는 건 말도 안 되는 소리라고, 데네브라는 확신했다.

율리아는 말없이 서 있었다.

'당신이구나.'

초상화로만 알고 있는 크세노 황제의 얼굴이 떠올랐다.

덩치가 그리 큰 편은 아니지만, 팔다리가 길고 선이 진한 사내였다. 사자 갈기처럼 아무렇게나 자란 머리카락에 적당히 치켜 올라간 눈매가 야성적으로 느껴질 법도 했으나, 그 모든 건 철저하게 꾸며진 모습이었다.

'당신이었어.'

나의 대적자. 푸른 바다의 환초가 나를 선택한 이유.

어느새 율리아의 얼굴에서 손을 뗀 데네브라가 침대에 몸을 누였다.

"크세노가 내 병력을 움직였다면 그건 너희를 멸망시키려는 거지, 날 위해서가 아니야."

"오르테가는 그렇게 만만한 상대가 아니에요."

"내 병사들은 모두 죽겠군."

데네브라가 더 말하기 싫다는 듯 이불을 몸에 감고 옆으로 누웠다.

그녀의 긴 머리카락이 베개 위에 흐트러졌다. 오르테가에 온 뒤 염색을 하지 못해 조금씩 자란 금발이 눈에 띄었다.

율리아는 그런 그녀를 바라보다가 천천히 머리를 숙여 인사했다.

"이만 가보겠습니다."

데네브라가 얕게 한숨을 내쉬었다. 긴 속눈썹이 살짝 떨렸다. 멀어지는 율리아의 발소리에 귀를 기울이던 그녀가 불쑥 입을 열었다.

"율리아."

율리아가 걸음을 멈췄다.

"블라이스는 떠났느냐?"

데네브라가 왜 블라이스의 안부를 묻는지는 몰랐다. 배신감 때문인지, 아니면 그를 다시 찾으려는 것인지.

율리아가 다시 몸을 돌렸다. 데네브라는 율리아를 등지고 누운 그대로였다.

"떠났습니다."

"언제 돌아온다고 하더냐."

"황비 전하, 그는 돌아오지 않을 거예요. 북부로 돌아가 고향의 독립을 위해 싸울 테니까요."

"넌 그놈을 몰라."

데네브라가 눈을 감았다. 그녀의 목소리가 잦아들었다.

"블라이스가 너를 사랑하는 한, 그놈은 절대 네 곁을 벗어나지 못할 거야."

노예는 주인을 떠나서 살 수 없다. 기생충은 숙주를 떠나서 살 수 없다. 블라이스는 데네브라의 곁을 떠날 수는 있어도, 율리아를 떠날 순 없었다.

"하."

블라이스가 메마른 웃음을 터뜨렸다.

티타니아 중턱 갈림길을 눈앞에 두고 다리에 힘이 풀린 그가 앞으로 고꾸라졌다. 아프지 않았다. 다리에 감각이 없어진 지도 오래였다. 그저 조금이라도 빨리 돌아가야 한다는 생각만이 머릿속에 가득했다. 기계적으로 움직이던 다리에 경련이 일었다. 넘어질 때도 아프지 않더니 갑자기 견딜 수 없는 고통이 느껴졌다.

블라이스는 땅바닥에 주저앉아 나무에 등을 기댔다. 그러곤 부츠를 벗어 내팽개치고 다리를 주물렀다.

능선에서 만났던 암염 상인들은 분명히 경고했다. 봇짐장수인 그들도 만만히 넘을 수 없는 게 티타니아라고. 그러니까 몸을 아껴야 한다고.

하지만 블라이스는 율리아에게 돌아가야 했다.

'바이칸 국경에서 제일 가까운 항구가 어디더라. 놈들이 거기까지 빠르게 간다고 해도 배를 구해 보급을 싣는 데만도 며칠은 걸리겠지.'

한 사람이 움직이는 것과 군대가 움직이는 것엔 엄청난 속도 차이가 있다. 이대로라면 상당한 여유를 두고 먼저 도착할 수 있었다.

힘주어 다리를 주무르던 블라이스가 핏물이 배어 나온 양말을 벗었다. 발톱이 빠지려는지 헐거웠다. 그는 훈련된 전사였으나 험한 산지에서 열흘 넘게 이어진 강행군엔 어쩔 도리가 없었다.

"미쳤구나."

웃음이 터져 나왔다. 그도 자신의 행동을 이해할 수 없었다. 데네브라의 병력이 오르테가를 침략할 거라는 걸 깨닫자마자 그의 머릿속엔 온통 이 사실을 율리아에게 알려야 한다는 생각뿐이었다.

마치 잘 훈련된 개처럼 주인에게 돌아가고 있다. 자아를 빼앗긴 노예처럼, 족쇄를 사랑하게 된 죄인처럼.

다시 웃음이 터졌다. 그러면 좀 어떤가. 내가 그러고 싶다는데. 태어나 처음으로 아무런 계산 없이 하고 싶은 대로 하겠다는데. 머리가 아니라 심장을 믿고 살아보겠다는데.

어차피 영혼은 이미 건네주고 없었다.

율리아는 블라이스가 고향으로 돌아가 독립을 위해 싸우고 싶어하리라고 여겼다. 그녀의 판단이 완전히 틀린 건 아니었다. 그의 이름으로 전쟁 자금을 대고, 공성 병기까지 보냈다는 사실을 들었을 땐 가슴이 크게 부풀기도 했다.

하지만 그게 율리아를 떠날 수 있을 만큼은 아니었다.

떠날 때는 한없이 무겁던 걸음이 돌아갈 때는 구름처럼 가벼웠다. 발톱이 빠지고 다리에 경련이 일어도 마찬가지였다.

빨리 돌아가고 싶었다.

가서 율리아에게 그가 국경에서 뭘 봤는지 말하고, 그녀가 어떤 기상천외한 수로 황제와 싸울지 지켜보고 싶었다. 생각만 해도 짜릿했다. 늦여름, 태양을 머금고 우거진 티타니아는 그녀의 눈동자처럼 짙은 초록이었다.

"블라이스."

그림자가 졌다. 여럿이었다. 블라이스의 입에서 끈적한 신음이 흘러나왔다.

"하……."

꼬리가 붙었다는 건 알고 있었다. 놈들은 산맥을 넘느니 배를 타는 게 낫다고 판단했을 뿐, 블라이스를 신뢰하는 건 아니었으니까.

그런데 그 꼬리가 이렇게 많은 줄은 몰랐다.

나무에 기대어 앉아 있던 블라이스가 양말과 부츠를 다시 신었다. 그러곤 애써 멀쩡한 척 몸을 일으켰다.

"왜들 이래?"

"널 감시하라는 명령이었다."

"너무하네. 이런 개고생까지 해가면서 살려줬더니."

"수상한 모습을 보이거든 처리하라고도 하셨지."

그들은 암살자였다. 정찰대처럼 무장하고 있었으나 그들이 가진 무기와 움직임을 보니 전부 암살자였다. 모를 수가 없었다. 블라이스가 데리고 다니던 이들도 모두 그들과 같았다.

"내가 왜 수상해."

"이 험한 산을 넘으면서 잠도 안 자고, 끼니조차 제대로 챙기지 않더군. 계속 뒤를 확인하면서 우리를 견제하기도 했지. 평소의 너라면 뻔뻔하게 게으름을 부렸을 거 아닌가. 급할 것도 없는데."

"그게 뭐가 수상해? 데네브라 님의 밀명을 받았다고 했잖아."

"블라이스, 우리는 네가 붉은 산의 다이아몬드를 북부에 넘겼다는 걸 안다."

말문이 막혔다. 붉은 산의 다이아몬드가 여기서 나오다니. 그 불길한 보석은 그렇게 많은 사람의 목숨을 앗아가고도 모자라, 잠시 거쳐 간 블라이스까지 노리고 있었다.

"고향에 미련이 남은 건 그렇다 쳐도 바이칸을 배신하면 안 되지. 그런 네가 이번에도 황비 전하를 배신하고 오르테가를 선택했을지 누가 알겠나."

"억지 부리지 마, 이 새끼들아. 너흰 그냥 날 죽이고 싶은 거잖아."

"그것도 맞는 말이군."

암살자들이 무기를 꺼내 들었다.

옆구리에서 피가 줄줄 흘렀다. 몸은 천근만근 무거운데 정신만은 멀쩡했다. 고통 때문인가 싶었지만 그렇지만은 않다는 걸 알고 있었다. 상처가 깊었다. 깊게 베인 옆구리에 응급약을 붙이고 천으로 꽉 묶었으나, 움직일 때마다 상처가 터져 다시 피가 새어 나왔다.

암살자는 12명이었다. 놈들이 무기를 꺼내자마자 내리막길을 달려 달아나기 시작한 블라이스는 도주 과정에서 운 좋게 그중 절반을 없앨 수 있었다.

하지만 그것도 이제 한계였다. 자꾸만 시야가 흐릿해지고 현기증이 났다. 이대로 멈추면 그 자리에 쓰러져 정신을 잃을 것만 같았다.

그렇게 힘겹게 산맥을 거의 다 내려왔을 때였다. 몇 걸음 걷다가 비틀거리고, 또 몇 걸음 걷다가 넘어지던 블라이스에게 놈들의 목소리가 들렸다.

"저기 있다!"

지독한 것들. 웃음이 났다.

그는 1년 반쯤 전에 카루스 란케아와 그의 부하들을 죽이기 위해 이곳에 이백여 명의 레인저 부대를 보낸 바 있었다.

저들 중 일부는 그 부대 출신일 것이다. 그때도 데네브라의 사병을 움직였으니까.

인과응보 같은 건 믿지 않았는데. 세상은 나쁜 인간들에 의해서만 움직이기에 착한 놈들은 언제나 멍청하게 손해만 보다가 이용당하고 죽는다고 믿었다.

"산맥을 벗어나면 안 돼! 빨리 죽여!"

곧 평지였다. 티타니아 초입엔 마을이 형성돼 있었다. 거기까지만 가면 놈들을 떨쳐낼 수 있었다.

이를 악다문 블라이스가 몸을 일으켰다. 고통이 심해, 그는 자신이 짐승처럼 신음을 흘리고 있다는 사실도 깨닫지 못했다.

길도 없는 비탈을 따라 미끄러지듯 내려가던 그가 나무뿌리에 걸려 휘청거리다 굵은 나무에 몸을 부딪쳤다. 이제는 흘릴 피도 없었다.

어디선가 끔찍한 악취가 났다. 코가 썩을 것 같은 냄새였다. 블라이스는 자신이 살아 있는지, 죽었는지도 모르겠다고 생각했다.

"멈춰라, 블라이스!"

단도가 날아와 발치에 박혔다. 놈들에게 거의 따라잡혔다는 사실을 깨달은 블라이스가 다시 몸을 던졌다. 이제는 두 발이 아니라, 굴러서라도 비탈을 내려가야 했다.

신음은 비명이 되고, 이내 검은 피가 역류해 입 밖으로 쏟아졌다.

얼마나 높은 곳에서 굴러떨어졌는지 몰랐다. 돌부리에 머리를 찧은 것도 모자라 뼈 부러지는 소리까지 났다. 시야가 캄캄해지더니 날카로운 이명이 들렸다.

안 된다. 여기서 죽을 수는 없었다. 죽고 싶지 않았다.

이제야 찾았다. 그를 채워줄 단 한 사람. 그토록 찾아 헤매었으나 곁에 머무는 것조차 허락해주지 않는 차가운 여인.

율리아를 사랑하는 건 얼어붙은 호수 위를 걷는 것과 같았다. 그는 호수가 품고 있는 마력에 이끌려 위험한 줄도 모르고 얄팍한 얼음 위에 발을 내디딘 무모한 사내였다.

그에겐 그게 사랑이었다. 처음엔 동질감이라 착각했고, 이후엔 동경했다. 그러다 정신을 차려보니 어느새 영혼까지 제 손으로 건네주고 있었다.

여기서 죽으면 안 되는데. 율리아에게 돌아가야 하는데. 그녀는 블라이스가 고향으로 돌아가길 바란다고 여겼지만, 사실 북부 따위는 아무래도 상관없었다. 고향이 불에 타 사라져도, 이 세상이 멸망해도, 그에겐 아무런 미련이 없었다.

알 게 뭔가.

나는 이미 글러 먹은 놈인데. 태어난 것부터가 잘못인데.

아무도 원하지 않았던 생명. 아무도 나한테 책임감을 느끼지 않았으니까 나 역시 아무것도 책임지지 않겠다는데.

잘못된 나를 세상이 방관했으니 뭐든 감수해야지.

잠이 쏟아졌다. 블라이스는 여기서 눈을 감으면 이제 편해지리란 걸 알았다. 더는 아프거나 고통받지 않고, 더는 분노하거나 외롭지 않아도 되었다.

율리아에게 가야 하는데 몸이 움직여지지 않았다. 웃음이 나는데 웃을 수가 없었다.

블라이스, 이 글러먹은 놈. 마지막까지 기생충 노릇이나 하다가 쓸모없는 놈으로 죽다니.

다시 잠이 쏟아졌다. 이제 버틸 수가 없었다. 생각을 멈춘 블라이스가 여린 한숨과 함께 눈을 감으려던 순간이었다.

"블라이스!"

율리아의 목소리가 들렸다.

감으려던 눈이 번쩍 뜨였다. 그도 이유를 알 수가 없었다. 율리아의 목소리가 귀에 닿자마자 잠이 확 달아나더니 몸이 가벼워졌다.

환청은 아니었다. 눈앞에 정말 율리아가 있었으니까.

긴 로브를 두른 율리아가 말에서 내려 그에게 달려왔다. 블라이스는 깨닫지 못했지만, 그는 이미 산맥 초입 마을 가까운 곳까지 내려와 있었다.

"블라이스!"

율리아의 머리에서 로브가 벗겨졌다.

안 돼.

블라이스를 쫓는 놈들은 이미 지척까지 다가온 상태였다. 그는 자신의 발치에 꽂히던 단도를 기억했다. 아니나 다를까, 등 뒤 비탈에서 조급한 인기척이 느껴졌다.

안 된다.

어떻게 그렇게 할 수 있었는지는 몰랐다. 그의 몸은 어디 하나 성한 곳 없이 상처투성이였다. 몇 군데 뼈가 부러졌다는 것도 알았다.

하지만 그는 몸을 일으켰고, 달려오는 율리아를 품에 안았다.

"아……."

퍼억. 등에 뭔가 날아와 박혔다. 하나가 아니었다. 두 사람의 몸을 앞으로 밀어낼 만큼 묵직한 힘을 담은 암기가 날아와 블라이스의 등을 난도질하며 박혔다.

"율리아! 비켜!"

"산비탈에 있다! 잡아!"

율리아와 함께 온 카루스와 바바슬로프 그리고 몇몇 기사들이 빠르게 몸을 날렸다.

블라이스는 율리아를 놓지 않았다. 그는 그녀를 품에 안은 채 멍하니 생각했다.

다시 태어난다면.

그땐 내가 네 구원자였으면 좋겠다.

데네브라의 병력이 티타니아를 넘어 오르테가를 침략한다면 어떻게 대처해야 하나.

레위시아는 율리아로부터 그 소식을 듣자마자 보좌관들의 만류를 뿌리치고 말에 올랐다. 북쪽 국경을 살펴보기 위해서였다.

율리아와 카루스도 그와 함께 달렸다. 병사들에겐 비상 대기 명령이 떨어졌고, 귀족들은 모두 왕궁에 모여 밤샘 회의에 들어갔다.

"군대가 티타니아를 넘으려면 시일이 아주 오래 걸려요. 그들은 정찰병을 먼저 보내거나, 어쩌면 기습 부대를 따로 운용할 수도 있죠."

"같은 수라면 이쪽이 유리해. 놈들은 산맥을 넘는 동안 가진 체력을 전부 써야 할 테니까. 전투 마차나 공성 병기는 꿈도 꾸지 못할 테고."

"카루스 님, 황비의 군대는 얼마나 강하죠?"

"지휘관은 전쟁보다 정치에 능하고, 병사들은 용병과 같지."

"이해득실을 따지겠네요."

율리아와 카루스의 차분한 평가에도 레위시아의 얼굴은 좀처럼 나아지지 않았다.

티타니아 초입에 도착한 뒤에는 마을 사람들이 언제든 대피할 수 있도록 병사를 배치했다. 그런 뒤엔 주위를 돌아보며 지형을 살폈다.

율리아가 산비탈에서 굴러떨어진 블라이스를 발견한 건 기적에 가까웠다. 길도 없는 험한 산비탈 아래, 무성한 수풀 사이에 그가 쓰러져 있었다. 그의 매혹적인 외모가 떠오르지 않을 만큼 상태가 엉망이었다.

율리아는 블라이스가 죽어가고 있다는 걸 깨달았다.

"블라이스!"

산비탈 위에서 암살자들이 내려오고 있었다. 그들은 율리아와 카루스 일행을 발견하자마자 낭패라는 표정을 하더니 목표였던 블라이스만은 반드시 죽여야 한다고 판단한 듯 그에게 마지막 공격을 퍼부었다.

블라이스는 벌떡 일어나 율리아에게 달려왔고, 그녀를 꽉 끌어안았다.

그의 몸에서 죽음의 냄새가 났다. 날카로운 무기가 그의 등을 헤집고, 입에선 검은 피가 울컥 새어 나왔다.

"블라이스, 정신 차려요. 마을이 바로 앞에 있어요. 치료사를 데려올 테니까……."

카루스와 바바슬로프가 암살자들을 순식간에 처리했으나 블라이스의 상태는 이미 손을 쓸 수 없을 만큼 심각했다.

"율리아."

카루스가 다가와 블라이스를 바닥에 눕히고 그의 몸을 살폈다. 그러곤 율리아의 어깨에 손을 올리고 말했다.

"소용없어."

감염된 상처를 치료하기엔 너무 늦었고, 블라이스의 호흡은 점점 느려지고 있었다. 더는 흘릴 피도 없었다.

"그래도 시도는 해봐야죠."

"율리아."

치료사를 부르려 몸을 일으키는 율리아를 블라이스가 붙잡았다. 그의 목소리가 기이할 정도로 뚜렷했다.

"황비의 군대는 배를 타고 올 거야."

"……뭐라고요?"

"드추바 섬으로…… 배를 타고 올 거야. 남부 함대로 맞서는 게 좋아."

"그게 무슨 소리예요. 배를 타고 오다니?"

블라이스는 병력의 규모와 지휘관의 이름, 그들의 목적이 무엇인지까지 천천히 털어놓았다.

"지금쯤이면 항구에 도착해 배를 구하고 있을……."

"블라이스!"

그가 또 한 번 검은 피를 토했다. 율리아에게 박혀 있던 시선이 허공을 헤매었다.

아무것도 보이지 않는다고, 블라이스가 중얼거렸다. 나는 죽은 거냐고도 물었다. 갈수록 목소리가 작아져 율리아는 그의 입가에 귀를 가까이 갖다 대야 했다.

블라이스가 계속 율리아의 이름을 불렀다. 그녀를 찾는 듯 손을 움찔거리기도 했다. 그의 주위를 둘러싸고 있던 카루스와 레위시아, 바바슬로프가 말없이 고개를 돌렸다.

율리아가 그에게 말했다.

"저 여기 있어요."

그러자 블라이스가 희미하게 웃었다. 처음 보는 미소였다. 능글맞거나 교활해 보이지 않는, 다정한 미소.

율리아는 아무 말도 할 수 없었다. 블라이스가 입술을 움직여 그녀에게 마지막 인사를 건넸다.

목소리는 들리지 않았다. 그것으로 끝이었다.

율리아가 뭐라 대답하려 했지만, 그는 이미 먼 곳으로 떠난 뒤였다.

◆

블라이스는 티타니아에 묻혔다. 마을을 떠날 필요가 없어진 주민들이 달려 나와 기꺼이 그의 무덤을 만들어주었다.

율리아는 블라이스의 무덤 앞에 서 있었다.

긴 로브가 바람에 휘날렸다. 산에서부터 불어온 바람이 냉기를 실어 날랐다. 이제 곧 가을이 올 것이다. 여름이 끝나고 있었다.

왕실 기사들이 다가와 레위시아와 율리아에게 말했다.

"저희도 빨리 출발해야 합니다."

"그래."

레위시아가 고개를 끄덕였다.

카루스와 바바슬로프는 남부 함대를 움직이기 위해 먼저 떠나고 없었다. 레위시아는 율리아와 함께 남아 블라이스의 무덤이 완성되기를 기다렸다. 그에게 경의를 표하기 위해서였다.

"안녕……이라고 했어요. 도대체 무슨 의미였을까요."

"작별 인사겠지."

"아무래도 그렇겠죠."

레위시아가 무덤 앞에 들꽃 한 무더기를 내려놓았다.

"이상한 기분이군."

"저도요."

"블라이스가 왕궁에 도착하자마자 부왕을 무릎 꿇렸다는 말을 들었을 때는 고소하면서도 은근히 부아가 치밀었어. 이후엔 언제든 기회가 되면 죽여 버려야겠다고 생각했고……."

"저도요."

"그런 놈이 오르테가의 은인이 되다니."

블라이스가 죽기 전에 털어놓은 말은 모두 사실이었다. 의심 많은 바바슬로프가 암살자들을 심문한 결과 황비의 병력은 정말로 바다를 통해 온다고 했다.

오르테가엔 완전히 카루스에게 돌아선 남부 함대가 있었다. 수가 적긴 하지만 해군도 있었다. 놈들이 서남부 거대 항로를 이용해 드추바 섬으로 향한다면 해적 세력을 이용해 교란 작전을 펼칠 수도 있었다.

"안녕이라……."

레위시아는 마지막 순간 멀쩡한 사람처럼 일어나 율리아를 끌어안았던 블라이스를 떠올렸다. 그 역시 그 순간엔 어떤 이성적인 판단이나 계산 같은 건 할 수 없었을 것이다.

운명적인 사건이 일어나는 교차점, 그곳에 선 사람에겐 간혹 기적 같은 일이 일어난다.

어쩌면 블라이스에겐 그 기적이 사랑이라는 감정으로 찾아온 게 아닐까.

안녕. 그건 혹시 사랑한다는 말은 아니었을까. 사랑한다는 말 대신 쏟아낸 고백은 아니었을까.

율리아가 무덤에 손을 올리고 마른 흙을 천천히 쓰다듬었다. 울퉁불퉁하던 표면이 조금씩 고르게 변했다. 군데군데 섞여 있던 돌과 나무뿌리를 모두 걷어낸 그녀가 몸을 일으켰다.

"돌아가죠."

율리아가 먼저 돌아섰다. 말에 오르는 그녀에게선 한 점의 망설임도 찾아볼 수 없었다.

가을의 시작과 함께 데네브라의 병력이 해로를 통해 남부에 모습을 드러냈다. 그들은 남부 함대와 손을 잡고 바다를 통제하며 오르테가를 압박하겠다는 원대한 계획을 세웠다.

그러나 그 남부 함대는 이제 바이칸의 황제가 아니라 카루스 란케아에게 충성하고 있었다.

드추바 섬 앞에서 벌어진 두 세력 간의 해전은 일방적인 학살에 가까웠다. 황비의 군대는 바다에서 배를 타고 하는 싸움이 어떤 것인 줄 몰랐다. 반면 카루스는 바다 위에선 단 한 번도 패배한 적이 없다던 영웅이었다.

절반은 뿔뿔이 흩어져 달아났고, 절반은 죽거나 포로가 되었다.

카루스 란케아는 그들을 일컬어 '남부의 평화를 원하는 황제 폐하의 명령을 어기고 멋대로 침략을 일삼은 배신자'라며 분노했다.

레위시아 국왕도 마찬가지였다.

그는 '데네브라 황비가 오르테가에서 저지른 폭거에 점잖게 항의하려 했으나, 제국은 선전포고도 없이 침략군을 보냈다.'라며 이 일을 좌시하지 않겠다고 발표했다.

이후, 북부 패전국 연합이 바이칸 제국을 상대로 큰 승리를 거두고 평원을 차지했다는 소식이 들려왔다.

바이칸의 정복 전쟁이 패전국들의 독립 전쟁이라 불리게 된 순간이었다.

43
후회하지 않아요

바닷물은 아직 미지근했다. 가을이긴 한데, 오르테가의 바닷물은 차가운 가을바람에 비해 미지근하게 느껴질 때가 있었다.

율리아는 저택 앞 백사장을 걷다가 바닷물에 발을 담갔다. 파도가 밀려왔다가 돌아갈 때마다 그녀의 두 발이 모래 속을 파고들었다. 발바닥 밑에서 느껴지는 까슬까슬한 모래의 감촉이 간지러웠다.

"감기 걸려."

카루스가 조금 떨어진 곳에 서서 그녀를 보고 있었다. 드추바 앞바다에서 일어난 해전을 모두 승리를 이끈 그는 수백 명에 달하는 포로를 모두 레위시아에게 넘기고 오는 길이었다.

"고생하셨어요."

"고생은 무슨."

율리아는 바다에서 발을 뺄 생각을 하지 않았다. 치마 아래 드러난

맨발에 카루스의 시선이 닿았다.

“바이칸에서 포로 협상을 위한 사절단을 보내겠다고 하더군.”

“의외네요. 어떻게든 전쟁으로 이어갈 줄 알았는데.”

“북부에서 뼈아픈 패배를 했으니까.”

“알렉사가 그러는데, 무스빌리보다도 더 먼 서북부에 리바이어던 함대의 기지가 있대요.”

카루스는 대답하지 않고 율리아에게 다가왔다. 그가 파도의 경계까지 다가와 율리아에게 손을 내밀었다.

“감기 걸린다니까.”

“안 추운데.”

“요즘 잠을 못 잔다면서.”

“누가 그래요?”

“트루디.”

율리아가 헛웃음을 터뜨렸다. 그녀의 당돌한 하녀는 이제 카루스에게 고용주의 불면증까지 고자질하는 지경에 이르렀다.

“그냥 생각할 시간이 필요했을 뿐이에요. 시간이 너무 빨리 지나가서 마음이 조급하니까, 잠이라도 조금 덜 자려고.”

“레위시아…… 국왕도 요즘 불면증이 있다고 하던데. 같이 의사한테 가서 진찰이라도 받아.”

“전하가요?”

“황제가 혼인 외교를 제안할 거라는 소문이 돌고 있거든.”

율리아가 다시 웃음을 터뜨렸다. 헛소문이라고 하고 싶은데, 그럴 수가 없어서 난처했다.

“누가 퍼뜨린 소문인지는 몰라도 그럴싸하네요. 만약 크세노 황제에게 성년이 된 딸이 있다면 여기 데려와서 왕비로 삼자고 했을지도 몰라요."

"왕비?"

"말하자면, 인질이죠."

"황제에겐 딸이 없어. 여동생도 없지. 아들은 몇 있지만 모두 아내가 아닌 여자들에게서 본 자식이라 별 볼 일 없는 사생아 취급을 받고 있고."

그러니 정식 황자도, 황녀도 없다. 후계자도 없었다. 그런데도 크세노는 자식에 대한 욕심이 없었다. 데네브라 이외에 아내를 더 들이지도 않았다.

"딸도 없고 여동생도 없는 황제가 무슨 수로 혼인 외교를 제안하죠?"

"샤트린 공주를 황비로 맞아들인다거나."

"공주 전하께서 가만히 있지 않을 것 같은데……."

"데네브라를 폐위하고 오르테가에 넘길 수도 있어."

그건 좀 놀랄 일이었다. 깜짝 놀란 율리아가 정말이냐고 되물었다.

최근 데네브라가 패악을 부리는 횟수가 줄었다. 블라이스가 티타니아에서 암살자들에 의해 죽었고, 그 일의 주범이 자신의 사촌이라는 걸 알게 된 뒤부터였다.

처음에 그녀는 그럴 리가 없다며 고래고래 소리를 지르고 난동을 부리기도 했다. 그러나 며칠이 지난 뒤부터는 가끔 불쑥 이유도 없이 화를 낼 뿐, 평소보다 오히려 조용하게 지냈다.

드추바 앞바다에서 치러진 해전이 카루스의 대승으로 끝나 지휘관이었던 데네브라의 사촌은 오르테가의 포로가 되었다.

그 소식을 듣자마자 데네브라는 레위시아에게 시녀를 보내 그를 만나게 해달라고 요청했다.

물론 레위시아는 그녀의 요청을 무시했다.

"불안해."

레위시아는 식사중에도 보고서를 읽었다. 코코와 샤트린, 힌치 백작과 선왕의 보좌들이 함께 애쓰고 있기에 망정이지, 하마터면 과로로 요절할 뻔했다며 투덜거렸다.

"뭐가요."

"데네브라 황비가 칼 들고 감옥에 들어가서 내 소중한 포로를 죽이면 어떡해."

코코가 기가 막힌다는 얼굴로 레위시아를 쳐다보았다. 그녀는 어디서부터 어떻게 지적해야 할지 모르겠다고 중얼거렸다.

"황비가 감옥에 왜 칼을 들고 들어가요. 자기편인 사람을 왜 죽이고요? 그리고…… 소중한 포로라니. 그놈들이 왜 소중해요?"

"내 시녀장은 하나만 알고 둘은 모르는구나."

레위시아가 보란 듯이 깊은 한숨을 내쉬었다.

"데네브라는 블라이스를 아꼈단 말이야. 말로는 아니라고 하겠지만, 그놈이 없으니까 정서불안 환자처럼 안절부절못하잖아. 반대로 그 사촌이라는 지휘관하곤 사이가 나쁜 것 같았는데, 그놈이 블라이스를 죽였으니 복수하고 싶을 수도 있지."

"말도 안 돼."

"전쟁에서 이겼으면 모를까, 졌잖아. 죽여도 할 말 없지 않나?"

"데네브라 황비는 지금 끈 떨어진 연이에요. 포로라곤 해도 오르테가에 자기편이 생겼는데, 그를 그런 식으로 없앤다고요?"

코코가 보고서 한 뭉치를 레위시아의 책상에 올렸다. 지금까지 그녀가 검토한 것들이었다.

"포로는 하나가 아니라 둘일 때 더 큰 가치가 있어요. 심지어 하나는 황제의 아내이고, 하나는 고위 귀족이라고요. 황제는 저 두 사람을 구해야 할 의무가 있어요. 최소한 그런 시늉이라도 해야 하죠."

"코코, 세상 돌아가는 게 그렇게 이성적이지 않다는 걸 알잖아. 어제 데네브라 얘기 못 들었어? 왕비궁 앞까지 뛰쳐나와 포로수용소에 가겠다면서 난동을 부렸다며."

"난동을 한두 번 부렸어야 신경을 쓰죠."

코코가 코웃음 치며 자리에 앉았다.

레위시아는 제 앞에 놓인 보고서를 보며 우울한 낯을 했다.

"왜 일은 해도 해도 줄지를 않는 거야. 왕은 난데, 내 일 처리 속도가 너보다 느린 것도 짜증 나."

"처음부터 잘하는 사람이 어디 있어요? 하다 보면 익숙해지는 거죠."

"너는 왜 잘하는데?"

"전하보다 영리하게 태어난 걸 어쩌라고요?"

"지금 나랑 싸우자는 거야?"

"왜 화를 내고 그러세요. 전하는 저보다 예쁘게 태어났잖아요."

"내 얼굴이 역사에 뭐라고 기록될지 궁금하다, 이제는."

두 사람이 티격태격하는 동안 한마디 말도 없이 서류를 읽던 샤트린이 결국 책상에 엎드렸다.

"으흐흐흣!"

어깨와 등이 들썩거리도록 웃는 그녀를 보며, 레위시아가 신경질을 부렸다.

"야, 넌 왜 웃냐. 뭐가 그렇게 웃겨? 지금 이 상황이 우스워? 바이칸의 황제가 아내와 부하를 내놓으라며 쳐들어올지도 모르는데, 왕국의 유일한 공주라는 게……."

"전하, 황제는 못 쳐들어와요."

"그걸 네가 어떻게 알아?"

"북부가 대승을 거두었잖아요. 거길 막기에도 급급할 텐데 여기까지 신경 쓸 여유가 어디 있어요. 카루스 란케아가 아직 황제의 편이었다면 얘기가 달랐겠지만, 그가 황제의 명이라는 가짜 방패를 들고 남부를 수호하고 있는데 개똥 멍청이가 아닌 다음에야."

"왕국의 유일한 공주라는 게 기껏 선택한 단어가 개똥 멍청이냐."

레위시아의 집무실엔 코코와 샤트린이, 회의실에선 힌치 백작과 보좌관들이 일하고 있었다. 살짝 열린 문틈으로 힌치 백작이 헛기침하는 소리가 들리자, 코코가 한숨을 내쉬었다.

"율리아는 언제 오는 거야."

"휴가는 네가 제안했잖아."

"그래서 지금 후회하고 있잖아요."

율리아가 요즘 잠을 못 잔다는 말에 며칠 쉬고 오라며 억지로 내보냈더니, 사람 하나 빠진 게 이렇게 큰 차이가 날 줄은 몰랐다.

코코가 율리아 몫의 서류를 제자리에 가져다놓았다. 그러곤 뒤늦게 식사를 마친 레위시아에게 말했다.

"귀족들의 의견서는 힌치 백작과 보좌관들이 처리할 거예요. 율리아가 해야 할 것들은 제가 볼게요. 왕궁 관리는 공주님이 해주실 테니, 전하께서는 바이칸에서 보낸다는 사절단에 집중하세요."

"알았어."

"이번 협상에서 가장 중요한 건 이쪽은 피해자이면서 동시에 승자라는 걸 확실히 하는 거예요. 피해 보상에 패전 책임까지, 두 배로 뜯어내야 마땅해요."

"코코, 샤트린."

레위시아가 입을 닦고 자세를 바르게 했다. 그러곤 코코와 샤트린을 번갈아 바라보며 말했다.

"이번 기회에 보호 동맹 조약을 파기할까 해."

코코는 율리아가 저택에서 쉬고 있으리라 생각했지만, 사실 그녀는 이날도 왕궁에 들어와 있었다. 그것도 데네브라가 있는 왕비궁 앞이었다.

"율리아 시녀님?"

데네브라의 시녀가 반가운 기색으로 서둘러 응접실 문을 열었다.

"오랜만이네요. 그동안 안 보이셔서…… 어머."

시녀가 한 손으로 입을 막았다. 율리아를 따라 안으로 들어오는 카루스 때문이었다.

"카, 카루스 란케아 님……."

"황비께선 안에 계신가요?"

"네! 잠시만 기다리세요!"

데네브라의 시녀가 허둥지둥 안으로 들어갔다.

율리아는 넓은 응접실 한쪽 소파에 앉았다. 카루스도 그녀의 곁에 앉아 등을 기대고 다리를 꼬았다.

안에서 데네브라의 목소리가 들렸다. 날카롭고 다급해 보이는 목소리였다.

꽤 시간이 걸릴 것 같다는 카루스의 예상과는 달리, 벌컥 문이 열리고 데네브라가 나타났다.

"카루스!"

죄인이라기엔 너무 화려하고 당당한 그녀의 자태에 카루스가 눈썹을 확 찌푸렸다.

"오랜만입니다."

"하……. 내가 그렇게 찾을 때는 코빼기도 비추지 않더니, 율리아가 있으니까 잘 길들인 개처럼 따라오는구나."

"그렇습니까."

카루스는 데네브라의 도발에 응하지 않았다. 애초에 그에게 저 말뿐인 여자의 투정은 아무런 영향을 끼치지 못했다.

율리아의 눈에 비친 데네브라의 얼굴은 증오와 환희가 적당히 뒤섞여 불안해 보였다. 황비는 카루스를 진심으로 사랑하는 것 같았지만, 어떻게 해야 할지 몰라 방황하는 어린애 같았다.

"앉으세요."

율리아가 맞은편 소파를 가리켰다. 주인과 방문객이 뒤바뀐 상황이었으나 아무도 그런 것에 신경 쓰지 않았다.

데네브라의 시녀가 차와 다과를 준비할 때까지, 율리아와 카루스는 한마디도 하지 않고 가만히 앉아 있었다.

데네브라는 그런 두 사람을 말없이 노려보았다.

"기고만장한 얼굴이구나. 너희가 이룬 승리는 단순히 내 멍청한 사촌이 바닷길을 선택했기 때문이 아니냐. 애초에 그놈들은 바이칸의 정복군이 아니야."

"아닙니다."

카루스가 찻잔을 한 바퀴 돌렸다.

그들 사이에 그윽한 차향이 번졌다.

"이번 승리는 전적으로 블라이스의 공이었습니다."

"뭐?"

"그가 놈들에게 배를 타고 오라고 말했기 때문에……."

"블라이스가 왜?"

데네브라는 무척 당황한 것 같았다. 블라이스가 자신을 배신했다는 것도 믿기 어려웠는데, 도주하는 길에 그런 짓까지 저질렀을 줄은 몰랐다.

카루스가 정말 하기 싫은 말을 억지로 내뱉듯 딱딱하게 말했다.

"그는 율리아를 사랑했습니다."

응접실에 불편한 침묵이 흘렀다. 데네브라의 얼굴이 흉하게 일그러졌다가 이내 멍하니 풀렸다. 그녀는 카루스의 그 한마디로 모든 걸 이해했다.

"너 때문에…… 죽었구나."

"네."

"달아나는 길에 우연히 내 사촌과 군대를 마주친 거야. 그래서."

"네."

"말하지 않았느냐. 놈이 널 사랑하는 이상, 절대 네 곁을 떠나지 못할 거라고."

데네브라가 다시 얼굴을 일그러뜨렸다. 그녀는 율리아에게 바짝 다가가 물었다.

"카루스까지 데리고 와서 블라이스의 이야기를 하는 이유가 무엇이냐. 나를 능멸하고 조롱하려고? 그런 거라면 한참 잘못 짚었다."

"황비 전하, 크세노 황제는 당신을 폐위할 거예요."

데네브라가 말문을 잃었다. 율리아는 그녀를 똑바로 바라보며 말했다.

"피해 보상과 패전 책임, 이 모든 걸 전하께 떠넘길 거고요."

"내가…… 내가 왜!"

"그런 뒤엔 다른 여자와 결혼하겠죠."

아마도 샤트린 공주가 거론될 것이다. 샤트린은 끔찍하게 싫어하겠지만, 왕족에게 있어 국가를 위한 혼인 외교는 의무와도 같았다.

"이혼하고 싶어하셨잖아요. 원하던 결말인가요?"

율리아의 입에서 한마디 한마디가 쏟아질 때마다 데네브라가 얼굴에서 핏기를 잃었다. 그녀는 어쩔 줄을 모르며 입술을 달싹이더니 카루스를 향해 버럭 소리를 질렀다.

"너는 왜 이제 와 크세노를 배신하는 거냐! 그동안 참았던 이유는 뭐고! 이럴 거였으면 처음부터 크세노를 따르지 말았어야지!"

"율리아가 오르테가의 백성이기 때문입니다."

"뭐?"

"율리아가 남부에 있으니까 크세노 같은 무뢰배가 이곳을 짓밟지 못하도록 지키는 게 제가 할 일이라고 말씀드리는 겁니다."

할 말을 잃은 데네브라가 삐걱거리며 눈을 깜박였다. 잔뜩 날이 서 있던 그녀의 눈에서 독기가 빠져나갔다. 위협적으로 율리아를 향해 있던 몸에서도 서서히 힘이 빠졌다.

소파에 무너지듯 몸을 기댄 데네브라가 멍하니 중얼거렸다.

"나도 너를 사랑하는데……."

카루스는 들은 체도 하지 않았다.

"너를 위해서 뭐든 다 버릴 수 있었는데……."

태어나 처음으로 사랑했던 남자가 자신을 받아주지 않는 건 견딜 수 있었다. 카루스는 아무도 사랑하지 않는 자였으니까. 어쩌면 부모나 저 자신조차 사랑하지 않는 철벽과도 같은 존재였으니까.

그랬던 그가 율리아를 위해 싸우겠다고 말했다.

"황비 전하."

율리아가 데네브라에게 물었다.

"이대로 폐위당하고 싶으세요?"

폐위는 이혼과 다르다. 황제와 이혼한다 해도 데네브라가 바이칸의 고위 귀족이란 사실엔 변함이 없지만, 폐위는 달랐다.

만약 황제가 이번 기회에 데네브라를 폐위하고 패전에 대한 책임을 떠넘긴다면 지금까지 그녀가 누려왔던 모든 것을 잃게 될 것이다.

가문, 이름, 명예와 지위까지.

"바이칸으로 돌아가지 못하게 될 거예요."

율리아가 말하는 게 사신의 목소리처럼 들렸다. 심장이 없어 가슴이 차가운 신처럼 그녀는 데네브라에게 무감한 선고를 내렸다.

한 번도 상상해본 적 없었다. 바이칸으로 돌아가지 못하고 오르테가에서 평생 죄인으로 살게 되는 미래 같은 건.

"카루스 님을 사랑한다고 하셨으니까 이것조차 원하던 결말이 되나요?"

"말도 안 되는 소리 하지 마!"

"저는 레위시아 국왕 전하께 당신을 평생 탑에 가둬달라고 청할 거예요."

“율리아 아르테!”

“아무도 찾지 않고, 아무도 찾을 수 없는 탑 높은 곳에 갇힌 채 평생 남부의 바다나 보면서 살게 하자고 말할 거예요. 왜 화를 내세요? 예상하지 못했다는 게 더 이상한데.”

“내가 왜! 내가 뭘 그렇게 잘못했는데!”

“잘못했죠. 황비라는 분이 그렇게 책임감 없이 행동하고, 많은 사람을 위험에 빠뜨린 것도 모자라 전쟁까지 일으켰으면.”

“내가 일으킨 전쟁이 아니잖아…….”

“황제가 그렇게 말하면, 그렇게 돼요.”

크세노가 이 전쟁의 책임을 데네브라에게 떠넘기면 황비는 전쟁을 일으킨 주범이 된다.

데네브라의 눈동자가 이리저리 흔들렸다. 믿을 수가 없었다. 그녀는 바이칸에서 권력을 이루는 하나의 축이었다. 실권은 약했으나 황제 다음가는 상징이었다.

그때는 싸우는 것도 자신 있었다. 누군가 자신의 자리를 넘보거나 건방진 소리를 하면 다시는 일어설 수 없도록 철저하게 짓밟곤 했다.

그때는 그녀의 곁에 그 일을 대신해줄 수 있는 사람이 많았다. 명령하면 이루어졌다. 그런 자리였다.

카루스가 냉정하게 말했다.

“당신의 권력은 대부분 황제에게서 나오는 거야. 나머지는 가문에서 나오지. 그 두 가지만 빼앗으면 데네브라, 당신은 아무것도 아니야.”

“그래서 네가 날 탑에 가두겠다고?”

“나로서는 좋은 일이지.”

카루스가 입술 끝을 살짝 올리며 웃었다. 그는 데네브라를 떼어 낼 수만 있다면 아무래도 상관없다는 투였다.

넓은 응접실에 불편한 침묵이 맴돌았다. 율리아는 데네브라가 충분히 고민하도록 기다렸다. 카루스도 그녀의 침묵에 동참하며 숨을 골랐다.

"황비 전하."

만족스러울 만큼의 침묵이 흐른 후, 율리아가 말을 꺼냈다.

"전하의 사람들을 조사할 수 있게 허락해주세요."

"내 사람들이라니."

"전하께서 데려온 시종과 보좌, 호위와 시녀들까지."

율리아가 눈짓으로 응접실 밖을 가리켰다.

"저들 중 누가 크세노 황제의 끄나풀인지, 누가 전하의 일거수일투족을 일러바쳤는지 알아내야죠. 그러면 황제가 진격 명령을 내렸다는 걸 증명할 수 있잖아요."

"그걸 증명하는 게 무슨 소용이야."

"폐위당하지 않을 수 있죠."

율리아가 빙그레 웃었다.

"위대한 정복 황제가 아니라, 남의 군대를 이용해 멋대로 전쟁을 일으켜놓고 아내에게 패전 책임을 떠넘기려는 졸렬한 남편으로 만들어버려요."

그게 바로 카루스가 율리아와 함께 여기까지 온 이유였다.

카루스와 그의 부하들이 왕비궁에 있는 제국인을 모두 감금하고 심문에 들어갔다. 그들이 쓰는 물건과 그들이 머무는 방, 그들과 접촉하는 모든 사람이 조사 대상이었다.

왕비궁에 울음과 고성이 가득 찼다. 제국인들은 변절한 카루스 란케아가 자신들을 모함해 희생양으로 만들려는 거라며 격렬하게 반항했으나, 데네브라가 딱딱하게 굳은 얼굴로 나타나 그에게 협조하라고 명령하자 망연자실하고 말았다.

"이리 나와!"

"이거 놓으시오! 왜 남의 물건을 함부로 뒤지는 겁니까! 같은 제국인으로서 어찌 이러는 거냐고!"

"말로 할 때 곱게 나와. 멱살 잡혀서 끌려 나오고 싶어?"

바바슬로프가 히죽 웃으며 황비의 시종들을 끌어냈다. 그러곤 방 안으로 들어가 가구를 뒤집고 벽을 뜯었다.

"카루스 님, 여기 있습니다!"

그들은 꿈에도 몰랐을 것이다. 그동안 카루스와 그의 부하들이 황제의 새가 언제 어디서, 몇 번이나 오가는지 다 파악하고 있었다는 사실을.

바바슬로프가 한 시종의 방에서 짧은 서신을 발견했다며 한 손을 번쩍 들었다. 그 안엔 황제가 데네브라의 병력을 향해 진격 명령을 내렸다는 내용이 쓰여 있었다.

끌려 나온 시종이 말도 안 된다며 중얼거렸다. 황제가 보낸 명령서는 확인하자마자 불에 태워 없애는 게 원칙이었다. 그러니 안에 남아 있을 리가 없었다.

"이 자식들, 너희 전부 첩자였구나."

바바슬로프가 씩 웃으며 말했다. 그는 얼마 전에 몰래 빼돌린 서신을 놈들의 방에서 발견한 양 자연스러운 태도로 카루스에게 건넸다.

카루스도 천연덕스럽게 그걸 읽고는 그대로 데네브라에게 건넸다.

황비의 얼굴이 처참하게 일그러졌다.

"네 이놈들……."

첩자가 한두 명 있을 거라고는 생각했다. 어쩌면 그보다 더 많을지도 모른다고, 그렇게 예상하기도 했다.

"호위대장의 방 창문에서 새의 흔적을 발견했습니다!"

"몰래 달아나려는 시녀를 붙잡았습니다!"

데네브라가 종이를 와락 구겨 쥐었다. 그녀의 잇새로 낮은 신음과 함께 거친 욕설이 튀어나왔다.

"가서 잠 좀 자라고 했더니, 그새를 못 참고 일을 벌였니?"

코코가 황당해하며 물었다.

율리아는 왕자궁으로 돌아와 있었다. 새로 들인 율리아의 전속 하녀가 차와 다과를 준비해 바구니에 담았다. 그러곤 얇은 케이프 두 개를 가져와 율리아와 코코의 어깨에 걸쳐주었다.

"왜 이래?"

"코코, 우리 바람 쐬러 가요."

"왜 이러냐고. 너 나한테 뭐 할 말 있구나?"

"네, 비밀 얘기라 아무도 없는 데서 해야 해요."

율리아가 꿍꿍이 가득한 미소를 지었다. 코코와 함께 왕자궁으로 돌아온 레위시아가 서운하다며 칭얼거렸지만, 그는 왕의 업무를 마무리 짓기 위해 저녁을 먹은 후 본성으로 돌아가야만 했다.

"무슨 일인지는 모르겠는데, 꼭 밖에서 해야 하는 얘기야?"

"네, 꼭 밖에서 해야 해요."

평소엔 이런 일에 고집을 부리지 않는 율리아가 장난꾸러기 같은 미소를 짓자, 코코가 어깨에 힘을 풀고 케이프 매듭을 묶었다.

"그래, 가자."

암행용 마차가 준비되었다. 코코가 먼저 마차에 오르고, 율리아가 그녀의 뒤를 따랐다.

마차가 출발한 뒤에는 이런저런 이야기를 나누었다. 코코는 집무실에서 레위시아와 했던 일에 대해 털어놓았고, 율리아는 카루스와 함께 데네브라를 찾아간 일에 관해 이야기했다.

그렇게 한참을 달려 마차가 한쪽에 바닷가를 끼고 달리던 때였다. 코코가 창틀에 팔을 올린 채 율리아를 지그시 바라보며 물었다.

"도대체 어디로 가는 건지 이제 말해줄 때도 되지 않았어?"

"코코."

"뭐 얼마나 대단한 비밀을 털어놓으려고 이러는 거야. 난 이제 네가 과거에 무슨 일을 겪었대도 놀라지 않을 자신이 있어."

"제 대적자가 누군지 알았어요."

"그래, 네 대적자가……."

코웃음 치려던 코코가 입을 쩍 벌렸다가 재빨리 다물었다. 그러곤 활짝 열려 있던 창문을 쾅 소리가 나도록 세게 닫았다.

마차 안이 순식간에 고요해졌다. 코코는 생글생글 웃고 있는 율리아를 향해 바짝 다가와 물었다.

"누군데."

"크세노 이베르트 바이칸."

코코는 아무 말도 하지 않았다. 율리아의 입에서 튀어나온 이름이 이 대륙을 주무르는 최고 권력자의 것이란 걸 아는데도 놀라지 않고 가만히 생각에 잠겼다.

그러곤 픽 웃으며 중얼거렸다.

"어쩐지."

"왜 안 놀라는 거예요."

"아홉 번째의 율리아 아르테를 상대하려면 그 정도는 되어야지. 어디서 말도 안 되는 어중이떠중이가 튀어나오는 것보단 훨씬 설득력 있네."

코코가 갑자기 배가 고파졌다며 바구니를 열었다. 그녀는 커다란 샌드위치를 두 손으로 잡고 크게 한입 베어 물었다. 그러곤 우물거리며 씹다가 불쑥 질문을 던졌다.

"카루스 란케아는 알고 있어?"

"아직 말하지 않았어요."

"그에겐 빨리 털어놓는 편이 좋겠어. 미안한 말이지만, 나는 그가 우리를 어디까지 도와줄 수 있는지 그 한계가 정말 궁금하거든."

"한계요?"

"그가 바이칸을 배신하고 오르테가의 편을 들어줄 거라는 거야 오래전부터 알고 있었지. 그런데 율리아, 카루스 란케아는 무혈 제독일 때 가장 가치 있는 남자야."

리바이어던 함대와 그의 기사단. 코코는 그들에 대해 말하고 있었다. 황제가 아닌 카루스에게 충성한다는 그 무패의 군단.

잠시 생각에 빠져 있던 율리아가 살짝 고개를 끄덕였다. 그녀는 코코가 내민 샌드위치를 먹지는 않고 물끄러미 바라만 보았다. 그러다가 아주 작은 목소리로 말했다.

"코코, 만약에……."

"뜸 들이지 말고 그냥 말해."

"제가 크세노 황제와 전력을 다해 싸워야만 한다면, 어떻게 하는 게 제일 좋으리라고 생각해요?"

코코가 먹던 샌드위치를 다시 내려놓았다.

왕궁을 떠난 지도 한참이라, 마차는 외진 바닷가에 접어들고 있었다. 답답해진 코코가 다시 창문을 열자 파도 소리와 함께 시원한 바람이 불어왔다.

반쯤 눈을 감고 생각에 잠겨 있던 코코가 붉은 속눈썹을 파르르 떨었다.

"율리아."

"네."

"데네브라를 황제로 만들자."

율리아도 먹던 샌드위치를 내려놓고 크게 심호흡했다. 그녀의 가슴이 천천히 부풀었다가 빠르게 가라앉았다.

"할 수 있을까요."

"해봐야지."

코코가 말했다.

"네가 황제의 자리까지 올라가서 싸울 필요가 뭐가 있어. 낮은 곳에 있는 사람이 높이 올라가려면 너무 긴 시간이 필요해. 하지만 높은 곳에 있는 사람을 바닥으로 끌어 내리는 데는……."

"그리 긴 시간이 필요하지 않죠."

율리아가 코코를 똑바로 바라보았다. 두 사람의 눈동자에서 짙은 초록과 화려한 붉음이 촘촘하게 맞물렸다.

⟞•◆•⟝

율리아가 코코를 데려간 곳은 자신의 저택이었다. 마차를 타고 한참을 달린다 했더니 결국 돌고 돌아 집이었냐며, 코코가 허탈하게 웃었다.

마차에서 내린 코코가 펄럭이는 치마를 붙잡았다. 율리아는 그녀에게 다가가 팔짱을 끼고 집을 향해 걸었다.

율리아의 집은 인적 없는 바닷가에 있어 무척 고요했다. 바람이 나무를 쓸고 파도가 자갈을 두드리는 소리가 선명하게 들렸다. 먼 하늘을 나는 새가 꼭 머리 위에서 우는 것 같기도 했다.

"고백할 게 있어요."

정원을 가로지르며, 율리아가 노래하듯 가볍게 입을 열었다.

붉은 산의 다이아몬드가 선택한 대적자가 크세노 황제라는 걸 깨달았을 때부터, 그녀는 어떤 고민에 빠져 있었다.

"상상해봤어요. 제가 만약 대적자라면."

"크세노 황제라면?"

"지금쯤 무슨 생각을 하고 있을까."

복수자가 되어야 했던 카루스는 오르테가에서 남부 함대를 손에 넣었고, 데네브라는 죽지 않고 살아남아서 카루스를 쫓아 오르테가로 향했다.

"가장 큰 변화라면 그거겠죠. 제가 황제라면 카루스 님을 의심했다가 그 주변인을 의심하고, 마지막엔 오르테가에 관심을 보이게 됐을 거예요."

"오르테가에서 일어난 변화라면……."

"이번 삶에서 처음으로 레위시아 전하가 왕이 됐다는 거예요."

코코가 잠시 걸음을 멈추었다가 다시 발을 내디뎠다.

"우리가 그렇게 만들었지."

"네, 저는 황제가 심어놓은 첩자들이 데네브라 황비만을 감시했을 거라고는 생각하지 않아요."

"너를 찾았겠구나."

"지금쯤이면 황제도 제 정체를 눈치챘을 가능성이 커요."

"어쩌면 황비의 병력을 움직여 오르테가를 치게 한 것도 네 움직임을 관찰하려 그런 것일 수도 있겠어."

모두 가정이었으나 진실에 가까웠다. 율리아가 고개를 끄덕이자, 코코가 날카롭게 웃었다.

"크세노 이베르트 바이칸이라."

"저는 그에 대해서 아는 게 별로 없어요."

"그건 그쪽도 마찬가지야."

코코가 겁먹지 말라며 율리아의 손을 꼭 잡았다. 어느새 저택 입구까지 걸어온 두 사람은 문을 열고 안으로 들어가 응접실 소파에 앉았다.

코코가 물었다.

"자, 이제 날 여기까지 데려온 이유가 뭔지 말해봐."

율리아의 입가에 뜻 모를 미소가 자라났다. 그녀는 다과를 준비시키겠다며 밖으로 나간 집사의 발소리가 멀어지는 걸 확인한 후에야

입을 열었다

"황제가 보낸다는 사절단의 진짜 임무는 패전 협상이 아니에요."

"하……."

"저를 확보하는 거죠."

율리아는 그들이 자신을 납치하거나 협박해서 제국으로 데려갈 거라고 확신하고 있었다.

코코가 짜증스레 입술을 씹었다.

"사절단은 우리가 상대할 테니까 너는 당분간 어디 멀리 가 있어."

"황제가 우리 예상대로 움직이지 않을 가능성도 커요. 그는 저 때문에 원치 않는 죽음을 여덟 번이나 반복했어요. 미치지 않은 게 신기할 지경이죠."

율리아의 말이 길어질수록 코코의 얼굴에서 짜증이 사라졌다.

"대륙 통일이나 정복 전쟁, 황권 강화…… 이런 것보다 저를 확보하는 걸 더 중요하게 생각할 거예요."

"어차피 다시 시작하면 되니까."

"네."

율리아는 확신했다.

"황제는 미친 듯이 저를 찾아 헤맬 거예요."

누군가 전력으로 나를 쫓는다면 그땐 어떻게 해야 할까. 율리아가 속삭이듯 던진 질문에 코코가 단호하게 답했다.

"잡히기 전에 잡아야지."

쫓는 건 황제가 아니라 이쪽이 될 것이다.

시간이 흘러, 소곤소곤 대화를 이어가는 두 사람의 얼굴에 어둠이 내려앉았다. 아무에게도 할 수 없는 얘기들이 수없이 오갔다.

코코는 황제에 대해 그녀가 알고 있는 객관적 정보를 쏟아놓았고, 율리아는 삶을 거듭하면서 체득했던 주관적 해석을 곁들였다.

눈치 빠른 집사가 소리 없이 움직이며 고용인들이 응접실 주위에 다가가지 못하게 막았다.

코코는 데네브라를 황제로 만들려면 바이칸 제국인들이 크세노 황제에게 가지고 있는 정복 황제란 위명부터 쓰레기장에 처박아야 한다고 말했다.

율리아는 마땅한 후계자가 없는 황제의 처지를 거론하며, 만약 그가 죽거나 행방불명된다면 자연스레 데네브라가 섭정의 자리에 오르리라고 봤다.

그러려면 일단 황비를 폐위시키는 것부터 막아야 했다.

"내일 데네브라 황비가 직접 침략군 지휘관을 심문하게 할 거예요. 제가 미리 대본을 써줄 테니까 진술을 받아내는 건 어렵지 않을 거고요."

"전하는 이번 기회에 보호 동맹 조약을 파기하고 싶어 해."

"그거 좋네요. 최대한 많은 걸 요구하는 게 좋아요."

큰 그림은 그려졌다. 황비라는 좋은 배우가 있어 극을 짜는 건 어렵지 않았다. 오르테가를 우습게 보고 함부로 굴었으니, 이제는 그 대가를 톡톡히 치러야 한다.

"데네브라는 잘할 거야."

코코가 비틀린 미소를 지었다.

"원래 그렇게 멍청하고 거만한 애들이 황제가 되는 거지."

그런 뒤엔 순식간에 나라를 말아먹을 것이다.

바이칸을 적국으로 두고 있는 오르테가 입장에선 나쁘지 않은 선택이라고, 코코가 즐거이 웃었다.

—•◆•—

황제가 보낸 사절단이 도착하려면 제법 많은 시일이 걸릴 것이다. 산맥을 넘지는 않을 테고, 아마도 제국의 수도에서 가장 가까운 항구로 가서 배를 타고 오리라고 예상되었다.

율리아는 아침 일찍 데네브라를 찾아가 침략군 지휘관에게 뭐라 말해야 하는지 상세히 가르쳤다.

데네브라는 레위시아처럼 훌륭한 학생은 아니었으나, 뻔뻔하게 연기하는 데는 일가견이 있었다. 특히 분노하며 화낼 때 눈부신 재능을 보였다.

"미친놈아! 누가 너더러 진격하라고 했어! 누가!"

"예?"

"내가 분명히 말했잖아! 너희를 국경으로 보낸 건 황제에게 시위하기 위해서였다고! 오르테가와 전쟁을 벌일 거였으면 내가 미쳤다고 측근 몇 명만 데리고 여기까지 왔겠냐고!"

그녀가 오르테가에 온 건 단순히 카루스를 만나야겠다는 충동적 결정이었지만, 아무도 그걸 지적하지는 않았다.

"황비 전하, 저희는 그저…… 당신이 오르테가에 부당하게 억류되어 있으니 구해야 한다는 생각으로."

"네놈 눈에는 지금 내가 감옥에 갇혀 있기라도 한 것처럼 보이느냐? 그리고 설령 그게 사실이라고 한들, 확인조차 해보지 않은 이유는 뭐야! 네놈들은 내 군사야. 내가 주인이라고! 내가 먹이고, 내가 봉급을 주었잖으냐!"

"죄송합니다."

"네놈들이 휘두르는 무기도, 커다란 군마도, 그 몸뚱어리에 걸친 갑옷도 모두 내가 준 것이다! 그런데 왜 내 말이 아니라 황제의 말을 들어! 왜! 이 미친놈아!"

데네브라가 굵직한 반지를 잔뜩 낀 손으로 지휘관의 뺨을 후려쳤다. 그녀의 사촌인 남자는 순간 울컥하는 것 같았지만, 이내 화를 가라앉히며 고개를 숙였다.

"죄송합니다. 황비 전하, 블라이스 그 자식이 당신을 배신했다는 걸 조금만 일찍 깨달았다면……."

"멍청한 놈."

데네브라가 으드득 이를 갈았다. 그녀는 지휘관의 머리채를 휘어잡아 얼굴을 가까이하더니 분노를 가득 담아 짓씹듯 말했다.

"놈은 처음부터 내 노예가 아니라, 황제의 것이었어."

"예? 그럴 리가……."

"황제가 카루스 란케아에겐 남부의 평화를 지키라 명령하고, 블라이스에겐 오르테가에 내란을 일으키라고 명령했다는 건 알고 있느냐?"

데네브라의 입에서 율리아가 지시한 정보가 술술 쏟아져 나왔다.

"내 시종, 보좌, 시녀, 호위 기사에 이르기까지 황제의 사람이 아닌 이가 없었다. 그런데도 황제는 내가 너희를 남쪽으로 내려 보내고, 심지어는 오르테가에 오는 것조차 말리지 않았어. 왜 그런 줄 아느냐?"

잘한다. 율리아가 감옥 밖에서 마음속으로 속삭였다.

"너희와 카루스가 서로 싸우게 만들려고 했으니까!"

데네브라가 하는 말은 모두 율리아가 시킨 것이었으나, 그녀의 분노만은 진짜였다. 그러니 저들은 속을 수밖에 없었다.

"성공했지. 아주 기뻤을 거야. 내가 억류돼 있다는 거짓말로 너희에게 진격 명령을 내렸을 때는 저 혼자 기뻐 날뛰었겠지!"

죽이고 싶어 그토록 안달했던 카루스 란케아와 골칫덩어리 데네브라.

크세노 황제는 두 사람의 분쟁을 누구보다 기꺼워했을 것이다.

"멍청한 놈."

"황비 전하, 저희는 정말 아무것도 몰랐습니다. 그저 시키는 대로 했을 뿐입니다! 당신의 충실한 종으로서, 그저 하루라도 빨리 안전한 곳으로 모셔야겠다는 생각밖에……."

"어디에 있느냐."

"예?"

"황제가 보낸 명령서 말이다. 새를 보냈건 전령을 보냈건 진격하라는 명령서는 전달했겠지."

"여기 있습니다."

지휘관이 품을 뒤져 명령서를 내밀었다. 한 손으로 종이를 홱 낚아챈 데네브라가 감옥 밖을 향해 거칠게 손을 흔들었다.

"종이와 펜을 가져와라!"

"예, 전하."

시종들이 발 빠르게 움직이며 종이와 펜을 날랐다. 거만하게 서서 그 모습을 바라보던 데네브라가 마지막으로 명령을 내렸다.

"본국의 가문에 보낼 편지를 써라. 황제가 우리를 버렸다고. 나를 배신한 건 참을 수 있으나, 내 가문과 군사를 모두 소모품처럼 쓰고 버렸다는 건 참을 수 없어."

"아, 알겠습니다."

"북부도 마찬가지일 거라고 써라. 황제를 대신해서 사력을 다해 북부를 막고 있는 자들은 곧 버려질 것이다. 황제가 평원을 왜 내주었다고 생각하느냐. 그는 전쟁이 끝나길 원하지 않는 거야."

잘한다. 율리아가 감옥 밖에서 입술을 부드럽게 말아 올렸다. 그녀의 얼굴에 만족스러운 미소가 피어났다.

"바이칸의 귀족들은 미친 황제의 손아귀에서 벗어나지 않는 이상 영원히 고통받으며 싸우다 죽게 될 것이다."

데네브라는 생각했던 것보다 정말 잘해주고 있었다.

수십 장의 편지가 전령에게 맡겨졌다. 그들은 오르테가에서 가장 빠른 쾌속선을 타고 제국으로 향했다.

크세노 황제가 데네브라를 배신했다는 것, 카루스 란케아를 또 죽이려 했다는 것, 그 많은 귀족과 군사를 한낱 휴지처럼 쓰고 버리려 했다는 것.

사실 이 모든 건 그리 중요하지 않았다. 율리아는 제국의 귀족들이 어떤 자들인지 생각했다.

오랜 전쟁과 넓은 정복지, 그에 따른 피로가 상당할 것이다. 정복지를 영토로 받은 자들은 융화되지 않는 토착민 때문에 골치를 앓아왔을 것이고, 분쟁 지역의 귀족들은 제발 이 전쟁이 빨리 끝나기만을 기다렸으리라.

그런 자들에게 황제가 영원한 전쟁을 원한다는 건 청천벽력과도 같은 소식일 것이다.

하물며 요즘 그가 도무지 이해할 수 없는 행보를 이어가고 있으니.

크세노 이베르트 바이칸.

'어차피 다시 시작하면 된다'고 생각하고 있다면 당신은 절대로 나를 이길 수 없다.

나는 여기서 끝낼 생각이니까.

⸻•◆•⸻

며칠이 지났다. 잔뜩 긴장한 레위시아가 거울 앞에 섰다. 6명의 시종이 그 곁에 횡대로 서서 의전용 예복을 하나씩 건넸다.

왕이 되기 전엔 코코가 골라주던 것들인데, 이제는 예복을 담당하는 시종이 따로 있었다.

코코는 그에게 가장 잘 어울리는 건 흰색이라는 말만 전달해 놓고 다른 일에 매달려 있었다. 요즘 그녀는 율리아와 온종일 붙어서 소곤거리기 바빴다.

"너희 솔직히 말해. 나 몰래 또 무슨 작당인지."

레위시아가 투덜거리자 시종들이 은은한 미소를 지으며 그에게 셔츠를 건넸다. 그는 단추를 하나 잠글 때마다 꼭 한마디씩 투덜거렸다.

"집무실로 오라고 했더니 왕자궁에서 일하겠다고 하지를 않나, 데네브라 황비가 또 만찬 타령을 시작했다고 했더니 혼자 가서 먹어주라고 하지를 않나."

그가 단추를 다 잠그자 시종이 이번에는 조끼를 건넸다.

"코코, 율리아."

속닥거리느라 대답하지 않는 두 명의 시녀에게 레위시아가 서운함을 가득 담아 말했다.

"왕좌에 앉기 전에는 잘만 챙겨주더니, 왕이 되니까 나 몰라라 하는 거야? 보통은 그 반대여야 하는 거 아니냐고."

코코가 결국 한숨을 내쉬며 자리에서 일어났다.

"왜 그러시는 거예요."

"너희가 나만 빼놓고 비밀 얘기를 며칠째 하고 있으니까!"

"전하께 보고드릴 만큼 확실해지면 당연히 말씀드릴……."

코코가 어린애 어르듯 레위시아를 달래자 시종들이 또 한 번 입술을 씰룩이며 웃었다.

"왜 웃어. 시녀들한테 따돌림당하는 기분을 너희가 알아?"

"모릅니다만, 전하께서 따돌림당하는 게 아니라는 것쯤은 압니다."

"뭐라고?"

"아까 수석 시녀가 이걸 건넸습니다."

시종들과 함께 서 있던 늙은 보좌관이 레위시아에게 한 장의 종이를 내밀었다. 두툼한 양피지에 화려한 글씨체가 눈에 띄었다.

"오늘 연설문입니다. 내용은 나무랄 데 없었으나 왕궁 역사 기록으로 남겨야 하기에 제가 옮겨 적었습니다. 이 문서를 바탕으로 연설하시되, 마음에 들지 않는 부분이 있으면 말씀해주십시오."

장난스레 투덜거리던 레위시아의 얼굴이 순식간에 진중해졌다. 조끼 매듭을 다 묶은 시종이 한 걸음 물러나 그가 문서를 다 읽기를 기다렸다.

최근 오르테가의 백성들은 어느 때보다 왕에게 관심이 많았다. 잘생긴 얼굴로만 알려져 있던 2왕자가 운명처럼 왕위에 오르더니, 남부 함대의 도움으로 침략군을 물리치고 적국의 황비를 인질로 삼았기 때문이었다.

오르테가의 백성들은 자그마치 20년이 넘은 기간 동안 고향이 바이칸의 속국이라 불리는 걸 참아왔다. 말이 보호 동맹이지 실상은 식민지에 가까웠다는 것도 알고 있었다.

황제의 사절에게 왕이 네 발로 엎드려 기었다는 사실이 알려졌을 때는 분노한 백성들이 그 일을 잊으려 죄다 술집으로 몰려갔다는 슬픈 농담이 나돌기도 했다.

그런데 볼 거라곤 얼굴밖에 없는 줄 알았던 젊은 왕이 그동안 쌓인 울분을 한 방에 뻥 뚫어주었다.

전 세계의 조롱을 받던 왕국이 한순간에 부러움의 대상이 되었다. 이제 오르테가는 겁쟁이의 나라가 아니었다.

레위시아의 인기가 급격히 치솟은 건 당연한 일이었다.

"백성들은 오늘을 기억할 겁니다. 전하의 모습과 말, 표정과 눈빛, 전하께서 보여주는 미래. 백성들은 무엇 하나 잊지 않을 거예요. 그리고 그 모든 건 어미와 아비로부터, 이웃과 스승으로부터, 벗과 적에게서 이어져 오르테가의 역사가 될 것입니다."

"부담스러워."

"훌륭하시네요. 그것이 바로 왕의 마음입니다."

늙은 보좌관은 오랫동안 선왕을 모셨고, 그가 죽은 뒤에는 레위시아의 곁에 남았다.

선왕이 비록 훌륭한 왕은 아니었으나 보좌관은 그의 두려움을 이해했다. 바이칸은 그만큼 강력한 제국이었다.

그런데 이 젊은 왕은 달랐다.

부모의 사랑을 받지 못하고 자랐는데도 타인을 아꼈고, 한때는 두려운 마음에 왕위 다툼으로부터 달아났었는데도 다 극복하고 마침내 왕위에 올랐다.

"곧 출발할 시간입니다."

보좌관이 물러나며 말했다.

레위시아가 한숨을 삼키며 자세를 바로 했다. 시종들이 다가와 그에게 남은 예복을 마저 입혀주었다.

"이제 화 풀리셨어요?"

율리아가 자리에서 일어나 그에게 다가왔다. 그녀가 손을 내밀자 시종이 얇은 스카프를 내밀었다. 오르테가의 바다를 닮은 푸른색 스카프였다.

이번에는 레위시아가 그녀에게서 스카프를 빼앗아 들었다.

"화는 무슨. 농담한 거야."

"연설중에 목소리가 갈라지거나 실수로 말을 더듬어도 너무 신경 쓰지 마세요. 진심은 통하게 되어 있으니까요."

"왕이 너무 긴장해서 바들바들 떨어도 괜찮을까."

"그럼요. 제국이 아니라 백성을 두려워하는 왕이라고 소문날 거예요."

레위시아가 웃으며 물었다.

"겁쟁이의 아들이니 겁쟁이인 게 당연하다고 소문나는 게 아니고?"

이런저런 대화를 나누다 보니 그의 얼굴에서 느껴지는 긴장도 어느 정도 풀린 뒤였다. 한 걸음 뒤에서 팔짱을 낀 채 그를 바라보던 코코가 흥, 코웃음을 치며 말했다.

"누가 감히 그런 소리를 하겠어요. 전하는 오늘 오르테가의 완전한 독립을 선언하실 텐데."

"……그렇지."

실감이 나지 않는다고, 레위시아가 중얼거렸다. 시종들도 마찬가지인 듯 감개무량하다며 그를 응원했다.

거울에 비친 자신의 모습이 낯설었다. 이제는 익숙해질 때도 됐건만 레위시아는 여전히 왕이 된 자신이 낯설었다.

망토 위에 어깨 장식까지 완벽하게 치장한 레위시아가 혼잣말로 중얼거렸다.

"할 수 있겠지."

율리아가 눈썹을 아래로 휘며 웃었다. 거울 속 레위시아를 함께 바라보며, 그녀가 힘주어 말했다.

"그럼요. 전하가 누군데요."

내가 누구더라. 레위시아가 거울을 통해 주위를 둘러보았다. 그러다 코코와 시선을 마주치곤 입술 끝을 씰룩였다.

코코가 그를 향해 낮게 경고했다.

"엄마라고 하기만 해봐요."

"쳇."

레위시아가 실망한 얼굴로 걸음을 옮겼다.

문을 열자 완벽하게 차려입은 왕실 기사들이 그를 호위하기 위해 대기하고 있었다. 화기애애하던 실내와는 달리, 바깥 분위기는 비장하기 그지없었다.

이날의 연설은 레위시아가 왕의 자리에 오른 뒤 처음으로 치러지는 외부 행사였다. 선왕의 죽음을 기리기 위해 즉위식조차 임시로 치러야 했던 그가 처음으로 백성들 앞에 얼굴을 드러내는 자리이기도 했다.

레위시아는 당당하게 중앙 광장으로 나갔다.

수많은 백성이 그를 바라보고 있었다. 불신과 기대, 희망과 간절함이 뒤섞인 눈빛이었다.

"위대한 오르테가의 백성에게, 국왕으로서 말한다."

그의 연설은 나무랄 데 없었다.

"오늘 우리는 바이칸의 그늘에서 벗어나 남부의 중심 국가로 새로이 도약할 것이다!"

유약하게만 느껴지던 예쁜 얼굴에 조금씩 세월이 쌓이고 있었다. 광장에 모여 있던 백성들은 젊은 왕에게서 느껴지는 간절함에 화답했다.

와아아아아.

광장이 떠나가도록 커다란 함성으로.

오르테가가 바이칸으로부터 독립했다. 정복 전쟁조차 치르지 않고 스스로 속국이 되었던 그들이 가장 먼저 일어선 것이다.

남부가 발칵 뒤집혔다. 오래전에 정복당했던 왕국과 살아남은 왕족들이 하나둘 고개를 들었다.

북부도 마찬가지였다. 그들은 오르테가의 승전을 축하한다며, 얼마 전에 차지한 평원에 한동안 오르테가의 깃발을 내걸기도 했다.

황제의 사절단이 배에 오른 것도 그즈음이었다.

⟶ • ◆ • ⟵

율리아 아르테.

크세노 황제가 화려한 깃펜으로 율리아의 이름을 썼다. 그의 글씨는 무척 아름다웠는데, 바이칸 문자 특유의 장중함이 묻어 나오는 필체였다.

그의 책상 위엔 제법 두툼해 보이는 보고서가 놓여 있었다. 크세노는 그걸 손가락으로 하나씩 넘겨보다가 그 안에서 손바닥보다 조금 큰 초상화를 꺼냈다.

율리아의 얼굴을 그린 초상화였다.

앳된 얼굴에 표정이 없는 여자였다. 초상화니까 실물과는 느낌이 다르겠으나, 이목구비는 그대로일 것이다.

초상화를 구하는 건 어렵지 않았다. 오르테가에서 그녀는 이미 상당한 유명 인사였다. 오르테가의 백성들이 가장 사랑하는 귀족이라는 말이 있을 정도였다.

율리아 아르테.

브레웨 아카데미를 수석으로 졸업하고 그 노력을 인정받아 레위시아 왕자의 시녀로 들어가 그를 왕으로 만든 여자.

"호르헤."

"예, 폐하."

"마조람인가 하는 그 후작 가문의 식솔들은 다 어떻게 죽었느냐? 순서대로 말해보아라."

"후계자였던 아들 바실리 마조람은 실종된 이후 소식을 찾을 수가 없고, 후작 부인은 재판 당시 왕비의 손에 살해당하였습니다. 후작은 반역죄로 처형되었고, 딸인 크리스틴 마조람은 데네브라 황비께서 ……."

"나 참."

크세노가 하하 웃었다. 그가 한쪽에 따로 떨어져 있던 마조람 후작 가문에 대한 보고서를 손가락으로 짚었다.

"호르헤."

"예, 폐하."

"너는 이 어린 평민 여자가 이 가문을 상대로 싸워서 이런 식으로 승리하는 게 가능하다고 생각하느냐?"

"불가능합니다."

"그렇지?"

"한 사람이면 모를까 가문과 파벌, 심지어는 왕가를 상대로도 싸운 것으로 압니다. 조력자가 있었다고는 하나 율리아 아르테에게 기묘한 행운이 연속되지 않았다면 불가능한 일이었을 겁니다."

"기묘한 행운의 연속."

삶을 반복했기 때문이다. 죽고, 죽고, 또 죽어가면서 체득한 정보를 그녀가 꽉 쥐고 있었기 때문이다.

"가엾은 것."

크세노가 율리아의 초상화를 자신의 책상 한가운데에 두고 지그시 바라보았다.

"해적이었던 아버지가 보육원에 버리고 간 아이라……. 기구하고 가엾기 짝이 없어. 연인에게선 버림받고, 귀족의 도구로 쓰이다가 배신당하고, 그렇게 계속 살해당했단 말이지."

"폐하, 어찌하면 좋겠습니까."

"죽이기엔 너무 아까운 인재야, 그렇지?"

크세노가 혀를 쯧쯧 차며 초상화를 노려보았다.

초록색 물감으로 채운 율리아의 눈동자가 그를 마주 노려보는 것 같은 착각이 들었다. 그녀의 눈빛은 그 정도로 선명해, 그림인데도 시선을 떼기 어려웠다.

직접 마주한다면 어떤 느낌일까. 그는 그것이 못내 궁금했다.

"호르헤."

"예, 폐하."

"율리아 아르테가 내 손에 들어오기 전까지는 생채기 하나 나지 않도록 철저하게 보호해야 한다."

"명을 받듭니다."

호르헤가 깊이 머리를 숙였다.

크세노 이베르트 바이칸.

율리아는 맥스웰이 남기고 간 정보원들에게서 그에 대해 꽤 많은 것들을 전해 들을 수 있었다.

오르테가 왕궁에도 관련 서류가 많았다. 왕의 허락하에 극비 문서까지 뒤져가며 크세노에 대해 조사한 그녀는 마지막으로 브레웨 아카데미로 향했다.

마차에서 내린 율리아가 아카데미 정문을 앞에 두고 말했다.

"왜 이렇게 오랜만에 오는 것 같죠."

"난 엊그제 왔다 간 것 같은데?"

바바슬로프가 어깨를 으쓱거렸다. 그는 카루스의 명에 따라 율리아를 호위하기 위해 그녀와 함께 아카데미를 찾은 참이었다.

바바슬로프가 율리아의 곁으로 다가와 다시 물었다.

“졸업시험 보러 왔을 때, 기억나?”

“그럼요. 바바슬로프가 초콜릿을 사줬죠.”

“난 네가 공부하다가 머리가 홱 돌아버린 녀석인 줄 알았어.”

율리아가 웃음을 터뜨렸다. 왜 그런 생각을 했냐고 묻자, 바바슬로프가 허허 웃으며 말했다.

“그렇게 중요한 시험이면 긴장해야 정상이잖아. 넌 인마, 그날 시험장으로 들어가는 네 뒷모습이 어땠는지 모르지?”

“어땠는데요.”

“들어갈 때는 뭔가 귀찮은 일을 빨리 해치우고 싶어하는 사람처럼 세상 급해 보였는데, 나올 때는 콧노래를 불렀다고.”

“제가요? 콧노래요?”

“그래. 발걸음은 또 왜 그렇게 춤추는 것처럼 가벼워 보이던지. 지긋지긋한 시험이 끝나서 그러나, 오해했다니까.”

“안에서 크리스틴을 만나서 그랬을걸요.”

“어째 그 이름은 오랜만에 들어도 재수가 없냐.”

바바슬로프가 팔뚝을 벅벅 긁었다.

두 사람은 아카데미 도서관을 향해 걸으며 도란도란 대화를 나누었다.

바바슬로프는 율리아가 이제 백작이 되었으니 그에 따른 예의를 차려야겠다고 말했고, 율리아는 제발 그러지 말라며 그를 따라 팔뚝을 벅벅 긁었다.

“율리아 아르테?”

그때 도서관 앞에서 누군가 그들에게 말을 걸었다.

브레웨 학장이었다.

마지막으로 만났을 때는 단상 위에 꼿꼿하게 서서 짓궂은 미소를 띠고 있었는데, 그는 그때보다 조금 구부정해진 모습으로 나타나 율리아에게 말을 걸었다.

"오랜만이구나. 잘 지냈느냐? 아니…… 네 소식이야 항상 살펴 듣고 있다마는."

학장이 허허 웃으며 율리아에게 손을 내밀었다.

"이제 아르테 백작이라 불러야겠지."

"아뇨. 학장님. 그냥 율리아라고 불러주세요."

율리아가 그의 손을 잡고 반갑게 인사를 건넸다. 두 사람의 훈훈한 대화에 바바슬로프의 얼굴에도 푸근한 미소가 자리 잡았다.

"네가 브레웨 훈장을 받은 뒤부터 아카데미에 좋은 변화가 생겼단다. 귀족들은 전보다 행동거지를 조심하게 됐고, 입학을 희망하는 평민 아이들도 많아졌지."

"다행이네요."

"정말 재밌는 일이 뭔 줄 아느냐? 똑똑한 평민 학생을 후원하려는 귀족들도 늘었다는 게야."

"왜요?"

"너 같은 아이가 또 있으려나 싶어, 미리 친분을 다지려는 것이지."

학장이 크허허, 하고 웃음을 터뜨렸다.

율리아가 그를 따라 웃다가 조심스레 물었다.

"올해엔 브레웨 훈장을 받은 학생이 없었다고 들었어요."

"크리스틴 마조람의 졸업 자격을 취소시키고 나서는 다들 눈에 핏발이 서 있었거든. 성적이 적당히 좋다고 해서 아무에게나 줄 수는 없다고, 검증을 이중 삼중으로 하다 보니까 그렇게 됐어."

"다들 절 원망했겠네요."

"원망 반, 찬사 반."

학장이 특유의 짓궂은 미소를 띠고 율리아를 흘겨보았다.

"복수에 성공해서 행복하냐?"

"네?"

"궁금했거든. 네놈이 학창 시절부터 뭔가를 꾹꾹 눌러 참는 기색이 있었다는 건 알았지만, 어느 날 갑자기 그렇게 폭발할 줄 누가 알았겠느냐."

"그것 때문에 행복해지진 않은 것 같아요."

율리아가 학장을 바라보았다. 그녀의 눈동자에선 한 치의 흔들림도 보이지 않았다.

"저는 마땅히 해야 할 일을 했어요. 행복해지진 않았지만, 속은 아주 후련합니다."

"그럼 되었다. 후회하지 않는다면 된 거야."

학장이 한쪽 눈을 찡긋했다.

"네 연락은 받았다. 도서관 출입을 허락해달라고?"

"네, 금서나 고서까지 다 볼 수 있었으면 좋겠는데. 가능할까요?"

"하하핫! 레위시아 왕의 수석 시녀에게 그 누가 안 된다는 말을 할 수 있겠느냐. 녀석아. 넌 아직 멀었어. 권력이란 건 이럴 때 쓰라고 있는 게야."

아뿔싸. 백작이라고 불러야 하는데. 그렇게 중얼거린 학장이 율리아의 손을 잡고 걸음을 보챘다.

"뭘 찾고 싶어서 왔는지는 모르겠지만 궁금한 게 있으면 언제든 찾아오너라."

"고맙습니다."

도서관 사서는 학장이 율리아의 손을 잡고 직접 나타나자 어쩔 줄을 모르며 열쇠를 꺼내주었다.

학장은 수고하라며 율리아의 어깨를 두드리고 사라졌다. 바바슬로프도 해 질 무렵에 데리러 오겠다며 물러났다.

율리아는 고요한 도서관에 혼자 남겨졌다.

학생들이 공부하는 공간은 넓은 아래층에 있고, 그녀가 찾은 곳은 높은 천장까지 오래된 책이 가득 쌓인 꼭대기 층이었다.

편한 옷을 입고 오길 잘했다고 생각하며, 율리아가 이동식 사다리를 꺼냈다.

그녀가 찾으려는 건 바이칸 황실의 역사와 황제 크세노에 관한 기록이었다. 널리 알려진 정보엔 관심 없고, 이왕이면 숨겨진 폭로자의 증언 같은 게 있으면 좋을 것 같았다.

"어디 보자."

그녀는 순식간에 책 속으로 빠져들었다. 원하는 책이 아니면 미련없이 제자리에 되돌려놓고, 원하는 정보가 한 줄이라도 있으면 몇 번이고 다시 읽었다.

크세노 황제는 태어나기도 전에 다음 대의 황제로 내정되어 있었다. 이토록 먼 남부의 도서관에도 그가 얼마나 선택받은 권력자인지, 바이칸의 전대 황제가 그를 얼마나 높게 평가했는지 다양하게 기술되어 있었다.

바이칸의 귀족들도 마찬가지였다. 데네브라가 말한 대로, 크세노는 젊은 시절부터 정복 전쟁을 핑계로 수없이 바깥으로 나돌았음에도 반역 한 번 일어나지 않았을 만큼 그의 영향력은 대단했다고 알려졌다.

'정말 그럴까?'

율리아는 그게 제일 이상했다.

아무리 강한 황제라도 반역을 일으키고 싶어하는 자들은 어디에나 있기 마련이다. 오르테가의 귀족들이 특별히 탐욕스럽고, 제국의 귀족들은 그렇지 않다는 건 이상하다.

누군가는 반역을 꿈꿨을 것이고, 시도했을 것이고, 실패했을 것이다. 어쩌면 황제는 자신의 위명을 지키기 위해 그 모든 기록과 증언을 없애버린 건 아닐까.

이쯤 되니 크세노에 대한 기록을 살펴보는 건 별다른 의미가 없을 것 같았다. 율리아는 방향을 바꾸어 최근 2, 30년 동안 바이칸에서 사라진 귀족 가문에 대해 찾아보았다.

누군가는 병에 걸려 죽고, 또 어떤 누군가는 불행한 사고에 의해 죽었다. 한 사람의 죽음은 그렇게 잊힐 수 있지만, 한 가문의 죽음은 그런 식으로 덮기 어려웠다.

그렇다 보니 의문을 제기하는 자들이 종종 있었다. 다만 그들은 권력자가 아니라서 그 의문을 공론화시킬 수 없었다.

율리아의 눈동자가 빠르게 움직였다. 그녀는 책꽂이에서 뽑아 온 수십 권의 책을 거대한 책상 위에 펼쳐놓고 같은 이름을 찾아가며 정보를 엮었다.

시간이 흘러 높이 떠 있던 해가 지평선 아래로 떨어질 때쯤, 율리아가 두툼한 책을 탁 소리가 나도록 덮으며 중얼거렸다.

"그토록 오랫동안 정복 전쟁에 매달렸던 이유가 이거구나."

크세노 황제의 꿈은 대륙 통일이다. 모두가 그렇게 생각했다. 실제로 황제는 황제의 자리에 오르자마자 수십 만에 이르는 정복군을 데리고 전쟁터로 뛰쳐나갔다.

"반역을 일으키기 전에 전부 죽이려고."

이제 알겠다.

"전쟁터로 끌고 나가서 적군과 함께 다 죽여버렸어."

어떤 사람에 대한 이해는 긴 시간에 걸쳐 서로를 알아가며 서서히 깊어지기도 하지만, 때로는 이렇게 한순간에 상대의 모든 것을 수용하게 되기도 한다.

율리아는 크세노를 이해했다. 그가 택한 방식, 그가 썼던 가면, 아홉 번째의 삶을 살면서도 그가 미치지 않고 버틸 수 있었던 이유.

"황제."

그는 진짜 권력자였다. 제왕이며 천자였고, 바이칸 그 자체였다. 그러니 저주 따위가 그를 지배하도록 내버려둘 수 없었을 것이다.

미치기 직전까지 내몰려도 결국엔 제자리로 돌아와야 했겠지.

세상을 통제하는 자는 자신을 잃어선 안 되니까.

좁은 창밖으로 노을이 지고 있었다. 곧 바바슬로프가 데리러 올 것이다. 율리아는 펼쳐놓았던 책들을 한데 모았다.

그런데 누군가 다가와 그녀의 손에서 무거운 책을 빼앗아 들었다.

"카루스 님?"

발소리도 듣지 못했다. 율리아가 놀란 눈으로 그를 바라보자, 카루스가 커다란 손으로 여러 권의 책을 든 채 그녀를 바라보았다.

"무슨 생각을 그렇게 하길래 말을 걸어도 모르는 거야."

"그랬어요?"

"놀랄까 봐 일부러 발소리까지 내면서 걸어왔는데."

"그냥…… 생각할 게 있어서요."

"무슨 생각?"

"크세노 황제는 그렇게 많은 전쟁을 치렀는데, 왜 공식적인 패전 기록은 없는 걸까."

인간인 이상 처참하게 패배한 경험도 있을 것이다. 정복군도 처음부터 그렇게 대단하진 않았을 것이다. 실제로 크세노와 정복군을 상대로 끈질기게 항전했던 국가도 있었다.

카루스가 책을 책꽂이에 꽂아 넣으며 말했다.

"아홉 번 졌어도 마지막에 한 번 이기면 승리라고 기록했으니까."

"역시."

"문제 삼는 사람도 거의 없었어. 그 마지막 승리가 결정적이긴 했거든. 젊은 시절의 크세노 황제는 배포가 큰 사내였고, 함께 싸웠던 자들에게 정복지의 영토와 재화를 아낌없이 베풀었지."

"주위에 사람이 많았겠네요."

"군주가 직접 남의 것을 빼앗아 나눠주니까 기회주의자들이 넘쳐났지."

"이제 더 올라갈 곳도 없을 텐데 그는 도대체 뭘 원하는 걸까요."

"글쎄다, 신이라도 되고 싶었나."

책 정리를 마친 카루스가 율리아에게 손을 내밀었다. 그의 태도가 워낙 자연스러워, 율리아는 손을 잡고 걸어가면서도 어색함을 느끼지 못했다.

"바바슬로프가 데리러 온다고 했는데."

"그놈은 일찍 퇴근했어."

"쫓아낸 게 아니고요?"

"드추바 해전 이후 오르테가 해군과 종종 어울리더라고. 수가 적긴 해도, 해적들의 옛 항로에 대해 그들보다 많이 아는 자는 드물지."

"해적들의 옛 항로는 왜요?"

율리아가 눈을 동그랗게 떴다. 물어보긴 했는데, 답은 이미 알고 있었다.

"카루스 님, 해적들과 손을 잡을 생각이세요?"

"시도는 해봐야지."

"예전처럼……."

"여덟 번째의 카루스 란케아가 성공했던 일을 아홉 번째의 카루스 란케아가 실패할 리가 없잖아. 걱정하지 마."

카루스의 목소리는 차분했다.

거친 울림을 지그시 눌러 낮게 가라앉은 그의 목소리는 신기하게도 율리아를 안심시키는 마력이 있었다. 그가 괜찮다고 말하면 정말로 뭐든 다 괜찮아질 것 같은 느낌이었다.

그의 얼굴에 노을이 드리워졌다. 드추바 해전을 치르느라 조금 살이 빠졌는지 눈매가 평소보다 더 날카로웠다.

홀린 듯 그를 바라보던 율리아가 불쑥 말을 꺼냈다.

"크세노 황제예요."

"뭐가."

"제 대적자요."

아직은 추측일 뿐이라 좀 더 확실해지면 털어놓으려고 했는데.

"그도 알고 있을 거예요."

카루스가 걸음을 멈추고 율리아를 내려다보았다. 그의 등 뒤에서 짙은 노을이 쏟아졌다. 잡힌 손에 힘이 들어가 움찔 떨렸다.

그의 눈이 검었다. 검다 못해 새카맸다. 그가 이런 식으로 자신을 바라보면 숨기고 싶었던 것들이 자꾸 튀어나왔다.

"그래서 황제를 끌어내리고 데네브라를 황제로 만들기로 했어요."

믿을 수 있는 사람. 등이 아니라, 심장을 맡겨도 될 든든한 남자.

율리아는 저도 모르게 꽉 잡혀 있던 손을 풀어, 이번에는 카루스의 손가락을 자신이 살짝 감아 잡고 물었다.

"제 편이 되어주실래요?"

카루스가 커다란 몸으로 빛을 막았다. 그들은 높은 책꽂이 사이에서 있었다. 그가 등으로 노을을 막자, 율리아의 얼굴에 어둠이 드리워졌다.

"만약에 네가."

이마가 간지러웠다. 카루스가 고개를 숙여 가까이에서 율리아를 내려다보았다. 그의 머리카락이 흘러내려 얼굴에 닿았다.

"크세노를 죽여달라고 말하면."

"네?"

"난 당장이라도 반역을 일으킬 준비가 되어 있어."

바이칸이 아니라 그보다 더한 것도 배신할 수 있다. 변절자, 패륜아, 배신자. 그 어떤 비난도 다 감당할 수 있다.

카루스가 율리아의 이마에 자신의 이마를 아슬아슬하게 갖다 댔다. 그의 피부에서 아지랑이 같은 온기가 느껴졌다.

"그리고 절대 패배하지 않을 거야."

돌아오는 길엔 두 사람 다 거의 말이 없었다. 마차 안에서도 함께 저녁이나 먹자는 짧은 대화만이 오갔다.

어색하거나 불편하진 않았다. 율리아는 카루스가 깊은 생각에 잠겨 있다는 사실을 알았고, 카루스는 어떻게 하면 그녀의 짐을 덜어줄 수 있을지를 고민했다.

저택에 도착한 뒤에는 트루디의 시중을 받으며 함께 식사했다. 저택에 머무는 날이 적어 전문 요리사를 고용하진 않았으나, 하녀들의 솜씨가 좋아 만족스러운 식사였다.

그러곤 함께 바깥으로 나왔다. 가시나무가 바람에 흔들리며 자잘한 소리를 냈다. 율리아는 카루스와 함께 정원을 거닐다 저택 앞 백사장으로 향했다.

서늘해진 밤바람에 뒷덜미가 오싹했다. 두 팔로 몸을 감싸는 율리아에게 카루스가 다가와 자신의 망토를 걸쳐주었다.

"요즘 블라이스가 가끔 떠올라."

"블라이스요?"

"그래. 놈이 죽지 않고 살아 있다면 어땠을까, 그런 생각."

"지금쯤 북부에서 잘살고 있지 않을까요."

"어떻게든 네 곁을 맴돌면서 기회를 노렸을 것 같은데."

"그가 제게 원하는 건 사랑이 아니었어요."

그랬다면 '안녕'이라는 말 대신 '사랑한다'라는 말을 내뱉었을 것이다. 그도 그때 그게 마지막이라는 걸 알고 있었다.

"경쟁자가 많을 줄은 몰랐는데."

카루스가 과장을 섞어 투덜거렸다.

율리아는 벽이 높은 여자였다. 다가가기는커녕 바라보는 것조차 어려울 만큼 벽이 높았다. 그녀는 다정하지 않았고, 운명에 쫓기느라 여유가 없었다.

그래서 레위시아에 이어 블라이스라는 경쟁자가 나타났을 때, 카루스는 자신을 질책하며 비웃었다. 너무 안일했다. 안일하다 못해 방심했다.

"내 눈에 아름다운 사람은 남의 눈에도 아름답게 보인다는 걸 간과했어."

"제 얘기예요?"

"그럼 지금 내가 누구 얘기를 하고 있다고 생각하는 거야?"

"저도 있어요."

"뭐가 있어."

"경쟁자요."

율리아가 눈매를 가늘게 좁히며 웃었다. 그러곤 카루스를 얄밉게 노려보며 말했다.

"데네브라 황비는 아름답고 욕망에 솔직하고, 권력자인 데다가 당신을 위해서라면 뭐든지 하겠다고 하잖아요."

"지금 그딴 여자를 경쟁자라고……."

카루스가 걸음을 멈추고 진심으로 어이없다는 듯 율리아를 나무랐다.

"아직 잘 모르는 모양인데, 데네브라는 처음부터 지금까지 단 한 번도 내 관심을 끌어낸 적이 없어. 난 그 여자 머리카락이 금발이었다는 것도 이번에 처음 알았다고."

"그건 좀 너무한데."

"황제의 아내가 금발인지 적발인지 알 게 뭐야. 난 그냥 그 여자가 자꾸 황성으로 불러대기에 귀찮아서 피해 다녔을 뿐이야."

"사랑한다잖아요. 저렇게 대놓고 고백하는데, 그것도 몰랐다고는 하지 마세요."

"처음엔 그냥 크세노의 관심이 필요해서 날 이용하는 줄 알았지."

"세상에."

"네가 나와 함께 데네브라 얘기를 하는 이 상황 자체가 탐탁지 않아. 차라리 레위시아 얘기를 해."

"전하는 왜요?"

율리아도 걸음을 멈추고 그를 바라보았다.

굳은 표정으로 그녀의 얼굴을 물끄러미 바라보던 카루스가 천천히 입을 열었다.

"여기까지 하지. 내가 할 말은 아닌 것 같으니까."

"애초에 다른 사람 얘기를 꺼낸 건 카루스 님이에요. 그리고 이제는 조금 화가 나려고 하는데요."

"뭐가."

"경쟁자라고 했잖아요."

"그게 왜……."

그게 무슨 소리냐고 되물어보려던 카루스가 갑자기 입을 다물었다.

경쟁자. 율리아가 데네브라를 경쟁자라고 했다. 그 말의 뜻을 알게 되자, 심장이 걷잡을 수 없이 부풀었다.

그가 한 손으로 자신의 입매를 문질렀다. 간신히 억눌러왔던 감정이 어지럽게 요동쳤다.

"왜 자꾸 다른 사람 얘기를 하세요."

율리아는 여전히 그를 똑바로 바라보고 있었다.

블라이스의 마음에 대해서도, 레위시아의 마음에 대해서도 알고 있다. 알면서도 모른 척한 것이다. 받아줄 수 없으니까. 희망을 줘선 안 되니까.

하지만 카루스에게는 그럴 수가 없었다.

"궁금한 게 있어요."

"뭔데."

"만약 제가 이번에도 실패하고 다시 눈보라 치는 산에서 당신을 마주하게 된다면, 그때는 어떻게 했으면 좋겠어요?"

"율리아……."

"또 똑같이 시작할까요? 부하들의 생명을 대가로 당신의 일행이 되고, 남부 함대의 비리를 고발하면서?"

한 번도 생각해본 적 없었다. 카루스가 머리를 흔들었다. 부정하는 몸짓이 아니라, 정신을 차리려는 것이었다.

그는 그동안 의도적으로 그 생각을 피해왔다. 실패라니. 무슨 수를 써서라도 율리아를 저주로부터 해방시켜줘야 한다는 생각만 했지, 실패한 뒤의 열 번째에 대해선 대비하려 하지 않았다.

불현듯 죄책감이 쏟아졌다.

율리아는 이번이 네 마지막 삶이라고 강요하는 그의 마음을 배려해 지금까지 조금도 내색하지 않고 그 지독한 불안감을 견뎌 왔다.

대적자가 황제라는 사실을 깨달았을 때부터 그 불안감은 실체를 가지고 그녀를 괴롭혀 왔을 텐데, 이번이 마지막인 것만 같다던 자신의 말을 번복해야 할 정도로 혼란스러웠을 텐데.

"만약 열 번째로 가게 된다면…… 이렇게 말해."

카루스가 율리아에게 다가와 망토를 더욱 단단히 여며주었다.

아홉 번째의 그가 할 일은 정해져 있었다. 그녀를 대신해 싸우고 싶지만, 그럴 수 없다는 걸 안다. 그러니 아홉 번째의 율리아가 열 번째의 율리아를 포기하지 않게 해야 했다.

카루스가 가만히 말했다.

"'저주를 믿으세요?'"

율리아가 두 눈을 빠르게 깜박였다.

"'저는 죽지 못하는 저주를 받았어요. 열 번이에요. 죽은 줄 알았는데, 항상 이날로 돌아오죠. 당신은 매번 똑같이 말해요.'"

카루스는 율리아가 그에게 했던 말을 토씨 하나 빠뜨리지 않고 그대로 기억하고 있었다.

되새기고, 되새기고, 또 되새겼기 때문이다. 그때 그녀가 어떤 얼굴이었는지, 어떤 심정이었는지. 전부 기억하려고 미친 듯이 되새겼다.

"난 똑같이 사랑에 빠지겠지."

"카루스 님."

"날 이용해서 크세노를 죽여. 그 자식은 황제의 자리에 앉아 있으면서도 지금까지 내 몸에 생채기 하나 내지 못한 등신이야."

그러니까 불안해하지 말라고, 카루스가 속삭였다.

44
너를 사랑하느니

나는 왜 카루스 란케아를 사랑하게 되었을까. 데네브라는 어느 날 문득 그런 생각을 하게 되었다.

혼자 갇혀 있는 상황이 너무 답답해서 심술이나 부려볼까 하는 마음에 이 사람 저 사람에게 만찬 초대를 보내던 날이었다. 생각지도 못했던 사람이 왕비궁에 나타나더니 그녀와 저녁식사를 함께했다.

레위시아 국왕의 어머니였다.

선왕의 애첩이었던 그녀는 데네브라의 눈에도 무척 아름다웠다. 말로 설명할 수 없는 농염함과 처연함이 동시에 존재하는 얼굴이었다. 순수하고 청초한데, 그 안에 짐승이 도사리고 있는 것 같아 께름칙하기도 했다.

아들이 왕이 되었으니 전보다 더 좋은 대접을 받으며 살 줄 알았는데, 그녀는 조금도 행복해 보이지 않았다.

데네브라가 물었다.

왕에게 기생하는 애첩이라 평생 손가락질받고, 하나뿐인 아들을 내팽개치면서까지 왕을 사랑한 이유가 무엇이냐고.

식사를 마친 그녀는 우울하게 웃었다.

"뭐라고 하셨는데요?"

율리아가 궁금하다는 듯 가까이 다가와 물었다.

지금까지는 무슨 말을 해도 한 귀로 듣고 한 귀로 흘리던 율리아가 관심을 보이자, 데네브라가 우쭐거리며 말했다.

"사랑하느라 나를 잃었다고 했어."

"그랬구나."

"뭔 개소리냐고 물었더니, 아무것도 아니라고 말을 피하더라고."

"전하는요?"

"내가 뭐?"

"전하도 카루스 님을 사랑하잖아요. 꽤 오랫동안, 아주 열정적으로 사랑하셨잖아요. 그러느라 자신을 잃었다고 생각하세요?"

"미쳤느냐? 그를 사랑하는 것도 나고, 그에게 집착하는 것도 나야. 그 감정과 판단 모두가 나잖아. 그런데 왜 나를 잃어?"

그렇게 착각하고 있구나. 율리아가 속으로 그녀를 비웃었다.

"세상 사람이 전부 전하처럼 자기중심적이진 않거든요."

"너는?"

데네브라가 흥미로워하며 손을 내밀었다. 그녀의 시녀가 곁에 앉아 손톱을 정리해주고 있었다.

율리아는 데네브라의 방을 이리저리 돌아다니다가 대수롭지 않게 말했다.

"저는 전하처럼 되려면 아직 멀었어요."

"그것참 해괴한 대답이구나. 너는 언제나 나를 어린애 가르치듯 하지 않느냐. 솔직하게 말해도 된다."

"진심이에요. 저는 제가 세상의 중심이라고 생각하지 않아서요."

"그럼 뭐라고 생각하는데?"

"율리아 아르테요."

데네브라는 율리아의 말을 이해할 수 없었다. 그녀가 입술을 일그러뜨리며 뭔가 화를 내려는 찰나, 손톱을 매만지던 시녀가 조심스레 입을 열었다.

"그냥 평범한 사람이라고…… 하는 말 같습니다, 전하."

"누가 너한테 끼어들라고 했느냐!"

"죄송합니다."

시녀가 재빨리 고개를 숙였다. 그러곤 데네브라와 눈을 마주치지 않으며 손톱을 마저 정리했다.

그 광경을 물끄러미 지켜보던 율리아가 데네브라에게 물었다.

"카루스 님을 왜 사랑하세요?"

"난 검은색이 좋아."

대답하지 못하리라고 생각했는데, 데네브라는 의외로 고민조차 하지 않고 이유를 댔다.

"그의 검은 머리카락, 눈동자가 좋다. 낮고 거친 목소리가 위협적으로 느껴지지 않도록 차분하게 말하려 노력하는 것도 좋아. 아름다운 몸이나 무관심한 태도, 그런 것도 좋아."

"네……. 그렇구나."

"그중 가장 좋은 건 존재만으로 크세노를 엿 먹인다는 점이지."

데네브라가 입술을 비틀었다. 남은 손으로 술잔을 들고 크게 한 바퀴 굴린 그녀가 그걸 한입에 꿀꺽 삼켰다.

"술은 그만 드세요. 이틀 내로 사절단이 도착할 거예요."

율리아가 데네브라의 시녀에게 가볍게 고갯짓했다. 그러자 손톱 정리를 마친 시녀가 살짝 미소 지으며 물러났다.

"저것도 이제 내가 아니라 네 명령을 듣는구나."

"그게 기분 나쁘면 시녀들한테 잘해주셨어야죠."

"내가 왜?"

"전하 같은 분을 모셔야 했다면 저도 왕궁 시녀가 되진 않았을 거예요. 분명 다른 방법으로 귀족이 됐겠죠."

"그건 네가 평민이었기 때문에 할 수 있는 조언이야. 아랫것들이란 자고로 잘해 주면 기어오르고, 방심하면 배신하기 마련이란다."

"윗사람도 마찬가지예요. 고분고분할수록 함부로 대하잖아요?"

"넌 정말 한마디도 지지 않는구나."

"그런 칭찬 많이 들어요."

율리아가 데네브라의 손에서 술잔을 빼앗았다. 그러곤 이번에 오르테가에 방문하기로 한 사절단 명부를 들이밀며 그중 황제의 진짜 측근이 누구인지 짚어보라고 했다.

데네브라는 불만이 많아 보였지만, 더는 비협조적으로 굴지 않았다. 그녀도 율리아가 시키는 대로 해야 폐위당하지 않을 거란 걸 알기 때문이었다.

"이놈과 이놈은 아니야."

"왜요?"

"크세노는 멍청한 놈들을 좋아하는데, 이 두 사람은 너무 영악해.

황제가 서부의 비옥한 정복지를 내준 데는 다 이유가 있지."

"이 사람은요?"

"좀 다른데…… 그놈은 오래전부터 남부를 욕심내던 놈이야. 사절단에 낀 것도 그런 이유겠지. 이번 일만 잘 해결하면 언젠가 황제에게 오르테가의 풍요로운 항구를 대가로 요구할 수도 있으니."

"흐응."

"내 가문의 사람들은……."

"하나도 없어요."

데네브라가 얼굴을 확 굳혔다. 긴 명부 어디에도 그녀의 가문은 존재하지 않았다.

황비와 관련된 문제를 해결하기 위해 파견되는 사절단에 그녀의 측근은 단 한 명도 없고, 전부 황제와 함께 정복지를 나눠 가졌던 욕심쟁이뿐이었다.

"율리아."

"네."

"내가 정말 폐위되는 것이냐?"

데네브라가 물었다. 그녀의 목소리가 살짝 떨렸다.

아닌 척 엉뚱한 곳에 시선을 두고 있었으나, 율리아는 데네브라가 조금 긴장하고 있다는 걸 알았다.

어떻게 해야 할까.

율리아는 데네브라 같은 사람을 어떻게 다뤄야 하는지 대충은 알았다.

그녀는 오랜 시간 동안 밀고 당기며 길들이다 보면 저도 모르게 상대에게 물들어버리는 부류였다. 칭찬과 관심이 고픈 나머지 뿌리 없이 자라는 꽃이었다.

그러나 지금은 그럴 시간이 없었다. 이틀만 지나면 사절단이 도착할 것이다. 율리아는 그 안에 데네브라를 자신의 꼭두각시로 만들어야만 했다.

어쩔 수 없지. 율리아가 펼쳐 놓은 명부를 와락 구겨 쥐었다. 그러곤 찻물을 끓이려 피워 놓은 화로에 던져 넣었다.

"무슨 짓이냐!"

"이 명단은 잊으세요."

"뭐? 왜!"

"이제부터 당신은 황제의 명령대로 움직이는 꼭두각시가 아니에요. 바이칸의 최고 권력자이며, 고귀한 황비죠."

율리아가 데네브라와 똑바로 눈을 맞추었다. 마력에 가까운 그녀의 눈빛에 압도당한 데네브라가 말을 잃었다.

"잘 들으세요. 당신은 전쟁에 중독된 황제를 막기 위해 카루스 란케아와 오르테가의 국왕에게 도움을 요청하러 여기까지 왔는데, 그걸 눈치챈 황제가 멋대로 전쟁을 일으켜버렸어요."

당신은 이미 알고 있다.

역사는 결국 승자의 손에 의해 쓰인다는 걸.

"그리고 패배했죠."

승자는 이쪽이다. 펜을 쥐고 있는 것도 이쪽이다. 율리아가 말했다.

정확히 이틀 뒤 바이칸의 사절단이 도착했다. 그들이 타고 온 배에는 화려하게 도금된 사자상이 장식되어 있었다. 남부의 가을엔 여름만큼 뜨거운 태양 빛이 내리쬐는데, 그 빛을 받아 어지럽게 번쩍거리는 사자상 때문에 마중 나온 사람들이 전부 눈살을 찌푸렸다.

레위시아는 커다란 그늘막 아래에 서서 위엄 있는 척하고 있었다. 발끝까지 내려오는 흰 망토와 긴 머리카락이 그의 미모를 더욱 빛내주었다.

태양 빛을 받아 휘황찬란하게 빛나는 사자상을 보고, 레위시아가 입술을 움찔거리며 말했다.

"저게 뭐 하는 짓거리지. 사람 얼굴 같잖아. 기분 나쁘게."

코코가 그를 따라 입술을 들썩이며 투덜거렸다.

"젊은 시절 크세노 황제의 별명이 사자였다고 들었는데, 그래서 만든 건가 싶네요. 유치하게 진짜."

"내가 황제라면 낯 뜨거워서 얼굴을 들고 다닐 수가 없을 것 같은데. 금을 입힌 동상이라니."

"질 수 없죠."

"뭐?"

"우리 군함엔 꼭 전하의 흉상을 선수에 달아요."

"나 가출할 거야."

"후미엔 인어 꼬리도 달아드릴게요."

두 사람의 대화에 익숙해진 사람들은 자연스레 무표정을 유지할 수 있었다. 하지만 데네브라는 그렇게 할 수 없었는지, 도무지 이해할 수 없다며 율리아에게 물었다.

"저 둘은 왕과 시녀가 아니냐?"

"네, 그렇죠."

"저래도 되는 것이냐?"

"뭐가요? 솔직히 유치하고 웃기잖아요. 황제의 젊은 시절 별명이 사자였다고 사자상을 배에 장식하다니. 금을 입힌 것도 웃기지만, 사죄하러 온 사절단이 저 배를 끌고 온 게 더 웃겨요."

"내 말은 그게 아니라……."

말문이 막힌 데네브라가 머뭇거리다 피식 웃음을 터뜨렸다.

웃지 않으려고 했는데 어쩔 수가 없었다. 만약 크세노가 이들의 대화를 들었다면 어땠을까 생각하니 웃지 않고는 견딜 수가 없었다.

"놈을 위해 변명하는 건 좀 그렇지만, 저 배는 크세노의 의사와는 하등 상관없이 선택되었을 거야. 그는 물을 싫어하거든. 배도 타지 않지."

그녀의 말을 들은 레위시아가 심각한 얼굴로 중얼거렸다.

"그럼 귀족들이 황제를 조롱하려고 만들었나?"

때마침 사절단이 배에서 내리기 시작했다. 하나같이 화려하고 세련된 차림새의 귀족들이었다.

레위시아와 코코, 율리아가 동시에 데네브라를 바라보았다. 그러자 그녀가 할 수 없이 다시 입을 열었다.

"앞서 내린 이가 서부의 귀족이고, 검은 모자를 쓴 놈이 황제의 측근이다."

"이쪽으로 오네요."

율리아가 데네브라의 뒤에서 낮게 속삭였다.

"제가 한 말, 꼭 기억하세요."

"알았다, 알았어! 누굴 바보로 아는 게냐?"

데네브라가 크게 한 걸음 앞으로 걸어 나갔다.

사절단이 이쪽을 향해 똑바로 걸어왔다. 그들의 얼굴에선 조금의 두려움이나 긴장감도 찾아볼 수 없었다.

당연한 일이었다. 식민지나 다름없던 속국이 멋대로 보호 동맹 조약을 파기하겠다고 건방을 떨어대니, 겁만 좀 주면 된다고 생각하는 게 분명했다.

그런데 황비 데네브라가 그들을 가로 막고 섰다.

이 순간을 위해 코코가 특별히 준비한 새카만 드레스와 검붉은 망토가 크게 휘날렸다. 데네브라는 길고 구불구불한 머리카락을 마녀처럼 풀어헤치고 있었다.

"황비 전하……."

"전부 꿇어라!"

배꼽에서부터 올라오는 단단한 고함으로, 데네브라가 그들에게 호통을 쳤다.

"건방진 것들이 감히, 나 데네브라 앞에서 두 눈을 똑바로 뜨고 뭐 하는 짓이냐. 꿇어라! 꿇고 말해라!"

"예? 황비 전하, 왜 이러십니까."

"제국법상, 황제가 없는 곳에선 나 데네브라가 너희의 주인이다. 너희가 바이칸의 귀족이라면 응당 황제를 대하듯 나를 대해야 할 것이야. 내 말이 틀렸느냐? 말해보아라! 입이 붙었느냐? 내가 지금 묻고 있지 않으냐!"

"지금 무슨, 저희한테 무슨 말씀을……."

"내가 아무것도 모르리라고 생각하느냐? 내가 오르테가에 내려온 틈에 멋대로 내 군사를 움직여 손발을 자르고, 또 멋대로 폐위를 논하고 있지 않으냐! 멍청하고 한심한 것들! 배은망덕한 놈들! 너희가 감히, 나 데네브라를 욕보이려 여기까지 와? 사지를 찢겨 죽고 싶으냐?"

짜렁짜렁하게 울리는 데네브라의 목소리와 당황한 사절단, 그리고 그 광경을 바라보며 흐뭇해하는 레위시아.

율리아가 코코를 바라보며 티 나지 않게 고개를 끄덕였다. 코코가 입술 끝을 슬그머니 올리며 웃었다.

데네브라는 레위시아와 달랐다. 현명하거나 친근하지 않았다. 그렇다고 샤트린처럼 포용력이 있거나 강한 황족인 것도 아니었다.

그래도 그녀에게는 누구도 따라 할 수 없는 특별한 장점이 있었다.

코코는 그걸 이렇게 표현했다.

"망나니는 망나니답게."

사절단은 레위시아 국왕과 제대로 인사를 나눌 여유조차 없었다.

성대한 환영 연회는커녕 그들을 맞이한 건 데네브라의 불같은 분노와 비난의 화살이었다. 그녀는 사절단이 배에서 내리자마자 그들을 전부 무릎 꿇렸다. 그러곤 패전의 책임이 자신이 아닌 황제에게 있음을 반복해서 말했다.

사절단의 임무는 간단했다.

데네브라 황비에게 패전의 책임을 떠넘기고 남부의 협조를 얻어내는 것.

그러나 그들은 시작부터 커다란 난관에 부딪히고 말았다.

"진격 명령을 내린 건 내가 아니라 크세노다! 그는 나를 희생양 삼아 또 다른 전쟁을 준비하고 있는 거야! 너희는 정녕 아무것도 모른단 말이냐?"

"그럴 리가 없습니다!"

"그럼 이건 무엇이냐! 두 눈 뜨고 똑바로 봐라!"

데네브라가 사절단 대표의 얼굴에 구겨진 명령서를 집어 던졌다.

"증거도 있고, 증인도 있다. 이건 나를 폐위하려는 크세노의 덫이야! 내가 오르테가에서 죽어버리면, 너희를 앞세워 남부와 전쟁을 벌이겠지! 내가 그 꼴을 두고 볼 것 같으냐!"

"황비 전하!"

"차라리 내 손에 죽어라! 어차피 폐위되어 죽을 거라면 네놈들이라도 데리고 가야겠으니!"

고래고래 소리를 지르던 데네브라가 곁에 있던 호위 기사에게서 칼을 빼앗아 들었다. 기겁한 사절단이 제발 도와달라는 얼굴로 레위시아를 바라보았다.

지금까지 위엄 있는 척 가만히 서 있기만 했던 레위시아가 그제야 한 손을 들어 올렸다.

"황비 전하를 모셔라."

"아주 잘하셨어요."

진심이었다. 데네브라는 기대보다 더 잘해주었다.

율리아가 웃으며 칭찬의 말을 건네자, 이마에 찬 수건을 올리고 있던 데네브라가 버럭 짜증을 냈다.

"한 놈쯤은 칼로 찔러도 됐잖아! 마지막엔 왜 말린 것이냐. 자고로 화라는 건 충분히 해소해야 가라앉는 법이란 말이다. 이러다 화병 걸리겠구나."

"그들 중 두엇은 전하의 편으로 만들어야 하는데, 죽여버리면 어떡해요."

"그게 가능할까."

"카루스 님이 가능하게 만들 거예요."

율리아가 카루스의 이름을 입에 올리자, 데네브라가 빠르게 흥분을 가라앉혔다.

"기분 좋아 보이는구나."

"그럼요. 전하께서 저희 편이 되어주셨는데."

"착각하지 마라. 너희 편이 된 게 아니라 내 안위를 위해 잠시 손을 잡은 거지. 너희는 지금 날 이용해서 바이칸을 무너뜨리려는 것 같은데, 그게 그렇게 쉬운 일일 것 같으냐? 카루스가 아무리 대단해도 그건 못해. 바이칸은 제국이야. 대륙이란 말이다."

율리아가 무너뜨리려는 건 바이칸이 아니라 크세노였지만, 그녀는 그 사실을 알려주는 대신 의뭉스레 웃기만 했다.

"넌 참 못됐어. 너 같은 계집은 처음 본다."

데네브라가 중얼거렸다.

"카루스는 도대체 왜 너를 사랑하는 걸까."

율리아가 선해 보이는 건 그녀의 곧은 자세와 차분한 말씨 때문이었다. 단정하고 우아한 태도도 한몫했다.

하지만 자세히 들여다보면 그녀는 언제나 누군가를 상대로 치열하게 투쟁하고 있었다. 수단과 방법을 가리지 않고, 거짓과 모함으로 상대를 옭아맸다.

진짜 선한 사람이라면 하지 않을 일도 스스럼없이 했다. 때로는 교활하게 남의 손을 빌려 누군가를 처단하기도 했다.

"하긴."

데네브라가 피식 웃음을 터뜨렸다.

"착하기만 한 계집들은 재미가 없어. 넌 그런 의미에서 조금은 마음에 드는구나."

"그런 칭찬 자주 들어요."

어쩌면 카루스도 네 그런 점을 사랑하는 건지 모르겠다고, 데네브라가 힘없이 속삭였다.

사절단은 혼란스러워했다.

구금되어 있는 줄 알았던 데네브라가 제국 황실에서보다 더 기고만장한 기세로 버티고 서 있었고, 드추바로 향했던 침략군의 지휘관들은 진격 명령을 내린 게 황제였다고 목소리를 높였다.

증거도 증언도 완벽하다는 황비의 말은 사실이었다. 심지어 이 모든 일에서 오르테가는 철저히 피해자였다.

그런데도 레위시아 국왕은 화를 내지 않고, 고함을 지르지도 않았다. 가해자 중 누구도 처형하지 않았다. 그는 시종일관 예의 있고 우아한 태도로 사절단을 맞이했다.

고작 20대 중반의 나이에 왕위에 오른 자의 표정을 읽을 수가 없다니. 왕위 후보조차 아니었던 레위시아는 제국의 정보망에서도 열외였기 때문에 사절단은 그에 관해 아는 게 없었다.

왕궁으로 들어온 그들은 여독을 풀고 싶다는 핑계를 대고 밤샘 회의에 들어갔다.

사실 그들이 할 일은 정해져 있었다. 어떻게든 데네브라를 제물 삼아 이 일을 제국에 유리하게 결론짓는 것이다.

물론 그걸 두고 볼 율리아가 아니었다.

시녀들과 함께 무리 지어 움직이는 그녀를 눈여겨보는 사람은 없었다. 대외적인 자리에선 코코가 얼굴을 내밀고, 율리아는 샤트린의 시녀들과 함께 은밀히 사절단을 관찰하며 조종하기 시작했다.

"연회는 열어줄 수 없어요. 환영받는다는 느낌을 줘선 안 되니까. 오르테가는 그들을 철저히 외부인으로 대할 거예요. 다만 만찬 정도는 대접하죠. 물론 그것도 국왕 전하가 아니라, 샤트린 공주님의 명령으로요."

이튿날 만찬장의 문이 열렸다. 환영 연회는 없었으나 식사 정도는 대접하겠다며 샤트린 공주가 준비한 만찬이었다.

"거기 뭐 하니. 손님들 자리로 안내해."

샤트린이 시녀들에게 손가락을 까딱였다.

공주궁의 시녀들이 모시는 왕족을 닮아 도도하기 짝이 없는 얼굴로 사절단을 각자의 자리로 안내했다. 사절단은 시녀들이 가리키는 지정석에 앉아야만 했다. 저들끼리 뭉쳐 앉으려고 했다가는 '거기 아닙니다.'라는 차가운 지적이 들렸다.

양쪽 상석엔 데네브라와 샤트린이, 나머지 자리엔 사절단과 오르테가의 귀족들이 적당히 뒤섞여 앉았다. 특히 황제의 측근으로 분류되는 자의 옆자리에는 코코와 힌치 백작이 무표정한 얼굴로 자리했다. 체할 것 같은 식사였다.

사절단은 어떻게든 분위기를 부드럽게 만들려고 노력했다. 그들도 제국 사교계에서 잔뼈가 굵은 자들이었다. 한데 이놈의 남부 촌뜨기들은 도무지 농담을 농담으로 받아들이지 않았다.

"하하하! 오르테가가 남부의 보석이라 불리는 이유를 이제야 알겠군요. 공주 전하와 시녀들의 우아한 모습을 보니 영롱한 진주가 떠오릅니다. 바이칸에서도 오르테가의 진주를 최고로 친답니다."

"제가 고작 장식용 보석처럼 보인다는 말씀입니까?"

샤트린이 두 눈을 날카롭게 치켜떴다.

왕위에서 물러난 왕족에게 장식용 보석이라니, 자칫 잘못하면 모욕으로 들릴 수도 있는 말이었다. 깜짝 놀란 사절단이 그런 뜻이 아니었다고 해명했지만, 분위기는 이미 싸늘해진 뒤였다.

데네브라가 그들을 바라보며 대놓고 혀를 찼다.

"내가 대신 사과하마. 바이칸의 귀족들은 권위적인 데다 오만해. 심지어 배타적인 선민의식도 있어. 혈통의 순수성을 유지하는 건 오히려 북부인데도, 자기들이 더 우월한 피를 물려받았다고 착각한단다."

"아하하하!"

"황비 전하!"

샤트린은 웃음을 터뜨렸지만, 대놓고 바이칸을 조롱하는 황비 때문에 사절단의 얼굴이 붉으락푸르락해졌다.

정신을 차릴 수가 없었다. 어떻게든 대화를 이어가려 하면 샤트린과 힌치 백작이 딴죽을 걸었고, 결국엔 데네브라가 화를 냈다.

때로는 코코의 입을 통해 절대 꺼내고 싶지 않았던 화젯거리가 튀어나오기도 했다.

"크세노 황제께서는 데네브라 황비 전하를 폐위시키려 하시나요?"

"뭐, 뭐요?"

"만약 저희가 황비 전하와 오해를 풀고 화해한다면, 황제께서는 무엇을 명분으로 폐위를 논하시려는지?"

"당신이 왕의 시녀장이라고는 하나, 황제 폐하의 의중을 그런 식으로 속단해서는 안 될 것입니다!"

"그렇군요. 실례했어요."

코코가 하나도 미안해하지 않는 얼굴로 사과했다.

— • ◆ • —

분위기가 적당히 가라앉았을 무렵, 먼저 식사를 마친 데네브라가 양해도 구하지 않고 자리에서 일어났다. 샤트린과 코코, 힌치 백작은 데네브라의 그런 행동에도 익숙해져 대충 인사를 건넸다.

당황한 건 이번에도 사절단이었다. 만찬장에 남아 있기에도 불편하고, 그렇다고 데네브라를 따라 일어나자니 상대에게 실례였다.

그들이 이러지도 저러지도 못한 채 엉덩이를 들썩거리자 데네브라가 혀를 쯧쯧 차며 말했다.

"따라오너라!"

너무 불편한 상대와 덜 불편한 상대 중에 고르라면 당연히 덜 불편한 상대였다. 사절단은 어쩔 수 없이 일어나야겠다며 정중히 양해를 구하고 데네브라를 따라 만찬장을 떠났다.

코코가 피식 웃고, 샤트린도 그녀를 따라 웃었다. 두 사람은 데네브라의 시녀인 척 그들을 따라 움직이는 율리아의 뒷모습을 음흉한 눈으로 바라보았다.

"앉아라."

"후…… 전하, 드릴 말씀이 많습니다."

"무슨 말을 하려고 하는지 안다. 이 모든 비극의 시작점에 내가 있으니 나더러 수습하라는 거겠지. 다 알고 있으니까, 닥치고 내 말이나 들어라."

"전하, 그렇다기보다는……."

"누가 그렇게 함부로 끼어들라고 가르쳤느냐. 너희는 크세노를 앞에 두고도 그리 말하느냐?"

데네브라는 어디로 튈지 모르는 사람이었다. 특히 화를 낼 때 그랬다. 사절단이 지친 얼굴로 헛기침을 내뱉었다.

그때 데네브라가 눈동자를 스르륵 굴려 자신의 시녀를 바라보았다. 그녀의 응접실엔 네 명의 시녀가 소리 없이 움직이고 있었다.

데네브라는 그중 교묘히 다른 시녀들 사이에 끼어 일하는 척하고 있는 율리아와 시선을 맞추었다.

율리아가 살짝 고개를 끄덕였다.

"황비 전하, 곡해하지 말고 들어주십시오. 다름이 아니라……."

"너희는 크세노의 사생아에 대해서 얼마나 알고 있느냐?"

천둥이 치는 것처럼 충격적인 질문이었다.

사절단의 귀족들이 말문을 잃었다. 그들은 어떻게 반응해야 하는지 그것조차 잊은 것 같았다.

데네브라가 다리를 반대 방향으로 꼬며 말했다.

"물었잖으냐. 크세노의 사생아에 대해 얼마나 알고 있느냐니까? 몇 명인지, 몇 살인지. 어디에서 어떤 이름으로 살고 있는지. 아느냐고!"

"모, 모릅니다."

"거짓말하지 마라. 이 넓은 대륙에서 후계 없는 황제에게 사생아가 몇 있다는 게 얼마나 중요한 변수인지 몰라?"

"그게 아니라."

"카루스 란케아가 변절하였다. 나는 그를 설득하지 못했어. 크세노의 적은 이제 북부뿐 아니라, 남부와 무혈 제독, 나와 내 가문으로 확대되었지."

사절단은 혼란을 수습하기 위해 침묵하는 방법을 선택했다. 현명한 선택이었다. 여기서 말 한마디라도 잘못했다간 어느 쪽에 의해 살해당할지 몰랐다.

데네브라가 팔걸이를 두드리며 이죽거렸다.

"전쟁이 길어질 것이다. 20년? 30년? 누가 이길지는 모르나, 어느 쪽이건 영원히 고통받겠지. 비옥한 서부는 누구보다 먼저 전쟁에 차출되어 남부를 상대해야 하리라. 쉽게 말해줄까."

"전하."

"너희의 적은 변절한 카루스 란케아다."

서부의 귀족들이 눈매를 움찔 떨었다.

"또 있지. 남부 연합이 태동할 것이다. 과거 티타니아에서 크세노가 꼬리를 말고 달아나야 했던 그 야만적인 남부의 전사들이 하나로 뭉쳐 제국을 적대하리라."

데네브라가 다시 율리아를 바라보았다. 시녀들 뒤에서 얌전히 찻물을 데우면 율리아가 입꼬리를 살짝 올려 웃었다.

응접실에 무거운 침묵이 가득 찼다. 데네브라는 율리아에게서 시선을 거두어 사절단을 바라보았다.

"황비 전하, 그들은 기회주의자예요. 더 큰 먹잇감을 던져주는 사냥꾼에게 꼬리를 흔드는 개죠. 전하께서 그들을 손에 넣으려면 비옥한 서부보다 더 큰 대가를 내밀어야 해요."

"그게 무엇이냐. 나는 크세노가 아니야. 전쟁으로 영토를 늘려줄 수 없어."

"더 올라갈 곳이 없어진 귀족들은 결국 황좌를 노리게 되어 있어요."

"반역을 종용하란 뜻이냐?"

"아뇨. 황제가 될 수는 없으니, 황제를 만들어보라고 하세요."

데네브라는 율리아가 시키는 대로 했다.

"크세노가 없으면 내가 섭정이다."

"전하!"

"나는 그의 사생아를 데려와 후계자로 삼을 거야."

사절단이 크게 동요했다. 그들은 어쩔 줄을 모르면서도 빠르게 머리를 굴렸다. 데네브라는 그들의 잘 만들어진 가면 속 탐욕에 판돈을 걸었다.

"차기 황제를 친부모처럼 길러준 후견인."

그 정도면 너희에게도 만족스러운 명함이 아니냐고, 데네브라가 물었다.

데네브라와의 대화를 마친 사절단이 각자 숙소로 돌아가기 위해 응접실을 나섰다. 복도를 걸어가는 내내 그들은 입을 꾹 다물고 한마디도 꺼내지 않았다.

누구와 어떻게 상의해야 할지 알 수가 없었다. 누가 아군이고, 누가 적군인지도 몰랐다.

율리아는 만찬장에서뿐만 아니라 그들의 숙소를 정할 때도 교묘하게 동선을 꼬았다.

서부의 기회주의자들은 데네브라에게 가까우면서도 고립된 곳으로, 황제의 측근으로 분류되는 자는 데네브라로부터 멀되 여러 시선에 노출된 곳으로.

황비의 시녀인 척하며 숙소까지 그들을 배웅한 율리아가 복도 한가운데 서서 크게 심호흡했다.

이제 돌이킬 수 없다.

넓은 복도 여기저기에 사람이 있었다. 청소하는 하인과 하녀, 물건을 나르는 일꾼과 주위를 경계하는 병사들, 시녀와 전령까지.

왕비궁에서 일하는 거의 모든 사람이 코코의 수족이었다. 데네브라의 묵인 아래, 이 거대한 궁은 코코가 쳐놓은 거대한 덫이 되었다.

촘촘하게 짜인 그물망 안에서 율리아는 굶주린 거미처럼 움직였다.

그녀가 한 걸음 내디딜 때마다 하녀들이 눈짓으로 인사를 건넸다. 병사들은 교묘히 무기의 방향을 바꾸었으며, 누군가는 창문을 열고 정원사와 대화를 나누었다.

먹잇감은 정해졌다. 이제 씹어 삼키는 일만 남았다.

"나는 카루스를 사랑해. 내 삶을 통틀어 누군가를 그렇게 사랑해본 적이 없다. 하지만 고작 그런 이유로 너는 내가 바이칸을 등지고 너희 편이 되어줄 거라고 믿는 거냐?"

"고작 그런 이유라뇨. 사랑보다 더 대단한 이유가 또 뭐가 있는데요?"

"내 사랑이 가짜라고 했잖아! 네가 그랬잖으냐!"

"증명해보세요."

"율리아!"

"저야 물론 사랑이 아니라 생존 본능이나 탐욕 때문이라고 생각해요. 폐위당해 죽느니, 섭정이 낫잖아요. 하지만 그 이유를 꼭 사랑이라고 포장하고 싶으시다면야, 그렇게 하세요."

"너는 아무렇지도 않으냐? 내가 거슬리고 밉지 않아?"

"카루스 님을 사랑하세요?"

"몇 번이나 그렇다고……."

"황제를 사랑하느니 그를 사랑하는 게 낫겠다고 계산한 게 아니고요?"

"율리아!"

"남에게 보여주기 위해 꾸며낸 사랑이잖아요. 설마 그걸 진짜라고 믿는 건 아니죠? 그 정도로 망가지진 않았잖아요, 황비 전하. 저를 실망케 하지 마세요."

45

남부 연합

카루스는 남부 함대를 끌고 바다로 나간 지 사흘 만에 한 무리의 늙은 해적들을 사로잡을 수 있었다. 그들은 평범한 어선을 타고 오르테가의 옛 부두로 향하고 있었다. 군함이 지나갈 때는 깃발로 암초의 위치를 알려주기도 했다. 친절하고 훌륭한 어부 행세였다.

그러나 한때 그들과 한통속이었던 남부 함대의 병사들을 전부 속일 수는 없었다.

카루스는 그들에게 해적 조직이 어떻게 유지되는지, 그들의 본거지가 어디인지 물었다.

심문하는 건 어렵지 않았다. 해적들은 충성심으로 뭉친 자들이 아니라, 배신자에 대한 처벌이 두려워 떠나지 못하고 남은 자들을 위주로 움직이기 때문이었다.

"나 참, 복수가 무서워서 선장의 말을 따른다고?"

“이놈들은 희한한 게, 처형당하는 것보다 같은 해적들에게 쫓기는 걸 더 두려워하거든요.”

“왜?”

“동료의 손에 죽으면 다시 태어나도 해적이 된답니다.”

바바슬로프가 여기저기서 주워들은 얘기를 풀어놓자, 카루스가 어이없어하며 물었다.

“바이칸 서북부에서 활동하던 해적들은 그런 소리 안 하던데?”

“그놈들이 믿는 건 북부 산지 쪽 전설이잖습니까. 산지는 먹고 살기 팍팍하니까 해안으로 슬금슬금 내려오다가 결국엔 해적이 된 놈들이 많잖아요.”

“그러니까…… 서북부 해적들의 모태는 북부에 있어서 그쪽 전설을 따른다는 건가?”

“맞습니다.”

바바슬로프가 신이 나서 설명을 이어갔다.

“서북부에선 해적식 처형이란 게 산 채로 바다에 던지는 거잖습니까. 북부는 죽은 자를 매장합니다. 그러니까 그놈들도 죽으면 꼭 땅에 묻혀야 한다고 생각해서, 배신자는 반대로 바다에 던지는 거예요.”

“물에 빠져 죽으면 어떻게 되는데?”

“영원히 떠돈대요. 유령이 되어서.”

해적들은 죽은 뒤의 삶에 집착하는 경향이 있었다. 사는 동안 온갖 범죄를 저지르기 때문이었다. 그러니 이번 삶은 틀렸다 해도, 다음엔 좀 더 나은 인간으로 태어나길 바랐다.

카루스가 입매를 한껏 비틀며 웃었다.

“미친것들이군. 인간이 죽은 뒤에 다시 태어난다는 것도 믿을 수 없지만, 만약 그렇다고 해도 그 자식들이 지금보다 나은 삶을 살게 될 리가 없잖아."

"맞아요. 진짜 이상한 놈들입니다. 미신을 그렇게 좋아하면서 인과응보는 안 믿는다는 게."

"종교가 없는 게 신기할 지경이군."

"아무래도 바다 때문이겠죠."

바다에 목숨을 맡기고 사는 자들에게 바다보다 위대한 신은 없다. 바바슬로프가 웃으며 던진 말에 카루스가 동의한다며 고개를 끄덕거렸다.

그러곤 꽁꽁 묶인 채 갑판 위에 꿇어앉아 있는 해적들을 턱짓으로 가리키며 물었다.

"그럼 이놈들이 믿는 건 뭐지? 남부 해적이니까 오르테가의 전설을 믿어야 하는 거 아닌가."

"이제부터 물어보겠습니다."

바바슬로프가 어깨를 으쓱였다. 그도 남부 해적에 대해선 아는 바가 많지 않다며, 해적들을 향해 어슬렁어슬렁 걸어갔다.

해적들의 눈동자에 독기가 서렸다. 한 편이었던 남부 함대가 어느 날 갑자기 그들을 배신한 게 무혈 제독 때문이란 사실을 알고 있기 때문인지, 카루스를 바라보는 눈빛이 곱지 않았다.

그런데 바바슬로프가 갑자기 엉뚱한 질문을 던졌다.

"야, 너희들…… 저주를 믿냐?"

해적들은 침묵했다.

해적들은 어떤 협박에도 침묵으로 일관하다가 육지로 끌려간 뒤에는 계속 어부 행세를 하려고 벼르고 있었다.

그런데 바바슬로프는 그들을 치안대에 넘길 생각이 전혀 없다고 말했다.

"그냥 나랑 몇 마디 수다나 좀 떨다 가라니까? 궁금했던 거 다 해소되면 풀어준다고 했잖아."

"그걸 누가 믿습니까."

"안 믿을 건 또 뭐야. 우리가 너 같은 피라미 몇 명 끌고 가서 좋을 게 뭐가 있다고. 여기까지 사흘이나 걸려서 나왔는데 네놈들 처형대에 세우려고 우리가 저 먼 길을 다시 돌아가겠냐?"

"해적을 소탕하려고 나온 거면서!"

"아닌데?"

바바슬로프가 무슨 그런 말도 안 되는 소리를 하느냐며, 하하 웃었다.

"덤비지도 않는 남부 해적이랑 싸워서 뭐 해. 누가 그러라고 한 것도 아닌데. 우리가 무슨 자원봉사자들이냐? 남의 나라에 와서 아무 이득도 없는 싸움에 목숨 걸게?"

"그럼 왜 여기까지 나와서 이러는 겁니까."

바바슬로프가 놈들에게 얼굴을 가까이 들이밀었다. 그러곤 웃음기 섞인 목소리로 말했다.

"푸른 바다의 환초."

거칠게 요동치던 해적들의 숨소리가 한순간에 잦아들었다.

"그 보석이 남부 해적들 손에 있다고 들었거든. 무혈 제독께서 그걸 원하시니까, 너희가 좀 찾아줘야겠다."

당황한 해적들이 서로를 바라보았다.

벌떡 일어난 카루스가 그들에게 다가갔다. 삐딱한 다리에 한 손은 허리에 있었다. 거만하기 짝이 없는 태도였다.

그가 해적들을 내려다보며 웃었다.

"그 보석을 찾는 자는 소원을 이룰 수 있다던데, 너희도 알고 있나?"

"그야…… 뭐, 주워들은 정도."

해적들은 협조적이었다. 카루스가 해적을 소탕하러 바다에 나온 게 아니라는 걸 이해했는지, 이후부터는 바바슬로프가 질문하는 대로 순순히 대답했다.

포승줄에서 풀려난 그들은 카루스의 배가 어디로 가는 줄도 모른 채 선실 안에서 술을 얻어 마셨다.

바바슬로프가 커다란 잔에 독한 술을 가득 부으며 말했다.

"그렇군! 남부의 해적들이 원하는 건 오르테가가 아니라 서북부로 향하는 옛 항로란 말이지?"

"해적은 바다를 떠돌아야 하는데 양어장 물고기처럼 한데 처박혀 있으니……. 뭐, 그렇습니다."

"그럼 20년 전에 티타니아까지 올라와서 제국군과 싸웠던 것도?"

"황제가 자유 항로에 멋대로 이름을 붙이더니 제국령이라고 했으니까."

바다는 자유 영토여야 한다. 크세노의 정복욕을 막지 않으면 육지는커녕 바다에서도 쫓겨날지 모른다. 해적들은 그래서 참전했었노라고 말했다.

거나하게 술에 취한 한 해적이 카루스에게 물었다.

"푸른 바다의 환초는 왜 찾으려고 합니까?"

"이루고 싶은 소원이 있어서."

"그게 뭔지…… 물어봐도 됩니까."

"황제를 죽이고 점령당했던 옛 왕국들을 독립시키는 거다."

"뭐라고요?"

해적들이 화들짝 놀라 되물었다. 진심이냐고, 몇 번이나 물었다.

카루스가 피식 웃더니 그들의 술잔에 직접 술을 부어주었다.

"나에 관한 소문은 익히 들어 알 것 아닌가. 황제한테는 붉은 산의 다이아몬드가 있어. 그러니 우리가 푸른 바다의 환초 정도는 손에 쥐어야 그를 상대할 수 있을 것 같은데."

"황제한테…… 뭐라고요?"

"붉은 산의 다이아몬드. 저주는 한 쌍이고, 서로를 대적자로 여긴다며."

카루스가 다시 물었다.

"너희가 믿는 건 뭐냐. 처형당하는 것보다 동료한테 쫓기는 걸 두려워하는 이유는 뭐지? 또 이상한 미신이 원인인가?"

해적들이 서로를 바라보았다. 그러더니 한숨과 함께 무거운 입을 열었다.

"가족 때문입니다."

"……뭐?"

"우리 중엔 오르테가에 가족을 두고 온 놈들이 많습니다. 동료를 배신하면 그 동료가 가족을 찾아갈 테니까…… 차라리 나 혼자 처형되는 게 낫지요."

그런 거였군. 카루스가 크게 고개를 끄덕였다.

"부탁 하나만 하자."

"뭡니까?"

"너희 선장을 만나고 싶다."

⸻•◆•⸻

알렉사가 등에서 긴 검을 뽑아 들었다. 칼바람 계곡의 전사들처럼 긴 천을 둘둘 감아 얼굴을 가린 그녀는 북부 진영에서도 단연 눈에 띄는 용병이었다.

알렉사가 소속된 건 평원을 빙 둘러 다니며 제국군의 움직임을 읽는 정찰 부대였다.

본래는 용병들의 변절과 탈영을 우려해 외부인에게 맡기지 않는 임무였으나, 트리스탄이 북부 진영의 지휘관을 어떻게 구워삶았는지 알렉사는 합류한 지 열흘도 안 되어 정찰 부대의 선봉에 서게 되었다.

"멈춰라!"

적군이 물러나 텅 빈 평원을 가로지르던 알렉사가 칼을 뽑아 크게 휘둘렀다. 그녀가 가리키는 방향에 아지랑이 같은 그림자가 움직이고 있었다.

"적의 정찰병이다. 암행이 특기인 것 같으니, 섣불리 다가가지 말고 포위해!"

동료들에겐 조심하라고 말해놓고, 그녀는 저 혼자 놈들을 향해 전속력으로 달려들었다.

"또, 또, 또 저런다!"

트리스탄이 간신히 욕지거리를 삼키며 그녀를 따랐다. 맥스웰은 나머지 병사들과 함께 알렉사의 명령대로 포위 대열을 짰다.

짧은 비명과 긴 신음이 뒤따랐다. 알렉사는 말에서 내리자마자 야생의 설표처럼 움직이며 놈들을 사냥했다.

그녀의 실력에 놀란 적들이 뿔뿔이 흩어져 달아나기 시작했다.

"트리스탄!"

"알았다고!"

눈치 빠른 트리스탄은 그중 명령권자로 보이는 놈들을 골라 추적해서 잡았다. 나머지는 맥스웰과 병사들의 포위망에 갇혔다.

"끝났나?"

피가 뚝뚝 떨어지는 칼을 힘있게 털어낸 알렉사가 그걸 다시 등에 걸쳤다. 그러곤 적 정찰대의 우두머리로 보이는 녀석의 멱살을 잡고 질질 끌었다.

"이거 놓으…… 으아아아악!"

"너희 대장이 있는 곳을 불어."

"웃기지 마라. 우린 그냥 탈영병일 뿐이야!"

"대장이 있는 곳을 알려주면 이대로 전부 풀어주마. 그렇지 않으면 너흰 분노한 북부의 부족장들에게 끌려가게 될 거야."

아마 산 채로 거죽이 벗겨지거나 머리만 내놓고 땅에 파묻히게 되겠지. 알렉사는 있지도 않은 사실까지 지어내 놈들을 협박했다.

"뭐 대단한 배신이라고 이러는 거야. 너희 대장이 어디 있는지 우리가 안다고 해도 달라지는 게 뭐가 있다고? 쳐들어갈 것도 아닌데. 나도 이대로 돌아가면 면이 안 서니까 그거라도 알려달라는 거잖아."

적의 정찰대는 끝까지 저항하려 했으나, 알렉사의 마지막 말에는 흔들리지 않을 수가 없었다.

"난 용병이야. 너희 대장한테 가서 전해. 조금만 더 없어 주면 그쪽으로 가서 붙겠다고."

"진짜냐?"

"풀어준대도 지랄이네."

알렉사가 자신의 몸값을 놈의 귓가에 속삭였다. 전쟁 용병치고는 엄청난 액수였으나, 그녀의 실력을 볼 때 과하지 않다는 생각이 들었다.

"알았다."

"좋아, 가서 말 좀 잘 전해줘라."

알렉사가 웃으며 놈을 풀어주었다.

그날 밤 적의 선봉 부대가 기습을 당했다. 알렉사와 트리스탄을 앞세운 북부의 기습 부대에 의해서였다.

정찰병을 풀어주고 은밀히 뒤를 쫓아 적의 위치와 규모를 파악한 알렉사는 본대의 허락도 받지 않고 기습을 감행했다. 그리고 이날 전투에서 적의 지휘관 중 하나를 사로잡는 공을 세웠다.

천으로 머리를 감싼 알렉사가 거대한 칼을 등에 짊어진 채 한 손으로 적의 지휘관을 질질 끌었다. 그 모습을 본 북부 연합의 수뇌부는 그녀를 자신들의 막사에 초대했다.

"너는 북부 연합의 영웅이다."

"그런 허명은 바라지 않습니다."

"허명이라니? 용병이라고 들었는데, 원하는 게 돈과 명성이 아니라고?"

"네."

알렉사가 천을 끌어 내렸다. 짧게 자른 은발에서 마른 먼지가 떨어졌다.

"당신네 주술사를 좀 만나고 싶은데요."

"뭐?"

"아무나 만날 수 없다는 진짜 주술사 말입니다."

당신들이 저 먼 곳에 꽁꽁 감춰 놓고 보호하고 있다는 북부의 정신적 지주, 나는 그를 만나고 싶다.

알렉사가 당당하게 요구했다.

[율리아.]

북부 연합 수뇌부의 호의로 그들의 정신적 지주라 불리는 주술사를 만난 뒤, 알렉사는 율리아에게 편지를 썼다. 막사에 돌아오자마자 떨리는 손으로 종이와 펜을 꺼냈다.

[이제야 알았어요. 왜 그 보석이 당신을 선택했는지. 붉은 산의 다이아몬드는 높은 곳에 오르고자 하는 인간의 욕망에 이끌리고, 푸른 바다의 환초는 그런 인간을 벌하는 바다의 냉혹함과 자유로움을 상징합니다.]

글씨가 자꾸 비뚤어졌다. 알렉사는 몇 번이나 펜을 놓고 손을 흔들어 긴장을 풀었다. 그녀의 입에서 낮은 욕설이 튀어나왔다.

[그래서 그 둘은 서로를 잡아먹을 수 있어요.]

황제가 율리아의 심장에 칼을 꽂아 그 피를 뒤집어쓰면 그는 신에 필적하는 능력을 소유하게 된다.

언제든, 몇 번이고 원하는 때로 돌아가 다시 살 수 있다.

율리아가 황제의 심장에 칼을 꽂아 그 피를 뒤집어써도 마찬가지다.

본래 하나였던 두 개의 저주.

그것들은 다시 하나가 되려 한다. 완전해지고 싶은 것이다.

그래서 마땅한 대적자를 찾아 헤매고, 서로를 잡아먹을 때까지 삶을 반복한다.

율리아가 지긋지긋한 회귀의 굴레를 깨려면 자신의 대적자를 잡아먹거나, 반대로 상대의 양분이 되는 수밖에 없다.

[율리아, 당신은 황제를 죽여야 합니다.]

저주에서 해방되려면 저주를 완성해야 한다.

북부의 주술사는 말했다. 저주를 완성하지 않고서 벗어날 방법은 없다고. 그래서 마지막 해적왕도 그토록 절박하게 자신의 대적자를 찾아 헤맸노라고.

심지어 황제는 이 사실을 알고 있다. 그가 율리아를 확보하려는 이유는 제 손으로 그녀의 심장에 칼을 찔러 넣기 위함이다.

갈겨쓰듯 편지를 마무리한 알렉사가 손가락에 힘을 꽉 주고 머뭇거렸다.

뭔가 더 할 말이 있어 보이는 얼굴이었지만, 그녀는 끝끝내 편지를 봉해버렸다.

"맥스웰!"

"다 쓰셨습니까? 최대한 빠른 배편으로 보내겠습니다."

그에게 편지를 건넨 알렉사가 딱딱하게 굳은 얼굴로 물었다.

"북부 연합과 전선을 맞대고 있는 정복군의 수장은 누구입니까?"

"얼마 전까진 황제가 친정하고 있었는데 지금은 다른 자가 사령관이 되었다고 들었습니다. 황제가 특별히 신임하는 중앙군 최고위 장군이고, 또……."

"강합니까?"

"강합니다."

"카루스 님보다 강합니까?"

"예? 아니요."

맥스웰이 그건 아닐 거라며 너털웃음을 터뜨렸다. 그러자 알렉사가 묵묵히 고개를 끄덕이더니, 그에게 말했다.

"그 사령관을 죽인 뒤에 복귀하겠습니다."

"예…… 예? 뭐라고요? 그자는 왜요!"

"전선을 유리하게 만들어놔야 할 것 같은 예감이 들어요."

말로는 설명하기 어렵다. 알렉사는 율리아나 코코처럼 머리를 써서 일하는 타입이 아니었다.

그래도 그녀는 젊은 나이에 전쟁 용병으로 잔뼈가 굵은 여자였다.

북부 연합이 확실하게 승기를 잡으면 황제는 압박을 느낄 것이고, 그가 율리아를 신경 쓰느라 북부를 포기하면 바이칸에 분열이 일어나리란 것 정도는 알았다.

그리고 율리아가 그걸 원하리라는 것도.

"사령관을 죽이고 복귀하겠습니다. 트리스탄과 함께 이후의 일정을 잡아주세요."

"아…… 알겠습니다. 그런데 저기, 시녀님."

"네."

"혼자 쳐들어갈 생각은 아니죠?"

알렉사가 아무리 대단한 전사라 해도 겹겹이 보호받고 있는 적의 사령관을 죽이는 건 불가능에 가깝다. 우연에 우연이 겹치고 운명이 함께해야 가능할 것이다.

맥스웰이 한 걸음 더 가까이 다가와 눈짓으로 서쪽을 가리켰다. 그러곤 알렉사의 귓가에 속삭이듯 말했다.

"우리, 아군을 좀 늘리죠."

"아군 말입니까?"

"네, 합류하고 싶어서 안달 난 사람들이 좀 있어서요."

트리스탄한테 가짜 신분증과 용병패를 좀 더 만들어달라고 해야겠다며, 맥스웰이 한쪽 눈을 찡긋했다.

황제의 사절단은 오르테가 왕궁에 들어온 뒤부터 자신들이 토끼몰이를 당하는 것 같다는 생각을 버릴 수가 없었다.

오르테가는 아주 이상한 곳이었다. 보이는 게 다가 아니었다.

햇볕은 따스한데 바람은 난폭하고, 아름다운 바다엔 무시무시한 전설이 우글거렸다.

시녀들의 겉모습은 예의 바르고 우아한 데 반해 제국의 사절단을 앞에 두고도 뻣뻣하기 그지없었다.

시종이나 하녀, 병사들도 마찬가지였다. 제국의 황실과 비교하면 숫자가 그리 많지 않은데도, 어디에나 그들이 있었다. 그들의 시선에서 벗어날 수가 없었다.

레위시아 국왕은 바쁜 일정 속에서도 사절단의 알현 요청을 매번 흔쾌히 받아들여 주었다.

그는 친근하고 호의적이었다. 한데 아무리 이런저런 말로 설득하고 괜찮은 대가를 내밀어도, 생각해보겠다고만 말할 뿐 좀처럼 확답을 해주지 않았다.

데네브라 황비는 황제의 사생아 이야기를 꺼냈던 날부터 사절단을 한꺼번에 만나지 않았다.

그녀는 언제나 사절단을 둘 또는 셋으로 쪼개어 만났다. 그날 만날 사람을 그날 지정하는 식이었다.

그러다 보니 사절단은 자기들끼리도 누가 언제, 무슨 이야기를 나누었는지 알 길이 없었다. 모여서 머리를 맞대려 해도 누가 고발하거나 변절할지 모른다는 생각에 함부로 나설 수도 없었다.

"답답해 미치겠구나. 그냥 한데 가둬 놓고 나와 손잡지 않으면 다 죽여 버린다고 협박하면 되잖으냐!"

놈들이 금세 마음을 바꾸지 않고 미적거리자, 성격 급한 데네브라가 안절부절못하기 시작했다. 그녀는 하루에도 몇 번씩 율리아를 불러 이제부터 어떻게 할 작정이냐고 닦달했다.

"남부 연합이 태동할 거라는 증거를 보여달라지 않느냐. 두 눈으로 확인하기 전에는 믿을 수 없다는데, 거기다 대고 뭐라고 해!"

"기다리라고 하세요."

"언제까지?"

"자그마치 황제를 배신하는 일이에요. 그게 그렇게 쉽게 이뤄질 리 없잖아요?"

"그럼 나더러 어떡하라고!"

"최악의 경우엔 전하께서 원하는 대로 해드릴 거예요. 조금만 더 기다리세요."

"내가 원하는 대로?"

"사절단을 전부 참수하고 황비 전하의 이름으로 제국에 선전포고 하죠."

무시무시한 말을 아무렇지도 않게 내뱉은 율리아가 데네브라의 시녀들에게 손짓하며 말했다.

"오늘 저녁은 서남부 귀족 중 전하께 호의적인 자들만 골라 초대하세요. 억류된 침략군 지휘관도 부르고요. 전하의 친정 가문이 우리와 함께한다는 것부터 확실히 보여주죠."

시녀들이 잽싸게 움직였다.

며칠 뒤 왕궁 하늘에 황제의 새가 나타났다.

온종일 하늘만 쳐다보며 새를 관찰하던 궁수들이 소리 없이 신호를 나누었다. 새가 사절단과 접촉하기 전에 화살을 쏠 것인지, 아니면 그 이후에 날려 보낼 때 쏠 것인지 빨리 결정해야 했다.

저 새가 가져오는 황제의 명령서와 다시 날아갈 때 가져갈 사절단의 보고서 중, 무엇을 입수하는 편이 좋은가.

"쏘자."

한 젊은 궁수가 시위를 당겼다.

궁수들은 깊이 고민할 여유도 없이 시위를 당겼다가 놓았다. 조금만 늦어져도 놓치게 될 것이다. 바람을 찢고 날아간 화살이 정확하게 새를 꿰뚫었다.

새가 낮에 도착해서 다행이었다. 해가 졌으면, 바람이 거셌으면, 비라도 내렸으면. 아마 실패했을 것이다.

새의 다리에 매달린 나무통을 떼어 낸 궁수가 소리 없이 왕자궁으로 향했다.

율리아는 궁수들이 가져온 황제의 명령서를 들고 잠시 고민에 빠졌다. 마지막에 쓰여 있는 이 한 문장 때문이었다.

[율리아 아르테를 보호하라.]

그는 또 죽기 싫은 모양이다. 율리아가 자꾸 비명횡사하니까, 이번에도 그럴까 봐 걱정하는 게 분명했다.

한 걸음 멀어져서 바라보면 참 재밌는 상황이었다. 서로를 적대하라고 맺어진 대적자인데, 상대가 죽지 않게 지켜야 한다니.

심지어 율리아는 황제를 지킬 필요가 없었다. 그녀의 죽음에 황제가 원인이었던 적은 지금까지 단 한 번도 없었다.

조급한 건 저쪽이다. 불안해하는 것도 저쪽이다.

"좀 더 멋대로 굴어도 되겠어요."

"여기서 더?"

레위시아가 당황해서 고개를 들었다.

그는 힌치 백작이 가져온 서류를 읽고 있었는데, 황제의 사절단이 방문한 틈을 타 바퀴벌레처럼 행동을 개시한 친제국파 귀족들의 동향 보고서였다.

그들은 레위시아가 보호 동맹 조약을 파기하자마자 발작하며 튀어나온 참이었다.

율리아는 레위시아에게 친제국파가 사절단에게 뭘 갖다 바치건 신경 쓰지 말라고 말했다.

"걱정하지 마세요. 전쟁은 안 일어나요."

"진짜?"

"일어나더라도 국지적인 분쟁 정도겠죠."

"그걸 어떻게 확신해."

"전쟁은 길어요. 준비하는 데도 오래 걸리고, 수습하는 데는 더 오래 걸려요. 인내심이 필요하죠. 하지만 크세노 황제는 지금 조급하고 충동적이에요. 그게 우리한테 얼마나 큰 이점인지 곧 알게 될 거예요."

"황제가 뭐라고 했길래 그래?"

"황비를 폐위하는 일이나 남부 연합에 대한 대비책 같은 건 한마디도 없었어요. 그는 사절단에게 다른 임무에 실패하더라도 율리아 아르테만은 반드시 확보하라고 명령했어요. 심지어 다치지 않게 철저히 보호하라면서."

"하…… 이걸 다행이라고 해야 할지, 아니라고 해야 할지."

"전하!"

그때 코코가 문을 열고 들어와 레위시아의 책상 위에 한 뭉치의 서류를 올렸다.

"이거부터 처리해주세요."

"이게 뭐야?"

"남부 연합에 들어오고 싶다는 자들의 명단이에요."

레위시아가 두 눈을 크게 떴다.

들고 있던 서류를 내팽개치듯 던진 그는 재빨리 코코가 가져온 서류를 집어 들었다. 그러곤 서류에 얼굴을 파묻은 채 집무실을 정신없이 돌아다니기 시작했다.

"시에라? 이 나라 아직 안 망했어?"

"망하긴요. 거기 왕족들이 끈질기고 독한 성미로 유명하잖아요. 제국에 충성하는 척하면서 뒤로 군비를 벌고 있었대요."

"록스는?"

"그 나라 국왕이 자식이 열둘인가 그랬잖아요. 그 자식들을 전부 제국에 반대하는 자들과 결혼시켰대요. 혼인 외교에 성공해서 가족 세력이 된 거죠."

"다 남부 연합에 들어오고 싶대?"

"제국 내에서 독립을 준비하던 자들이잖아요. 우리보다 정보에 민감할 수밖에 없죠. 절호의 기회라고 생각한 게 틀림없어요."

"하."

레위시아가 고개를 번쩍 들어 올렸다. 그의 얼굴에 물감처럼 번져 가는 감동의 기운을 읽어 낸 코코가 눈썹을 구기며 말했다.

"징그럽게 쳐다보지 마세요."

"뭐? 내 얼굴이 징그러워?"

"그건 다 아버지…… 힌치 백작께서 상인연합과 함께 이뤄낸 성과니까 그분한테 가서 그 징그러운 얼굴 보여줘요."

"백작은 무서워!"

레위시아가 당당하게 소리쳤다.

가을의 마지막 날이 되었다.

사절단과 데네브라, 레위시아 국왕의 기 싸움이 절정에 달했다.

이쯤 되자 사절단의 귀족들도 의견이 같거나 믿을 수 있는 자들끼리 파벌을 이루었고, 황제의 측근으로 분류되는 자들은 새가 날아오지 않아 몹시 불안해했다.

레위시아는 인내심을 가지고 기다렸다. 그의 태도는 늘 한결같았다. 다정하고 친근한 그의 태도는 위태롭기 짝이 없는 오르테가에서 한 줄기 빛과도 같았다.

그와는 달리 인내심이라곤 도무지 찾아볼 수 없는 데네브라가 율리아의 만류에도 불구하고 서남부 귀족들을 찾아가 패악을 부렸던 어느 날이었다.

부두에서 급보가 도착했다.

"전하, 국왕 전하! 당장 부두로 나가셔야 합니다!"

한 사람이 아니었다. 부두를 순찰하던 치안대 기사들이, 상인연합 간부들이, 부둣가에 사는 귀족들이 한꺼번에 달려와 왕을 찾았다.

"큰일 났습니다! 배들이, 배가……!"

"전하, 이게 어찌 된 일입니까? 예? 남부 함대가……!"

레위시아는 당황했으나 동요를 겉으로 드러내지 않았다. 그는 차분하게 외투를 걸친 뒤에 코코와 눈을 맞추었다. 그러곤 서둘러 마차에 올랐다.

"너희는 가서 데네브라 황비와 사절단을 부두로 모셔라."

"예, 전하!"

기사와 시종들이 손님을 데리러 움직였다.

가장 먼저 부두에 발을 내린 건 레위시아와 코코, 율리아였다. 뒤이어 데네브라와 그녀의 사촌이 도착했고, 가장 마지막에 온 건 사절단의 귀족들이었다.

중앙 부두엔 이미 수많은 사람이 나와 서 있었다. 소식을 들은 백성들이 앞다퉈 이 광경을 보기 위해 몰려왔다.

누군가는 비명을 지르고, 누군가는 신을 찾았다.

"저게 도대체……."

바다에 배가 떠 있었다.

해적선이었다.

수십 척이었다. 거대한 군함과 위협적인 해적선이 나란히 서서 오르테가를 바라보았다.

남부 함대와 해적이라니. 도저히 믿을 수 없는 조합에 모두가 말을 잃었을 무렵, 해적들이 흰 깃발을 올리기 시작했다.

수십 척에 달하는 해적선에서 동시에 흰 깃발이 펄럭였다. 싸우지 않겠다는 의지의 표현이었다.

그들은 겁먹은 부둣가의 사람들을 향해 흰 깃발로 먼저 인사를 건넸다.

남부 함대는 그런 해적들을 감시하듯 조금씩 움직였다. 긴 수평선을 따라 해적선과 군함이 번갈아 자리를 잡았다.

장관이었다. 공포의 대상이었던 두 세력의 배가 수평선 위에 나란히 늘어섰다.

카루스의 기함엔 어느새 오르테가의 국기가 펄럭이고 있었다.

황제가 그토록 저어했던 남부 연합의 발호였다.

━ • ◆ • ━

긴 항해 끝에 마침내 육지에 발을 내린 카루스가 손을 내밀었다.

레위시아가 그를 마중하려 앞으로 나와 있었다. 그는 카루스가 거만하게 내민 손을 스스럼없이 잡았고, 이내 웃음을 터뜨렸다.

카루스가 레위시아에게 눈짓으로 바다를 가리키더니 입술 끝을 한쪽만 올려서 웃었다.

그 얄미우면서 믿음직한 모습에, 레위시아가 또 한 번 웃음을 터뜨렸다.

모두가 두 사람을 바라보았다. 오르테가에 새 물결을 일으킨 젊은 왕과 무혈 제독이 손을 잡았다.

레위시아는 카루스를 가볍게 끌어안고 그의 등을 가볍게 두드렸다. 카루스는 그에게 예의를 다해 인사를 건네면서도 으쓱거림을 감추지 않았다.

"진짜 성공할 줄 몰랐는데."

"너는 나를 좀 믿어야 할 필요가 있어."

"왕한테 못하는 말이 없구나. 변절자 카루스, 이제 내가 네 왕일 텐데."

"불만 있으면 덤비시죠, 전하."

카루스가 결투 신청이라면 언제든 받아주겠다며 농담을 건네자, 레위시아가 알렉사를 대전사로 고르겠다고 받아쳤다.

"도대체 저 고집불통 해적들을 무슨 수로 설득한 거야?"

"가족을 위해 싸우라고 했을 뿐이야."

"가족?"

"부모, 형제, 아내와 자식이 전부 오르테가에 살고 있어. 놈들이야 해적이 되었으니 이미 버린 몸이지만, 가족이 살아가야 할 오르테가를 황제가 짓밟게 내버려둘 거냐고 물었지."

"정말 그게 다라고?"

"이미 한 번 이긴 상대인데, 두 번 못하겠냐고."

해적들은 20여 년 전 티타니아 전투를 자신들의 승리로 기억하고 있었다. 그들에게 크세노 황제는 정복자가 아니라 도망자였다.

"장관이군."

놀란 건 백성들만이 아니었다. 데네브라와 사절단은 정말 기절할 것 같은 얼굴로 바다를 노려보고 있었다.

그들은 오르테가의 백성들과는 조금 다른 시선으로 카루스와 남부 함대, 그리고 해적들을 바라보았다.

바이칸의 귀족이라면, 정복 전쟁의 수혜를 입은 자들이라면 절대 카루스 란케아를 적대할 수 없다.

무혈 제독은 영웅이었다. 진짜 정복자였다. 그런 그가 리바이어던에 이어 남부 함대와 해적 세력까지 손에 쥐었다. 오르테가와 남부 연합이 그와 함께하기로 했다. 아마 북부도 마찬가지일 것이다.

황제가 공적(公敵)이었다.

"전하, 사절단이 황비에게 달라붙었습니다."

"그렇겠지."

"자취를 감추려는 자들이 있습니다만."

"가둬놓고 감시해."

"알겠습니다."

기사들이 다급히 움직였다.

사절단은 둘로 갈라졌다. 데네브라의 권유에 마음을 돌린 자들과 그렇지 않은 자들로 나뉘어 서로를 적대하게 된 것이다.

카루스가 남부 해적 세력을 데려온 뒤부턴 연합에 들어오려는 자들이 더 많아졌다. 뒤늦게 저울질을 끝낸 자들이 새로운 물결 위에 배를 띄우고자 부지런히 노를 저었다.

오래전에 정복당한 국가의 왕족과 더불어 대륙을 아우르는 상인회와 해적 세력, 남부 함대와 북부. 오르테가는 그 중심에 서서 황제의 목에 칼을 겨누었다.

"감옥을 더 지었어야 했는데."

코코가 감옥 복도에 서서 중얼거렸다.

그녀는 그동안 왕비궁에 깔아 놓은 수족들을 통해 사절단 중 누가 황제의 충신이고 거짓 협력자인지 파악해 둔 상태였다.

"이게 무슨 짓이오! 화해를 청하러 온 타국의 사절을 감옥에 가두다니, 이렇게 경우 없는 짓이 어디에 있느냔 말이오!"

"저희도 이러고 싶지 않았어요. 본국으로 돌아가실 수 있게 정중히 모시려고 했죠."

"그런데 왜 이러는 거요!"

"데네브라 황비 전하께서 여러분을 가두라고 명령하셨거든요."

코코의 목소리엔 웃음기가 없었다. 더없이 담백하고 차분한 설명이었다.

그런데도 사절단은 왠지 그녀가 웃고 있는 것 같다는 느낌을 지울 수가 없었다.

"데네브라가 폐하를 배신하기로 한 이상, 그 여자는 이제 바이칸의 황비가 아니오! 어서 우리를 풀어주고 제국으로 돌아갈 수 있게 해주시오!"

"안 그래도 한 번 더 말씀드리러 갈 생각이었습니다. 그러니 방금 그 말, 황비께 그대로 전해드려도 되겠지요?"

"뭐라고?"

"'데네브라가 배신한 이상, 그 여자는 바이칸의 황비가 아니다.'"

코코의 말에 사절들이 돌연 입을 다물었다. 그들은 데네브라가 저 말을 전해 듣는 순간 어떤 명령을 내릴지 누구보다 잘 알고 있었다.

황비는 이미 경고했었다. 사지를 찢겨 죽고 싶으냐고.

"왕실 기사들이 여러분의 숙소를 수색하고 있어요. 여러분이 화해의 임무만 행하고 돌아갈 지극히 정상적인 외교 사절이라면, 당연히 황비 전하를 설득해서 본국으로 돌아갈 수 있도록 힘을 써볼 생각입니다."

"수색이라니……."

"하지만."

코코가 동그랗게 말린 붉은 머리카락을 손가락으로 정돈하며 말했다.

"우리 오르테가에 관한 정보를 몰래 빼돌리려 했다거나, 누군가를 이간질하려 했다거나, 혹은 흉계와 모략으로 우리를 속여 조종하려 했다거나."

그런 증거가 하나라도 발견된다면 당신들은 데네브라 황비가 아닌 다른 사람을 상대해야 할 것이다.

"다시 인사드릴까요. 코델리아 힌치라고 합니다. 미력하나마 레위시아 국왕 전하를 교육해 왕위에 올린 측근 시녀였고, 지금은 본궁의 시녀장을 겸하고 있죠."

한때는 악마 시녀라고 불리기도 했지만 그런 건 그냥 별명이니까 그리 겁먹지 않아도 된다고, 그녀가 웃으며 농을 건넸다.

코코가 감옥에서 자신의 특기를 마음껏 뽐내고 있을 때, 율리아는 왕비궁에서 데네브라와 그녀에게 돌아선 제국 서남부의 귀족들을 모아놓고 식사를 나누고 있었다.

"믿을 수가 없구나."

데네브라가 똑같은 말을 네 번째 중얼거렸을 때였다. 궁금증을 참지 못한 귀족 중 하나가 율리아에게 큰 소리로 질문을 건넸다.

"도대체 언제부터입니까?"

"네?"

"언제부터 기획한 일이냐고 물었습니다. 우리가 사절로 오게 된 건 황비 전하와 드추바 패전 때문이었지만, 그 모든 건 우연에 우연이 겹쳐서 일어난 일이었잖습니까."

율리아는 웃거나 고개를 끄덕이지 않았다. 그저 고요히 그들을 바라보기만 했다.

"해적 세력을 포섭해서 남부 연합의 사냥개로 쓰다니. 기발하고 충격적인 방식입니다. 시에라와 록스의 왕족들도 마찬가지고……. 다른 정복 국가의 잔존 세력도 이 소식을 듣고 나면 가만히 있지 않겠지요."

"그런가요."

"북부와는 이야기가 끝난 것입니까? 설마 북부 연합이 연일 승전을 기록하고 있는 게, 남부의 은밀한 지원 덕분이었습니까?"

그들은 궁금한 게 많아 보였다. 평소라면 멋대로 나선다고 버럭 소리 질렀을 데네브라도 말없이 율리아를 바라보고 있었다.

율리아가 천천히 입을 열었다.

"여러분은 크세노 황제에 대해 얼마나 알고 계세요?"

"예?"

"2년쯤 전에 황제의 성격이 갑자기 변했다는 사실을 알고 있나요?"

귀족들이 서로를 바라보고, 이내 데네브라를 바라보았다. 데네브라가 그들을 대신해서 말했다.

"알고 있다. 유명한 얘기니까. 백성들은 아니어도 권력에 가까운 자들이라면 모를 수가 없지."

"그때부터예요."

"뭐가 말이냐."

"황제는 미쳤어요."

이 자리에 황제가 있다면 목이 잘려도 열두 번은 잘렸을 법한 말을, 율리아는 아무렇지도 않게 했다.

그녀의 말투가 지나치게 담담했던 나머지 뒤늦게 충격을 받은 귀족들이 헛웃음을 터뜨렸다.

"이보시오, 아르테 백작."

"황제는 자신을 선택받은 인간이라고 생각해요. 그래서 인간을 뛰어넘어 신이 되려 하고 있어요."

"뭐요?"

"영생을 꿈꾸고 있죠."

율리아의 말은 그들에게 충격이었고, 깨달음이었다.

식사를 멈춘 데네브라가 술을 병째로 들이켜고, 귀족들은 말을 잃은 채 기계적으로 포크와 나이프를 움직였다.

46
우리, 노여워 말아요

“거기 귀족 아가씨! 그쪽으론 안 가는 게 좋을 거요.”

“왜요?”

“해적들이 저기서 죽치고 있잖아. 어휴, 말도 마쇼. 아내들이 죄다 부두로 뛰어나와서 뭐 하러 돌아왔냐고 하도 소리를 질러대니 귀에서 피가 날 지경이오.”

“두 손 들고 반기는 사람도 많잖아요.”

“그런 집보단 고래고래 소리 지르고 욕하는 집이 더 많지. 해적질해서 그깟 돈 얼마나 벌었냐고, 다시 바다로 나가서 확 뒈져버리라고들 하던데.”

“곧 진정할 거예요.”

“새끼들이 아비 얼굴을 모르니까 아주 가관이야. 너희 아빠는 선장이냐, 우리 아빠는 갑판장이라더라. 누가 높은 사람이냐. 그만 소리나

해대고."

어부들이 말세라며 혀를 찼다. 그러면서도 얼굴엔 약간의 웃음기와 안도감이 묻어나 있어, 율리아는 피식 웃지 않을 수가 없었다.

"뭍에 올라오진 않나 봐요."

"놈들도 염치가 있겠지."

율리아가 행상인으로부터 담뱃잎을 사서 어부들에게 나눠 주었다. 그들은 기뻐하며 부둣가에 나란히 앉았다. 그러곤 여전히 수평선에 늘어서 있는 해적 선단을 가리키며 말했다.

"그런데 귀족 아가씨, 저놈들이 우리를 위해 싸워줄 거라는 게 사실이오?"

"네."

"진짜요? 오르테가를 지키기 위해서 저 무서운 황제를 상대로 싸울 거라고?"

"네."

율리아가 웃으며 고개를 끄덕였다. 어부들은 믿기 어렵다고 말하면서도 연신 바다를 흘깃거렸다.

"다 죽을지도 모르는데?"

"그래도 가족은 지킬 수 있잖아요."

할 줄 아는 게 그것뿐이라 그렇다. 배운 것도 없고, 태어나기를 비천하게 태어나서.

그동안 칼 들고 사람을 해치면서 살아 차마 가족 앞에 나타나지 못하고 바다 위를 전전했지만, 칼 들고 사람을 해치는 일로 가족을 지킬 수 있다니 얼마나 다행이냐고.

해적은 영원히 용서받지 못할 것이다. 뭍에 올라와 어울려 살지도 못할 것이다. 이미 지은 죄는 무슨 수로도 돌이킬 수 없다.

저들도 그 사실을 알고 있다. 그래서 여기까지 왔는데도 배에서 내리지 못하고 저렇게 어중간한 위치에 배를 대놓고 하염없이 바라보기만 하는 것이다.

"마음이 복잡하고만……."

어부들이 연기를 길게 내뿜으며 중얼거렸다.

카루스는 이게 그렇게까지 낭만적으로 해석할 일은 아니라고 말했다.

그가 만난 선장 중에는 카루스와 레위시아가 제안한 전후 보상에 이끌린 자도 있었고, 자유 항로를 따라 바이칸 서부로 올라가 해적 왕국을 세우겠다며 허풍을 떠는 자도 있었다.

누군가는 복수심에, 누군가는 그저 싸움이 좋아서 나서기도 했다.

그래도 율리아는 이 사람들에게 낭만적인 얘기만 해주고 싶었다.

"술이라도 갖다주세요. 그 작은 고깃배로 저렇게 큰 물고기를 낚을 정도면, 해적선 따위는 하나도 안 무섭겠네요."

"하하하하! 나는 물고기가 무서워서 해적질이나 하는 놈들이랑은 수준이 다르지. 이 몸은 혼자서 참치도 잡는다고!"

"이거 받으세요."

"이게 뭐요?"

"국왕 전하께서 내리시는 거예요."

율리아가 한쪽 눈을 찡긋하며 말했다.

도도한 얼굴로 그녀의 뒤에서 대기하던 트루디가 재빨리 튀어나와 어부들에게 금화를 나눠 주었다.

주머니의 묵직한 무게에 놀란 어부들이 담배 연기를 잘못 들이마시곤 콜록거리며 물었다.

"쿨럭! 으헉…… 전하께서 우리한테 이걸 주셨다고요?"

"해적선으로 술과 음식 좀 가져다주세요. 용감한 고깃배 선장님들이 아니면 할 수 없는 일이잖아요."

율리아가 뒤로 길게 이어진 부둣가를 가리켰다. 왕궁에서 나온 시녀와 시종들이 치안대 병사들과 함께 부두를 오가며 돈을 나눠 주고 있었다.

인근 음식점과 주점의 사장들이 가게 창고를 활짝 열었다. 무섭다며 질색하는 일꾼들을 다독이는 목소리도 들렸다. 커다란 술통이 연이어 배에 실렸다.

가끔 그런 자들을 욕하며 혼내는 사람도 있었다. 아무리 사정이 급해도 해적 따위의 도움을 받는다는 게 말이 되냐며, 죄다 한통속이고 쓰레기들이라고 고래고래 소리를 질렀다.

그러자 부두에서 오랫동안 장사를 해온 술집 주인들이 나섰다. 그들은 능글능글하게 웃으며 화내는 사람의 팔짱을 끼고 가게 안으로 들어가 술잔 가득 술을 채워 주었다.

"말세야, 말세."

어부들이 다시 헛웃음을 터뜨렸다.

율리아가 고맙다는 인사를 남기고 돌아서려던 때였다. 트루디가 그녀의 망토를 쥐고 방정맞게 잡아당겼다.

"백작님, 백작님! 저기 좀 보세요!"

"응?"

"저기요. 저 사람들이요. 보이세요?"

트루디의 얼굴에 짓궂은 웃음기가 번졌다. 율리아도, 어부들도 트루디가 가리키는 곳을 바라보았다.

웬 여자들이 몰려와 작은 고깃배 선장에게 짐 보따리를 내밀고 있었다.

“아저씨, 그레모리호로 가시는 거죠? 거기 토마스라고, 대머리에 인상 더러운 남자가 있어요! 그 자식한테 이것 좀 전해 주세요. 술에 담근 과일을 좋아해서, 뒈지기 전엔 아마 이걸 먹고 싶어할 거예요.”

“제 남편 이름은 램이에요. 딱히 보낼 건 없는데, 제 말 좀 전해 주세요. 처자식 버리고 쳐나가서 잘 먹고 잘살았냐고, 저는 새 남편 만나서 잘 산다고 해주세요. 애들도 아버지가 누군지 몰라서 괜찮다고요! 그러니까 우린 괜찮다고요!”

“저희 아버지는 폴이에요! 엄마가 얼마 전에 돌아가셨거든요? 그래도 엄마는 끝까지 아버지를 원망하진 않았으니까, 죄책감 느끼지 말라고 해주세요. 그렇다고 우릴 찾지는 말고요!”

“이건 빌어먹을 동생한테 저희 부모님이 쓰신 편지예요. 꼭 전해주세요, 예?”

원망인지 원한인지, 그리움인지 슬픔인지. 그들의 감정은 너무나 복잡하게 깊어 감히 들여다볼 수가 없었다.

애꿎은 고깃배에 남편의 짐 보따리를 내던지며 욕을 하거나 바다에 침을 뱉는 여자도 있었다.

과거를 숨기고 새 남편을 만난 여자들은 그 사실을 들킬까 싶어 자기가 죽었다고 전해달라며 돈을 건네기도 했다.

트루디가 어깨를 들썩거리며 웃었다.

“저걸 받는 해적들의 얼굴이 보고 싶네요. 그렇죠, 백작님?”

“그러게.”

"아저씨들! 저것들 갖다주고 나서 어땠는지 얘기해주세요. 막 울지도 모르잖아요. 너무 궁금하다."

어부들이 떨떠름한 얼굴로 고개를 끄덕였다. 그들도 해적들의 반응이 못내 궁금했는지, 서둘러 배 위에 짐을 올렸다.

사절단으로 왔던 바이칸 서남부의 귀족들은 본국으로 돌아가 황제의 사생아를 찾기로 했다. 그러면서 그 안에서 독립을 꾀하려는 시에라와 록스의 왕족들을 지원하겠다고 맹세했다.

데네브라의 사촌은 침략군 지휘관이라 풀어줄 수 없었다. 그 대신, 그의 측근 중 몇몇이 데네브라의 친정 가문으로 돌아가 황비의 의사를 전달하고 힘을 모으기로 했다.

부두를 떠난 율리아는 왕궁이 아니라 자신의 저택으로 향했다.

마차 안에 트루디의 목소리가 가득했다.

"벌써 겨울이에요. 왜 이렇게 시간이 빠르죠? 저는 아직도 20대 초반인데 30대, 40대가 되면 얼마나 더 빠르게 느껴질까요?"

"그땐 또 그때의 느낌이 있겠지."

"예전에 일하던 조직에서 어떤 할머니한테 그런 얘기를 들었거든요. 나이를 먹을수록 꽃은 예쁜데 사람은 못나 보이고, 길가에 돌멩이도 쓰임이 있는데 사람은 아닌 것 같다고."

"그렇대?"

율리아가 소리를 내어 웃었다. 그녀가 자신의 이야기를 재밌어하자, 잔뜩 신이 난 트루디가 발랄하게 수다를 이어갔다.

"며칠 전엔 정원사 아저씨들이랑 같이 차를 마셨는데, 다들 집에 들어가기가 그렇게 싫다는 거예요. 자식들은 밖으로만 나돌아다니고, 아내는 그런 자식만 좇아다닌대요. 아저씨들 마음 알아주는 건 기르는 개밖에 없다고."

"너는?"

"네?"

"트루디, 네 마음은 누가 알아줘?"

율리아가 웃음기가 가시지 않은 얼굴로 물었다. 그러자 트루디가 손가락을 꼼지락거리더니 머뭇머뭇 말을 꺼냈다.

"저는…… 백작님이 있잖아요."

"나?"

"저한테 분수에 넘치는 돈도 주시고, 그걸 잃어버리지 않게 관리해주시고, 게다가 거주지에 일자리까지 주셨는데."

"나야 네 고용주니까."

"백작님이 아니었으면 전 이미 어딘가에서 맞아 죽었을 거예요. 좀도둑 거지 부랑아가 어디서 이렇게 호강하고 살겠어요."

트루디라면 어디에서든 야무지게 잘 살았을 것 같다는 생각이 들었지만, 율리아는 그냥 고개를 끄덕이기만 했다.

"백작님은요?"

"응?"

"백작님 마음은 누가 알아줘요? 저나 집사님한테는 말씀도 잘 안 하시잖아요. 왕궁에는 코코 시녀님도 있고, 전하고 있고, 알렉사 시녀님도 있지만……. 그런데 저택에서는 유난히 말씀이 없으세요."

내가 그랬던가.

율리아는 최근 자신의 행동을 돌이켜보았다. 생각할 일이 많다 보니 저택에서는 되도록 혼자서 쉬고 싶어했던 것 같았다.

왕궁에서는 쉴 수가 없었다. 레위시아, 코코와 함께 상의하고 처리해야 할 일이 산더미인 데다 데네브라를 혼자 내버려두기가 불안했기 때문이었다.

그래서 어쩌다 저택으로 돌아오는 날에는 식사도 혼자 하고, 산책도 혼자 했다. 늦게까지 깨어 있더라도 혼자 있고 싶어 했다.

트루디가 걱정하는 것도 당연하다는 생각이 들자, 율리아가 충동적으로 중얼거렸다.

"오늘은 다 같이 저녁이나 먹을까."

"정말요?"

트루디가 꽥 소리를 지르며 활짝 웃었다.

하지만 그 일은 이루어질 수 없었다. 저택에 도착한 율리아가 마차에서 내리자, 집사가 달려 나와 알렉사에게서 온 편지를 내밀었다.

편지를 읽는 율리아의 얼굴에서 웃음기가 사라졌다. 평소보다 더 차가운 눈빛이었다. 숨을 쉬는지 알 수 없을 만큼 무기질적인 표정으로, 율리아가 말했다.

"트루디."

"네, 백작님."

눈치 빠른 트루디가 서둘러 서재 문을 열고 그녀를 혼자 있게 해주었다.

식사는 취소되었다. 집사가 간단한 요깃거리를 갖다주었지만, 율리아는 거기에 손도 대지 않았다.

그녀는 책상 위에 편지를 올려놓고 하염없이 그걸 들여다보았다.

그러다 조용히 중얼거렸다.

"황제를 죽여라."

황제의 심장에 칼을 꽂아 넣고 그의 피를 뒤집어쓰면 저주를 완성할 수 있고, 그렇게 해야만 이 빌어먹을 굴레에서 벗어날 수 있다.

황제가 원하는 것도 그것이었다.

그가 신이 되고 싶어할 거라는 건 사실 반쯤 추측이었다. 역사적으로 많은 왕이 강력한 왕권을 유지하기 위해 자기 자신을 신으로 만들어 제정일치를 이루려 했으니까, 그도 그렇지 않을까 짐작했다.

'그 반대로도 해석할 수 있어.'

율리아가 다시 편지를 바라보았다.

알렉사의 글씨인 건 확실한데 평소보다 굵기가 일정치 않고 흔들림이 있었다. 율리아는 그녀가 이 편지를 쓰면서 무척 혼란스러워했음을 알았다.

아마 알렉사는 본능적으로 깨달았을 것이다.

'황제가 일찍이 저주를 완성했다면 나도 진작 이 지긋지긋한 굴레에서 벗어날 수 있었겠구나.'

율리아가 이렇게 생각하리란 걸.

복수를 이룬 뒤에 황제의 손에 죽어야겠다. 황제에게 달려가 내가 네 대적자이니 내 심장을 찔러 나를 잡아먹으라고 외쳐야겠다. 제발 그렇게 해달라고 매달려야겠다.

네 번째의 율리아라면. 다섯, 여섯, 일곱, 여덟 번째의 율리아라면 틀림없이 그랬을 것이다.

내 손으로 나를 죽여도 벗어날 수 없었던 굴레이니, 방법을 찾은 것만으로도 기뻐 날뛰었으리라.

'죽을 수 있었어.'

율리아가 편지를 손끝으로 쓰다듬었다. 종이에 깃든 알렉사의 마음이 느껴졌다. 그녀는 어쩌면 이 편지를 보내고 싶지 않았을 수도 있었다.

벽난로 안에서 불꽃이 춤을 추었다. 편지를 들고 벽난로 앞으로 걸어간 율리아가 붉은 열기를 온몸으로 맞으며 손을 내밀었다.

율리아 아르테.

'너는 어떻게 하고 싶어?'

편지가 툭 떨어져 불꽃에 몸을 맡겼다. 다 떨어지기도 전에 반쯤 타재가 되어버린 편지를, 율리아는 눈도 깜박이지 않고 바라보았다.

언제든 원하는 과거로 돌아갈 수 있는 능력이라니, 그런 건 갖고 싶지 않다. 돌아가고 싶은 과거는 없다. 너무 힘들었다. 너무 최선을 다했다. 고통은 아무리 반복해도 익숙해지지 않는다.

"황제를 죽여라."

다짐하듯 중얼거린 율리아가 한 손으로 자신의 심장이 있는 곳을 더듬었다. 이 단단한 뼈 안에 무른 심장이 있을 것이다.

그녀가 삼킨 저주가 깃들어, 그녀를 계속 다시 살게 한 심장.

남부 연합의 수뇌가 된 카루스는 아주 바쁜 나날을 보냈다. 그를 만나고자 하는 사람이 수없이 많았다. 고작 편지 한 장을 전달하기 위해 멀리서 왔다는 쾌속선이 연일 오르테가 항구에 밀려들기도 했다.

늦은 시각 일정을 마치고 돌아온 카루스에게 바바슬로프가 다가와 말했다.

"해적들이 드추바로 가도 되냐고 물어보는데요."

"왜?"

"여기 있기 면구하답니다."

"미친놈들인가."

"자기들은 섬세하다면서, 제발 드추바로 가게 해달래요."

"안 돼."

카루스가 단호하게 고개를 저었다.

해적들이 오르테가에 버려둔 가족들은 카루스에게 일종의 인질이었다. 그러니 되도록 가까운 곳에서 서로의 모습을 보게 하는 편이 좋았다.

그리워했던 자들은 그리움을 달래고, 증오했던 자들은 화를 내야 할 것 아닌가.

"알렉사 시녀님이 맥스웰을 통해 편지를 보내왔습니다. 곧바로 율리아 시녀님한테 갖다 드리긴 했는데, 가서 무슨 내용인지 말씀 나눠 보는 게 좋지 않을까요?"

"그게 언젠데?"

"오늘 저녁이었습니다."

"마차 대기시켜."

카루스는 벗었던 외투를 다시 걸치고 빠르게 걸음을 옮겼다.

율리아의 저택으로 가는 길, 창밖의 어둠이 깊어졌다. 규칙적으로 흔들리는 마차 안에서 카루스는 바다 한복판에서 만났던 해적 선장들을 떠올렸다.

배가 한 척인 선장도 있었고, 여러 척인 선장도 있었다. 선장들의 선장이라 불리는 늙은 해적도 있었다. 그들은 모두 악명 높은 범죄자였기에, 카루스는 해전까지 염두에 두고 움직였다.

그는 대포 앞에 병사들을 배치하고 한 사람도 남김없이 무장하게 했다. 만약 해적들이 먼저 공격해온다면, 그들을 전부 쓸어버리고 남부 해상을 텅 비우려고도 했다.

해적들은 남부 함대의 신임 제독이 만나고 싶어한다는 말을 전하자, 처음엔 코웃음 치며 돌아가라는 답변만 전해왔다.

다시는 너희와 거래하지 않을 거라며, 군인이라는 놈들이 돈만 밝히는 귀족의 허수아비가 아니냐고 조롱했다.

그런데 그들을 만나고자 하는 이가 무혈 제독이라는 걸 알고 난 뒤에는 태도가 싹 바뀌었다.

엉덩이 무겁기로 소문난 해적 선장들이 차례로 카루스의 기함에 올랐다. 그들은 위명 자자한 바다의 영웅을 보러 왔다며 호탕하게 인사를 건네거나, 말없이 카루스를 노려보며 그의 실력을 가늠했다.

카루스는 긴 시간 동안 그들과 대화를 나누었다.

오르테가를 지켜야 한다는 점에선 이견이 없었다. 남부에서 활동하는 해적들은 전부 오르테가 항구에 거래처가 있었다. 가족은 물론 이거니와 비자금도 마찬가지였다.

누군가는 가족을 위해, 누군가는 숨겨놓은 비자금을 위해, 누군가는 황제를 죽이고 싶어서.

그들은 카루스의 손을 잡았다.

믿음직한 아군은 아니었다. 카루스는 그들을 어떻게 이용해야 할지 깊은 고민에 빠졌다. 남부 함대와 함께 싸우게 할 수도 없었고, 육지로 올려보낼 수도 없었다. 해적에게 등을 맡기고 싸우려는 자는 거의 없을 테니까.

그러다 그는 율리아와 그녀의 아버지를 떠올렸다.

"내가 사랑하는 여자가 오르테가에 있어."
"그래서 황제를 배신한 거군?"
"해적의 딸이지."

해적 선장들은 흥미로워했다. 카루스의 어깨를 두드리거나 큰 소리로 웃기도 했다.
해적의 딸이라니, 감당할 수나 있겠냐고 그를 놀리는 자도 있었다.

"아버지가 어린 딸을 보육원에 버리고 떠났어. 굶어 죽을 수는 없어서, 처형당한 해적들의 주머니를 뒤지며 살았다고 하더군."
"잘했군. 잘했다고 전해줘. 죽은 놈들 주머니에서 뭐라도 나왔길 빈다고, 참 다행이라고."

해적들은 카루스의 이야기를 좋아했다. 그에게 대단한 화술이 있는 건 아니었지만, 정복 전쟁 당시 겪었던 일이나 황제와의 싸움에 대해 말할 때는 모두 숨을 죽이며 귀를 기울였다.

"난 군인이며, 기사다. 이제 와 너희와 손을 잡고 함께 살 수는 없어. 이미 지은 죄를 용서해서도 안 되지. 하지만 한 가지는 약속할 수 있다."
"우리도 그런 건 바라지 않아. 해적은 바다에서 살다가 바다에서 죽는 거야. 육지는 너희들이나 나눠 가져."

"우리는 황제로부터 자유를 되찾을 거야."

"나쁘지 않군."

선장 중엔 나이가 지긋한 자가 하나 있었다. 그는 새하얗게 변한 머리카락과 수염을 아무렇게나 길어 늘어뜨리고, 얼굴까지 흉터로 뒤덮여 본래의 이목구비를 잃어버린 자였다.

선장들의 선장이라는 해적. 그가 카루스에게 웃으며 말을 건넸다.

"해적의 딸을 사랑할 운명이라서 그랬던 거야."

"뭐가."

"바다에서 여태 죽지 않고 살아 있는 거, 언제나 승리만을 이뤄왔던 거, 무혈 제독이라 불리게 된 거."

바다가 네 편을 들어주지 않았다면 그게 가능했을 것 같냐고, 그가 웃으며 물었다.

카루스는 그들이 믿는 미신에 휘둘릴 생각은 없었으나, 어쩌면 그의 말이 맞을지도 모른다고는 생각했다.

율리아는 바다 같은 여자니까.

생각을 멈춘 그가 자신의 손을 펼쳐 바라보았다. 저도 모르게 꽉 쥐고 있던 주먹에 피가 돌아 아지랑이 같은 온기가 맴돌았다.

어쩌면.

저주는 주인을 잘못 선택했는지도 모른다.

"도착했습니다!"

마부가 마차를 세우고 문을 열어주었다. 카루스 그에게 수고했다며 금화를 건네주곤 율리아의 저택으로 들어갔다.

율리아는 늦은 밤 갑자기 찾아온 카루스를 보고도 놀라지 않았다. 그녀는 편지의 내용을 묻는 카루스에게 의뭉스럽게 웃어 보이곤 아직 저녁 식사를 하지 않아 배가 고프다며 함께 먹겠냐고 물었다.

"여태 뭐 하고 있었어?"

"트루디랑 부둣가에 나갔다 왔어요. 해적선에 고기와 술을 보내려고 금화를 잔뜩 풀었죠."

그건 해가 지기 전에 있었던 일이지만, 율리아는 천연덕스럽게 거짓말을 했다.

두 사람은 평소와 다를 바 없이 이런저런 이야기를 나누며 식사를 함께했다.

"코코가 황제의 측근을 감옥에 가둬놓고 얼마나 괴롭혔는지, 그가 바이칸에 있는 자신의 재산을 전부 팔아 몸값으로 낸다고 했대요. 제발 풀어달라면서요."

"황제한테 쪼르르 달려갈 게 뻔한데, 코델리아 시녀장이 풀어주겠나."

"코코는 좀 혹한 것 같았는데요? 데네브라 황비가 그러는데, 돈이 아주 많은 귀족이라고 하더라고요."

"그렇다면 얘기가 다르지. 이름이 뭐라고?"

율리아가 그 귀족의 이름을 알려주자, 카루스가 먹던 고기를 얼른 삼키고 웃었다.

"시기를 봐서 풀어주라고 해. 놈의 재산이라면 오르테가에 왕궁 하나는 새로 지을 수 있을걸."

"왕궁 하나?"

"왕궁 전체."

그렇다면 정말 풀어주는 게 나을 수도 있겠다며 율리아도 웃음을 터뜨렸다.

"카루스 님이 해적들을 잔뜩 데리고 나타난 데다 남부 연합의 덩치가 커지니까, 그동안 시끄럽게 굴었던 친제국파 귀족들이 다시 슬그머니 자취를 감추었대요."

"레위시아가 발 좀 뻗고 자겠군."

"적국을 옹호하거나 이적행위(利敵行爲)를 하는 자는 작위를 박탈하겠다고 으름장을 놓으셨죠."

"그 정도로 되겠나. 나 같으면 본보기로 한 놈 잡아서 처형대에 세웠을 거야."

"지금은 공포보단 희망을 줘야 하는 시기니까요."

카루스는 율리아의 말이 옳다며 고개를 끄덕였다. 그래서 레위시아는 왕이 되고, 자신은 군인으로 남는 거라고 말하기도 했다.

식사를 마친 뒤에는 함께 술잔을 나누었다. 추울 때일수록 잠을 잘 자야 한다며 집사가 권유한 술이었다. 독하진 않으면서 은근히 향이 좋았다.

벽난로 앞에 앉아 말없이 불꽃을 바라보는 율리아에게 카루스가 조용히 말을 건넸다.

"이제 무슨 일인지 말해봐."

알렉사가 보낸 편지에 무슨 내용이 쓰여 있었는지 그가 다시 물었다. 알렉사 성격에 아무 용건도 없는 안부 편지를 보냈을 리도 없고, 그는 율리아가 일부러 말을 돌린다는 걸 모를 만큼 눈치 없지도 않았다.

"그냥 모른 척해주시면 좋을 텐데."

"안 된다는 걸 알잖아."

율리아가 한숨과 함께 짧은 웃음을 내뱉었다. 그러곤 불쏘시개로 벽난로 속 장작을 뒤적거리다 물었다.

"다른 사람의 심장을 찌르는 느낌은 어떤 거예요?"

"뭐?"

"카루스 님."

장작이 툭 부러지며 불꽃이 한차례 춤을 추었다.

"제가 황제를 죽일 수 있을까요."

잠든 율리아의 얼굴을 바라보는 카루스의 머리 위에 달빛이 쏟아졌다. 창백한 달을 몸에 두른 그는 검다 못해 푸르스름했다.

고르게 오르내리는 이불을 멀거니 바라보던 그가 손을 뻗어 커튼을 쳤다. 달빛마저 차단된 방엔 그저 어둠뿐이었다. 트루디가 켜놓고 간 등불은 이미 꺼진 지 오래였다.

카루스는 가만히 앉아 눈이 어둠에 익숙해지기를 기다렸다가 등불을 다시 밝히려 자리에서 일어섰다.

그런데 잠든 줄 알았던 율리아가 그에게 말을 걸었다.

"절 만난 걸 후회한 적은 없으세요?"

"내가?"

"언제 죽을지도 모르고, 살아도 산 건 같지 않고, 과거의 기억에 혼란스러워하는 여자."

율리아는 그녀가 만약 카루스였다면 절대 자신을 사랑하지 않았을 거라고 속삭였다.

"사랑은 전쟁하고 닮았어요. 만만한 상대를 선택한다는 점에서. 누구나 그렇잖아요. 내가 준 것보다 더 많은 걸 받고 싶어할 텐데."

"난 아냐."

카루스가 웃으며 등불에 불을 밝혔다. 캄캄했던 방에 은은한 불빛이 춤을 추었다.

율리아는 어느새 침대에서 몸을 일으켜 앉아 있었다.

"저는 당신한테 줄 게 없는데."

"누가 달라고 했나."

"그래도 괜찮아요? 제가 당신이 가진 걸 빼앗기만 해도?"

율리아가 그에게 손을 뻗었다. 카루스는 그녀의 손을 감싸듯 쥐고 침대에 걸터앉았다. 그러곤 어스름한 불빛을 등지고 그녀를 내려다보았다.

"빼앗긴 건 아무것도 없어."

"카루스 님."

"내 마음은……."

카루스가 고개를 숙여 율리아의 이마에 자신의 이마를 갖다 댔다. 제법 길어진 그의 머리카락이 흘러내리며 율리아의 뺨을 간질였다.

"내 것이었던 적이 없으니까."

처음부터 없었다. 있는 줄도 몰랐다는 표현이 맞을지도 모른다.

너를 만나고, 너를 알게 되고, 네게 속한 뒤에나 그런 게 있다는 걸 알았다. 그러니까 네가 내 것을 빼앗은 게 아니라, 기적처럼 만들어준 것이다.

사랑은 전쟁과 다르다. 카루스가 속삭였다.

전쟁은 한쪽의 의사만으로도 할 수 있지만, 사랑은 절대 그럴 수 없으니까.

"고통스럽고 불안해."

카루스가 진심을 말했다.

"하루에도 몇 번씩, 광기와 슬픔이 교차하지."

"카루스 님."

"근데 난 어떻게 해야 이걸 이겨낼 수 있는지 알아."

입술이 닿을 듯 가까웠다. 그가 말할 때마다 입술 위에서 나비가 춤추는 것 같았다. 율리아는 어쩌면 자신이 취한 것일지도 모르겠다고 생각했다.

카루스가 고백하듯 속삭였다.

"어제보다 오늘, 오늘보다 내일."

"저는……."

"더 깊이 사랑하면 되더라고."

그러면 고통을 잊을 수 있었다. 불안을 잠재울 수 있었다. 광기는 물러가고 온화함이 남았다. 슬픔은 그대로 설렘이 되었다.

그렇게 중독되었다.

"율리아."

카루스가 말했다.

"넌 황제를 죽일 수 있어."

율리아가 두 팔로 그의 목을 감싸 안았다. 그녀의 입에서 믿을 수 없이 달콤한 한숨이 흘러나왔다.

그녀도 처음이었다. 누군가를 이토록 깊이 사랑하게 된 것은.

그를 품에 가두자 이대로 죽어도 좋겠다는 생각이 들었다. 다시 시작하지 않아도 괜찮았다.

죽음의 고통에 몸부림칠 때마다 언제나 나를 살리는 남자.

당신이라면 그 덧없는 감정에 빠져 죽어도 좋아.

⟶ • ◆ • ⟵

겨울의 아침이 밝았다.

부지런한 트루디가 가장 먼저 일어나 부엌으로 나왔다. 오랜만에 저택에서 잠든 율리아를 위해 따뜻한 수프를 끓여 볼 생각이었다.

다른 하녀들에게서 비장의 요리법까지 배운 트루디는 흰 앞치마를 팡팡 털어 허리에 맸다. 그러곤 그녀보다 조금 늦게 하루를 시작하는 집사를 보곤 기운차게 인사를 건넸다.

"좋은 아침이에요, 집사님!"

"트루디, 부지런하구나."

집사가 웃으며 인사를 건넸다.

"그렇게 열심히 일해도 월급은 올려주지 않을 거야. 아르테 백작님은 이미 고용인들에게 너무 많은 월급을 주고 있어."

"월급 올려달라는 말은 한마디도 안 했어요!"

"농담이다."

"집사님은 제가 얼마나 부자인지 모르죠? 제가요, 어떤 사람이냐면요. 취미로 하녀 일하는 사람이라고요!"

"굉장하네."

집사가 하하 웃으며 밖으로 나갔다. 밤새도록 일한 경비병에게 인사를 건네러 나가는 게 분명했다.

그런데 그보다 먼저 정원에 나와 있는 사람이 있었다.

"카루스 님? 벌써 일어나셨습니까?"

집사가 깜짝 놀라 카루스에게 다가왔다.

카루스는 막 저택을 떠나려던 참이었다. 율리아가 곤히 자고 있어 깨울 수 없었다며, 그는 일이 많아 먼저 가야 한다고 말했다.

"아침이라도 함께 드시지요. 백작님께서 좋아하실 텐데."

"해적들과 약속이 있어."

집사가 뭐라 형용할 수 없는 표정을 지었다. 찡그린 것 같기도 하고 웃는 것 같기도 한 표정이었다.

카루스는 그런 그에게 한 차례 어깨를 으쓱거리고는 마차를 타고 율리아의 저택을 떠났다.

아침 준비는 오래 걸리지 않았다. 율리아가 아침을 잔뜩 먹는 타입도 아니고, 아직 그녀의 저택엔 일하는 사람이 그리 많지 않기 때문이기도 했다.

그런데 율리아의 늦잠이 길어지고 있었다.

트루디가 따뜻한 수프를 다 끓인 뒤에도 그녀는 일어나지 않았다. 기다리던 집사가 다른 하녀들과 먼저 식사를 마친 뒤에도 소식이 없었다.

"이러다 해가 중천에 떠오르겠어요."

"깨워드려야겠지?"

"제가 갈게요."

트루디가 앞치마를 벗고 율리아의 침실로 올라갔다.

조용한 복도엔 인기척이 없었다. 언제나 하녀들과 비슷한 시간에 일어나던 율리아가 이렇게 늦게까지 잠을 자다니, 어쩐지 웃음이 나올 것 같았다.

"백작님, 그만 일어나세요."

트루디는 율리아의 침실과 욕실을 마음껏 드나드는 유일한 하녀였다. 허락은 없었지만 깨워야 하는 상황이니까, 그녀는 두어 번 노크한 뒤에 그냥 문을 열었다.

그런데 안에서 날카로운 목소리가 들려왔다.

"들어오지 마!"

율리아였다.

화들짝 놀란 트루디가 어깨를 들썩거렸다. 하지만 문은 이미 활짝 열려 있었다.

"배, 백작님……."

웬 남자가 율리아를 뒤에서 제압하고 그녀의 목에 칼을 들이대고 있었다. 율리아는 잠옷 차림이었다. 자다가 일어났는지, 그녀의 머리카락이 엉망이었다.

겨울의 차가운 바람이 거세게 들어와 온몸이 떨렸다. 창문이 활짝 열려 있었다. 분명 잘 잠가두었는데, 부서진 자물쇠가 눈에 띄었다.

율리아가 트루디에게 말했다.

"괜찮아. 넌 내려가 있어."

"백작님!"

그때 율리아의 목에 칼을 대고 있던 남자가 위협적인 목소리로 말했다.

"목소리를 낮추는 게 좋을 거야. 네 주인이 죽는 모습을 구경하고 싶지 않다면."

"저, 저는……."

"트루디."

율리아가 트루디를 바라보았다.

이상했다. 목에 칼이 닿아 있는데, 율리아는 너무 침착해 보였다. 온몸을 벌벌 떨던 트루디도 그녀와 눈을 맞추자 가슴에 찬물을 들이부은 것처럼 차분해졌다.

때마침 아래층에서 집사의 고함이 들렸다. 바깥에도 침입자가 있는 모양이었다.

율리아가 말했다.

"트루디, 난 괜찮으니까 모두 가만히 있으라고 해."

그러곤 자신을 위협하는 남자에게도 경고했다.

"다른 사람은 건드리지 마시죠. 원하는 건 저잖아요?"

"그러지."

소란을 일으켜봤자 좋을 게 없다고 판단한 남자가 고개를 끄덕였다.

율리아와 한 번 더 눈을 맞춘 트루디가 이를 악다물었다. 덜컹거리는 심장을 억지로 내리누르고 주먹을 꽉 쥐었다가 풀었다.

그동안 율리아의 그늘에서 너무 편하게 살아 잊고 있었지만, 트루디는 오르테가의 가장 더러운 뒷골목에서 악과 깡으로 살아남은 아이였다.

율리아가 다시 명령했다.

"트루디, 네가 할 일은 아래층으로 내려가서 모두에게 반항하지 말고 가만히 있으라고 전하는 거야. 그래야 아무도 다치지 않을 테니까."

"네."

"나는 괜찮아."

거짓말. 트루디가 다시 이를 악다물었다. 마음 같아서는 자기도 데려가라고 말하고 싶었지만, 율리아가 그걸 원하지 않았다.

치마를 꽉 움켜쥔 트루디가 몸을 홱 돌려 복도로 달려 나갔다. 계단을 따라 아래층으로 내려가는 그녀의 발소리가 크게 울렸다.

"얌전히 따라오는 게 좋을 거야. 저 귀여운 하녀와 집사를 소중히 여긴다면."

남자가 그렇게 말하며 율리아를 잡아당겼다. 그의 손엔 끈과 재갈, 머리에 씌우려는지 자루까지 준비되어 있었다.

아래층에서 들리던 고함이 잦아들었을 때였다. 말없이 남자에게 몸을 맡기고 있던 율리아가 칼날에 목을 갖다 댔다.

날카로운 칼날에 여린 피부가 베였다. 순식간에 피가 흘러나와 흰 잠옷 위로 뚝뚝 떨어졌다.

"뭐 하는……!"

율리아는 당황한 남자가 자신에게서 칼날을 떨어뜨리는 순간을 놓치지 않았다.

그녀는 일부러 죽으려는 사람처럼 움직였다. 남자가 칼을 회수하기도 전에 아예 그의 품으로 파고들었다. 목을 누르고 있던 칼날이 이번에는 그녀의 귀를 베었다.

"이 미친 여자가!"

"모르고 왔어?"

귀에서 미지근한 피가 흐르는 게 느껴졌다. 한 손으로 상처를 문지른 율리아가 어느새 그에게서 빼앗은 단도를 손에 들고 말했다.

"네 주인이."

그러곤 직접 제 목에 갖다 댔다.

"생채기 하나 없이 잡아 오라고 했지?"

당황한 남자가 밖을 향해 고함을 질렀다. 동료를 부르는 소리였다.

해적들과 약속이 있어 아침 일찍 부두로 나온 카루스는 어쩐지 가슴 한쪽이 울렁거려 일에 집중하지 못하고 있었다. 심장이 평소보다 빨리 뛰고 목이 말랐다. 가슴에 물이 차 파도처럼 출렁였다. 율리아와 함께 밤을 보냈기 때문인지, 아니면 방향도 없이 부는 바닷바람 때문인지는 알 수가 없었다.

곧이어 해적 선장들이 모두 서명한 협약서가 카루스의 손에 전달되었다.

"여기 있소."

"좋아. 그럼 국왕에겐 이렇게 전달하도록 하겠다."

허울뿐인 협약이라도 문서로 남겨두는 건 중요하다. 해적들도 그 사실을 아는지 근엄한 척 고개를 끄덕였다.

카루스는 해적선을 떠나 부두로 돌아왔다. 아침 일정을 마친 그에게 바바슬로프가 다가와 물었다.

"이제 왕궁으로 가십니까?"

바람이 뒤집히듯 요란하게 불었다. 망토를 젖히고 그 안까지 들어오는 서늘한 바람에 오싹 소름이 돋았다.

불현듯 율리아의 저택이 있는 방향을 바라보던 카루스가 훌쩍 말에 올라 말했다.

"아르테 백작의 저택으로 간다."

"시녀님이랑 같이 가시려고요?"

"아직 왕궁으로 출발하지 않았을 거야. 시간이 이르잖아."

"그럼 엇갈리기 전에 빨리 가야겠네요."

바바슬로프도 서둘러 말에 올랐다. 두 사람은 부두 외곽의 한적한 길을 따라 말을 달렸다.

가까운 바닷가였기에 율리아의 저택까지 가는 데는 그리 오랜 시간이 걸리지 않았다.

카루스는 굳게 닫힌 저택 문을 보면서도 속도를 줄이지 않았다. 평소처럼 경비병이 그의 얼굴을 알아보고 얼른 문을 열어줄 거라 판단했기 때문이었다. 그런데 저택에 가까이 다가가도록 경비병의 모습이 보이지 않았다.

"어어?"

바바슬로프가 의아하다며 손가락으로 문을 가리켰다. 카루스의 얼굴이 삽시간에 굳었다. 그가 날카로운 눈으로 저택이 있는 쪽을 바라보았다.

분위기가 어수선했다. 무슨 일이 있는 것 같긴 한데 바깥에선 알 길이 없었다. 저택 문은 굳게 닫혀 있고, 경비병은커녕 사람의 인기척조차 느껴지지 않았다.

그때 방향도 없이 부는 바람을 타고 정원 너머 안쪽에서 누군가의 다급한 목소리가 들렸다. 비명을 닮은 고함이었다.

"바바슬로프!"

카루스가 말에서 뛰어내리며 무기를 꺼내 들었다. 바바슬로프도 그를 따라 말을 세우고 몸을 날렸다.

망토를 찢듯 벗어 던진 카루스가 높은 담장을 훌쩍 뛰어넘었다. 그러곤 저택을 향해 전속력으로 달리기 시작했다.

"아저씨, 아저씨! 정신 차려요!"

트루디가 울고 있었다. 작은 하녀가 죽은 경비병 옆에 주저앉아 그의 가슴을 마구 흔들었다. 복면을 쓴 괴한들이 그런 트루디에게 조용히 하라며 칼을 들이밀었다.

트루디는 악에 받쳐 엉엉 울었다. 조용히 하지 않으면 죽여버린다는 괴한들의 협박에도 굴하지 않고 소리를 지르며 울었다. 집사가 그런 트루디를 안고 달래었으나 소용없었다.

"닥치라고 했을 텐데."

화가 난 괴한이 트루디를 붙잡고 칼을 꺼냈다. 그에게 머리채를 잡힌 채 질질 끌려 나온 트루디가 소리를 질렀다.

"두고 봐! 너희 다 가만두지 않을 거야! 우리 백작님이 어떤 분인 줄 알고! 이거 놔! 놓으라고! 내 몸에 손만 대봐! 다 죽일 거야!"

"시끄러워!"

괴한은 트루디를 죽일 셈이었다. 처음엔 머리채를 자르거나 몇 대 때려 입을 다물게 하려 했으나 마음을 바꾸었다.

그때였다. 제발 그러지 말라며 그에게 애원하던 집사가 갑자기 하던 행동을 멈추고 홱 뒤로 물러났다.

열린 창문으로 누군가 뛰어 들어왔다. 카루스였다.

"카루스 님!"

카루스는 가장 먼저 트루디를 죽이려던 자에게 달려들었다.

괴한이 칼을 꺼내 들고 있었기에 망정이지, 단칼에 그에게 목이 잘릴 뻔했다. 칼과 칼이 부딪치며 날카로운 소리가 났다.

뒤이어 들어온 바바슬로프가 나머지 괴한들을 막아서며 소리쳤다.

"이곳은 제가 맡겠습니다!"

"흩어져서 포위해!"

놈들은 훈련받은 암살자였다. 움직임이 일사불란하고 체계가 있었다.

눈으로 괴한의 숫자를 센 카루스는 바바슬로프 혼자 놈들을 모두 처리할 수 없을지도 모른다는 사실을 깨달았다. 부하들을 더 데려왔어야 했는데, 후회할 시간이 없었다.

"트루디."

카루스가 허리띠를 풀어 말없이 던졌다. 거기엔 종류가 다른 단검 두 자루와 살상용 암기가 장착되어 있었다.

그가 던진 허리띠를 재빨리 품에 안은 트루디가 집사와 함께 무기를 나눠 가졌다. 눈치 빠른 하녀는 카루스에게 맡겨달라며 여러 번 고개를 끄덕였다.

카루스가 칼을 크게 휘둘렀다. 그를 막고 있던 괴한은 최선을 다했으나 실력 차를 극복할 수는 없었다.

중심을 잃고 쓰러진 괴한에게 트루디가 달려들었다. 뒷골목을 전전하며 살았던 그녀는 어디를 어떻게, 얼마나 깊게 찔러야 사람이 죽는지 잘 알고 있었다.

카루스는 뒤돌아보지 않았다.

그는 자신을 막아서는 괴한들을 베고, 찌르고, 발로 차서 넘어뜨리며 2층으로 올라갔다. 급한 마음에 마구 날뛰다 보니 여기저기에 상처가 늘었다.

그가 지나간 자리마다 붉은 피가 뚝뚝 떨어졌다. 그런데도 그는 조금도 속도를 줄이지 않았다. 뒤에선 바바슬로프와 트루디, 집사가 고함을 치며 싸우고 있었다.

"율리아—!"

카루스가 큰 소리로 율리아를 불렀다. 2층에 있을 괴한들에게 들으란 듯, 그는 자신의 존재를 감추지 않았다.

"무혈 제독이 올라간다!"

"혼자야! 막아!"

괴한들이 카루스의 뒤에서 소리를 질렀다. 그러다 바바슬로프의 칼에 맞아 쓰러지는 자도 있었다.

저택이 작은 편이어서 다행이다. 순식간에 율리아의 방에 도착한 카루스는 그런 생각을 하며 그를 막아서는 괴한을 베었다. 이번에는 확실하게 목숨을 끊었다.

그러곤 방 안의 광경을 눈으로 훑었다.

율리아가 피를 흘리고 있었다. 그녀의 흰 잠옷이 붉었다.

율리아는 꼿꼿하게 서 있었지만, 그녀의 가느다란 목과 귀에선 여전히 피가 배어 나오고 있었다.

"카루스 님."

카루스는 대답하지 않고 짐승 같은 소리를 내며 안으로 달려 들어갔다. 괴한들도 무혈 제독을 상대로는 목숨을 걸어야 한다는 걸 잘 알고 있었다. 그들은 동료의 몸을 방패로 써가며 카루스에게 무기를 휘둘렀다.

싸움은 그리 길지 않았다. 카루스가 피를 뚝뚝 흘리면서도 두 명의 괴한을 베고 고개를 들었을 때였다.

그의 얼굴은 악마 같았다. 찢어진 이마에서 흘러나온 피가 얼굴을 뒤덮었다. 시야를 확보하려 주먹으로 문지른 터라 얼굴 전체가 붉었다. 처음 율리아의 방에 들어와 그녀를 위협했던 괴한이 창가를 향해 뒷걸음질 치며 소리쳤다.

"여기까지다!"

그는 납치를 포기하고 달아나려 했다. 그러나 카루스는 놈들을 단 하나도 살려 보낼 마음이 없었다.

자신은 괜찮으니 그만두라는 율리아의 외침에도 그는 다시 몸을 움직였다.

이날 율리아의 저택에서 경비병 둘과 하녀 하나가 죽고 바바슬로프가 등에 부상을 입었다. 카루스가 건넨 단도로 괴한에게 덤볐던 트루디는 긴장이 풀리자마자 혼절했으며, 집사는 팔이 부러져 한동안 부목을 대고 다녀야 했다.

혼자서 2층에 있던 괴한을 모두 상대한 카루스는 온몸에 자잘한 상처가 많아 의사의 치료를 받아야 했다.

소식을 들은 코코가 왕궁 의사를 잔뜩 데리고 나타났다. 그녀는 율리아가 무사하다는 사실을 확인한 후에도 굳은 얼굴을 풀지 못했다.

상처를 씻고 꿰매는 동안 율리아는 자신에게 일어났던 일에 대해 말했다.

"황제는 저를 산 채로 잡아 오라고 했어요."

"산 채로?"

"상처 하나 없이."

율리아는 확신하고 있었다. 그녀의 눈빛에 깃든 선명한 투지를 보고, 코코가 소독약을 던지듯 내려놓으며 물었다.

"너 무슨 짓 했어."

"별거 아니었어요."

방에 있던 사람이 모두 율리아를 바라보았다. 치료를 마친 카루스도, 누워서 끙끙 앓던 바바슬로프도 모두.

율리아는 그들에게 자신의 목에 칼을 들이댔던 괴한을 역으로 협박해 무기를 빼앗았다는 이야기를 들려주었다.

"제가 제 몸에 스스로 상처를 내니까 눈에 띄게 당황했어요. 피가 좀 났을 뿐이지 그리 대단한 상처가 아니었는데도 몸을 크게 뒤로 물릴 정도로 거리를 벌리더라고요."

"그래서?"

"물어봤죠. 황제가 그렇게 시켰느냐고."

괴한은 대답하지 않았다. 하지만 율리아는 그의 침묵에서 확신을 얻었다.

"칼에 목을 들이대니까 무기를 놓치고, 귀를 베었더니 화들짝 놀라 물러났어요. 그냥 산 채로 잡아 오라는 수준이 아니라, 제 몸에 생채기라도 하나 났다간 되려 그들이 대가를 치러야 했을 거예요."

"그 정도라고?"

"네."

율리아가 비틀린 미소를 지었다.

이건 엄청난 수확이었다. 코코와 카루스는 율리아에게 너무 무모하게 굴었다고 나무랐지만, 그녀가 생각하기에 이건 저주에 대해 알게 되었을 때보다 더 큰 수확이었다.

"황제는 제가 죽을까 봐 무서워서 아무것도 못 해요."

"율리아."

"제 피가 한 방울이라도 부족할까 봐, 그래서 저주를 완성하지 못하게 될까 봐, 작은 상처 하나조차 타협하지 못해요."

우스운 일이었다.

적으로 짝지어진 자가 죽지 않도록 보호해야 하는 처지라니.

"그도 여기까지 온 게 처음이거든요. 제가 누군지 알게 된 것도 처음이고, 저주를 완성할 수 있다는 희망을 품게 된 것도 아마 처음일 거예요."

코코가 어렵게 고개를 끄덕였다.

"그렇겠지."

단순히 서로를 죽이는 것으로 저주가 완성된다면 자신의 대적자가 누군지 알아낸 마지막 해적왕에게도 승산이 있었을 것이다. 그조차 실패했다는 것은 저주를 완성하기 위해선 알려진 것보다 더 까다로운 조건을 충족해야 한다는 말과 다르지 않았다.

"황제는 남부 연합이나 북부 연합과의 전쟁에는 관심조차 없을 거예요. 지금 그에게 중요한 건 저주의 완성이지, 대륙 통일이 아니니까요."

"하……."

"황제는 제 심장을 찔러 그 피를 뒤집어쓰고 언제든 원하는 과거로 돌아가 신이 되려 해요. 그러면 대륙 통일은 물론이고, 전지전능해질 수도 있죠. 비가 오기 전으로 돌아가 비를 예측하고, 죽음이 예정된 사람을 살릴 수도 있으니까."

"그 미친놈!"

코코가 짜증스레 외쳤다. 바바슬로프가 그녀의 말에 동의하며 신음을 흘렸다.

치료를 받는 내내 율리아의 상처만을 살피던 카루스가 그제야 긴

숨을 내뱉으며 의자에 몸을 기댔다.

"카루스 님."

율리아가 그를 바라보며 말했다.

"화내지 마세요."

"네가 매번 네 목숨을 무기로 쓰려고 하는데 화를 내지 말라니."

"이번엔 아니에요."

율리아가 그에게 다가가 손을 내밀었다.

"저를 지켜주실 거잖아요."

당신은 매번 나를 살리고, 지키고, 이끌어 주는 존재니까.

"이길 수 있어요."

율리아가 다시 확신을 담아 말했다.

"제가 이겨요."

굳은 얼굴로 그녀를 바라보던 카루스가 가까스로 손을 내밀었다.
맞잡은 두 손에서 아지랑이 같은 열기가 느껴졌다.

47
두 사람에게 깃든 단 하나의 신화

나는 왜 선택되었을까.

괴한의 칼을 빼앗았던 순간, 율리아는 우습게도 그런 생각을 했다.

먼저 저주에 걸린 건 크세노 황제였다. 율리아는 그의 대적자로 뒤늦게 선택되었다. 그녀의 '어떤 부분'이 황제에게 맞서기에 적합했기 때문에.

만약 푸른 바다의 환초에게 사람과 같은 의지가 있다면 그는 생각보다 꽤 단순한 존재일지 모른다.

오기와 인내심이 기준이었나. 아니면 복수심? 그것도 아니면 죽음을 바라보는 시선? 어쩌면 이 모든 걸 적당히 고려했을 수도 있다. 삶을 반복할 수 있다는 건 지독한 고통인 동시에 어마어마한 기회였다.

멍청하고 순진했던 율리아가 아홉 번째엔 아르테 백작이 되어 남부를 손에 넣기까지 했으니.

"남부 연합에 오랜 항로를 공개하겠습니다."

회의실에 울려 퍼지는 율리아의 목소리엔 온기가 없었다.

그녀는 웃지 않았고, 친근하게 굴지도 않았다. 둥글게 퍼진 치맛자락은 아름다운 곡선인데, 그녀의 눈빛은 서슬 퍼런 칼날처럼 자비가 없었다.

처음엔 율리아를 우습게 보며 무시했던 귀족들도 이제는 전력으로 그녀를 상대했다.

"반대합니다. 항로를 독점한다는 건 장기적으로 오르테가에 엄청난 이득입니다. 지금까지 남부 함대가 해적들을 소탕하지 못했던 것도 그 오랜 항로에 대해 파악하지 못했기 때문이며……."

"남부 함대가 언제 해적을 소탕했습니까?"

율리아가 물었다.

그녀의 입가엔 약간의 비웃음마저 떠올라 있었다.

"카루스 란케아가 오기 전, 남부 함대는 해적들의 금화 수송책이었습니다. 그걸 알고도 그렇게 말씀하십니까?"

"그렇다 해도 오랜 항로를 공개해버리는 것은……."

"해적들의 오랜 항로는 자유 항로로 통하는 가장 빠르고 은밀한 길입니다. 그걸 알아낸 건 우리가 아니라, 카루스 란케아와 그의 부하들이고요. 오르테가의 귀족들에게 반대할 명분이 있습니까?"

"아르테 백작, 그는 변절했으니 이제 오르테가의 귀족입니다. 그러니 이제라도 자국의 이익을 우선시해야 할 것입니다."

"그러니까 공개하겠다는 것입니다. 우리는 전쟁의 위험을 안고 있으니까요."

율리아가 '전쟁'이라는 단어를 꺼내자 회의실에 있던 모든 사람이

숨을 죽였다.

감히 누구도 먼저 입 밖으로 꺼내지 못했던 이날의 화제, 전쟁.

율리아는 그 무거운 단어를 회의실 탁자 위에 올려놓고 단 한 사람도 거기에서 시선을 떼지 못하게 했다.

"직시하세요. 우리의 적은 제국 바이칸입니다."

"아르테 백작!"

"해적 세력은 오랜 항로를 통해 자유 항로로 진입, 바이칸 서부 해상을 견제할 것입니다."

"남부 함대는요?"

"그들은 드추바를 중심으로 오가며 오르테가를 지켜야죠."

카루스의 남부 함대가 오르테가를 지킨다는 말에 누군가 안심하며 가슴을 쓸어내렸다.

율리아는 귀족들의 얼굴을 하나하나 뜯어보며, 상석에 앉아 말없이 팔짱을 끼고 있는 레위시아에게 말했다.

"국왕 전하."

"듣고 있다."

"허락해주세요."

귀족들이 말을 듣지 않을 때는 왕을 설득하면 된다. 오르테가는 왕정 국가였다.

레위시아가 고민할 것도 없다는 듯 시원스레 고개를 끄덕였다.

"허락한다."

"전하!"

"다시 생각해주십시오! 바이칸 서부로 가는 항로는 너무 중요한 정보입니다. 우리가 그걸 독점하고 향후 백 년간 상행을 주도한다면

……."

"그대들은 큰 착각을 하고 있구나."

레위시아가 하하 웃었다.

그가 팔짱을 풀고 회의실 탁자 위에 팔을 올렸다. 긴 머리카락이 흘러내리며 그의 얼굴에 그늘이 졌다.

"내가 선왕처럼 크세노 황제 앞에 엎드려 빌 거라 믿고 있어."

귀족들이 한꺼번에 입을 다물었다.

힌치 백작이 거칠게 헛기침을 내뱉고, 샤트린은 아예 욕을 했다. 두 사람이 그렇게 드러내놓고 분노하는데도 레위시아의 목소리는 차분하기 그지없었다.

"잘 들어라."

그는 맞은편에 앉아 있던 율리아를 똑바로 바라보며 말했다.

"오르테가는 두 번 다시 바이칸의 황제에게 무릎 꿇지 않는다."

"전하!"

"머리를 조아리지 않는다. 황제를 섬기지 않는다. 티타니아를 빼앗기지 않는다. 너희 중 누군가가 오르테가를 제국의 속국이라 부른다면, 그의 입을 찢어버릴 것이다."

그러니 아르테 백작의 주장대로 오랜 항로를 남부 연합에 공개해 모든 배가 그 길을 이용할 수 있게 하라고, 왕이 말했다.

때맞춰 율리아가 입을 열었다.

"전하, 바이칸 서남부의 대영주 두 사람이 우리에게 돌아섰습니다."

이 순간을 위해 아껴두었던 정보였다. 율리아는 겁 많은 귀족들에게 바이칸 제국 내에 남부 연합과 뜻을 함께하는 자들이 있음을 주지

시켰다.

"그게 정말입니까?"

회의실에 경악성이 터져 나왔다.

"그들은 서남부 해상과 항구의 문을 열고, 제국 내에서 황제에게 반대하는 세력의 주축이 되어 움직이겠다고 약속했습니다."

황제를 끌어내려 데네브라를 섭정으로 세우겠다는 소리였다.

"또한, 북부 연합이 우리와 함께 움직일 것입니다."

율리아가 한 번 입을 열 때마다 작은 비명이 터져 나왔다. 다급하게 숨을 삼키며 몸을 들썩이는 자도 있었고, 저들끼리 이게 다 사실이냐고 따져 묻는 자도 있었다.

그래도 율리아는 말을 멈추지 않았다.

"데네브라 황비의 친정 가문과 그 세력, 남부 해적과 상인연합, 시에라와 록스의 왕족들, 그리고 독립을 염원하는 정복 국가의 영웅들이 모두 전하께 손을 내밀고 있습니다."

그녀는 이 모든 걸 성공시키기 위해 얼마나 많은 노력을 기울였는지 말하지 않았다. 얼마나 많은 사람이 희생되었는지, 얼마나 많은 우연이 겹쳐 운명이 되었는지도 말하지 않았다.

"남부의 칼 아래."

율리아는 그냥 이 모든 게 당연하게 일어날 일인 양 담담하게 선언했다.

"바이칸은 무너질 것입니다."

◆ • ◆ • ◆

"폐하, 너무 늦었습니다. 조금이라도 주무셔야 합니다."

호르헤가 염려를 가득 담아 말했다. 주름과 검버섯으로 가득한 그의 얼굴을 물끄러미 바라보던 크세노가 가볍게 웃음을 터뜨렸다.

"호르헤, 너는 네가 언제 어떻게 죽었는지 궁금하지 않으냐?"

"폐하께 쓰임을 다 하고 죽게 되길 바랄 뿐입니다."

"재미없는 놈."

크세노가 커다란 술잔에 술을 가득 부었다. 그의 손엔 북부 주술사들이 피운다는 독한 담배가 들려 있었다. 방 안 가득 매캐한 연기가 들어차, 호르헤가 조심스레 창문을 열었다.

"추워. 닫아라."

"건강에 좋지 않습니다."

"어차피 오래 못 산다고 하지 않았느냐. 내 대적자는 무모하기가 이루 말할 수 없는 여자야. 제 계획이 조금만 틀어져도 다음을 기약하면서 벼랑에 몸을 던질지도 모른다니까?"

"세상에 그런 자가 있다는 게 참 믿을 수 없는 일입니다."

"그렇지?"

크세노가 큰소리로 웃었다. 그도 한동안 그렇게 믿었다며, 불쌍하고 박복한 줄로만 알았는데 알고 보니 미친 여자였다고 중얼거렸다.

"걱정하지 마라. 너는 항상 살아 있었어. 늙은이가 오래도 살아남는다고 농담을 건넨 적도 있었지."

"다 폐하의 은덕입니다."

"거짓말하지 마. 네놈이 몸을 잘 사렸기 때문이겠지."

크세노가 빈정거리듯 던진 농담에 호르헤가 살짝 미소를 지었다.

깊은 주름이 옆으로 길어지는 모습을 경이로운 듯 바라보던 크세노가 술잔 가득한 술을 단번에 들이켰다.

이러다간 인사불성이 될 때까지 마실 기세라, 호르헤는 황제의 불호령을 각오하고 술병을 치우려 움직였다. 그런데 그때 문밖에서 누군가 다급하게 달려오는 소리가 들렸다. 호르헤의 부하들이었다.

"실패했습니다!"

"무엇을?"

"아르테 백작의 저택에 잠입했던 녀석들이 대부분 죽었습니다. 살아남아 도망친 녀석들도 행방이 묘연하다고 합니다."

"한 놈도 찾지 못했느냐?"

"아닙니다. 아르테 백작을 가장 가까이에서 마주쳤던 녀석은 돌아와 보고를 마쳤습니다."

"데려와라."

호르헤의 뒤를 따라 복면을 쓴 괴한이 끌려 들어왔다. 복면을 벗기자, 흉터투성이의 남자가 거친 숨을 몰아쉬며 말했다.

"죽을죄를 지었습니다."

크세노는 대답하지 않았다. 그를 대신해 호르헤가 물었다.

"왜 실패했지?"

"저택을 떠났던 무혈 제독이 갑자기 돌아왔습니다. 그가 밤새 아르테 백작과 함께 있던 터라 밤 동안 대기하고, 그가 저택을 떠난 뒤 정원사들이 출근하기 전에 습격을 감행했으나……."

"갑자기 돌아왔어?"

"그렇습니다."

"혼자서 말이냐?"

"아닙니다. 부하가 하나 있었는데……."

"그러니까 고작 두 명에게 너희가 전부 당했다고?"

호르헤의 목소리가 쩍쩍 갈라졌다. 그가 극도로 분노했음을 아는 부하들이 깊이 머리를 조아렸다.

크세노가 웃으며 말했다.

"그만둬. 카루스가 있었다잖아. 저놈들이 무혈 제독을 어찌 물리치겠나."

"하오나 폐하."

"실패한 원인은 그것뿐이냐? 그럼 다음엔 성공할 수 있겠지?"

크세노가 물었다. 그러나 이번에도 그는 장담하지 못하고 머뭇거리다가 할 수 없이 입을 열었다.

"폐하, 아르테 백작은…… 미친 여자입니다."

크세노의 술잔이 크게 출렁였다.

"칼날에 제 목을 가져다 대고, 살갗이 찢어져 피가 흐르는데도 눈 하나 깜짝하지 않았습니다. 베이면 죽는 급소였는데……."

심지어 칼을 빼앗고 스스로 죽겠다며 적을 위협했다.

"그 여자는 폐하께서 상처 하나 없이 안전하게 데려오라 명령하셨다는 사실을 알고 있었습니다. 조금이라도 가까이 다가오거나 제 사람들을 위협한다면 스스로 심장을 찌르겠다고 웃으면서 말했습니다."

부하의 말이 길어질수록 크세노의 눈꼬리도 길어졌다.

"허풍이 아니었습니다. 이 일을 하면서 수많은 사람을 만났지만, 그런 여자는 처음 보았습니다. 폐하, 그 여자는 미쳤습니다!"

"그래?"

"달아나는 저를 보고……."

부하가 보고를 마치자 크세노가 마침내 웃음을 터뜨렸다. 그는 정신 나간 사람처럼 웃었다.

"하하하하하!"

그가 놓친 술잔이 바닥에 떨어져 산산조각이 났다. 와장창 소리와 함께 파편이 튀었다.

한참 동안 몸을 가누지 못하도록 크게 웃던 크세노가 창밖을 바라보며 중얼거렸다.

"안 되겠다."

"폐하."

"오르테가로 가자."

그가 타고 있는 것은 배였다. 창밖으로 펼쳐진 것은 푸르른 남부의 바다였다.

오르테가가 코앞에 있었다.

호르헤가 열어 놓은 창문에서 변덕스러운 바람이 불었다. 바닷바람이었다. 저 멀리에서 높은 파도가 밀려왔다.

레위시아 국왕의 명령으로 오랜 항로가 세간에 공개되었다.

'옛 항로'라고 불리는 이 바닷길은 남부와 서부를 잇는 거대 항로와 닿아 있으면서도 드추바 섬 앞바다에 교묘하게 걸쳐져 있었다.

배를 타고 다니는 모든 이가 국왕의 이 결정에 환호했다. 먼바다로 조업을 나가는 어부들은 물론이거니와 상인과 해군에 이르기까지. 그동안 해적들이 저들끼리 감춰놓고 해군의 추적을 피해 사용해왔던 오랜 항로는 이제 모두의 것이었다.

"율리아!"

억류에서 풀려난 데네브라 황비가 밝은 얼굴로 왕자궁에 찾아왔다. 레위시아가 완전히 본성에 들어가게 되면서 주인을 잃은 왕자궁엔 율리아와 코코가 머무르고 있었다.

"괜찮으냐? 다쳤다고 들었는데, 누가 암살자를 보냈다면서?"

데네브라가 달려와 율리아의 목과 귀를 살폈다. 아직 상처가 다 아물지 않아 약 냄새가 나는 그녀를 이리저리 살피더니, 보란 듯이 화를 냈다.

"너는 오르테가에서 왕과 가장 가까운 자인데 어떻게 그렇게 겁이 없느냐. 경비 몇 명이 전부인 저택에 혼자 머무른다며? 카루스가 구하러 달려가지 않았다면 어쩔 뻔했어?"

율리아가 떨떠름한 얼굴로 데네브라를 바라보았다. 코코는 입가에 미묘한 웃음기를 매달고 있었다.

"걱정해주셔서 고맙습니다."

"걱정은 무슨! 네가 죽으면 내 위치가 불안해지니까 하는 말이다. 너는 말이다. 일을 이렇게까지 크게 벌여놓았으면 그에 맞는 책임감이 있어야 할 것 아니냐!"

"송구합니다, 황비 전하."

율리아는 여전히 떨떠름한 얼굴이었다. 웃음이 터지려는지, 코코가 슬그머니 몸을 돌려 창밖을 바라보았다.

걱정에서 시작해 화풀이로 넘어갔다가 마지막엔 신세 한탄으로 이어지는 데네브라의 말을 들으며, 율리아가 물었다.

"사생아는 찾았나요?"

"아직 연락이 없다. 전령이 오가기에 여긴 너무 멀어!"

"바이칸 서남부니까 쾌속선으로 가면……."

"걱정하지 마. 크세노의 사생아라면 내가 몰래 파악해둔 녀석만 해도 넷은 된다. 그중 하나는 죽었을 가능성이 크지만, 나머지는 아직 살아 있을 거야. 놈들에게 그 정보도 넘겨주었으니 찾는 건 시간문제일 거고."

"다행이네요."

처음으로 데네브라가 믿음직스럽게 느껴졌다. 하긴, 그녀는 황제의 하나뿐인 아내이기에 사생아를 신경 쓸 수밖에 없었을 것이다.

"율리아."

"네, 전하. 말씀하세요."

"크세노가 보낸 암살자더냐?"

데네브라가 조금 낮아진 목소리로 물었다. 대답할까 말까 망설이는 율리아 대신 코코가 시원스레 입을 열었다.

"카루스 란케아가 다 죽여버려서 심문은 못 했어요. 하지만 크세노 황제가 보낸 납치범일 거라고 확신해요."

"다 죽여버렸어?"

"상황이 여유롭지 않아서 전력을 다했더니 다 죽었대요. 몇은 살아서 달아났는데, 추적하지 못했어요. 다들 다쳤거든요."

"카루스가 다쳤어?!"

데네브라가 꽥 소리를 질렀다. 깜짝 놀란 코코가 왜 소리를 지르냐는 얼굴로 그녀를 노려보았다.

"많이 다쳤어? 그는 괜찮은 것이냐? 의사…… 의사는? 어디 불구가 됐다거나 그런 건 아니지?"

"괜찮아요."

"지금 어디에 있느냐? 기지로 돌아간 건 아니겠지?"

카루스가 어디 있는지 알려주면 금방이라도 달려갈 기세였다.

율리아가 피식 웃으며 말했다.

"위층에 있어요."

카루스는 바바슬로프와 함께 왕자궁 손님방에서 치료를 받고 있었다. 상처는 그리 큰 게 아니어서 생활하는 데 아무 지장이 없었지만, 그는 율리아와 가까이 있고 싶은 마음에 왕자궁으로 들어오라는 코코의 권유에 못 이기는 척 고개를 끄덕였다.

등에 긴 자상을 입은 바바슬로프는 침대에 엎드려 있었다. 독한 수면제를 먹고 잠든 그를 내려다보던 카루스가 밖으로 나가려 몸을 돌렸을 때였다.

의사와 함께 안으로 들어온 트루디가 그에게 물었다.

"어디 가세요? 제독님도 며칠은 쉬셔야 한다고 의사 선생님이 말씀하셨는데."

"할 일이 많아. 바바슬로프를 잘 부탁한다."

"걱정하지 마세요! 집사 아저씨도 팔이 다 나을 때까지 휴가라서, 저도 여기 있기로 했어요."

"그래."

"저기, 그리고요."

트루디가 슬금슬금 다가와 카루스에게 말했다.

"아래층에 데네브라 황비께서 와 계세요. 곧 2층으로 올라오실 기세였어요."

"그래?"

카루스가 눈썹을 획 추켜 올리더니 창가로 다가가 바깥을 살폈다. 데네브라의 시중을 드는 자들이 오가는 모습이 보였다.

"알려줘서 고맙다."

카루스가 트루디에게 금화를 던져주었다. 그러곤 방 밖으로 나가자마자 중앙 계단이 아닌 측문으로 돌아 왕자궁을 빠져나갔다. 트루디가 만족스러운 얼굴로 앞치마 주머니에 금화를 집어넣었다.

데네브라가 선전포고라도 할 기세로 2층에 올라왔을 때, 카루스는 이미 왕자궁을 떠나고 없었다. 천연덕스러운 얼굴로 아까 나가시는 것 같았다고 말하는 트루디를 보며, 율리아와 코코가 알만하다는 듯 미소를 지었다.

데네브라는 용건도 없으면서 왕자궁에서 서성거리다가 저녁까지 다 먹은 후에야 왕비궁으로 돌아가기 위해 마차로 향했다.

"전하, 모시겠습니다."

젊은 시녀가 달려와 데네브라의 손을 잡고 마차에 오르는 걸 도왔다. 긴 드레스를 정리하거나 안에서 마차 문을 닫는 것도 그녀의 역할이었다.

왕비궁으로 돌아가는 마차 안에서, 데네브라는 자신의 시녀를 물끄러미 바라보았다.

평범한 금발에 눈이 예쁘장한 아이였다. 언젠가 크리스틴 마조람이 바이칸 황성에 찾아왔을 때, 그녀에게서 빼앗은 반지를 던져 주고 시녀가 되라고 명령했던 아이이기도 했다.

손가락을 보니 그때 그 반지가 여태 끼워져 있었다.

"그거 버려라."

"예?"

"너희는 왜 이렇게 꼭 두 번 말해야 알아듣는 거냐? 그 반지 말이다. 버리라고 하였다."

자기가 말을 알아듣기 어렵게 하는 편인 줄도 모르고, 데네브라가 호통을 쳤다.

당황한 시녀가 최대한 빠르게 손가락에서 반지를 빼냈다. 오랫동안 끼고 있어서 손가락에 붉은 자국이 남았다. 전에는 꼭 맞아 빼기 어려웠는데, 그새 살이 빠진 것인지 이번에는 제법 수월하게 나왔다.

"버리겠습니다, 전하."

"이리 내놔."

버린다고 해놓고 간직하면 곤란하다는 생각에, 데네브라가 시녀에게서 반지를 빼앗았다. 그러곤 마차 창문을 열어 냅다 던져버렸다.

시녀가 큰 눈을 깜박거렸다. 데네브라는 그녀의 놀란 얼굴을 보고 코웃음 치더니, 자신의 손가락에서 값비싼 다이아몬드 반지를 쑥 뽑아 내밀었다.

"차라리 이걸 가져라."

"예? 저, 제게 주시는 거예요?"

"가지래도!"

시녀가 얼른 반지를 받아 손가락에 끼웠다. 손가락에 맞지도 않았고, 너무 크고 화려해서 자신의 취향도 아니었지만, 시녀는 최선을 다해 웃었다.

⁂

왕비궁에 도착할 때쯤엔 이미 해가 진 뒤였다. 어둑어둑한 정원을 지나 건물 안으로 들어간 데네브라가 공손히 머리를 조아리는 시종에게 물었다.

"연락은?"

"아직입니다. 약속했던 부두로 전령을 보내놓았으니, 연락이 오면 바로 달려올 것입니다. 심려치 마십시오."

"굼벵이 같은 놈들!"

데네브라가 기다리는 건 바이칸으로 돌아간 서남부 귀족들의 보고와 그녀의 친정 가문 소식이었다.

황제와 척을 지기로 한 이상, 그녀는 이 모든 사람의 목숨이 자신에게 달려 있다는 사실을 알았다. 지금까지는 한 번도 그런 책임감을 가져본 적 없던 그녀가 처음으로 두려움을 느끼고 있었다.

바이칸은 거대한 국가였다. 남부와의 전쟁이나 북부와의 전쟁보다, 내전의 규모가 더 클 것이다.

만약 이 싸움이 바이칸을 분열해 내전으로 이끈다면 오르테가를 수호하는 율리아에겐 이로운 일일 것이나, 그 거대한 땅엔 수많은 제국민의 피가 흐르리라.

데네브라는 그만큼의 대가를 바쳐야만 섭정의 자리에 오를 수 있었다. 무엇보다, 황제를 죽여야 했다. 크세노의 시체를 밟고 그 위에 올라선 자신의 모습을 상상하자 오싹 소름이 돋았다.

처음 느끼는 공포였다. 율리아를 그렇게 윽박질렀던 이유도 그것이었다. 위치에 걸맞은 책임감을 가지라는 건 실은 자기 자신에게 들려주고 싶은 말이었다.

"술을……."

평소처럼 취해 잠들려던 데네브라가 머뭇거리다 입을 다물었다. 그러곤 아무것도 아니라며 성큼성큼 걸어 자신의 침실로 향했다.

술을 마시지 않으니 늦은 밤이 되도록 잠이 오질 않았다.

도대체 무슨 변덕으로 술을 물렸는지 모를 일이었다. 그냥 평소처럼 취하도록 마시고 잠이나 잘걸. 뜬눈으로 새벽을 맞으니 쓸데없는 생각이 머릿속을 가득 메웠다.

데네브라는 자신이 율리아를 싫어한다고 생각했다. 하나부터 열까지 자신과는 통하는 구석이 없는 타인이라고, 적으로 만나지 않았어도 적이 되었을 상대라고 믿었다.

율리아가 필요한 사람이라는 건 인식하고 있었다. 그 아이의 입을 통해 흘러나오는 것들은 천금이 아깝지 않을 만큼 가치 있는 것들이었다.

그래도 한편이라는 생각은 들지 않았다. 율리아는 데네브라를 필요할 때마다 쓰고 버리는 도구처럼 여겼다. 알고 있었다.

자존심 상하고 분노가 치밀었지만 참아야 했다. 폐위당하지 않고 미친 황제의 손아귀에서 벗어나려면 율리아의 손을 잡아야 했다. 그것 말고 다른 방법은 떠오르지 않았다.

'도구라.'

데네브라는 율리아가 자신을 왜 경멸하는지, 그 이유가 뭔지도 알았다. 사람을 도구처럼 쓰고 버렸기 때문이다. 입에 넣었다 뱉는 디저트로 여겼기 때문이다. 재미로 죽이거나 무료함을 달래려 가지고 놀기도 했다.

지금 율리아가 데네브라를 그렇게 가지고 놀고 있었다.

'건방진 것!'

계획했던 대로 언젠가 섭정의 자리에 오른다면 저 건방진 시녀를 바이칸으로 끌고 가리라. 그 드넓은 황성에서 이 조그만 왕국의 시녀가 얼마나 보잘것없는 존재였는지 느끼게 해 줄 것이다.

'그런 뒤에는…….'

어떻게 할까.

죽일까. 아니면 영원히 곁에 두고 괴롭힐까.

율리아가 내 시녀장이라면 어떨까.

그런 생각을 하다 보니 자연스레 함께 마차를 타고 왔던 시녀의 얼굴이 떠올랐다. 처음엔 아무것도 할 줄 몰라 어설프기 짝이 없더니 신기하게도 오르테가에 온 뒤로는 조금씩 전문 시녀다운 모습을 보이는 아이였다.

'율리아를 따라 하는 건가.'

율리아가 오르테가 백성들에게 무척 인기 많은 귀족이라는 건 알고 있었다. 평민 출신으로 자신이 모시는 왕족을 왕좌에 앉히고 귀족이 되었으니, 신분제를 법보다 우선하는 사회에선 희망의 상징과도 같은 존재로 비쳤으리라.

그런데 자신의 시녀마저 율리아를 우상처럼 여길 줄이야.

데네브라의 시녀는 바이칸 제국에서도 제법 이름 있는 가문의 딸이었고, 그만큼 신분에 대한 고정 관념이 뿌리 깊은 자였다. 그런 아이가 이 작은 왕국의 시녀를 떠받들다니, 참 웃기는 일이었다.

새벽이 깊어지자 복도를 오가는 호위 기사들의 발소리도 잦아들었다. 교대를 마친 기사들이 제 자리를 찾아갔기 때문이리라.

지나치게 조용한 밤, 데네브라는 뜬눈으로 침대에 누워 이불을 몸에 감았다.

술이 원인인가 싶었는데, 어쩌면 몸이 편해 이러는 것일지도 모른다는 생각이 들었다. 바이칸 황성에선 매일 요란한 연회를 열어 즐기던 그녀가 요즘엔 그저 가만히 앉아 있는 것밖에 할 일이 없었다.

하루 세 번 식사하고, 하루 세 번 옷을 갈아입고, 정해진 시간에 낮잠을 잤다. 율리아가 다쳤다는 소리를 듣고 왕자궁으로 달려갔을 때는 드디어 외출할 일이 생겨 기쁘기까지 했다.

"거기 누구 없느냐."

아무리 노력해도 잠이 오지 않았다. 재미없는 책이라도 읽지 않으면 이대로 밤을 지새울 것 같았다.

"서재에서 아무 책이나 좀 가져오너라."

응접실에 황비의 침실을 지키는 당번 시녀가 있어야 정상인데, 대답이 들려오지 않았다. 분명 함께 마차를 타고 온 아이가 문밖에서 졸고 있을 터인데.

"거기 누구 없냐고 묻지 않느냐!"

벌떡 몸을 일으킨 데네브라가 침대 밖으로 걸어 나왔다. 성큼성큼 걸어가는 그녀를 따라 촛불이 위태롭게 흔들렸다.

"왜 아무 말을……."

응접실이 캄캄했다. 문손잡이를 잡고 선 데네브라의 등줄기에 오싹 소름이 돋았다. 그녀의 잠옷은 부드럽고 두툼했지만, 순간 끔찍한 추위가 온몸을 감쌌다.

시녀가 움직이지 않았다.

데네브라가 던지듯 건네준 다이아몬드 반지가 시녀의 검지에서 불길하게 빛났다. 침실 앞에 놓인 푹신한 소파에 앉은 채, 시녀는 고개를 푹 수그린 채 움직이지 않았다.

그녀에게서 숨이 느껴지지 않았다. 가슴이 오르내리지도 않았다. 굳이 확인하지 않아도 알 수 있었다. 시녀가 죽었다.

데네브라가 비틀거리며 걸음을 옮겼다. 밖으로 나가야 한다. 기사들이 있는 곳으로, 비명을 질러서 사람을 불러야 한다.

"데네브라."

그런데 입이 떨어지지 않았다.

"오랜만이야."

크세노가 그녀를 품에 안았다.

그의 단단한 두 팔이 데네브라를 부드럽게 감싸안아 침실로 이끌었다.

그는 무례하지 않았다. 강압적이지도 않았다. 마치 정말 사랑하는 아내를 대하듯 정중하고 다정한 태도로 그녀를 안았다.

"크세노."

"황성에 있을 때는 당신이 별로 그립거나 반갑지 않았는데, 여기서 만나니까 느낌이 달라. 당신은 어떻지?"

"이거 놔."

가까스로 정신을 차린 데네브라가 크세노의 팔을 뿌리쳤다. 그는 낮게 웃으며 반걸음 뒤로 물러섰다.

믿을 수가 없었다. 데네브라는 크세노가 오르테가에, 그것도 왕궁 안에 있는 자신의 침실에 있다는 사실을 믿을 수가 없었다. 그녀는 자신이 꿈을 꾸는 건지, 아니면 뭔가 착각하는 건 아닌지 몇 번이나 확인했다.

"미쳤어? 여기가 어디라고 나타난 거야. 크세노, 정말 미친 거야?"
"내가 미쳤다는 건 누구보다 네가 잘 알지."
"감히 날 폐위하려고 해? 당신이 감히? 소리 지를 거야. 당신을 증오하는 오르테가의 젊은 왕이 군사를 이끌고 나타나겠지. 잘됐네. 전쟁을 벌일 것도 없이 여기서 죽어."
"괜찮아. 소리 질러."
크세노가 웃으며 고개를 끄덕였다.
"같이 죽는 것도 나쁘지 않겠군. 우린 부부니까."
"크세노!"
"데네브라……. 너는 도대체 왜 여태 살아 있는 거야."
크세노가 한 손으로 데네브라의 목을 감싸 쥐었다.
그는 손이 컸고, 데네브라는 꼼짝도 할 수 없었다. 소리를 지른다고 일이 해결될 것 같지도 않았다.
크세노가 혼자서 여기 나타났을 리는 없으니, 최악의 경우엔 바깥에서 왕비궁을 지키는 호위 기사들까지 모두 죽었을지도 모른다.
"율리아 아르테."
크세노가 데네브라의 목을 부러뜨릴 기세로 쥐고 말했다.
"그 여자를 내게 데려와."

"데네브라 황비께서 찾으십니다."
다음 날 일찍부터 비가 오기 시작했다.
며칠 전부터 유난히 거센 바람이 불고 거기에 비까지 내리니, 두꺼운 옷을 입어도 추위가 느껴졌다.

"무슨 일이죠?"

"그것까지는 모르겠습니다. 급하게 찾으시긴 했는데……."

"급하게?"

"예, 기분이 좋지 않으셨습니다."

율리아를 찾아온 건 데네브라의 시녀였다. 늘 보던 얼굴은 아니었지만, 데네브라의 시녀라는 건 알고 있었다.

"기분이 좋지 않으셨다고요."

율리아가 그렇게 중얼거리며 의자 등받이에 몸을 기댔다. 황비가 급하게 찾는다는데, 그녀는 바로 일어날 기세가 아니었다.

조급해진 시녀가 다시 말을 건넸다.

"여태 침실에서 한 걸음도 나오지 않으셨습니다. 식사도 안 하시고 …… 율리아 시녀께 꼭 할 말이 있다고, 그 말씀만."

"걱정되시겠네요."

"예, 저는 황비 전하를 모시는 시녀니까요. 며칠 전의 일로 몸이 성치 않다는 건 알지만, 이렇게 부탁드립니다."

시녀가 정중하게 고개를 수그렸다.

율리아는 의자에 앉은 채 그녀의 얼굴을 유심히 바라보았다.

"그러고 보니 시녀가 바뀌었는데 이름도 묻지 않았네요. 황비 전하께선 변덕스러우셔서 시녀를 자주 바꾼다고 들었는데, 이번엔 당신인가 봐요."

"예, 알고 계신다니 한결 마음이 놓이네요."

"전의 시녀님은 어떻게 되었나요?"

"그 아이는…… 잘 있어요. 그냥 그 아이가 질린다면서 사람을 바꾸셨을 뿐이에요."

"그렇군요."

율리아가 고개를 끄덕이더니 트루디에게 손짓했다. 눈치 빠른 트루디가 잰걸음으로 다가와 율리아의 어깨에 외투를 걸쳐주었다.

"외출하시게요? 저도 따라가겠습니다."

"아니, 괜찮아. 나 혼자 다녀올게."

"하지만……."

"어차피 왕궁 안인데, 뭐. 점심까지는 돌아올 테니까 코코가 일어나거든 함께 식사하자고 전해줘."

"예, 백작님."

트루디가 물러나고, 율리아는 데네브라의 시녀와 함께 왕자궁을 나섰다.

비가 와서 건물 입구까지 마차가 들어와 있었다. 율리아는 시녀와 함께 마차에 오르자마자 문을 탁 소리가 나도록 닫았다.

그러곤 이렇게 물었다.

"황비 전하는 무사한가요?"

"예? 그게…… 무슨 말씀인지."

"협박이라도 당하셨어요? 편지는 아닐 것 같고, 누군가 은밀하게 찾아왔나요?"

"율리아 시녀님, 무슨 말씀인지 모르겠습니다."

"황비 전하는 사실 그렇게 변덕스러운 사람이 아니에요."

데네브라는 가끔 미친 사람처럼 보일 때도 있지만 정말로 미치진 않았다. 이기적이고 폭력적인 어린애. 딱 그 정도였다.

"어제 돌아가실 때만 해도 기분이 좋아 보였는데, 그사이에 무슨 일이 있었기에 아끼는 시녀를 내치고 당신을 보내셨을까요. 심지어 그 시녀는 저와 만날 때마다 자리를 함께하던 전하의 측근이었는데."

"그 아이가 전하께 실수했겠죠."

"그럼 죽었겠죠."

율리아가 웃으며 말했다.

시녀는 대답하지 못했다. 죽었을 거라는 율리아의 말이 사실이었으니까.

왕비궁은 겉으로 보기엔 아무런 문제가 없는 것 같았다. 호위 병력도, 복도를 오가는 시종들의 얼굴도 평소와 같았다. 그들 중 상당수는 코코가 심어놓은 첩자였는데도 그랬다.

그들 모두를 속일 정도로 용의주도한 자였다. 시녀가 바뀌지 않았다면 율리아조차 아무 의심 없었을 것이다.

누굴까.

사실 답은 정해져 있었다. 율리아는 자신의 저택에 침입했던 괴한들에게 이미 이 문제의 답을 들어 알고 있었다.

"산맥을 넘진 않았을 테고, 배 타고 왔어?"

"협박하는 건가?"

"그 배엔 누가 타고 있지? 설마 황제 본인이야?"

괴한은 율리아의 질문에 대답하지 않았다. 당황하지도 않았다. 그는 자신의 대처가 완벽했다고 생각했을지도 모른다.

"아주 큰 배겠네. 황제는 물을 무서워하니까 작은 고깃배를 타고 오지는 않았을 거야. 그렇지? 폭풍도 이길 수 있을 만큼 눈에 띄게 큰 배라면 찾는 게 그리 어렵지도 않을 테고."

"……."

"돌아가서 말해. 율리아 아르테는 미쳤다고. 그 여자는 자기 목숨을 아무렇지도 않게 저버릴 만큼 미쳐 있고, 늘 품속에 칼을 지니고 다닌다고. 달아나는 네 뒤통수에 대고 이렇게 말했다고 해."

"……."

"또 처음으로 돌아가고 싶어?"

그는 율리아의 말을 전했을 것이다. 그녀가 그렇게 할 수 있는 사람이라는 걸 알았을 테니까.

죽음과 가까운 자는 동류를 알아본다. 그가 지금까지 수없이 사람을 죽여온 암살자였기에, 율리아는 그를 속일 수 있었다.

"황비 전하, 율리아 시녀를 데려왔습니다."

"들어와."

데네브라의 목소리는 침착했다. 문을 여는 시녀의 얼굴이 창백했다. 율리아는 두툼한 외투를 벗어 한쪽 팔에 걸치고 침실 안으로 걸어 들어갔다.

아주 조용했다. 율리아의 구두가 카펫을 스치는 소리가 들릴 정도였다. 드레스 자락이 흔들리며 바스락거리고, 바깥에선 바람 소리가 유령의 울음처럼 들렸다.

"황비 전하."

율리아가 입가에 매끄러운 미소를 걸쳤다. 데네브라는 침대에 비스듬히 기대앉아 있었다. 반쯤 내린 침대 커튼 사이로 데네브라의 굳은 얼굴이 보였다.

"율리아입니다. 부르셨다고 들었어요."

율리아는 외투를 잡지 않은 손으로 치맛자락을 붙잡고 살짝 들어 올렸다. 그러곤 무릎을 굽혀 인사했다. 그사이 침실 문이 닫혔다.

데네브라가 마른침을 삼켰다.

율리아는 데네브라를, 데네브라는 크세노를, 크세노는 율리아를 바라보았다.

"왜 아무 말씀이 없으세요? 간밤에 무슨 일이라도 있으셨어요?"

율리아가 다시 천연덕스럽게 말을 건넸다.

그녀와 아주 가까운 곳, 두어 걸음 떨어진 방 한가운데에 크세노가 떡하니 버티고 서 있었다. 그런데도 율리아는 그가 보이지 않는 사람처럼 오직 데네브라만을 바라보았다.

"율리아……."

데네브라가 새된 소리로 입을 열었다.

그녀는 누가 목을 조르고 있는 것 같다고 생각했다. 긴장 때문에 몸이 굳어 누워 있는데도 팔다리가 아팠다. 데네브라가 마른침을 꿀꺽 삼키자 고요한 방에 그 소리만 가득했다.

그녀는 율리아에게 크세노가 네 곁에 있노라고, 왜 아무도 없는 것처럼 구느냐고 물어야 했다. 이러다 죽는다고. 너도, 나도 죽는다고.

"괜찮아요."

그런데 율리아가 먼저 말했다.

"아무것도 걱정할 필요 없어요."

그 기분 나쁠 만큼 차분한 목소리를 듣자 긴장으로 바짝 굳어 있던 데네브라의 몸이 천천히 풀어졌다. 긴 숨과 함께 어깨가 내려가고, 시선은 자연스레 아래로 떨어졌다.

신기한 일이었다.

"수고했어, 데네브라."

크세노가 말했다.

"이제 그 이불을 몸에 감고 욕실로 들어가. 들어가서 문을 닫고 귀를 막아. 그 정도는 할 수 있겠지."

데네브라는 크세노가 명령한 대로 움직였다.

죽은 시녀가 아직도 문 앞에 있을지도 모른다. 시체를 처음 보는 건 아니었으나, 어쩐지 그 아이의 모습이 머릿속을 떠나질 않았다.

병사도, 하인도, 시종들도 믿을 수가 없었다. 언제부턴가 그녀의 곁에는 진정으로 믿을 수 있는 자가 없었다.

그렇다고 데네브라를 경멸하는 율리아가 목숨을 걸고 그녀를 지켜줄 것 같지도 않았다.

"데네브라."

크세노가 보채듯 그녀의 이름을 부르자, 데네브라가 움찔거리며 이불을 끌어안았다. 그러곤 뒷걸음질 치며 욕실로 들어가 문을 닫았다.

율리아는 그런 데네브라를 지그시 쳐다보았다.

"도대체 어떤 말로 구워삶았는지 모르겠는데."

크세노가 먼저 입을 열었다.

"내 아내는 네 동료가 될 수 없어."

그가 뚜벅뚜벅 걸어 율리아와 욕실 사이에 끼어들었다. 그녀의 시야를 강제로 빼앗아 자신을 보게 했다.

"멍청해서 사랑스럽긴 하지만, 변덕스럽기 때문에."

율리아의 입가에 실낱같은 미소가 스치고 지나갔다. 미처 그 모습을 보지 못한 크세노가 그녀에게 한 걸음 더 다가왔다.

이제 율리아의 시야엔 크세노뿐이었다. 그로 가득했다. 그녀의 짙은 초록색 눈동자에 자신의 모습이 비치자, 크세노가 만족스럽게 웃었다.

마침내 율리아의 입에서 황제의 이름이 튀어나왔다.

"크세노 이베르트 바이칸."

크세노 이베르트 바이칸에게 세상의 중심은 그 자신이었다.

바이칸의 모든 것이 그를 위해 준비되어 있었다. 가장 지체 높은 귀부인들이 앞다퉈 그를 길렀고, 가장 명망 높은 학자가 그를 가르쳤다.

가장 아름다운 아이들이 그의 친구가 되고, 가장 값비싼 노예가 그의 수족이 되었다.

먹는 것, 입는 것, 버리는 것까지. 크세노 이베르트 바이칸에게 세상은 재미없는 백과사전이요, 결말이 정해진 장편 소설이었다.

죽었다는 사실을 처음 깨달았을 때는 추운 겨울이었다.

그날의 일은 잊히질 않았다. 자고 일어나 평소와 같은 일과를 보내던 그는 사람들이 자꾸 얼어붙은 강을 건너다 물에 빠져 죽는다는 보고를 받고 있었다.

위험한 줄 뻔히 알면서 왜 들어가냐는 그의 질문에, 관리는 사람은 통제할 수 없기 때문이라고 대답했다.

이해할 수 없었다. 크세노는 안전시설 설치를 주장하는 관리의 보고서를 찢어버렸다. 다시는 이딴 일로 귀찮게 하지 말라고 윽박질렀다. 이럴 시간이 있으면 경고문이나 써서 붙이라고 비아냥거렸다.

관리는 당황했다. 글을 모르는 백성은 어떻게 하냐고, 경고가 소용없는 아이들은 또 어떻게 하느냐고 물었다.

크세노는 대답할 수 없었다.

그때 한 번 죽었기 때문이다.

그는 어느 순간 자신의 영혼이 몸을 떠났다가 다시 돌아온 것 같다는 느낌을 받았다.

당시엔 그게 죽음인 줄도 몰랐다. 갑자기 온몸을 감싸는 지독한 추위에 주위 모든 게 멈췄고, 가슴엔 심장이 사라진 것처럼 시린 한기가 가득했다.

몸을 떠난 영혼은 세상이 아니라 그를 관조했다. 크세노 이베르트 바이칸. 그는 세상의 주인인 듯 살았으나, 그저 연약한 한 인간일 뿐임을 가르쳤다.

그건 정말 긴 시간이었다. 그의 삶에서 가장 지독하게 두려웠던 시간이기도 했다. 찰나였으나 영원이었다.

크세노는 자신이 그런 식으로 죽을 수 있다는 걸 상상조차 해본 적 없었다.

하지만 그 순간은 금세 지나갔고, 모든 건 정상으로 돌아왔다. 몸을 떠났던 영혼은 언제 그런 일이 있었냐는 듯 그에게 스며들었다. 한기만 가득하던 가슴엔 어느새 뜨거운 심장이 뛰고 있었다.

"의사를 불러와라! 당장!"

크세노는 자신이 병에 걸렸다고 믿었다. 그게 아니면 설명할 수가 없었다.

황제를 보살피는 황성의 모든 의사가 동원되었다. 그러나 크세노의 병이 무엇인지 시원하게 밝혀내는 자는 없었다. 당연한 일이었다. 그건 병이 아니었으니까.

꿈을 꾼 것입니다. 마음이 병든 것입니다. 기가 허해 그런 것입니다. 그렇게 말한 의사들은 모두 목이 잘렸다.

황성에 기거하는 의사가 모두 다른 사람으로 교체된 뒤에도 크세노는 매일 그들을 불러 모아 진찰을 받았다.

"강건하십니다. 완벽하십니다."

정확하지 않은 병명을 말하면 죽는다는 사실을 알게 된 의사들은 그렇게 말하며 황제를 칭송했다. 그래도 그는 안심하지 못했다.

그러다 두 번째로 죽었다.

처음 그 일이 있고 얼마 지나지 않은 어느 늦은 저녁 크세노는 술을 마시던 중에 갑자기 죽음을 맞았다.

이번에도 같았다. 그의 의식이, 영혼이 한없이 가벼워지더니 몸에서 빠져나왔다.

그 모든 과정이 지나치게 섬세했다. 전보다 더한 공포가 그를 지배했다.

영혼이 몸을 떠나던 그 순간 크세노는 아무것도 할 수 없었다. 모든 것이 그의 의지와는 달랐다.

세상은 그를 지키지 않았다. 애도하지 않았다. 인식하지도 않았다.

두 번째가 되니 두려움도 두 배가 되었다. 착각인 줄 알았던 것들이 선명한 현실이 되어 다가왔다. 이건 죽음이었다. 다른 말로는 설명할 수 없었다.

억울하고 분하고, 무섭고 슬펐다. 살면서 느낄 수 있는 모든 부정적인 감정이 한꺼번에 찾아왔다.

크세노는 빌었다. 제발 살려달라고. 믿지도 않았던 신에게 마음을 다해 빌었다.

살려만 준다면 무엇이든 하겠노라고, 당신을 위해 살겠다고 애원했다. 신이 아니라 악마여도 상관없었다.

그리고 기적이 일어났다.

"폐하, 글을 모르는 백성들은 경고문을 읽을 수 없습니다. 호기심 왕성한 아이들에겐 전혀 소용없는 방법일 것입니다. 제발 다시 생각해주십시오!"

"……뭐?"

"이번 겨울에만 벌써 수십 명입니다. 온갖 헛소문에 위령제를 지내자는 이야기까지 나온다고 합니다."

크세노는 관리의 보고를 받고 있었다. 수도 상업지구를 감싸고 도는 강에서 화물 수송과 세금을 총괄하는 관리였다.

들고 있는 보고서의 감촉이 낯설었다. 크세노는 의자에 앉은 채 짧은 경련을 일으켰다. 보고서를 책상 위에 내던진 그가 의자를 박차고 일어나자, 관리가 놀란 눈을 들어 올렸다.

믿을 수가 없었다. 크세노는 그에게 오늘이 며칠이냐고 물었고, 네가 누구냐고도 물었다. 무슨 일로 나를 찾아왔냐고, 이 보고서는 무엇이냐고 물었다.

대답하는 관리의 얼굴에 깊은 불신과 두려움이 깃들었다. 황제가 미친 사람처럼 군다는 사실을 깨달은 그가 다음에 오겠다며 도망치듯 집무실을 떠났다.

그날 하루가 다 지나고 난 뒤에야 크세노는 자신이 과거의 어느 순간으로 돌아와 다시 살게 되었다는 사실을 인정했다.

그날 하루 동안 그는 쓸 수 있는 모든 방법을 동원해서 자신이 살아 있다는 걸 확인했다. 황성에 기거하는 의사를 모두 불러다 놓고 진찰을 받았으며, 지나가는 병사나 하녀에게도 내가 누구냐고 오늘이 며칠이냐고 물었다.

그가 직접 죽였던 의사들이 머리를 조아리며 폐하의 몸엔 아무 이상이 없다고 반복해서 말했다.

나는 왜 살아 있는 거지.

크세노는 자신의 죽던 순간을 분명하게 느꼈다. 그래서 그토록 애타게 빌지 않았던가.

제발 살려달라고, 신을 따르겠노라고, 당신이 시키는 일이라면 뭐든 하겠다고, 한 번만 더 기회를 달라고 울면서 매달렸다.

추하게.

그 뒤부터 그는 한동안 겁쟁이처럼 살았다. 황성에 틀어박혀 명령만 내리고 도시 밖으로는 한 걸음도 나가지 않았다. 언제 또 그런 일이 일어날지 모른다는 생각에 의사와 사제를 끼고 살았다.

그렇게 몇 년이 지난 뒤에야 안심하게 되었는데.

또 죽었다. 세 번째였다.

그리고 그는 또다시 같은 날로 돌아와 관리의 보고를 받고 있었다. 수도 상업지구를 감싸고 도는 강에서 화물 수송과 세금을 총괄하는 관리였다.

"안전시설을 설치해라."

"제발 다시 생각해…… 예?"

"아이들이 다니는 길목마다 안전시설을 세우고 경고문을 붙여. 경고문엔 반드시 그림을 그려 넣어 글을 모르는 백성들도 의미를 알 수 있도록 해라."

"감사합니다, 폐하. 역시 현군이십니다!"

관리가 기뻐하며 집무실 밖으로 나가자마자 크세노는 웃음을 터뜨렸다. 웃지 않을 수가 없었다.

그는 죽은 것도, 미친 것도, 아픈 것도 아니었다.

이건 저주였다.

⸻ • ◆ • ⸻

율리아와 크세노의 시선이 서로에게 들러붙었다.

율리아는 크세노의 시선이 자신을 물어뜯는 것 같다고 생각했다. 크세노는 율리아의 시선이 자신을 옭아매는 것 같다고 생각했다.

"저주이면서, 동시에 기회이기도 했지."

크세노가 웃으며 말했다.

"미친 듯이 찾아 헤맸어. 이건 무슨 현상인가. 나는 무엇에 씌었는가. 네가 죽을 때마다 나까지 죽어버린다는 사실을 깨달았을 때는 무슨 수를 써서라도 너를 찾아서 갈기갈기 찢어 죽이리라 다짐하기도 했고."

"그래도 저주는 풀리지 않아요."

"네 심장을 찔러 그 피를 뒤집어쓰고, 네 영혼을 게걸스럽게 먹어치울 거야. 네 무덤 위에 집을 짓고 거기서 잠들 생각이다. 나는 무엇이든 할 거야. 너 때문에 겪어야 했던 고통에서 해방될 수만 있다면…… 그보다 더한 짓도 할 수 있다."

나는 황제니까. 크세노가 이를 드러내며 웃었다.

율리아는 그가 사자를 닮았다고 생각했다. 황제의 흉상을 매달고 나타났던 사절단의 배를 떠올리면서, 제법 잘 만든 조각이 아닌가 감탄하기도 했다.

어지럽게 뻗친 머리카락과 날카롭게 각진 턱이 인상적이었다. 눈빛도 그랬다. 황제의 자리에 있으면서도 만족할 수 없었던 야생의 정복자. 그는 경쟁자를 용납하지 않는 우두머리 수컷이었다.

"나는……."

율리아가 입을 열었다.

"대적자인 당신이 바이칸의 황제라는 말을 들었을 때, 내가 무슨 생각을 했는지 알아요?"

이건 해볼만한 싸움이다.

"불쌍해라."

율리아가 미소 지었다. 연민으로 가득한 미소였다.

"이 얼마나 가엾은 사람인가."

그가 저와 같은 저주에 걸렸다는 사실 하나만으로도 동정할 수 있었다. 자신이 죽을 때마다 함께 죽어야 했으니 얼마나 억울했을까.

율리아는 크세노가 불쌍했다. 그는 만인에게 가해자였으나, 적어도 율리아 한 사람에게는 피해자였다.

"저주를 완성해 신이 되려 한다는 건 알고 있어요."

율리아가 물었다.

"그런데 그 방법에 확신이 있는 것 같지는 않더라고요."

크세노의 얼굴에 드리워진 미소가 한층 짙어졌다. 율리아는 그를 바라보고 있었으나, 그가 아니라 그에게 깃든 저주를 상대로 말을 걸었다.

"내 심장을 찔러 그 피를 뒤집어쓰면 되나요? 그럼 날 납치할 게 아니라 내 심장만 도려내서 가져갔어도 되는 일 아닌가요."

"그렇게 생각해?"

"하물며, 그게 전부였으면 마지막 해적왕이 왜 실패했겠어요. 그의 대적자는 한낱 노예였는데. 그 노예도 마찬가지죠. 삶을 반복하면서 마침내 영웅이 된 그에게 단 한 번의 기회조차 없었을까."

"그야 모르지. 기록되지 않았으니."

"전설이라는 건 언제나 그래요. 거짓 속에 진실을 감추고, 진실 속에 거짓을 끼워 넣어요. 심장을 찔러 그 피를 뒤집어쓰라는 건 진실이겠지만 그게 저주의 완성인지, 아니면 저주를 해제하는 방법인지는 아무도 모르는 거고."

"율리아, 북부의 주술사들은 생각보다 많은 걸 알고 있어. 이건 여섯 번째가 되어서야 그들에게서 알아낼 수 있었던 진실이야."

"그럼 뭘 망설여요. 이 자리에서 날 죽이지 않고."

율리아는 그를 피하지 않았다.

"황제인 당신이 나보다 모른다고 생각하지 않아요. 나보다 덜 고민했을 거라고도 생각하지 않아. 어쩌면 당신은 대륙에서 가장 대단한 사람들을 모아놓고 이 일에 대해 논의했을 수도 있겠죠."

그랬다. 끝없이 찾아 헤맸다. 누구에게건 물었다.

삶을 반복할 때마다 율리아는 복수에 매달렸고, 크세노는 저주에 매달렸다.

"네 말이 맞아."

크세노가 고개를 끄덕이며 말했다. 당장이라도 잡아먹을 것처럼 율리아를 노려보던 그가 돌연 미소를 지우고 본래의 얼굴을 드러냈다.

지치고 지긋지긋해진 자의 얼굴이었다.

"그래서 결정한 거야. 이번 삶에선 내 손으로 너를 죽여보려고."

어차피 실패하면 다음으로 넘어갈 테니까.

"내가 네 정체를 알게 됐으니 이제부터는 마조람이 아니라 나로부터 도망쳐야 할걸. 나는 이 조그만 왕국의 후작 따위와는 비교조차 할 수 없는 대륙의 정복자니까, 너는 이제까지보다 더 고달픈 삶을 살게 되겠지."

그가 물었다.

"대적자인 내가 황제란 걸 알았을 때 동정심을 느꼈다고 했지? 그럼 네 정체를 알게 되었을 때 나는 어땠는지 알려 줄까."

"당신……."

"크세노라고 불러."

그가 웃으며 말했다. 이 세상에서 나를 이름으로 불러도 되는, 나와 동등한 사람은 오직 너 하나뿐이라며.

"율리아, 나는 네가 무서웠어."

크세노 이베르트 바이칸은 율리아 아르테가 두려웠다.

"아홉 번의 삶을 거쳐 마침내 내게 닿은 여자."

소름이 돋았다. 죽이고 싶어 견딜 수가 없었다. 얼마나 대단한 독종이기에 신으로부터 황제인 자신을 쓰러뜨릴 자격을 부여받았나.

나는 이 여자를 이길 수 있을까. 이 싸움의 승자는 누구일까.

어쩌면 신은 승자가 정해진 싸움을 즐기고 있는 건 아닐까.

"무섭기만 했던 건 아니야."

한편으론 기쁘기도 했다.

"네 모습을 보고 싶고, 너에 대해 알고 싶었지. 이 세상에서 나를 이해할 수 있는 유일한 존재. 삶을 반복할 때마다 처음 보는 사람처럼 나를 낯설어하는 사람들 속에서 오직 너만은 나와 같은 길을 걸었을 테니까."

나는 네가 간절했다.

크세노가 고백하듯 털어놓은 진심에, 율리아가 무거운 한숨을 내쉬었다.

"말해줘."

그가 손을 내밀었다.

"너는 어땠는지."

그의 손은 크고 거칠었다. 카루스를 떠올리게 하는 손이었다. 오랫동안 직접 전쟁터를 돌아다녔던 만큼 호되게 단련된 손이었다.

율리아는 그가 내민 손을 잡지 않았다. 대신, 그가 듣고 싶어하는 이야기를 했다.

“우린 언제든 죽을 수 있어요.”

“율리아.”

“그래서 제안하는 거예요. 여기서 우리 두 사람 중 누군가 죽어버리면 어차피 또 같은 순간으로 돌아갈 테니까. 날 살려두고 이번 삶의 미래가 어떻게 흘러가는지 조금이라도 지켜보든가, 아니면 이 자리에서 내가 미친 여자라는 걸 확인하든가.”

“널 살려두면 당장 내가 위험해질 것 같은데?”

“내가 당신이라면…….”

율리아가 웃었다.

“한 번쯤은 처지를 바꿔보고 싶었을 거예요.”

그러니 당신은 여기서 대답해야 한다. 이 세상에서 나를 이해할 수 있는 단 하나뿐인 사람이 당신이라면, 대답해야 한다.

“또 처음으로 돌아가고 싶어요?”

율리아가 품에서 작은 칼을 꺼냈다. 드레스 소매나 주머니에 넣으면 눈치챌 수 없을 만큼 작은 접이식 단도였다.

그녀는 그 칼을 자신의 목에 가져다 댔다. 호르헤의 부하를 쫓아낼 때 스스로 입혔던 상처가 그 자리에 있었다.

“저주를 완성하는 마지막 조건이 뭔지, 제 생각을 말해줄까요?”

율리아가 말했다.

“승자가 패자를 잡아먹는 거예요.”

마지막 해적왕은 해적들의 왕국을 세우지 못했고, 그의 대적자였던 광산 노예는 노예 해방을 이루지 못했다. 그러니 그들은 서로를 죽이고 심장을 취했어도 저주를 완성하지 못했을 것이다.

나는 삶을 반복한 끝에 복수를 이루었는데, 당신은 통일 제국의 정복 황제가 되긴커녕 저주에 집착하느라 본래의 자리마저 위태로워졌다.

"그러니 먼저 승자가 되어보세요."

그렇지 않으면 당신은 영원히 내 삶에 질질 끌려다니기만 할 테니까.

"폐하, 괜찮으십니까?"

호르헤가 걱정스레 물었다.

"내가 왜? 안 괜찮아 보이나?"

"표정이……."

호르헤는 뭐라고 말해야 할지 모르겠다고 했다. 황제의 얼굴이 이상했다. 웃는 건지 우는 건지, 기뻐하는 건지 화내는 건지. 그림 위에 두꺼운 유리를 올려놓은 것처럼 뭉그러져 보였다.

크세노가 크게 고개를 끄덕였다.

"괜찮을 리가 있나."

그가 소매를 걷어 팔뚝을 드러냈다. 부드럽고 두툼한 옷인데도 그 안에 오돌토돌하게 닭살이 돋아 있었다. 바짝 일어선 털이 가라앉을 생각을 하지 않았다.

율리아를 납치하러 갔던 호르헤의 부하가 돌아와 '그 여자는 미쳤습니다.'라고 말했을 때는 이렇게까지 소름이 끼치진 않았는데.

"율리아 아르테는 미쳤어."

그 여자는 자기 목숨을 소모품처럼 쓸 수 있다. 심지어는 대적자인 황제의 목숨도 도구처럼 이용할 수 있다.

삶을 여러 번 반복하다 보니 세상을 바라보는 관점조차 달라졌다.

"나는 이 세상의 중심이 나라고 생각했었지. 황제니까. 그러다 세 번째인가 네 번째부터 그 생각이 바뀌었어."

율리아는 반대였다.

그녀는 자신이 아무것도 아니라고 생각했었다. 보잘것없는 평민. 먼지, 혹은 하루살이. 아지랑이처럼 흔적조차 남지 않는 일시적 존재.

"이제 달라. 율리아는 이 거대한 세상이 먼지라고 생각해. 일시적이라고 생각해. 스치고 지나가는 기억이라고 생각해. 하나의 놀이판이라고 생각해."

이 얼마나 오만한 대적자인가.

"하하하, 하하하하!"

그래서 그녀였다. 가장 높은 곳의 크세노와 가장 낮은 곳의 율리아. 붉은 산의 다이아몬드와 푸른 바다의 환초. 이 둘은 상대의 입장이 되어, 상대의 자리에서, 서로에게 향하도록 짝지어져 있다.

"하면…… 그 여자가 황제가 될 수도 있다는 말씀입니까?"

호르헤가 물었다. 그의 얼굴에 짙은 불신과 공포가 자리 잡고 있었다. 호르헤는 저주에 대해 알았다. 크세노가 삶을 반복하면서 어떤 괴물이 되었는지 이해하는 유일한 측근이었다.

그렇기에, 그는 율리아가 무서웠다.

크세노가 웃음을 멈추고 호르헤를 바라보았다. 그러곤 여전히 뭉그러져 감정을 읽을 수 없는 얼굴로 말했다.

"가능해. 율리아는 황제가 될 수 있어."

그뿐 아니었다.

"정복자나 제사장, 신이 될 수도 있지. 무엇이든 될 수 있어. 내가 비밀을 파헤치며 정보를 모으는 동안 고작 복수 따위에 매달렸던 주제에, 나보다 더 적은 조각으로도 전체를 봐. 아홉 번째에 이만큼이나 왔으니, 그 두 배를 산다면 저 여자가 과연 뭐가 되어 있을지 상상해 봐."

율리아는 신화를 이룰 수 있다.

"대단한 여자야."

저주에 걸리기 이전의 크세노가 지금의 율리아를 알았다면, 그는 아마 지독한 사랑에 빠졌을 것이다.

"폐하……."

호르헤가 신음과도 같은 한마디를 내뱉었다.

"하루빨리 저 여자를 죽여야 합니다."

"안 돼."

"폐하!"

"약속했단 말이야."

"무엇을 말입니까?"

"누가 먼저 저주를 완성하느냐."

그때까지 크세노는 율리아에게 손대지 않겠다고 맹세했다.

"이번 삶이 어떻게 흘러가게 될지, 조금이라도 더 지켜보고 싶지 않으냐고 묻잖아. 호르헤, 나는 알고 싶어. 보고 싶어. 저 여자는 내가 모르는 진실까지 파헤칠 수 있을까? 오르테가는 남부의 패자가 될 수 있을까? 카루스는 나를 쓰러뜨릴 수 있을까?"

아직은 크세노의 바이칸이 강자였다. 황제는 절대자에 가까웠다.

북부와 남부가 손을 잡는다 해도 바이칸을 쓰러뜨릴 수는 없다고,

크세노는 자신했다.

⸻ • ◆ • ⸻

거짓말을 하도 많이 했더니 뭐가 거짓이고 뭐가 진실이었는지 잘 구분이 되질 않았다. 크세노를 속이려 꺼낸 말에 스스로 설득되기도 했다.

죽이고 싶은데, 죽일 수가 없다.

그건 율리아에게도 적용되는 말이었다. 크세노가 율리아를 함부로 죽일 수 없듯, 그녀 역시 마찬가지였다.

창가에 서서 그가 떠나는 모습을 지켜보던 율리아는 푸른 바다의 환초를 삼켰던 날의 일을 떠올렸다.

그게 특별한 보석이라는 건 보자마자 알았다. 어른들에게 들키면 두들겨 맞는 것으로 모자라 빵 한 조각 얻어먹지 못하고 빼앗기게 될 거라는 것도.

그녀는 어릴 때부터 독한 아이였다. 빼앗기느니 없애버리는 게 낫다고 생각했다. 바다가 옆에 있었다면 그녀는 아마 그 보석을 깊은 물속에 던져버렸을지도 모른다.

이건 내 거야. 아무도 못 갖게 할 거야. 그렇게 생각한 율리아는 보석을 삼켰고, 저주에 걸렸다.

크세노는 달랐다.

붉은 산의 다이아몬드를 손에 넣었을 때, 그는 그 보석을 갖고 싶지 않았다고 말했다. 정복 전쟁의 승리를 상징하는 전리품이었으나 자랑스러움과는 별개로 직접 몸에 지니고 싶지는 않았다고.

피를 머금은 듯 불길한 붉음에 죽은 자들의 원념이 모여 굳은 것 같은 형상. 많은 이야기 속에서 돌이킬 수 없는 사랑이란 결국엔 관계의 파국을 의미하지 않던가.

붉은 산의 다이아몬드는 끈질겼다. 버리고 버려도 그에게 돌아왔다. 크세노는 결국 그걸 가공해서 데네브라의 목에 걸어주었다.

"갔어?"

욕실 문이 소리 없이 열리더니 데네브라가 걸어 나왔다. 그녀의 얼굴이 창백했다.

크세노가 떠난 뒤에도 한동안 창가에 혼자 서 있던 율리아가 몸을 돌려 그녀를 바라보았다.

"왜 그러셨어요."

"뭐?"

"여기 황비 전하의 사람이 아무도 없다는 건 알고 있었어요?"

데네브라가 말문을 잃고 율리아를 바라보았다.

"솔직하게 말씀드릴게요. 왕비궁에 충원된 오르테가의 사용인들은 전부 저와 코코가 심은 세작이에요. 그런데 황비 전하께서 데려온 제국인들이 전부 황제의 세작인 줄은 몰랐죠."

"아니야."

"맞아요. 그때 다 걸러냈다고 생각했는데, 일개 문지기나 노예까지 전부 황제의 사람이었어요. 그들은 몰랐다고 할 거예요. 황제가 아니라, 황제의 명령을 듣는 자가 심은 거였으니까."

그래서 침입할 수 있었다. 아무도 모르게.

"이름을 말해주세요."

"호르헤."

"그 사람부터 죽여야겠네요."

아무렇지 않은 얼굴로 황제의 측근을 죽이겠노라 말하는 율리아를 보며, 데네브라가 어깨를 흠칫 떨었다.

늦게 일어난 코코가 식당으로 내려와 의자에 앉았을 때, 율리아는 이미 왕자궁으로 돌아와 진한 감자 수프를 먹고 있었다.

코코가 길게 하품하며 물었다.

"표정이 왜 그러니."

율리아가 손가락으로 자신의 얼굴을 더듬었다.

"제 얼굴이 왜요?"

"또 뭔가 못된 짓을 꾸미고 있는 것 같은데?"

"아니에요."

"뭐래. 내가 널 몰라? 네가 처음 시녀가 됐던 날에도, 크리스틴의 약혼식 날에도, 심지어는 왕비를 협박하던 날에도 비슷한 얼굴이었는데."

율리아가 재빨리 숟가락을 내려놓고 자리에서 일어났다. 그녀는 식당 한쪽에 있는 장식장으로 달려가 유리에 비친 자신의 얼굴을 자세히 뜯어보았다.

"뭐예요. 똑같은데? 사기 치지 마요."

"바보니? 거울 앞으로 달려간 순간부터 네 얼굴은 너한테 익숙한 모양으로 돌아가게 돼 있어. 원래 남의 시선이 더 정확한 법이란다."

코코가 피식 웃으며 손을 흔들었다. 하녀들이 나타나 그녀의 아침 식사를 챙겨 주었다.

고소한 감자 수프와 달콤한 샐러드가 차려졌다. 코코는 기름진 음식을 좋아하는 편이었지만 투정 부리지 않고 포크를 들었다.

할 일을 마친 하녀들이 부엌으로 돌아가고, 식당엔 율리아와 코코만 남았다.

“코코.”

“왜.”

“황제가 다시 정복 전쟁을 시작할 거예요.”

율리아가 목소리를 낮춰 말했다. 수프를 휘적거리던 코코의 숟가락이 움직임을 멈췄다.

“황제가?”

“네.”

“그걸 어떻게 알아.”

“만났거든요.”

“뭐? 너 그게 무슨 말이야. 황제가 지금 오르테가에 있어?”

코코의 목소리가 덩달아 낮아졌다. 율리아는 살짝 고개를 끄덕이곤 주위에 아무도 없다는 걸 다시 확인한 후에야 입을 열었다.

“저를 납치하려 했을 때 깨달았어요. 이상하잖아요. 그는 제가 여덟 번이나 죽었다는 걸 아는데, 고작 부하 몇을 보내서 납치를 시도하다뇨. 그런 건 마조람 후작이나 쓸 법한 방식이에요.”

“황제다운 방식이 아니긴 했지.”

“황제가 북부 연합과의 전쟁에서 물러난 게 벌써 몇 달 전이에요. 그런데 황성에서 봤다는 사람이 없잖아요. 그동안 어디서 무얼 하고 있었겠어요.”

“그가 몰래 남쪽으로 내려오고 있었다는 거야?”

“데네브라 황비를 먼저 보낸 것도 그래서일 거예요. 미끼인 줄로만 알았는데, 연막이었던 거죠. 우리가 황비를 상대하는 동안 가까운 곳에서 관찰하고 있었어요."

코코가 결국 숟가락을 내려놓았다. 율리아는 그녀를 안심시키기 위해 결론부터 말했다.

"괜찮아요. 당분간 그는 저를 죽이려 하지 않을 거예요."

크세노는 처음으로 돌아가고 싶어하지 않는다. 어쩌면 율리아보다 그가 더.

"그건 또 어떻게 알아."

"처음으로 돌아가고 싶냐고 물었어요."

크세노는 율리아의 질문에 솔직하게 대답해주었다.

"'싫어.'"

그가 돌아가고 싶어 하는 과거는 따로 있다. 아마도 2년 전보다 더 먼 과거의 어느 날일 것이다.

"그러니까 네 말은, 황제가 그동안 멈췄던 정복 전쟁을 다시 시작할 거라는 거지?"

"네."

코코가 손가락으로 탁자를 톡톡 두드렸다. 그녀의 머릿속에 무시무시한 계획들이 자르르 펼쳐졌다. 바이칸으로 돌아간 황제는 과연 누구와 가장 먼저 싸우게 될까.

"준비는 충분히 했어요."

식사를 끝낸 율리아가 냅킨으로 입을 닦았다. 코코는 고개를 끄덕이면서 다시 숟가락을 들었다.

"충분히 했지."

율리아의 대적자가 크세노 황제라는 사실을 알게 된 순간부터 코코의 머릿속에선 수백, 수천 번의 전쟁이 치러지고 있었다.

그녀는 오직 승리만을 위해 판을 짰다. 악마처럼. 아주 섬세하게, 아주 악랄하게.

알렉사는 직접 북부로 올라가 적국 지휘관의 목을 쳤다. 천재라 불리던 기사 시녀는 지금 북부 전선의 전설이 되어가고 있었다.

아무도 모르리라.

율리아, 코코, 알렉사. 이 세 명의 시녀가 그동안 무슨 일을 꾸며왔는지.

(다음 권에서 이어집니다)

나쁜 시녀들 4

2024년 5월 10일 초판 1쇄 발행

지은이 자야
펴낸이 김재범
펴낸곳 (주)아시아
출판등록 2006년 1월 27일 제406-2006-000004호
주소 경기도 파주시 회동길 445 (서울 사무소: 서울특별시 동작구 서달로 161-1, 3층)
전자우편 bookasia@hanmail.net

ISBN 979-11-5662-706-7 04810
979-11-5662-697-8 (세트)